瀛奎律髓

下

【元】方回 选评
李庆甲 整理

上海古籍出版社

卷之二十一　雪类

《文选》以二谢《雪赋》《月赋》入"物色类"。雪于诸物色中最难赋。今选诗家巨擘,一句及雪而全篇见雪意、雪景者亦取之。虽不专用禁体,然用事浅近者皆不取。

五　言四十首

赴京途中遇雪　　　　孟浩然

迢递秦京道,苍茫岁暮天。穷阴连晦朔,积雪满山川。落雁迷沙渚,饥乌噪野田。客愁空伫立,不见有人烟。
规模好。

和张丞相春朝对雪

迎气当春立①,承恩喜雪来。润从河汉下,花逼艳阳开。不睹丰年瑞,安知燮理才。撒盐如可拟,愿糁和羹梅。
此必为张九龄也。善用事者化死事为活事。"撒盐"本非俊语,却

---

① 冯班:"立"一作"至"。

引为宰相和羹糁梅之事,则新矣。

对 雪　　　　　杜工部

　　北雪犯长沙,胡云冷万家。随风且间叶,带雨不成花。金错囊垂罄①,银壶酒易赊。无人竭浮蚁,有待至昏鸦。
　　诗家善用事者,藏一字于句中。"银壶酒易赊",非易也,乃不易也。钱囊既已空矣,酒可以易赊乎? 但吟此者,着些断续轻重,即见意矣。以尾句验之,盖无人肯赊酒,直待至昏黑也。

对 雪

　　战哭多新鬼,愁吟独老翁。乱云低薄暮,急雪舞回风。瓢弃樽无绿,炉存火似红。数州消息断,愁坐正书空。
　　他人对雪必豪饮低唱,极其乐。唯老杜不然,每极天下之忧。

雪

　　南雪不到地,青崖沾未消。微微向日薄,脉脉去人遥。冬热鸳鸯病,峡深豺虎骄。愁边有江水,焉得北之朝。
　　江水东流,欲挽之使北,爱君恋阙之心切矣。

---

① 冯班:"垂"一作"从"。

舟中夜雪有怀卢十四侍御弟

朔风吹桂水,大雪①夜纷纷。暗度南楼月,寒深北渚云。烛斜初近见,舟重竟无闻。不识山阴道,听鸡更忆君。

"舟重竟无闻",可谓善言舟中听雪之状。凡用事必须翻案。雪夜访戴,一时故实,今用为不识路而不可往,则奇矣。

泊岳阳城下

江国输千里②,山城仅百层。岸风翻夕浪,舟雪洒寒灯。留滞才难尽,艰危气益增。图南未可料,变化有鲲鹏。

此一诗只一句言雪,而终篇自有雪意。其诗壮哉,乃诗家样子也。

春　雪　　　　　韩昌黎

看雪乘清旦,无人坐独谣。拂花轻尚起,落地暖初销。已讶凌歌扇,还来伴舞腰。洒篁留密节,着柳送长条。入镜鸾窥沼,行天马度桥。遍阶怜可掬,满树戏成摇。江浪迎涛日,风毛纵猎朝。弄闲时细转,争急忽惊飘。城险疑悬布,砧寒未捣绡。莫愁阴景促,夜色自相饶。

昌黎雪诗三大篇,《赠张籍来字四十韵》《献裴尚书筛字二十韵》。

---

① 冯班:"大"一作"朔"。
② 冯班:"输"一作"逾"。

"坳中初盖底,垤处遂成堆。片片匀如剪,纷纷碎若挼。奴回切。随车翻缟带,逐马散银杯。隐匿瑕疵尽,包罗委琐该。误鸡宵呃喔,惊鹊暗徘徊。鲸鲵陆死骨,玉石火炎灰。日轮埋欲侧,坤轴压将颓。龙鱼冷蛰苦,虎豹饿号哀。巧借奢华便,专绳困约灾。"此"来"字韵警句也。"宿云寒不卷,春雪堕如筛。喜深将策试,惊密仰檐窥。妒舞时飘袖,欺梅并压枝。气严当酒换,洒急听窗知。履弊行偏冷,门扃卧更羸。拟盐吟旧句,授简慕前规。"此"筛"字韵警句也。此一首十韵,"行天马度桥"一句绝唱。

和欲雪二首　　　　　梅圣俞

貂裘着不暖,牙帐晓初开。朔气还先及,流风亦屡催。拟闻人咏絮,将见使传梅。公复忧民亩,龙沙几日来。

雪欲漫天落,云初着地垂。臂鹰过野健,走马上冰迟。公子多论酒,骚人自咏诗。都无少年意,只卧竹窗宜。

似是和晏元献《欲雪》诗。前首下"先及""屡催""拟闻""将见",又继以"龙沙几日来",皆欲雪未雪之辞。

雪　咏

雪色混青冥,搴帷宿酒醒。龙蛇缘古木,凤鹄舞幽庭。密势因风力,轻姿任物形。公堂何寂寞,横案对《玄经》。

五、六细润。

猎日[①]雪

风毛随校猎,浩浩古原沙。寒入弓声健,阴藏兔径赊。马头迷玉勒,鹰背落梅花。少壮心空在,悠然感岁华。

刊本误以"猎"为"腊",予辄改定,乃是猎而遇雪。五、六绝佳。

十五日雪三首

寒令夺春令,六花侵百花。塘冰胶燕嘴,野水涩芹芽。拥柱轻于絮,吹墀净若沙。乳禽饥啄木,谁误拨琵琶?

新雷奋蛇甲,密雪斗鹅毛。正欲裁轻縠,重令着弊袍。沙泉流复冻,烟萼拆还韬。只待邻醅熟,微声听酒槽。

春风九十日,一半已销磨。准拟看花少,依稀咏雪多。官车犹载炭,菢鹊不离窠。向此兴都尽,戴家谁复过!

此乃花朝日雪。是年皇祐五年癸巳正月十五日,狄青破侬智高之年,陈后山生,圣俞五十二岁,监永济仓。

次韵范景仁舍人对雪

三尺没腰雪,京华频岁无。高低相掩覆,窍隙似封糊。

---

① 按:"猎"原作"腊",据纪昀《刊误》本校改。

帖缺都迷丑，增妍不问枯。因时混贫富，遇物得圆觚。眩目何曾数，流风不可图。冥冥山雾合，浩浩海云铺。未觉花飞叶，先看霰集珠。落机裁扇素，猎野割肤腴。粲尔娥奔月①，皤然叟赴酺。落才②今揣称，小巧愧非夫。

又联："兽馁迷行穴，禽寒立并枯。受降鏊甲积，罢猎羽毛铺。""装成新树色，遮尽古苔痕。"尤佳。

雪中寄魏衍　　　陈后山

薄薄初经眼，辉辉已映空。融泥还结冻，落木复沾丛。意在千年表，情生一念中。遥知吟榻上，不道絮因风。

魏衍，后山门人。"遥知吟榻上，不道絮因风。"此教人作诗之法也。"撒盐空中差可拟"，此固谢家子弟之拙，"未若柳絮因风起"，未可谓谢夫人此句冠古也。想魏衍此时作诗，必不用此等陈言，乃后山意也。然则诗家有翻案法，又在乎人。《晋书》郭文曰："情由忆生。不忆，故无情。"

雪

初雪已覆地，晚风仍积威。木鸣端自语，鸟起不成飞。寒巷闻惊犬，邻家有夜归。不无惭败絮，未易泣牛衣。

句句如瘦铁屈蟠。

---

① 按："娥"原讹作"哦"，据康熙五十二年本、纪昀《刊误》本校改。
② 查慎行："落"一作"薄"。

次韵无斁雪后二首

闭阁春云薄,开门夜雪深。江梅犹故意,湖雁起归心。草润留馀泽,窗明度积阴。殷勤报春信,屋角有来禽。

取信一作"性"。无通介,随时有异同。雪馀盖地白,春浅着梢红。寄食虚长算,论诗缺近功。相看不相弃,赖有古人风。

凡与晁无斁倡和,皆在曹州,后山依其妇翁郭概于曹,无斁时为学官。

雪后黄楼寄眉山居士

林庐烟不起,城郭岁将穷。云日明松雪,溪山进晚风。人行图画里,鸟度醉吟中。不尽山阴兴,天留忆戴公。

"明"字、"进"字皆诗眼。

元日雪

半夜风如许,平明雪皓然。帘疏穿细碎,竹压更婵娟。窘兔走留迹,饥乌鸣乞怜。遥忻炎海上,还复得新年。

末句为东坡在儋州。

雪 意

睡眼拭朦胧,开门雪已浓。客来迷旧径,虎过失新踪。浦远浑无鹤,林疏只有松。借琴如不解,酒兴若为工。

雪之浦惟其远,故鹤不可见,谓之"浑无鹤"可也。雪之林惟其疏,故松独可见,谓之"只有松"可也。全在"远"字、"疏"字上见工。更得前联不用虎迹一句,则不冗矣。此二句尹穑得其馀工,有诗曰:"草黄眠失犊,石白动知鸥。"亦佳。并记诸此。

榆关书不到,雪又满平芜。指冷频呵玉,胸寒屡掩酥。绿尝冬至酒,红拥夜深炉。塞上风沙恶,征衣也到无①。

此篇似闺人念征夫咏雪,"呵玉""掩酥"一联亦流丽。

雪 尽　　　　　　吕居仁

雪尽寒仍在,园荒春欲归。晴空落雁少,古木聚鸦稀。肺病犹宜酒,囊空合典衣。碧云愁不见,千里故山薇。

三、四佳。

年 华　　　　　　陈简斋

去国频更岁,为官不救饥。春生残雪外,酒尽落梅时。

---

① 冯班:"也到"一作"到也"。

白日山川映,青天草木宜。年华不负客,一一入吾诗。

金潭道中

　　晴路篮舆稳,举头闲望赊。前冈春泱漭,后岭雪槎牙。海内兵犹壮,村边岁自华。客行惊节序,回眼送—作"望"。桃花。

　　陈简斋无专题雪诗,此二首一云"春生残雪外",一云"后岭雪槎牙",皆于雪如画,佳句也。且诗律绝高,特取诸此,以备玩味。

雪中偶成　　　　　　　　潘子贱

　　飞花看六出,俄向腊中来。解验人情喜,始知天意回。夜阑窗愈白,晓冻日难开。麦熟何时节,饥民正可哀。

　　歉岁多流冗,邦侯善劳来。雪馀惊腊尽,耕近喜春回。郊野犹同色,江天已半开。短衣难掩胫,谁说少陵哀。

　　潘良贵,字子贱。诗传者不多。风格老练,而缴句皆高古悲怆。味其旨,仁人之言也。《用朱教授韵》:"架上残书犹可读,瓶中储粟不堪春。"《用任德久韵》:"尚馀披树雪,已有浴溪禽。"皆佳。

雪中登王正中书阁　　　　曾茶山

　　对雪谁同语?登楼似欲仙。人家修月户,丈室散花天。

山拥钩帘外,江横隐几前。寒深落雁渚,清集钓鱼船。扶病从摩诘,消愁得仲宣。展书明细字,烹茗湿疏烟。月好还同梦,诗成已下弦。明年倘相忆,为一到关边。

次韵雪中

积雪何所待,冻云终未开。有时闻泻竹,无路去寻梅。只欲关门卧,谁能荡桨来?辟寒须底物,正乏曲生才。

亦用袁安、子猷事,但诗律稳熟可法。

雪中二首　　　　　　　陆放翁

春昼雪如筛,清羸病起时。迹深惊虎过,烟绝悯僧饥。地冻萱牙短,林深鸟哢迟。西窗斜日晚,呵手敛残棋。

忽忽悲穷处,悠悠感岁华。暮云如泼墨,春雪不成花。眼涩灯生晕,诗成字半斜。残樽已倾尽,试起问东家。

前篇中四句不胜其工,末句尚不放过,更着馀工,可喜也。后篇亦可取。

小　雪

夜卧风号野,晨兴雪拥篱。未言能压瘴,要是欲催诗。

跨蹇虽堪喜,呼舟似更奇。元知剡溪路,不减灞桥时。

此诗五、六善斡旋。

大雪月下至旦欲午始晴

薄暮雪云低,清宵意惨凄。方听打窗急,已报与阶齐。疏箔穿飞蝶,空庭聚戏猊。新晴思访客,愁绝满城泥。

雪　　　　　尤延之

睡觉不知雪,但惊窗户明。飞花厚一尺,和月照三更。草木浅深白,丘塍高下平。饥民莫咨怨,第一念边兵。

见雪而念民之饥,常事也。今不止民饥,又有边兵可念。欧阳诗:"可怜铁甲冷彻骨,四十余万屯边兵。"以此忤晏相意,而晏相亦坐此罢相。然则凡赋咏者,又岂但描写物色而已乎?

雪意浓复作雨　　　　　范石湖

拟看飞花阵,翻成建水声。雨吾宁不识,雪汝几时成。三白从今卜,千仓待此盈。暮云如有意,青女莫无情。

"三白""千仓"对偶新。

雪　　　　　　　　　杨诚斋

夜映非真晓,山明不觉遥。尽寒无禁爽,且落未须销。体怯心仍爱,颜衰酒强朝[①]。毛锥自堪战,寸铁亦何消。

是雨还堪拾,非花却解飞。儿童最无赖,抟弄肯言归？白树翻投竹,欺人故点衣。肩寒未妨耸,笔冻可能挥。

细听无仍有,贪看立又行。落时晨却暗,积处夜还明。幸自漫山好,何如到夏清。似知吾党意,未遣日华晴。

用白战律,仍禁用故事,咏三首。诚斋此诗,枯瘦甚矣。

七言 四十七首

暮登四安寺钟楼寄裴十迪　　杜工部

暮倚高楼对雪峰,僧来不语自鸣钟。孤城返照红将敛,近市浮烟翠且重。多病独愁常阒寂,故人相见未从容。知君苦思缘诗瘦,太向交游万事慵。

老杜七言律无全篇雪诗,此首起句言"高楼对雪峰",三、四"返照"

[①] 纪昀:"朝"疑"潮",言红潮登颊也。

"浮烟",乃雪后景也。选置于此,以表诗体。前四句专言雪后晚景,后四句专言彼此情味,自然雅洁。必若着题诗八句黏带,即"为诗必此诗",而诗拙矣,所谓不可无开阖也。

春雪　　　　　　　秦韬玉

雪重寒空思寂寥,玉尘如糁满春朝。片才着地轻轻陷,力不禁风旋旋消。惹砌任从香粉妒①,萦丛自学小梅娇。谁家醉卷珠帘看,弦管堂深暖易调。

三、四颇切于春雪,但诗格稍弱。

次韵和刁景纯春雪戏意　　　梅圣俞

雪与春归落岁前,晓开庭树有馀妍。杨花扑扑白漫地,蛱蝶纷纷飞满天。胡马嘶风思塞草,吴牛喘月困沙田。我贫始觉今朝富,大片如钱不解穿。

此戏语耳。三、四虽戏,却自佳。

雪后书北台壁　　　　　苏东坡

城头初日始翻鸦,陌上晴泥已没车。冻合玉楼寒起粟,

---

① 冯班:"香粉"一作"蝴蝶"。

光摇银海眩生花。遗蝗入地应千尺,宿麦连云有几家①。老病自嗟诗力退,空吟《冰柱》忆刘叉。

  雪宜麦而辟蝗,蝗生子入地,雪深一尺,蝗子入地一丈。"玉楼"为肩,"银海"为眼,用道家语,然竟不知出道家何书。盖《黄庭》一种书相传有此说。

  黄昏犹作雨纤纤,夜静无风势转严。但觉衾裯如泼水,不知庭院已堆盐。五更晓色侵书幌,半月集作"夜"。寒声落画檐。试扫北台看马耳,未随埋没有双尖。

  "马耳",山名,与"台"相对。坡知密州时作。年三十九岁。偶然用韵甚险,而再和尤佳。或谓坡诗律不及古人,然才高气雄,下笔前无古人也。观此雪诗亦冠绝古今矣。虽王荆公亦心服,屡和不已,终不能压倒。

再 用 韵

  九陌凄风战齿牙,银杯逐马带随车。也知不作坚牢玉,无乃②能开顷刻花。对酒强歌愁底事,闭门高卧定谁家。台前日暖君须爱,冰下寒鱼渐可叉。

  已分酒杯欺浅懦,敢将诗律斗深严。渔蓑句好真堪画,柳絮才高不道盐。败履尚存东郭指,飞花又舞谪仙檐。书

---

① 纪昀:"几"一作"万","万"字是。
② 冯班:"乃"一作"奈"。

生事业真堪笑,忍冻孤吟笔退尖。

"渔蓑句好",郑谷渔蓑,道韫柳絮,赖此增光,而世无异论。"不道盐"三字出《南史》,详见诗话及本诗注。退之诗:"兔尖齐莫并。"若苦寒则退尖矣。李白诗:"好鸟吟春歌后院,飞花送酒舞前檐。"文字可谓缚虎手。"叉""尖"二字,和得全不吃力,非坡公天才,万卷书胸,未易至此。

读眉山集次韵雪诗五首 今取第一首,馀见注。

王半山

古木昏昏未有鸦,冻雷深闭阿香车。抟云忽散筛为屑,剪水如纷缀作花。拥帚尚怜南北巷,持杯能喜两三家。戏按乱掬输儿女,羔袖龙钟手独叉。

和险韵,赋难题,此一诗已未易看矣。第一句谓日晦,第二谓雷蛰,皆所以形容寒天也。三、四谓抟云而筛为屑,剪水而缀为花,所以形容雪之融结也。"拥帚""持杯",则谓以雪为苦者多,以雪为乐者少。末两句最佳,"戏按乱掬"者,儿女曹不畏雪也,老人则叉手于袖中耳。第二首"夜光往往多联璧,小白纷纷每散花",形容雪之积,雪之飞。"珠网缠连拘翼座",此一句用佛书事。拘翼者,天帝之名也。《增益阿含经》有释提桓与菩提论天帝拘翼治病药事。"瑶池森慢阿环家",此一句用西王母事,阿环亦王母之名也。珠网之座,瑶池之家,以形容雪耳。然晦僻,不及坡之自然。末句"银为宫阙寻常见,岂即诸天守夜叉",言邂逅于雪天,见银宫阙,无夜叉以守之,亦牵强矣。〇第三首前联"皭若易缁终不染,纷然能幻本无花",亦佳,但颇装点。"观空白足宁知处,疑有青腰岂作家",亦捏合。"慧可忍寒真觉晚,为谁将手少林叉",用立雪事,亦平平。第四首"长恨玉颜春不久,画图时展为君叉",谓雪不长存,当画为图,时时叉而观之。暗用唐薛媛寄夫诗:"恐君浑忘却,时展画图看。"第五首"岂能舴艋真寻我,且与蜗牛独卧家",亦佳。末句"欲挑青腰还不敢,直须诗胆付刘叉",即坡已用之韵。刘叉有"诗胆大于天"之句,亦不为不善用也。五诗皆选,恐误人,故细注论之。

读眉山集爱其雪诗能用韵复次韵一首

靓妆严饰曜金鸦,比兴难同漫百车。水种所传清有骨,天机能织皦非花。婵娟一色明千里,绰约无心熟万家。长此赏怀甘独卧,袁安交戟岂须叉。

荆公和坡"叉"字韵,至此为六。"水种所传清有骨",李雁湖注:"水种,未详。《尔雅》①(《释名》):'雪绥也,水下遇寒而凝,绥绥然下也。'观此则雪本水为之。"予谓深僻难晓。并下句"天机能织皦非花",亦不可晓。若曰用天孙织女事,与雪无关涉也。但五、六极佳,"婵娟一色明千里",似谓雪之色与月无异。"绰约无心熟万家",即《庄子》"姑射神人,其神凝,年谷熟,出处有绰约若冰雪"语,意尽工也。末句亦奇。汉三公领兵入见,交戟叉颈。袁安以卧雪得举孝廉,后为三公。意谓叉颈而入朝,而不如闭门而独卧也。然则亦勉强矣。

次韵王胜之咏雪

万户千门车马稀,行人却返鸟休飞。玲珑剪水空中堕,的皪装春树上归。素发联华惊老大,玉颜争好羡轻肥。朝来已贺丰年瑞,试问农家果是非。

---

① 按:《尔雅》疑误,句出自《释名》。

尾句好，朝廷以为瑞而贺矣，田家其果然否？"羡轻肥"三字押韵牵强。

次韵酬府推仲通学士雪中见寄

朝来看雪咏新诗，想见朱衣在赤墀。为问火城将策试，何如雪屋听窗知。曲墙稍觉吹来密，穷巷终怜扫去迟。欲访故人非兴尽，自缘无路得传之。

"喜深将策试，惊密仰檐窥。气严当酒暖，洒急听窗知。"昌黎诗中摘六字用。

雪中过城东仰怀平甫学士　　刘景文

马蹄踏雪过东城，暂喜京尘不上缨。寒木鸟惊花散漫，败檐人怯玉峥嵘。岂无梁燕容枚老，定有高才忆戴生。未负物华聊一赋，知君丽句已先成。

此刘季孙诗，见平甫集中。

次韵景文雪中见寄　　王平甫

未能谈笑破愁城，犹幸都无俗事缨。载酒何人过扬子，评诗今日得钟嵘。杜门落寞尘埃隔，扫径侵寻霰雪生。谁向梁园能授简，看君文格出天成。

此不专赋雪。但二人倡和，不可不知，故选。

雪　意

雪意悠悠底未成，年华促促尚谁惊。浮云稍助春来暗，薄日迟回午后明。静见游尘侵藓迹，忽闻落叶扫阶声。此时俯偻无酬酢，世谛吾心弃不争。

咏雪奉呈广平公 元注："宋盈祖。"　黄山谷

春寒①晴碧来飞雪②，忽忆江清水见沙。夜听疏疏还密密，晓看整整复斜斜。风回共作③婆娑舞，天巧能开顷刻花。政使尽情寒至骨，不妨桃李用年华。

"夜听""晓看"一联，徐师川有异论。东坡家子弟亦疑之，以问坡，谓黄诗好在何处？坡却独称许之。以余味之，亦无不可。元祐诗人诗，既不为杨、刘"昆体"，亦不为"九僧"晚唐体，又不为白乐天体，各以才力雄于诗。山谷之奇，有"昆体"之变，而不袭其组织。其巧者如作谜然，此一联亦雪谜也，学者未可遽非之。下一联"婆娑舞""顷刻花"，则妙矣。〇《外集》又有《次韵张秘校喜雪》，有四联可观："学子已占秋食麦，广文何憾客无毡。""巷深朋友稀来往，日晏儿童不扫除。""寒生短褐谁乘兴，光入疏棂我读书。""润到竹根肥腊笋，暖开蔬甲助春盘。"乃北京教授时诗。

---

① 许印芳："寒"一作"空"。
② 许印芳：一作"连空春雪明如洗"。
③ 许印芳："共"一作"解"，又作"乍"。

春雪呈张仲谋

暮雪霏霏若撒盐,须知千陇麦纤纤。梦闲半枕听飘瓦,睡起高堂看入帘。剩与月明分夜砌,即成春溜滴晴檐。万金一醉张公子,莫道街头酒价添。

苏、黄名出同时。山谷此二诗适亦用"花"字、"檐"字韵,此乃山谷少作耳。视坡诗高下如何?细味之,"梦闲""睡起""疏密""整斜"二联,与坡"泼水""堆盐"之句,亦只是一意,但有浅深工拙。而"庭院已堆盐"之句,却有顿挫。坡诗天才高妙,谷诗学力精严;坡律宽而活,谷律刻而切云。

连日大雪以疾作不出闻苏公与德麟同登女郎台 陈后山

掠地冲风敌万人,蔽天密雪几微尘。漫山塞壑疑无地,投隙穿帷巧致身。晚节读书今已老,闭门高卧不缘贫。遥知更上湖边寺,一笑潜回万室春。

此诗为颍州教时作。东坡为守,赵令畤为签判。东坡有和篇云"苍桧作花真强项,冻鸢储肉巧谋身"是也。

雪 后

送往开新雪又晴,故留腊白待春青。稍回杉色伸梅怨,并得朝看与夜听。已觉庭泥生鸟迹,遽修田事带朝星。暮年功利归持律,不是骚人故独醒。

此诗第一句至第六句,皆出格破体,不拘常程,于虚字上极力安排。

戊午山间对雪三首取一　　　徐师川

雪中出去雪边行,屋下吹来屋上平。积得重重那许重,飞来片片又何轻。檐间日暖重为雨,林下风吹再落晴。表里江山应更好,溪山已复不胜清。

东湖居士诗三大卷,上卷古体,中卷五言近体,下卷七言近体。以予考之,殆以山谷之甥,尝亲见之,故当世不敢有异论,在"江西派"中无甚奇也。惟压卷诗数首可观,亦人所可到。律诗绝无可选。"一百五日寒食雨,二十四番花信风。"若可备节序之选。而上联乃云:"方知园里千株雪,不比山茶独自红。"又甚无格,亦不工。独此一雪诗可喜耳。师川以山谷"夜听疏疏还密密"一联为不然。此诗前联即其遗意也。又师川诗多爱句中叠字,十首八九如此,可憎可厌。

招张仲宗　　　陈简斋

北风日日吹茅屋,幽子朝朝只地炉。客里赖诗增意气,老来唯懒是工夫。空庭乔木无时事,残雪疏篱当画图。亦有张侯能共此,焚香相待莫徐驱。

简斋无专题雪律诗。五言选取二,七言选取一,皆以一句及雪取之,如画图见雪也。此"空庭乔木无时事"一句尤奇,人所不能道者,比"小斋焚香无是非"更高。

雪 崔德符

朔风万里卷龙沙,剪出千林六出花。仙子衣裳云不染,天人颜色玉无瑕。月寒桂树尤藏秀,海冻珊瑚未敢芽。欲上疏帘望南北,却愁光照鬓边华。

"海冻"一句奇甚。第四句虽用"玉"字,自说天人颜色,不犯俗例。

对 雪二首取一 毛泽民

玉京咫尺不应疑,龙凤交横舞屡傲。素色可能妆粉似,真香直到齿牙知。珠楼先晓月未落,瑶草自春天亦私。千里一裘谁有样,邹郎吹律为薰之。

雪有香,食之乃见,亦好异矣。次首:"轻盈舞殿三千女,缥缈飞天十二台。"下一句新。

追和东坡雪诗三首取一 胡澹庵

为瑞应便种麦鸦,馀光犹得映书车。也知一腊要三白,故作六霙先百花。授简才悭惭赋客,披蓑句好忆渔家。拟酤斗酒听琴操,三百青铜落画叉。

"种麦鸦"三字好,"光映书车",已强押矣。"三白""百花"亦熟料,"披蓑句好忆渔家",犯坡已道。末句"三百青铜落画叉",引为酤酒事则可矣。○第二首:"当时号令君听取,白战无须带步叉。"亦恐太僻。唯"啖毡使者莫思家"一句佳。第三首:"梁园高会忆邹严"亦奇。"千里蓴羹未下盐",则恐不切于雪。"中有羁孤湿帽尖",亦压不倒。看来十分好诗在前,似不当和也。

雪　作　　　　　　　　曾茶山

卧闻霰集却无声①,起看阶前又不能。一夜纸窗明似月,多年布被冷如冰。履穿过我柴门客,笠重归来竹院僧。三白自佳晴亦好,诸山粉黛见层层。

此可为南渡雪诗之冠。

十二月六日大雪

薄晚蓬山下直馀,笑看六出点衣裾。絮飞帘外无萦绊,花落阶前不扫除。松鬣垂身全类我,竹头抢地最怜渠。短檠便可捐墙角,剩有窗光映读书。

格律整峭。每读茶山诗,无不满意处,更无丝毫偏枯颓塌。此诗"花""絮"二字更改去,尤佳。

---

① 许印芳:"却"一作"转"。

上元日大雪

勾芒整辔浃辰间，雪片相随大可观。挑菜园林有馀润，烧灯庭院不胜寒。柳条弄色政尔好，梅蕊飘香殊未阑。便似落花飞絮去，直疑春事并衰残。

诗先看格高，而意又到，语又工，为上。意到，语工，而格不高，次之。无格，无意，又无语，下矣。此诗全是格，而语意亦峭。

次秀野咏雪韵三首　　朱文公

闭门高卧客来稀，起看天花满院飞。地迥杉篁增胜概，庭虚鸟雀噪空饥。酒肠冻涩成新恨，病骨侵凌减旧肥。赖有袁生清兴在，忍寒应未泣牛衣。

一夜同云匝四山，晓来千里共漫漫。不应琪树犹含冻，翻笑杨花许耐寒。乘兴政须披鹤氅，瀹甘犹喜破龙团。无端酒兴催吟笔，却恐长鲸吸海干。

开门惊怪雪交加，乱落横飞岂有涯。密竹不妨呈劲节，早梅何处觅残花。山阴客子须乘兴，洛下先生想卧家。病废杯觞寒至骨，哦诗无复更豪夸。

三诗未免用雪故事，然终不及"瑶琼""银玉"等句。诗律审细，有味。

次韵雪后书事

晴烟袅袅弄晨炊,雪屋流澌未觉迟。拟挈冻醪追胜饯,聊穿蜡屐过疏篱。扫开折竹仍三径,认得残梅只数枝。不耐岁寒心事苦,滔滔欲说定从谁?

未觉春光到柳条,谁教飞絮倚风摇?眼惊银色迷千界,梦断彤庭散百寮。梅坞任从长笛弄,竹窗闲把短檠挑。何人剥啄传清唱?更喜残年乐事饶。

前首中四句皆佳。后首第三句熟料。第四句却以生对熟,忆百寮贺雪而退,有新意。

甲午春前得雪 元题:"宗美有诗,交和往复,成十五首。"今取其三。　　尤延之

寒声昨夜响萧萧,逗晓阶庭亦已消。残腊距春无几日,一年飞雪只今朝。微阳欲动梅惊萼,馀润才沾麦放苗。天意未能违物意,漫留残白占山腰。

飞英回旋逐风飘,爽气令人意欲消。荏苒流年春送腊,殷勤密雪暮连朝。冬回庾岭花无数,烟暖蓝田玉有苗。一饱自今真可望,更看南亩麦齐腰。

冻云排阵拥山椒,待伴还应不肯消。皎月冰壶千顷夜,冷烟茅屋几家朝。梅枝堆亚难寻萼,萱草侵凌不辨苗。残甲败鳞随处是,被谁敲折玉龙腰?

"苗"字韵犹有云:"千尺龙鳞蟠桧顶,一番蜩甲长蔬苗。""剩对风花吟柳絮,更将冰水瀹芎苗。""万室欢呼忘冻馁,一犁酥润到根苗。""腰"字韵犹有云:"寄语高人来问法,莫辞门外立齐腰。""前村酒美无钱换,怪底金龟不系腰。""寒窗莫怪吟声苦,举室长悬似细腰。"盖淳熙元年诗也。○"战退玉龙三百万,败残鳞甲满天飞。"本关中人张元诗,叛从元昊者。善用之,化为佳句也。

正月二十八日夜大雪 辛丑

一冬无雪润田畴,渴井泉源冻不流。昨夜忽飞三尺雪,今年须兆十分秋。占时父老应先喜,忍冻饥民莫漫愁。晴色已回春气候,晚风摇绿看来牟。

淳熙八年辛丑遂初为江东仓行部时诗。三、四轻快。

雪　　　　　　　　　陆放翁

瘴疠家家一洗无,更欣馀润沃焦枯。花壶夜冻先除水,衣焙朝寒久覆炉。松顶积高时自堕,竹枝压重欲相扶。云间正值春风早,却看晴光满九衢。

淳熙十四年丁未,放翁守严州,时年六十三矣。"花壶""衣焙"一联,雪天之室中事也。"积松""压竹"一联,雪天之林间事也。其工密安排如此。

作雪寒甚有赋

云暝风号得我惊,砚池转盼已冰生。窗间顿失疏梅影,枕上空闻断雁声。公子皂貂方痛饮,农家黄犊正深耕。老人别有超然处,一首新诗信笔成。

律熟。

雪

但苦祁寒恼病翁,岂知上瑞报年丰。一庭不扫待新月,万壑尽平号断鸿。茧纸欲书先砚冻,羽觞才举已樽空。若耶溪上梅千树,欠我今年系短篷。

起句奇峭,三、四壮浪。

雪

平郊漫漫觉天低,况复寒云结惨凄。老子方惊飞蛱蝶,群儿已说聚狻猊。中宵猿堕频摧木,彻旦鸡瘖重压栖。只待新晴梅坞去,青鞋未怯踏春泥。

三、四新。

大 雪

大雪江南见未曾,今年方始是严凝。巧穿帘罅如相觅,重压林梢欲不胜。毡幄掷卢忘夜睡,金羁立马怯晨兴。此生自笑功名晚,空想黄河彻底冰。

中四句不用事,只虚模写,亦工。

雪 中 作

竹折松僵鸟雀愁,闭门我亦拥貂裘。已忘作赋游梁苑,但忆衔枚入蔡州。属国飡毡真强项,翰林煮茗自风流。明朝日暖君须记,更看青鸳玉半沟。

中四句皆用雪事,不妨工致。

鬓毛无奈岁华催,一笑登临亦乐哉!平地忽成三尺雪,绕湖何啻万株梅。云山叠叠朝凭阁,帘幕沉沉夜举杯。节物鼎来方自此,酥花彩胜待春回。

富丽。

和马公弼雪　　　　　　　杨诚斋

洒竹穿梅湖更山,客间得此未嫌寒。鬓疏也被轻轻点,齿冷犹禁细细餐。晴了还成三日冻,销馀留得半庭看。凭谁说似王郎妇,盐絮吟来总未安。

此见《江湖集》,隆兴元年癸未钱塘作。省干马公弼,名彦,辅西人,见公《山谷浣花图歌》题注。末句言盐絮总为未佳,得后山之意。

霰

雪花遣汝作前锋,势颇张皇欲暗空。筛瓦巧寻疏处漏,跳阶误到暖边融。寒声带雨山难白,冷气侵人火失红。方讶一冬暄较甚,今宵敢叹卧如弓。

霰诗前未有之。三、四工甚,尽霰之态。绍兴三十二年壬午,永州零陵丞诗。

环林踏雪　　　　　　　　楼攻媿

筍舆冲雪过溪桥,流水方东未晚潮。白里不知梅奋色,青边尤喜麦成苗。烟深带雨参差下,空阔随风自在飘。可是忍寒诗更切,故求野路踏琼瑶。

"今朝踏作琼瑶迹,为有诗从凤沼来。"昌黎诗也。攻媿楼公钥,字大防,嘉定初参政。自乾淳大儒巨公沦谢之后,有一楼攻媿。又其后,真西山、魏鹤山为学者领袖云。

顷与公择读东坡雪后北台二诗叹其韵险而无窘步尝约追和以见诗之难穷去冬适无雪正月二十日大雪因用前韵呈公择

　　　　　　　　　　　　　　赵昌父

细思不是冬无雪,留待春风斗冷严。病骨未忧衣乏絮,早餐宁叹食无盐。梅添凿落元同色,竹拥参差半入檐。坐守地炉应不厌,破窗平见北山尖。

　　雪埋老屋无薪卖,晨起谋炊自毁车。觅饱预期千顷麦,破悭先试一春花。便营野屐寻茶户,更约绨袍当酒家。处士只今疑姓贾,壁间但没挂钱叉。元注:"事见坡答少游书。"
　　昌父当行本色诗人,押此诗亦且如此,殆不当和而和也。存此以见"花""叉""盐""尖"之难和。荆公、澹庵、章泉俱难之,况他人乎?

卷之二十二　月类

着题诗中梅、雪、月最难赋,故特以为类。中秋月尤难赋。"此夜一轮满,清光何处无",僧贯休句也。"此生此夜不长好,明月明年何处看",东坡句也。"万山不隔中秋月",山谷一句尤奇。然则月诗五言律,无出于杜少陵,故所取杜诗为多。而五、七言,共得四十首云尔。

五　言 三十首

和康五望月有怀　　　　杜审言

明月高秋迥,愁人独夜看。暂将弓并曲,翻与扇俱团。雾濯清辉苦,风飘素影寒。罗衣一此鉴,顿使别离难。

起句似与其孙子美一同,以终篇味之,乃少陵翁家法也。"一此"二字,杜集不分晓,今从《文苑英华》本。

咏　月　　　　康令之

天使下西楼,光含万里愁。台前疑挂镜,帘外似悬钩。张尹将眉学,班姬取扇俦。佳期应借问,为报在刀头。

唐《国秀集》姓名下注云："河阴尉天宝三载芮挺章编，楼颖序。"有王维、高适，而未有老杜。"镜""钩"一联，老杜后亦用之，岂暗合耶？○《文苑英华》编为沈佺期《和洛州康士曹庭芝望月有怀》，如此则自有一庭芝《咏月》，与康令之近似，姑存疑可也。

秋夜望月　　　　　　姚元崇

明月有馀鉴，羁人殊未安。桂含秋树晚，影入夜池寒。灼灼云枝净，光光草露团。所思迷所在，长望独长叹。

欧公诗曰："元刘事业时无取，姚宋篇章世不知。"宋广平有《梅花赋》，姚元崇亦有此等诗，未可忽也。起句峭健最佳，尾句"所思迷所在"，《文苑英华》作"所由"，而注"疑"字。予为改定曰"所思"，无可疑也。

月　夜　　　　　　杜工部

今夜鄜州月，闺中只独看。遥怜小儿女，未解忆长安。香雾云鬟湿，清辉玉臂寒。何时倚虚幌？双照泪痕干。

少陵自贼中间道至凤翔，拜左拾遗。既收京，从驾入长安。时寄家鄜州。八句皆思家之言。三、四及"儿女"，六句全是忆内，与乃祖诗骨格声音相似。

初　月

光细弦欲上①，影斜轮未安。微升古塞外，已隐暮云端。

---

① 何义门："欲"一作"岂"。　许印芳："欲"一作"初"。

河汉不改色,关山空自寒。庭前有白露,暗满菊花团。

诗话谓此诗喻肃宗初立,亦是。老杜月诗选十五首。今无能及之者矣。

月①

白夜月休弦,灯花半委眠。号山无定鹿,落树有惊蝉。暂忆江东脍,事见张翰。兼怀月下②船。事见王徽之。蛮歌犯星起,重觉在天边。

城郭悲笳暮,村墟过翼稀。甲兵年数久,赋敛夜深归。暗树依岩落,明河绕塞微。斗斜人更望,月细鹊休飞。

月

天上秋期近,人间月影清。入河蟾不没,捣药兔长生。只益丹心苦,能添白发明。干戈知满地,休照国西营。

四更山吐月,残夜水明楼。尘匣元开镜,风帘自上钩。兔应疑鹤发,蟾亦恋貂裘。斟酌嫦娥寡,天寒奈九秋。

东坡以"四更山吐月"为绝唱,西湖涌金门观月用韵衍为五首。末句言嫦娥而秋寒,亦酷矣。

---

① 何义门:集作"夜"。
② 冯班:"月"一作"雪"。

月　圆

孤月当楼满,寒江动夜扉。委波金不定,照席绮逾依。未缺空山静,高悬列宿稀。故园松桂发,万里共清辉。

月

断续巫山雨,天河此夜新。若无青嶂月,愁杀白头人。魍魉移深树,虾蟆动半轮。故园当北斗,直想照西秦。

月夜忆舍弟

戍鼓断人行,秋边①一雁声。露从今夜白,月是故乡明。有弟皆分散,无家问死生。寄书长不达,况乃未休兵。

舟月对驿近寺

更深不假烛,月朗自明船。金刹青枫外,朱楼白水边。城乌啼眇眇,野鹭宿娟娟。皓首江湖客,钩帘独未眠。

---

① 冯班：一作"边秋"。

江 月

江月光于水,高楼思杀人。天边长作客,老去一沾巾。玉露团清影,银河没半轮。谁家挑锦字,烛灭翠眉颦。

玩月呈汉中王

夜深露气清,江月满江城。浮客转危坐,归舟应独行。关山同一照,乌鹊自多惊。欲得淮王术,风吹晕已生。

八月十五夜月

满目飞明镜,归心折大刀。转蓬行地远,攀桂仰天高。水路疑霜雪,林栖见羽毛。此时瞻白兔,直欲数秋毫。

十六夜玩月

旧挹金波爽,皆传玉露秋。关山随地阔,河汉近人流。谷口樵归唱,孤城笛起愁。巴童浑不寐,半夜有行舟。

十七夜对月

秋月仍圆夜,江村独老身。卷帘还照客,倚杖更随人。

光射潜虬动,明翻宿鸟频。茅斋依橘柚,清切露华新。

裴迪书斋望月　　　钱　起

夜来诗酒兴,月满①谢公楼。影闭重门静,寒生独树秋。鹊惊随叶散,萤远入烟流。今夕遥天末,清辉几处愁?

姚合《极玄集》取此诗"月满"作"独上",予以"独"字重,改从元本。"鹊"元本作"鹤",予改从姚本。

西　楼　月　　　白居易

悄悄复悄悄,城隅隐林杪。山郭灯火稀,峡天星汉少。年光东流水,生计南飞鸟。月没江沉沉,西楼殊未晓。

此乃反声律诗也。八句皆佳。中四句山谷尝摘书之。

西楼望月　　　张司业

城西楼上月,复见②雪晴时。寒夜共来望,思乡独下迟。幽光落水堑,净色在霜枝。明日千里去,此中还别离。

前四句佳甚。

---

① 冯班:一作"独上"。
② 冯班:"见"一作"是"。

八月十五夜玩月　　　　刘宾客

天将今夜月，一遍洗寰瀛。暑退九霄净，秋澄万景清。
星辰让光彩，风露发晶英。能变人间世，翛然是玉京。

　　绝妙无敌。

中　秋　月　　　　王元之禹偁

何处见清辉，登楼正午时。莫辞终夕看，动是隔年期。
冷湿流萤草，光凝睡鹤枝。不禁鸡唱晓，轻别下天涯。

　　三、四天下之所共知。

中　秋　月　　　　曹汝弼

年年相对赏，永夜坐吟床。众望自疑别，孤高非异常。
园林分净影，台榭起馀光。谁似蟾宫客，得攀仙桂香。

　　歙之休宁松萝山人曹处士，名汝弼，字梦得。其先青州人，南唐时徙歙。诗一百五十首传世，曰《海宁集》，舒职方雄为序。中子屯田郎中矩登第，其后以进士仕者六人，以恩荫仕数十人，赠职方员外郎。今曹君泾清，其九世孙。天禧、祥符间高蹈有声，与林和靖、魏野、潘阆等善，诗亦似之。此诗三、四，于中秋月亦奇也。

中秋与希深别后月下寄　　　　梅圣俞

薄雾生寒水,寥寥舣画船。人伤千里别,桂吐十分圆。把酒非前夕,追欢忆去年。南楼足佳兴,好在谢临川。

淡静。

陇　月

夜静初见月,云薄未分明。高树尚无影,远鸿时有声。下阶嫌履湿,闭户认苔生。寂寂墙阴暝,更长已渐倾。

诗题曰"陇月",盖"朦胧淡月云来往"之意。在文彦博贝州军中拜相诗之后。圣俞谓曹彬、潘美下一国亦不拜相,素不以文潞公为然乎?抑谓朝廷未然乎?诗意恐有所为而发,是后有《未晴》《夜阴》《夜暗》三诗,曰"缺月如羞出",曰"月色明还暗",曰"新晴月正明",皆未可臆度为指何事也。

陪友人中秋赏月　　　　王半山

海雾看如洗,秋阳望却昏。光明疑不夜,清莹欲无坤。扫掠风前坐,留连露下樽。苦吟应到晓,况复我思存。

"清莹欲无坤",奇险。末句又用《毛诗》一语,陈中取新。窃恐是王逢原诗,误刊荆公集。亦有乃弟王平甫诗,误置公集。如"舞急锦腰缠十八,酒酣金盏困东西",平甫诗也。"醉胆愤痒遣酒拏",王逢原诗也。两集予俱有之,候考。

十五夜月　　　　　　　陈后山

向老逢清节,归怀托素辉。飞萤元失照,重露已沾衣。稍稍孤光动,沉沉众籁微。不应明白发,似欲劝人归。

诗意谓向老而俯仰世间,为明月所照破也。老硬。

中秋前一夕玩月　　　　　　　杨诚斋

月拟来宵好,吾先今夕遭。才升半壁许,已复一轮高。迁坐明相就,群飞影得逃。望秋惟有此,彻夜敢辞劳。

此诗五、六佳句,亦清瘦。

夜中步月　　　　　　　陆放翁

夜半不成寐,起寻微月行。风生惊叶堕,露重觉荷倾。兀兀酒中趣,悠悠身后名。兴阑还掩户,坐待日东生。

放翁诗万首而月诗少。别有《十月十五夜对月》诗云:"重露滴松鬣,高风吹鹤声。"亦佳。

七　言 十首

中　秋　月　　　　　　白乐天

万里清光不可思，添愁益恨绕天涯。谁人陇外久征戍？何处庭前生别①离？失宠故姬归院夜，没蕃老将上楼时。照他几许人肠断，玉兔银蟾远不知。

中四句皆述人之失意者。末乃谓照人肠断，月实不知，即所谓雌、雄风者也。

八月十五夜禁中寓直寄元四稹

银台金阙静沉沉，此夕相思在禁林。三五夜中新月色，二千里外故人心。渚宫东面烟波冷，浴殿西头钟漏深。犹恐清光不同见，江陵地湿足秋阴。

元微之为江陵法曹，乐天在翰林。

中秋松江新桥对月和柳令　　　苏子美

月晃长江上下同，画桥横绝冷光中。云头滟滟开金饼，水面沉沉卧彩虹。佛氏解为银世界，仙家多住玉华宫。地雄景胜言难尽，但欲追随乘晓风。

---

① 冯班："生"一作"新"。

苏子美壮丽顿挫，有老杜遗味。然多哀怨之思。予少时初亦学此翁诗。惜乎子美早卒，使老寿，山谷当并立也。此篇古今绝唱，与吴江长桥、中秋月色成三绝。

依韵和欧阳永叔邀许发运　　梅圣俞

看取主人无俗调，风前喜御夹衣凉。竞邀三五最圆魄，知比寻常特地光。艳曲旋教应可听，秋花虽种未能香。曾非恶少休防准，众寡而今不易当。

元注："永叔诗云：'仍约多为诗准备，共防梅老敌难当。'"许发运名元，歙州人。欧公时知扬州，在庆历七年丁亥。此先以诗邀许，而中秋乃无月。

和永叔中秋月夜会不见月酬王舍人

主人待月敞南楼，淮雨西来陡变秋。自有婵娟侍宾榻，不须迢递望刀头。池鱼暗听歌声跃，莲菂明传酒令优。更爱西垣旧词客，共将诗兴压曹刘。

宋初诗人惟学"白体"及晚唐。杨大年一变而学李义山，谓之"昆体"，有《西昆倡酬集》行于世。其组织故事有绝佳者，有形完而味浅者。尚以流丽对偶，岂肯如此淡净委蛇，而无一语不近人情耶？梅公之诗为宋第一，欧公之文为宋第一，诗不减梅。苏子美不早卒，其诗入老杜之域矣。一传而苏长公之门得四学士，黄、陈特以诗格高，为宋第一。而张文潜足继圣俞，盛哉！盛哉！

酬王君玉中秋席上待月值雨　欧阳永叔

池上虽然无皓魄,樽前殊未减清欢。绿醅自有寒中力,红粉尤宜烛下看。罗绮尘随歌扇动,管弦声杂雨荷干。客舟闲卧王夫子,诗阵谁教主将坛?

圣俞和云"自有蝉娟侍宾榻",谓人足以代月也。永叔答王君玉云"红粉尤宜烛下看",谓烛下见美人胜于月下,固一时滑稽之言,然亦近人情而奇。上一句亦佳。

八月十五夜月二首　曾茶山

玉露金波不可孤,相瞻今夕定何如。氛埃未净雨湔洗,阴翳小留风扫除。丹桂看来元了了,白榆种得许疏疏。一杯浊酒非难事,未有新诗报答渠。

云日晶荧固自佳[①],幽人有待至昏鸦。远分岩际松枫树[②],复乱洲[③]前芦荻花。曳履商声怜此老,倚楼长笛问谁家?霜螯玉柱姚江上,作意三年醉月华。

---

① 许印芳:"固自"一作"气已"。
② 许印芳:"枫树"一作"彩色"。
③ 许印芳:"复"一作"近"。

癸未八月十四日至十六夜月色皆佳

　　年年岁岁望中秋,岁岁年年雾雨愁。凉月风光三夜好,老夫怀抱一生休。明时谅费银河洗,缺处应须玉斧修。京洛胡尘满人眼,不知能似浙江不?

　　隆兴元年癸未,茶山年八十。

中秋呈潘德父　　　　　　　韩仲止

　　一年明月在中秋,数日阴云不奈愁。忽喜新晴转书室,极知清夜照歌楼。醉当弄影如坡老,诗就撞钟忆贯休。千里故人应若此,吾生常好更何求。

　　涧泉此中秋月诗引东坡、贯休事,极新异。

卷之二十三　闲适类

韩昌黎《送李愿归盘谷序》下一段所谓："穷居而闲处，升高而望远，坐茂树以终日，濯清泉以自洁。采于山，美可茹；钓于水，鲜可食。黜陟不闻，理乱不知。起居无时，惟适之安。"此能极言闲适之味矣，诗家之所必有而不容无者也。凡山游郊行，原居野处，幽寂隐逸之趣，于此所选诗备见之。如姚合《少监集》有"闲适"一类，《武功县中作三十首》者，乃是仕宦而闲适，已选置"宦情类"中。先欲分郊野、闲适为二类，要之闲适者流，多在郊野；身在城府朝市，而有闲适之心，则所谓大隐君子，亦世之所希有者也。亦不无一二，附诸其中焉。

五　言一百八首

终南别业　　　　王右丞

中岁颇好道，晚家南山陲。兴来每独往，胜事空自知。行到水穷处，坐看云起时。偶然值林叟，谈笑滞还期。

右丞此诗有一唱三叹不可穷之妙。如辋川《孟城坳》《华子冈》《茱萸沜》《辛夷坞》等诗，右丞唱，裴迪酬，虽各不过五言四句，穷幽入玄。

学者当自细参,则得之。

归嵩山作

清川带长薄,车马去闲闲。流水如有意,暮禽相与还。荒城临古渡,落日满秋山。迢递嵩高下,归来且闭关。

闲适之趣,淡泊之味,不求工而未尝不工者,此诗是也。

韦给事山居

寻幽得此地,讵有一人曾。大壑随阶转,群山入户登。庖厨出深竹,印绶隔垂藤。即事辞轩冕,谁云病未能?

此诗善用韵,"曾""登"二韵险而无迹。"群山入户登"一句尤奇,比之王介甫"两山排闼送青来",尤简而有味。

辋川闲居

一从归白社,不复到青门。时倚檐前树,远看原上村。青菰临水映,白鸟向山翻。寂寞於陵子,桔槔方灌园。

右丞有六言《田园乐》七首。"花落家童未扫,鸟啼山客犹眠",举世称叹。"山下孤烟远村,天边绿树高原",与此"时倚檐前树,远看原上村",予独心醉不已。

淇上即事

屏居淇水上,东野旷无山。日隐桑柘外,河明闾井间。牧童望村去,田犬随人还。静者亦何事,荆扉乘昼关。

右丞诗长于山林。"河明闾井间"一联,诗人所未有也。"牧童""田犬"句尤雅净。

归终南山　　　　　　孟浩然

北阙休上书,南山归弊庐。不才明主弃,多病故人疏。白发催年老,青阳逼岁除。永怀愁不寐,松月夜窗虚。

王维私邀浩然伴直禁林,以此诗忤明皇。八句皆超绝尘表。

过故人庄

故人具鸡黍,邀我至田家。绿树村边合,青山郭外斜。开筵①面场圃,把酒话桑麻。待到重阳日,还来就菊花。

此诗句句自然,无刻画之迹。浩然自有"厨人具鸡黍,稚子摘杨梅",以真对假,见称于世。如郊野之作:"钓竿垂北涧,樵唱入南轩。""先人留素业,老圃作邻家。""鸟过烟树宿,萤傍小轩飞。"皆佳。又如"山水会稽郡,诗书孔氏门",亦佳句。吾州孔氏改"会稽"二字为"新安",用为桃符累年,晚辈不知为浩然诗也。

---

① 许印芳:"筵"一作"轩"。

遇雨贻谢南池①

田家春事起,丁壮聚东陂。殷殷雷声作,森森雨足垂。海虹晴始见,河柳润初移。予意在耕凿,因君问土宜。

此诗起句、末句,幽雅自然。又有句云:"草得风光动,虹因雨气成。"亦佳。

正月三日归溪上有作简院内诸公　杜工部

野外堂依竹,篱边水向城。蚁浮犹腊味②,鸥泛已春声。药许邻人劚,书从稚子擎。白头趋幕府,深觉负平生。

老杜合是廊庙人物,其在成都依严武为参谋,亦屈甚矣。此诗二起句言草堂之状,三、四言时节,五、六言情怀,而末二句感慨深矣。老杜平生虽流离多在郊野,而目击兵戈盗贼之变,与朝廷郡国不平之事,心常不忘君父,故哀愤之辞不一,不独为一身发也。

草堂即事

荒村建子月,独树老夫家。雪里江船渡,风前径竹斜。寒鱼依密藻,宿鹭起圆沙。蜀酒③禁愁得,无钱何处赊?

---

① 按:康熙五十一年本、纪昀《刊误》本题作"东陂遇雨率尔贻谢南池"。
② 冯班:"犹"一作"仍"。
③ 冯班:"蜀",古本作"浊"。

此亦成都草堂诗也。末句无钱赊酒,其穷甚矣。"雪""风"一联如画。四句皆体物者。

暮春题瀼西新赁草屋①

彩云阴复白,锦树晓来青。身世双蓬鬓,乾坤一草亭。哀歌时自短,醉舞为谁醒。细雨荷锄立,江猿吟翠屏。

此诗夔州瀼西作。"彩云阴复白",谓晴云如彩,阴则忽复变白。"锦树晓来青",谓花之骤开如锦,晓来犹是青树,未见花也。起句言景,中四句言身老,言家陋,言所以感慨者。而"细雨"一句,唤醒二起句,盖是景也,实雨为之。"猿吟"一句,尤深怨矣。老杜伤时乱离,往往如此。其诗开合起伏,不可一律齐也。

江　亭

坦腹江亭暖,长吟野望时。水流心不竞,云在意俱迟。寂寂春将晚,欣欣物自私。故林归未得,排闷强裁诗。

老杜诗不可以色相声音求。如所谓"圆荷浮小叶,细麦落轻花""市桥官柳细,江路野梅香""柱穿蜂溜蜜,栈缺燕添巢""细雨鱼儿出,微风燕子斜""芹泥香燕嘴,花蕊上蜂须",他人岂不能之?晚唐诗千锻万炼,此等句极多,但如老杜"水流心不竞,云在意俱迟",即如"片云天共远,永夜月同孤",景在情中,情在景中,未易道也。又如"寂寂春将晚,欣欣物自私""江山如有待,花柳更无私",作一串说,无斧凿痕,无妆点

---

① 冯班:"屋"一作"堂"。

迹,又岂只是说景者之所能乎?他如"有客过茅宇,呼儿正葛巾""自愧无鲑菜,空烦卸马鞍""忧我营茅栋,携钱过野桥",十字只是五字,却下在第五、第六句上,亦不如晚唐之拘。正如山谷诗"秋盘登鸭脚,春网荐琴高",其下却云"共理须良守,今年辄省曹",上联太工,下联放平淡,一直道破,自有无穷之味,所谓善学老杜者也。又此篇末句"排闷",似与"心不竞""意俱迟"同异,殊不知老杜诗以世乱为客,故多感慨。其初长吟野望时闲适如此,久之即又触动羁情如彼,不可以律束缚拘羁也。

过鹦鹉洲王处士别业　　　刘长卿

白首此为渔,青山对结庐。问人寻野笋,留客馈家蔬。古柳依沙发,春苗带雨锄。共怜芳杜色,终日伴闲居。

第五句"发"当作"岸"。

闲游二首　　　韩昌黎

雨后来更好,绕池遍青青。柳花闲度竹,菱叶故穿萍。独坐殊未厌,孤斟讵能醒?持竿至日暮,幽咏欲谁听?

第四句"故"一作"乱"。

兹游苦不数,再到遂经旬。萍盖污池净,藤笼老树新。林乌鸣讶客,岸竹长遮邻。子云只自守,奚事九衢尘?

此二诗一唱三叹,有馀味。以工论之,只前诗第一句已极佳,后诗第六句着题,诗亦体贴不尽。

题李凝幽居

贾浪仙

闲居少邻并,草径入荒园。鸟宿池边树,僧敲月下门。过桥分野色,移石动云根。暂去还来此,幽期不负言。

此诗不待赘说。"敲""推"二字待昌黎而后定,开万古诗人之迷。学者必如此用力,何止"吟安一个字,撚断数茎髭"耶?

访李甘原居

原西居处静,门对曲江开。石缝衔枯草,楂根渍古苔。翠微泉夜落,紫阁鸟时来。仍忆寻淇岸,同行采蕨回。

此诗亚于前作。第四句蜀碑本作"查根上净苔"。紫阁、白阁,终南山二峰之别名。二诗皆以平声起句,而末句平倒。在老杜集,"四更山吐月",平起平倒者甚少。晚唐必欲如此,而其终掷前六句不顾,别出一意缴。此二句亦一格也。如老杜"合分双赐笔,犹作一飘蓬",以自然对缴住,则晚唐所不能矣。

僻居无可上人相访

自从居此地,少有事相关。积雨荒邻圃,秋池照远山。砚中枯叶落,枕上断云闲。野客将禅子,依依偏往还。

此诗较前二首皆一体。中四句极其工,而皆不离乎景,情亦寓乎景中。但不善措置者,近乎冗。老杜则不拘,有四句皆景者,有两句情、两句景者,尤伶俐净洁也。

送唐环归敷水庄

毛女峰当户,日高头未梳。地侵山影扫,叶带露痕书。松径僧寻庙,一作"药"。沙泉鹤见鱼。一川风景好,恨不有吾庐。

八句皆好,三、四尤精致。无中造有者,扫"山影"之谓也。微中致著者,书"露痕"之谓也。人能作此一联,亦可以名世矣。

原东居喜唐温淇频至

曲江春草生,紫阁雪分明。汲水尝泉味,听钟问寺名。墨研秋日雨,茶试老僧铛。地近劳频访,乌纱出送迎。

起句十字自然而佳。中四句用工而佳。末句放宽,亦大自在。

原上秋居

关西又落木,心事复如何?岁月辞山久,秋霖入夜多。鸟从井口出,人自岳阳过。倚枕聊闲望,田家未剪禾。

五、六谓经年乃下得句,学者当细味之。

寄钱庶子

曲江春水满,北岸掩柴关。只有僧邻舍,全无物映山。树阴终日扫,药债隔年还。犹记听琴夜,寒灯竹屋间。

五、六最佳,末句脱洒。

偶 作

野步随吾意,那知是与非。稔年时雨足,闰月暮蝉稀。独树依冈老,遥峰出草微。园林自有主,宿鸟且同归。

此诗妙,五、六尤淡而细,只"那知是与非"一句颇俗。

马戴居华山因寄

玉女洗头盆,孤高不可言。瀑流莲岳顶,河注华山根。绝雀林藏鹘,无人境有猿。秋蟾才过雨,石上古松门。

五、六谓绝雀之林为藏鹘,无人之境始有猿。一句上本下,一句下本上。诗家不可无此互体。工部诗"林疏黄叶坠,野静白鸥来"亦似。

南 斋

独自南斋卧,神闲景自空。有山来枕上,无事到心中。

帘卷侵床月,屏遮入座风。望春春未至,应在海门东。

此诗中四句却平易。白乐天集亦有此诗,题云《闲卧》。起句云:"尽日前轩卧",第三句"有云当枕上",第五句"月"作"日",第七句"至"作"到"。恐只是白公诗。

孟融逸人

孟君临水居,不食水中鱼。衣衲惟粗帛,筐箱只素书。树林幽鸟恋,世界此心疏。拟棹孤舟去,何峰又结庐?

五、六变体。若专如三、四,则太鄙矣。不可不察此曲折也。

题朱庆馀所居

天寒吟竟晓,古屋瓦生松。寄信船一只,隔乡山万重。树来沙岸鸟,窗度雪楼钟。每忆江中屿,更看城上峰。

三、四新异。今蜀人语,颇多类第三句。岂普州人得其遗风而广之耶?

寄胡遇

一自残春别,经炎复到凉。萤从枯树出,蛩入破阶藏。落叶书胜纸,闲砧坐当床。东门因送客,相访也何妨。

此诗句句伶俐。不知几锻而成,后人岂可一蹴而至耶?

闲　卧　　　　　　　　白乐天

薄食当斋戒，散班同隐沦。佛容为弟子，天许作闲人。唯置床临水，都无物近身。清风散发卧，兼不要纱巾。

<small>此所谓闲之至者。起句十字有思索。三、四天成。尾句脱洒。</small>

闲　坐

暖拥红炉火，闲搔白发头。百年慵里过，万事醉中休。有室同摩诘，无儿比邓攸。莫论身在日，身后亦无忧。

<small>乐天心事旷达，而诗律宽和。虽则云然，着力为诗者终不能及也。三、四妙。陈后山偶相犯末句，尤妙。</small>

题令狐处士溪居　　　　项斯

白发已过半，无心离此溪。病尝山药遍，贫起草堂低。为月窗从破，因诗壁重泥。近来尝夜坐，寂寞与僧齐。

<small>三、四妙甚。刘后村深喜之。</small>

早春题湖上顾氏新居[①]

近得水云看，门长侵早开。到时微有雪，行处已无苔。

[①] 纫庵：作者当为贾浪仙。

劝酒客初醉，留茶僧未来。每逢晴暖日，唯见乞花栽。

门不当官道，行人到亦稀。故从餐后出，方至夜深归。开箧拣书卷①，扫床移褐衣。几时同买宅，相近有柴扉。

蜀本《贾岛集》误收此诗。贾诗更觉苦硬，而此觉宽慢。然此亦新美可喜也。

东郊别业　　　　耿沣

东皋占薄田，耕种过馀年。护药栽山棘，浇蔬引竹泉。晚雷期稔岁，重雾报晴天。若问幽人意，思齐沮溺贤。

中四句皆工，后联尤新。

题马儒乂石门山居　　　　顾非熊

寻君石门隐，山近渐无青。鹿迹入柴户，树身穿草亭。云低收药径，苔惹取泉瓶。此地客难到，夜琴谁共听？

顾况之子。其诗工甚。三、四奇矣，第六句小巧中有味。

晚秋闲居　　　　张司业

独坐高秋晚，萧条足远思。家贫长畏客②，身老转怜儿。

---

① 冯班："拣"一作"收"。
② 冯班："畏"一作"愧"。　何义门："愧"字佳。

万种尽闲事,一生能几时。从来疏懒性,应只有僧知。

三、四似缠于家累,然佳句也。五、六遂破前说,而自开解焉,亦佳句也。

过贾岛野居

青门坊外住,行坐见南山。此地去人远,知君终日闲。蛙声篱落下,草色户庭间。好是经过处,惟愁暮独还。

予尝评之,贾浪仙诗幽奥而清新,姚少监诗浅近而清新,张文昌诗平易而清新。

题卢处士山居　　温庭筠

西溪问樵客,遥指故人①家。古树老连石,急泉清露沙。千峰随雨暗,一径入云斜。日暮雀飞散②,满山③荞麦花。

温飞卿诗多丽而淡者少。此三、四乃佳。

晚秋拾遗朱放访山居　　秦隐君系

不逐时人后,终年独闭关。家中贫自乐,石上卧常闲。坠栗添新味,残花带老颜。侍臣当献纳,那得到空山。

---

① 冯班:"故"一作"野"。
② 冯班:"雀飞"一作"飞鸦"。
③ 冯班:"山"一作"庭"。

五、六工。读唐人五言律诗,千变万化。贾岛是一样,张司业是一样。忽读此诗,又别是一样。无穷无尽奇妙。

山中赠张正则评事_{系时被奏左卫,以疾不就。}

终年常避喧,师事五千言①。流水闲过院,春风与闭门。山容邀上客,桂实落华轩②。莫强教③余起,微官④不足论。

三、四自然,天下咏之。

江村题壁　　　　　　　　李商隐

沙岸竹森森,维舟听越禽。数家同老寿,一径自阴深。喜客常留橘,应官说采金。倾壶真得地,爱日静霜砧。

三、四好,五、六亦是晚唐。义山诗体不宜作五言律诗。不淡不为极致,而艳而组不可也。

南涧耕叟　　　　　　　　崔　涂

年年南涧滨,力尽志犹存。雨雪朝耕苦,桑麻岁计贫。战添丁壮力,老忆太平春。见说经荒后,田园半属人。

---

① 冯班:"师事"一作"自注"。
② 冯班:"华"一作"轩"。
③ 冯班:"莫强"一作"何事"。
④ 冯班:"官"一作"言"。

第四句、六句、结句皆好。

钟陵野步　　　　　曹　松

冈扉聊自启，信步出波边。野火风吹阔，春冰鹤啄穿。渚樯齐驿树，山鸟入公田。未创①孤云势，空思白阁年。

唐诗自是一种风味。只"冈扉"二字便新，中四句工。

山中言事

岚霭润窗棂，吟诗得冷症。教餐有效药，多愧独行僧。云湿煎茶火，冰封汲井绳。片扉深着掩，经国自无能。

"冷症"二字奇。第六句太奇，与"苔惹取泉瓶"同。

镜中别业　　　　　方玄英

世人如不容，吾自纵天慵。落叶凭风扫，香秔倩水舂。花朝连郭雾，雪夜隔湖钟。身外能无事，头宜白此峰。

此吾家处士玄英先生方干也。远祖居歙之东乡，曰真应仙翁，名储，先生家在桐庐白云原，又曰鸬鹚原，别业在越之镜湖。唐末不仕，巢贼扰中原，强臣据方镇，卒全名节以终。钓台书院与严子陵、范文正公并祠。一原数百家方姓，至今衣冠不绝。诗尤见知于姚秘监合。此篇

---

① 按：康熙五十二年本、纪昀《刊误》本"创"作"割"。

起句超放,末句有终焉之志。佳句不一,予别已摘抄矣。

题李频新居　　　　　　　姚　合

赁居求贱处,深僻任人嫌。盖地花如毯,当门竹胜帘。劝僧尝药酒,教仆认一作"辨"。书签。庭际山宜小,休令著石添。

予谓学姚合诗,如此亦可到也。必进而至于贾岛,斯可矣;又进而至老杜,斯无可无不可矣。或曰:老杜如何可学?曰:自贾岛幽微入,而参以岑参之壮,王维之洁,沈佺期、宋之问之整。

过杨处士幽居

引水穿风竹,幽声胜远溪。裁衣延野客,剪翅养山鸡。酒熟听琴酌,诗成削树题。惟愁春气暖,松下雪和泥。

第六句最新。

闲　居

不自识疏鄙,终年住在城。过门无马迹,满宅是蝉声。带病吟虽苦,休官梦已清。何当学禅观,依止古先生。

中四句皆佳。"四灵"亦学到此地,但却学贾岛。未升其堂,况入其室乎?

山中寄友生

　　独在山阿里,朝朝遂性情。晓泉和雨落,秋草上墙生。因客始沽酒,借书方到城。诗成聊自遣,不是趁声名。

　　五、六好。比贾岛斤两轻,一不逮;对偶切,二不逮;意思浅,三不逮。却有一可取,曰清新。

闲居遣怀

　　永日厨烟绝,何曾暂废吟。闲诗随思绪,小酒恣情斟。看月嫌松密,垂纶爱水深。世间多少事,无事可关心。

　　第五句最佳,必是先得之句。下句却无甚滋味。

　　终年城里住,门户似山林。客怪身名晚,妻嫌酒病深。写方多识药,失谱废弹琴。文字非经济,空虚用破心。

　　五、六岂不佳?只眼前事,自是会凑合。

春日闲居

　　居止日萧条,庭前惟药苗。身闲眠自久,眼差视还遥。檐燕酬莺语,邻花杂絮飘。客来无酒饮,搔首掷空瓢。

　　第四句好。五、六恐如此妆点,太刻而浅。

山中述怀

为客久未归，寒山独掩扉。晓来山鸟散，雨过杏花稀。天远云空积，溪深水自微。此情对春色，欲尽总忘机。"晚"一作"晓"。"散"一作"闹"。

此诗相传为周贺作。检贺集无之，自是欧公《诗话》误。

和元八郎中秋居

圣代无为化，郎中是散仙。晚眠随客醉，夜坐学僧禅。酒用林花酿，茶将野火煎。人生知此味，独恨少因缘。

五、六清爽，但"用"字、"将"字元一般，亦不可为法，不得已则然。

原上新居　　　　　　王　建

长安无旧识，百里是生一作"天"。涯。寂寞思逢客，荒凉喜见花。访僧求贱药，将马中豪家。乍得新蔬菜，朝盘忽觉奢。

春来梨枣尽，啼哭小儿饥。邻富鸡长去，庄贫客渐稀。借牛耕地晚，卖树纳钱迟。墙下当官路，依山补竹篱。

此诗姚合集亦有之。然建集十三诗中第五首格律一同，当是建诗。又"春来梨枣尽"，则"啼哭小儿饥"。合集乃云"秋来梨枣熟"，益知其非。

卷之二十三　闲适类

自扫一闲房，唯铺独卧床。野羹溪菜滑，山纸水苔香。陈药初和白，一作"蜜"。新经未入黄。近来心力少，休读养生方。

近来年纪到，世事总无心。古碣凭人拓，闲诗任客吟。送经还野院，移石入幽林。谷口春风恶，梨花盖地深。

住处去山近，傍园麋鹿行。野桑穿井长，荒竹过墙生。新识邻里面，未谙村社情。名田无力及，贱赁与人耕。

荆公《唐选》取此诗之二首，误曰《原上新春》，予亦选入"春类"矣。今观其集，乃是《原上新居》。十三首，并选五首，不妨重也。

赠溪翁

溪田借四邻，不省解忧身。看日和仙药，书符救病人。伴僧斋过夜，中酒卧经旬。应得丹砂力，春来黑发新。

山居

屋在瀑泉西，茅房下有溪。闭门留野鹿，分食养山鸡。桂熟长收子，兰生不作畦。初开洞中路，深处转松梯。

闲居即事

老病贪光景，寻常不下帘。妻愁耽酒癖，人怪考诗严。小婢偷红纸，娇儿弄白髯。有时看旧卷，未免意中嫌。

"小婢"一句新，下一句"娇儿弄白髯"压倒上句。

溪　居　叟　　　　　　　杜荀鹤

溪翁居处静，溪鸟入门飞。早起钓鱼去，夜深乘月归。见君无事老，觉我有求非。不说风霜苦，三冬一草衣。

荀鹤诗晚唐之尤晚者。此全篇可观。

赠　魏　野　　　　　　　僧宇昭

别业惟栽竹，多闲亦好奇。试泉寻寺远，买鹤到家迟。药就全离母，诗高只教儿。未能终住此，共有海山期。

五、六"母"与"儿"真假对。三、四佳。

水村即事　　　　　　　寇莱公

虚斋临远水，吟钓度朝晡。苇岸秋声合，莎庭鹤影孤。片云藏叠巘，野烧起寒芜。独步时凝望，离人隔五湖。

字字工密。澶渊一掷,非一掷也,见明算精。亦此诗之馀力也耶?

闲 居　　　　　　梅圣俞

读《易》忘饥倦,东窗尽日开。庭花昏自敛,野蝶昼还来。谩数过篱笋,遥窥隔叶梅。唯愁车马入,门外起尘埃。

若论宋人诗,除陈、黄绝高,以格律独鸣外,须还梅老五言律第一可也。虽唐人亦只如此。而唐人工者太工,圣俞平淡有味。

岸 贫

无能事耕获,亦不有鸡豚。烧蚌瞰槎沫,织蓑依树根。野芦编作室,青蔓与为门。稚子将荷叶,还充犊鼻裩。

村 豪

日击收田鼓,时称大有年。烂倾新酿酒,饱载下江船。女髻银钗满,童袍毳氎鲜。里胥休借问,不信有官权。

田人夜归

田收野更迥,墟里隔烟陂。荒径已风急,独行唯犬随。荆扉候不掩,稚子望先知。自是一生乐,何须问井为?

予初选郊野、闲适诗为二类,然闲适之人多在郊野,故村落间事亦附入焉。此三诗是也。

林处士水亭　　　　　陈文惠

城外逋翁宅,开亭野水寒。冷光浮荇叶,静影浸渔竿。吠犬时迎客,饥禽忽上阑。疏篱僧舍近,嘉树鹤庭宽。拂砌烟丝袅,侵窗笋戟攒。小桥横落日,幽径转层峦。好景吟何极,清欢尽亦难。怜君留我意,重叠取琴弹。

此为林和靖作,不可不取之。时一观,以想其所居也。

书友人屋壁　　　　　魏仲先

达人轻禄位,居处傍林泉。洗砚鱼吞墨,烹茶鹤避烟。闲惟歌圣代,老不恨流年。静想闲来者,还应我最偏。

魏仲先名野,陕府人。真宗祀汾阴,遣使召之。题此诗壁间遁去。使还以诗奏,上曰:"野不来矣。"先是,上尝图种放所居。野居亦有幽致,又令图之。此"洗砚""烹茶"一联最佳。又有诗云:"易谙驯鹿性,难辨斗鸡情。妻喜栽花活,儿夸斗草赢。"能尽闲适之味。种放出而名少摧,如后来常秩败阙,处士之能终者鲜矣。当时唯仲先、林君复、杨契玄终始全节,故其诗尤可敬云。

湖楼写望　　　　　林和靖

湖水混空碧,凭栏凝睇劳。夕寒山翠重,秋静鸟行高。

远意极千里,浮生轻一毫。丛林数未遍,杳霭隔渔舠。
和靖先生林处士,名逋,字君复。钱塘西湖孤山隐居。"夕寒山翠重"一联,佳句也。《梅花》诗冠绝古今,见"着题"诗中。

湖山小隐

猿鸟分清绝,林萝拥翠微。步穿僧径出,肩搭道衣归。水墅香菰熟,烟崖早笋肥。功名无一点,何要更忘机。

园井夹萧森,红芳堕翠阴。昼岩松鼠静,春堑竹鸡深。岁课非无木,家藏独有琴。颜原遗事在,千古壮闲心。

衡门邻晚坞,环渚背寒冈。片月通萝径,幽云在石床。客游抛鄂杜,渔事拟沧浪。管乐非吾尚,昂头肯自芳。
和靖诗,予评之在姚合之上。兼无以诗自矜之意,而浑涵亦非合可望。

小隐自题

竹树绕吾庐,清深趣有馀。鹤闲临水久,蜂懒得花疏。酒病妨开卷,春阴入荷锄。尝怜古图画,多半写樵渔。
有工有味,句句佳。

赠清逸魏闲处士　　　　宋景文

奕世依岩石,褒恩下帝庭。姓名《高士传》,父子少微星。池溜遥通涧,家林近带坰。分明诏书意,天极赐鸿冥。

> 此魏野之子闲也。亦能诗。世共隐。故公三、四极力褒之,而亦极工。

喜友人过隐居　　　　曹汝弼

忽向新春里,闲过隐士家。旋收松上雪,来煮雨前茶。禽换新歌曲,梅妆隔岁花。应惭非遁者,难久在烟霞。

> 此诗"禽"元作"琴",予为改定。

村　家　　　　王正美

野景村家好,柴篱夹树身。牧童眠向日,山犬吠随人。地僻乡音别,年丰酒味醇。风光吟有兴,桑麦暖逢春。

> 宋初诸人诗皆有晚唐风味。此江南王操处士,太宗时授官,仕至殿中丞。中四句有意味。

东山招复古　　　　俞退翁

闻道广文客,东来欲载书。志勤甘淡薄,情旧免生疏。野饭多无菜,溪羹或有鱼。小心新买得,且遂带经锄。

> 俞汝尚,吴兴人,熙宁初召为御史,不老而致仕,号溪堂居士。

夏日闲居

无人到穷巷,长日守闲居。宿火惟烘药,喜晴还晒书。邻翁伴村酒,稚子课园蔬。门外蒿莱地,从深不用锄。

放　怀　　　　　　　陈后山

施食乌鸢喜,持经鸟雀听。杖藜矜矍铄,顾影怪伶俜。门静行随月,窗虚卧见星。拥衾眠未稳,艰阻饱曾经。

选众诗而以后山居其中,犹野鹤之在鸡群也。前六句极其工,后二句不知宿于何寺,乃有逆旅漂泊之意。诗人穷则多苦思。

放　慵　　　　　　　陈简斋

暖日薰杨柳,浓春醉海棠。放慵真有味,应俗苦相妨。官拙从人笑,交疏得自藏。云移稳扶杖,燕坐独焚香。

此公气魄尤大。起句十字,朱文公击节,谓"薰"字、"醉"字下得妙。又何必专事晚唐?

题　斋　壁　　　　　　陆放翁

皥皥太平民,堂堂大鳌身。乾坤一旅舍,日月两车轮。

蕞贵超三品,蔬甘敌八珍。明年真耄矣,烂醉海棠春。

力穑输公上,藏书教子孙。追游屏裘马,宴集止鸡豚。寒士邀同学,单门与议婚。定知千载后,犹以陆名村。

自 述

古井无由浪,浮云一扫空。《诗》《书》修孔业,场圃嗣《豳风》。惧在饥寒外,忧形梦寐中。吾年虽日逝,犹冀有新功。

旧业还耕钓,残年逼老期。筋骸衰后觉,力量梦中知。客约溪亭饮,僧招竹院棋。未为全省事,终胜宦游时。

屏迹归休后,颐生寂寞中。忍贫辞半俸,学古得全功。西埭村醅酽,东坡小彴通。经行有佳趣,稚子也能同。

书 适

老翁随七十,其实似童儿。山果啼呼觅,乡傩喜笑随。群嬉累瓦塔,独立照盆池。更挟残书读,浑如上学时。

放翁老寿,为近世诗人第一。其"闲适"之诗尤多。姑选此五言六首。每首必有一联一句佳。"山果啼呼觅",老翁不应亦"啼",当作"号呼"。

幽　事

日日营幽事，时时有好怀。雨园残竹粉，风砌落松钗。伴蝶行花径，听蛙傍水涯。穷通了无谓，不必更安排。

　　五、六眼前事耳，能道者不妨自高于人，有工无迹。

茸　圃

种树书频读，《齐民术》屡窥。曾求竹醉日，更问柳眠时。卢橘初非橘，蒲葵不是葵。因而辨名物，甘作老樊迟。

　　"竹醉""柳眠"一联极工，五、六辨析名物尤奇。

幽　事

幽事春来早，晨兴即启阍。扫梁迎燕子，插楥护龙孙。数日招宾友，先期办酒樽。淋漓衣袖湿，不管渍春痕。

　　三、四犯陈后山"织竹护鸡孙"之联。然"龙孙"毕竟换一物，亦可也。

北　槛

北槛近中堂，缘阶物自芳。晨清花拱露，地僻藓侵廊。坐久时开卷，吟馀或炷香。终朝无客至，一枕到羲皇。

三、四已佳。五、六以"炷""开"字为眼,却便觉佳。

止斋即事 　　　　　　陈止斋

性已耐岑寂,老应忘隐忧。齐年双白发,尽日一苍头。竹闭缄门钥,蒲团数漏筹。未知庭庑下,还有雀罗不?

"闭"字音第四声。

教子时开卷,逢人强整襟。最贫看晚节,多病得初心。地僻芰莲好,山低竹树深。寄声同燕社,明日又秋砧。

君举以时文鸣。此二诗高古,缘才高也。

次韵山居 　　　　　　陈伯和

解组沧溟畔,携家紫翠间。地临双港胜,天与两年闲。茅屋静闻雨,竹篱疏见山。所惭邻舍老,句险不容攀。

陈埙字伯和。涧上丈人族子,寓居桐庐,尝知黟县。予读滕元秀诗,盛称伯和所作。此所谓次韵"邻舍老"者,殆亦和元秀诗耳。双港者,桐庐县东分水港合焉。五、六"静"字、"疏"字下得是。

西　山 　　　　　　叶正则

对面吴桥港,西山第一家。有林皆橘树,无水不荷花。

竹下晴垂钓,松间雨试茶。更瞻东挂彩,空翠杂朝霞。

水心以文知名,拔"四灵"为再兴唐诗者。而其所自为诗,恐未尝深加意,五言律如此者少。西山盖永嘉胜处,有醉乐亭,水心为记甚悉。

题翁卷山居　　　　　徐道晖

空山无一人,君此寄闲身。水上花来远,风前树动频。虫行黏壁字,茶煮落巢薪。若有高人至,何妨不裹巾。

此诗真不减晚唐。

山　中

世事已无营,翛然物外形。野蔬僧饭洁,山葛道衣轻。扫叶烧茶鼎,标题记药瓶。敲门旧宾客,稚子会相迎。

中四句工。

贫　居

既与世不合,当令人事疏。引泉鱼走石,扫径叶平蔬。谁念交情浅?难如识面初。荣途多宠辱,未敢怨贫居。

"四灵"诗专于中四句用工,尾句不甚着力。今如此,乃可喜也。

山　居　　　　　徐致中

柳竹藏花坞,茅茨接草池。开门惊燕子,汲水得鱼儿。

地僻春犹静,人闲日自迟。山禽啼忽住,飞走又相随。

> 近乎烂熟,然亦不可弃也。

幽　居　　　　　　　　翁灵舒

蓬户掩还开,幽居称不才。移松连峤土,买石带溪苔。
药信仙方服,衣从古样裁。本无官可弃,安用赋归来!

梦　回

一枕庄生梦,回来日未衙。自煎砂井水,更煮岳僧茶。
宿雨消花气,惊雷长荻芽。故山沧海角,遥念在春华。

隐者所居

百事已无机,空林不掩扉。蜂沾朝露出,鹤带晚云归。
石老苔为貌,松寒薜作衣。山翁与溪友,相过转依依。

春日和刘明远

不奈滴檐声,风回昨夜晴。一阶春草碧,几片落花轻。
知分贫堪乐,无营梦亦清。看君话幽隐,如我愿逃名。

"四灵"中翁独后死,然未能考其没在何年。此四诗锻炼处,十分佳也。

偶　题　　　　　　　　徐斯远

绿树何稠叠,清风稍羡馀。枕萦云片片,帘透雨疏疏。修筦通泉壑,残碑出野锄。丘陵知几变,耕稼杂陶渔。

五、六佳。

雨后到南山村家

冲雨入穷山,山民犹闭关。橘垂茅屋畔,梅映竹篱间。奇石依林立,清泉绕舍湾。吾思隐兹地,凝立未知还。

樟丘徐文卿字斯远,信州玉山人。嘉定四年进士,与赵昌父、韩仲止声名伯仲。前诗中四句俱雅淡,后诗五、六工。

北山作　　　　　　　　刘后村

骨法枯闲甚,惟堪作隐君。山行忘路脉,夜坐认天文。字瘦偏题石,诗寒半说云。近来仍喜瞆,闲事不曾闻。"夜"一作"野"。

第六句佳甚。

七　言 五十一首

江　村　　　　　　杜工部

清江一曲抱村流,长夏江村事事幽。自去自来堂上燕,相亲相近水中鸥。老妻画纸为棋局,稚子敲针作钓钩。多病所须唯药物,微躯此外更何求!

南　邻

锦里先生乌角巾,园收芋栗未全①贫。惯看宾客儿童喜,得食阶除鸟雀驯。秋水才深②四五尺,野航恰受两三人。白沙翠竹江村暮,相送③柴门月色新。

狂　夫

万里桥西一草堂,百花潭水即沧浪。风含翠篠娟娟净,雨裛红蕖冉冉香。厚禄故人书断绝,恒饥稚子色凄凉。欲填沟壑惟疏放,自笑狂夫老更狂。

老杜七言律诗一百五十馀首,求其郊野闲适如此者仅三篇。而此

---

① 冯班:"未"一作"不"。
② 查慎行:"深"作"添"。
③ 冯班:"送"一作"对"。

之第三篇后四句,亦未免叹贵交之绝,悯贫稚之饥。信矣和平之音难道,而喜起明良之音难值也。然格高律熟,意奇句妥,若造化生成。为此等诗者,非真积力久不能到也。学诗者以此为准,为"吴体"、拗字、变格,亦不可不知。

题刑部李郎中山亭　　秦韬玉

侬家云水本相知,每到高斋强展眉。瘦竹弹烟遮板阁,卷荷擎雨出盆池。笑吟山色同欹枕,闲背庭阴对覆棋。不是主人多野兴,肯开青眼重渔师。

中四句工,尾句亦好。

僻居酬友人　　伍乔

僻居惟爱近林泉,幽径闲园任藓连。向竹掩扉随鹤息,就溪安石学僧禅。古琴带月音声正,山果经霜气味全。多谢故交怜朴野,隔云时复寄佳篇。

秋深闲兴　　韩致尧

此心兼笑野云忙,甘得贫闲味甚长。病起乍尝新橘柚,秋深初换旧衣[①]裳。晴来喜鹊无穷语,雨后寒花特地香。把

---

① 冯班:"旧",旧本作"熟"。

钓覆棋兼举白,不离名教可颠狂。

题张逸人园林　　　　韩　翃

花源一曲映茅堂,清论闲阶坐夕阳。麈尾手中毛已脱,蟹螯樽上味初香。春深黄口群窥树,雨后青苔散点墙。更道小山宜助赏,呼儿舒簟醉岩芳。

书怀寄王秘书　　　　张司业

白发如今欲满头,从来百事尽应休。只于触目须防病,不拟将心更养愁。下药远求新熟酒,看山多上最高楼。赖君同在京城住,每到花前免独游。

送杨判官

应得烟霞出俗心,茅山道士共追寻。闲怜鹤貌偏能画,暗辨桐声自作琴。长啸每来松下坐,新诗堪向雪中吟。征南幕府多宾客,君独相知最觉深。

书　怀　　　　吴　融

傍岩倚树结檐楹,夏物萧疏景更清。滩响忽高何处雨,松阴自转此山晴。见多邻犬遥相认,来惯幽禽近不惊。争敢便夸饶胜事,九衢尘里免劳生。

闲　望

三点五点映山雨,一枝两枝临水花。蛱蝶狂飞掠芳草,鸳鸯对浴翘暖沙。阙下新居非己业,江南旧隐是谁家？东还西去俱无计,却羡暝归林上鸦。

题林逸士①汜上新屋壁　　　刘子仪

久厌侯鲭尽室来,卜居邻近钓鱼台。旧山鹤怨无钱买,新竹僧同借宅栽。载酒谁从扬子学,棹舟空访戴逵回。抽毫有污东阳壁,但惜明时老涧才。

三、四须先看上二字,为小分句;却看下五字,则得其意矣。

郊　外　　　王平甫

野旷天寒②气象嘉,浮云浓淡日初斜。泽中雨涨无鸣鹳,荷下波翻有怒蛙。箫鼓残声来帝阙,渔樵归径见人家。尘簪羞把黄花插,不耐飞蓬斗鬓华。

此乃汴京郊外,所以有第五句。

---

① 冯班:"逸"一作"处"。
② 许印芳:"寒"一作"清"。

退　居　　　　　　　　　詹中正

宦情文思竞阑珊,利户名枢莫我关。无可奈何新白发,不如归去旧青山。须知百岁都为梦,未信千金买得闲。珍重樽中贤圣酒,非因风月亦开颜。

<small>中正祥符八年蔡齐榜甲科。衢州人。三、四东坡尝用为词,世人不知为詹白云诗也。中正又有一联:"吟馀妓散杯中酒,归去蝶随头上花。"下句佳。</small>

赠张处士　　　　　　　　赵叔灵

应问秋云学得闲,飘然如不在人间。青藤箧里诗多怪,紫栗枝边药更殷。一作"瘿"。江客对棋曾赌鹤,野僧分屐借登山。仍闻昨日来城市,又抱孤琴踏月还。

<small>清献家审言诗如此,宜乎乃孙之诗,如其人之清,有自来哉!</small>

野墅夏晚　　　　　　　　钱昭度

一抹生红画杏腮,半园沉绿锁桐材。黄蜂衙退海潮上,白蚁战酣山雨来。睡思几家金带枕,酒香何处玉交杯?太阳西落波东去,惆怅无人唤得回。

<small>三、四诗话所称。</small>

湖山小隐   林和靖

　　道着权名便绝交,一峰春翠湿衡茅。庄生已愤鸱鸢吓,扬子休讥蝘蜓嘲。潋潋药泉来石窦,霏霏茶霭出松梢。琴僧近借《南薰谱》,且并闲工子细抄。
　　"愤"当作"惯"。

　　闲搭纶巾拥缥囊,此心随分识兴亡。黑头为相虽无谓,白眼看人亦未妨。云喷石花生剑壁,雨敲松子落琴床。清猿幽鸟遥相叫,数笔湖山又夕阳。
　　三、四亦豪壮,隐君子非专衰懦之人也。

易从上人山亭

　　湖水汪湾隔数峰,篱门和竹夹西东。闲来此地行无厌,又共吾庐看不同。灵隐路归秋色里,招贤庵在鸟行中。屏风若欲相搀见,合把巉岩与画工。

怀旧隐   陈亚

　　多愧当年未第间,卜居人外得清闲。排联花品曾非僭,爱惜苔钱不是悭。秋阁诗情天淡淡,夕溪渔思月弯弯。而今惭厚明朝禄,敢念藏愚莫买山。

三、四绝佳,亚《黄蜀葵》诗:"秋风似学金丹术,戏把硫黄制酒杯。"尤佳。

郊行即事　　　　　程明道

芳原绿野恣行时,春入遥山碧四围。兴逐乱云穿柳巷,困临流水坐苔矶。莫辞盏酒十分醉,只恐风花一片飞。况是清明好天气,不妨游衍莫忘归。

大儒事业,有大于诗者,不可以诗人例目之。五、六乃朱文公所深取。

小　村　　　　　梅圣俞

淮阔州多忽有村,棘篱疏败谩为门。寒鸡得食自呼伴,老叟无衣犹抱孙。野艇鸟翘唯断缆,枯桑水啮只危根。嗟哉生计一如此,谬入王民版籍论。

此乃村落间事,以附"闲适类"。

山　中　　　　　陈简斋

当复入州宽作期,人间踏地有安危。风流丘壑真吾事,筹策庙堂非所知。白水春波天淡淡,苍峰晴雪锦离离。恰逢居士身轻日,正是山中多景时。

参政简斋陈公,名与义,字去非,洛阳人。自黄、陈绍老杜之后,惟去非与吕居仁亦登老杜之坛。居仁主活法,而去非格调高胜,举一世莫之能及。初以《墨梅》诗见知于徽庙:"客子光阴诗卷里,杏花消息雨声中。"大为高庙所赏。欲学老杜,非参简斋不可。此乃不欲赴召之诗。"风流""筹策"一联,《苕溪诗话》似乎未会此意。后学宜细味此等诗与许丁卯高下如何。

题东家壁

斜阳步屟过东家,便置清樽不煮茶。高柳光阴初罢絮,嫩凫毛羽欲成花。群公天上分时栋,闲客江边管物华。醉里吟诗空跌荡,借君素壁落栖鸦。

三、四极天下之工,亦止言景耳。五、六逊"时栋"于天上群公,而以"江边"闲客自许。气岸高峻,骨格开张。殆天授,非人力。然亦力学,则可及矣。

雨后至城外　　　　吕居仁本中

日日思归未就归,只今行露已沾衣。江村过雨蓬麻长,野水连天鹳鹤飞。尘务却嫌经意少,故人新更得书稀。鹿门纵隐犹多事,苦向人前说是非。

孟明田舍

未嫌衰病出无驴,尚喜冬来食有鱼。往事高低半枕梦,故人南北数行书。茅茨独倚风霜下,粳稻微收雁鹜馀。欲识渊明只公是,迩来吾亦爱吾庐。

简斋诗高峭,吕紫微诗圆活。然必曲折有意,如"雪消池馆初晴后,人倚阑干欲暮时""荒城日短溪山静,野寺人稀鹳鹤鸣",皆所谓"清水出芙蓉"也。如此二诗,末句却议论深复,非轻易放过者。

习　闲　　　　　　　范石湖

习闲成懒懒成痴,六用都藏缩似龟。雪已许多犹不饮,梅今如此尚无诗。闲看猫暖眠毡褥,静听獍寒叫竹篱。寂寞无人同此意,时时惟有睡魔知。

"梅今如此尚无诗",亦标致可掬。

亲戚小集

避湿违寒不出门,一冬未省正冠巾。月从雪后皆奇夜,天向梅边有别春。秉烛登临空话旧,拥炉情味莫怀新。荣华势利输人惯,赢得樽前自在身。

石湖风流酝藉,每赋诗必有高致而无寒相,三、四一联可见。

登 东 山　　　　　　陆放翁

老惯人间岁月催,强扶衰病上崔嵬。生为柱国细事耳!

死画云台何有哉？熟计提军出青海，未如唤客倒金垒。明朝日出春风动，更看青天万里开。

放翁诗万首，佳句无数。少师曾茶山，或谓青出于蓝，然茶山格高，放翁律熟；茶山专祖山谷，放翁兼入盛唐。

题 庵 壁

衰发萧疏雪满巾，君恩乞与自由身。身并猿鹤为三口，家托烟波作四邻。十日风号未成雪，一年梅发又催春。渔舟底用勤相觅，本避浮名不避人。

白乐天有云："身兼妻子都三口，鹤与琴书共一船。"尤佳。此亦小异而律同。

山行过僧庵不入

垣屋参差竹坞深，旧题名处懒重寻。茶炉烟起知高兴，棋子声疏识苦心。淡日晖晖孤市散，残云漠漠半川阴。长吟未断清愁起，已见横林宿暮禽。

诗不但豪放高胜，非细下工夫有针线不可，但欲如老杜所谓"裁缝灭尽针线迹"耳。此诗题目甚奇，"山行"是一节，"过僧庵而不入"又似是两节。"垣屋参差竹坞深"，只此一句便见山行而过僧庵，及过僧庵而不入矣。"旧题名处懒重寻"，即是曾游此庵，而今懒入矣。"茶炉烟起知高兴"，此谓不入庵而遥见煮茶之烟，想像此僧之不俗也。"棋子声疏识苦心"，则妙之又妙矣。闻棋声而不得观其棋，固已甚妙；于棋声疏缓之间想见棋者用心之苦，此所谓妙之又妙也。过僧庵而不入，尽在是矣。"淡日""残云"下一联，及末句结，乃结煞"山行"一段馀意。前辈诗例如此，须合别有摆脱，老杜《缚鸡行》、山谷《水仙花》一律皆然。此放翁八十五岁时诗也。

闲中书事

病过新年逐日添，清愁残醉两厌厌。惜花萎去常遮日，待燕归来始下帘。堂上清风生玉麈，涧中寒溜滴铜蟾。一生留滞君休叹，意望天公本自廉。

一亩山园半亩池，流年忽遽挂冠期。卖花醉叟剥红桂，种药高僧寄玉芝。午枕为儿哦旧句，晚窗留客算残棋。登庸策免多新报，老子痴顽总不知。

庆元乙卯，宁宗新元除罢，史可考也。

小　筑

放翁小筑寄江郊，屋破随时旋补茅。暮看白烟横水际，晓听清露滴林梢。生来不啜猩猩酒，老去那营燕燕巢。目断鹿门三太息，庞公千载可论交。

"猩猩酒""燕燕巢"，公两用之，诚为佳句。

穷 居

半世伥伥信所之,穷居仍抱暮年悲。烧金术误囊衣薄,种黍年凶酒味醨。大厦万间空有志,后车千乘更无期。掩书常笑城南杜,麻屦还朝受拾遗。

穷居而思"万间""千乘",不得志之言也。然彼得志者,又何如哉!

西 窗

西窗偏受夕阳明,好事能来慰此情。看画客无寒具手,论书僧有折钗评。姜宜山茗留闲啜,豉下湖莼喜共烹。酒炙朱门非我事,诸君小住听松声。

此诗尾句好,所以不可遗。

耕罢偶书

新溉东皋亩一钟,乌犍粗足事春农。灞桥风雪吟虽苦,杜曲桑麻兴本浓。老大断非金谷友,生存惟冀酒泉封。莫嘲野饷萧条甚,箭茁莼丝亦且供。

四句四事皆巧对。

小 筑

小筑湖边避俗嚣,几年于此寓箪瓢。虽无隐士子午谷,宁愧诗人丁卯桥。罗雀门庭无俗驾,缘云磴路有归樵。诗情酒兴常相属,堪笑傍人说寂寥。

子午谷、丁卯桥亦巧。

过邻家戏作

久脱朝冠岸幅巾,时时乘兴过比邻。瓶无储粟吾犹乐,步有新船子岂贫。醅瓮香浮花露熟,药栏土润玉芝新。"玉芝"谓鬼臼,山家多有之。相从觅笑真当勉,又过浮生一岁春。

三、四陶、韩语,工。

简 邻 里

今年意味报君知,属疾虽频未苦衰。独坐冷斋如自讼,三舍法行时,尝上书言事者,屏置一斋,曰"自讼"。小镌残俸类分司。乐天诗云:"犹被妻孥教渐退,莫求致仕且分司。"闲撑野艇渔蓑湿,乱插山花醉帽欹。有兴行歌便终日,逢人那识我为谁。

"自讼""分司"虽戏语,下一联又自好。

戏咏闲适

涉世心知百不能,闭门懒出病相仍。箪瓢味美如烹鼎,邻曲人淳似结绳。半伏鸦残墙外杏,一枝鹊袅涧边藤。萧然扫尽弹冠兴,敢为诗情望武陵。

闲中颇自适戏书示客

发犹半黑脸常红,老健应无似放翁。烹野八珍邀父老,烧穷四和伴儿童。"野八珍",见王履道诗。世又有穷四和香法。剪纱新制簪花帽,乞竹宽编养鹤笼。巢许夔龙竟谁是?请君下语勿匆匆。

纵说、横说、烂熟。

幽居述事

曾会兰亭醉堕簪,后身依旧住山阴。琴传数世漆文断,鹤养多年丹顶深。涤砚滩头无渍墨,吹箫月下有遗音。小诗戏述幽居事,后有高人识此心。

颓然掩户不妨奇,又赋《幽居》第二诗。大药鼎成令虎守,精思床稳用龟支。壶中自喜乾坤别,局上元知日月迟。更就群童闲斗草,人间何处不儿嬉。

落叶平沟日满廊,《幽居》又赋第三章。喜无俗事干灵府,恨不终年住醉乡。上树榜船虽老健,疏泉移竹亦穷忙。山僧欲去还留话,更尽西斋一炷香。

舴艋东归喜遂初,顿拈枯笔赋《幽居》。细烧柏子供清坐，明点松肪读道书。苍爪嫩芽开露茗，红根小把瀹烟蔬。年来自许机心尽，颇怪飞鸥自作疏。

<small>四诗皆八十岁之作，脱洒奇妙。</small>

村　居　　　　　陈止斋

业已将身落耦耕，时于观物悟浮生。择栖未定鸟离立，避碍已通鱼并行。野老窥巢占太岁，牧童敲角报残更。绝胜倚市看邮置，客至还无菜甲羹。

闲　咏　　　　　姜梅山

坐叨厚廪饮醇醪，不押文书不坐曹。检点园花为日课，裒寻诗草计年劳。仍将书册供慵卧，时唤杯盘佐老饕。感激大恩何以报，惟祈圣寿与天高。

<small>此乃奉祠时所作，否则为婺州总戎时也。</small>

负　暄

不是羲和德泽流，寒乡何处觅温柔。绝怜天上黄绵袄，大胜人间紫绮裘。旋挟胡床随影转，更携书卷与闲谋。天和妙处谁能会，欲献君王却自羞。

<small>古所谓曝背之乐，欲献之天子者。此诗乃佳。</small>

书　怀　　　　　　　　赵彦先

　　柳影槐阴绿绕村，日长细得话诗情。迎风紫燕忽双去，隔雨黄鹂又一声。笔墨生涯成冷淡，笋蔬盘馔易经营。世间微利真刀蜜，有底驱驰取重轻。

　　雪斋赵子觉字彦先，超然居士令衿之子。为严倅时，放翁为郡守。杨诚斋以诗寄放翁，谓"幕中何幸有诗人"，又曰"青眼何妨顾德邻"，谓子觉也。此诗亦似放翁。

移居谢友人见过　　　　　赵师秀

　　赁得民居亦自清，病身于此寄漂零。笋从坏砌砖中出，山在邻家树上青。有井极甘便试茗，无花可插任空瓶。巷南巷北相知少，感尔诗人远叩肩。

　　小巧有馀。

卷之二十四　送别类

送行之诗,有不必皆悲者,别则其情必悲。此类中有送诗,有别诗,当观轻重。又送人之官,言及风土者,已于"风土类"中收之。间亦见此,不可以一律拘也。

五　言八十七首

送崔著作东征　　　　陈子昂

金天方肃杀,白露始专征。王师非乐战,之子慎佳兵。海气侵南部,边风扫北平。莫卖卢龙塞,归邀麟阁名。

<small>平仄不黏,唐人多有此体。陈子昂才高于沈佺期、宋之问,惟杜审言可相对。此四人唐律,在老杜以前,所谓律体之祖也。</small>

送魏大从军

匈奴犹未灭,魏绛复从戎。怅别三河道,言追六郡雄。雁山横代北,狐塞接云中。勿使燕然上,独有汉臣功。

<small>刊本以"狐塞"为"孤塞",予为改定。唐之方盛,律诗皆务雄浑。</small>

尾句虽拘平仄，以前六句未用意立论，只说行色形势，末乃勉励之。此一体也。

送朔方何侍郎　　宋之问

闻道云中使，乘骢往复还。河兵守阳日，塞虏失阴山。拜职尝随骠，铭功不让班。旋闻受降日，歌舞入萧关。

汉武时有从骠合骑侯，故此云"尝随骠"。"不让班"，一用将军号，一用人姓。

送贺知章归四明　　唐明皇

岂不惜贤达，其如高尚何！

此诗会稽有石刻，朱文公为仓使时读之，最喜起句雄健，偶忘记后六句，当俟寻索足之。

知章年八十六卧病上表乞为道士还乡上许之舍宅为观赐名千秋仍赐鉴湖剡水一曲诏令供帐东门百僚祖饯御制赐诗云

遗荣期入道，辞老竟抽簪。岂不惜贤达，其如高尚心？寰中得秘要，方外散幽襟。独有青门饯，群英怅别深。

今以中二句为首，又非元韵，恐误记耶？

永嘉浦逢张子容 　　　孟浩然

逆旅相逢处,江村日暮时。众山遥对酒,孤屿共题诗。廨宇邻鲛室,人烟接岛夷。乡园万馀里,失路一相悲。

永嘉得孤屿中川之名,自谢康乐始。此诗五、六俊美。

送孟六归襄阳 　　　张子容

杜门不复出,久与世情疏。以此为长策,劝君归旧庐。醉歌田舍酒,笑读古人书。好是一生事,无劳献《子虚》。

元诗二首见《浩然集》,今取其一。子容亦志义之士,浩然尝有诗送应进士举。子容今送浩然归,乃为此骨鲠之论,其甘与世绝,怀抱高尚,可想见云。

送友人入蜀 　　　李太白

见说蚕丛路,崎岖不易行。山从人面起,云傍马头生。芳树笼秦栈,春流绕蜀城。升沉应已定,不必问君平。

太白此诗,虽陈、杜、沈、宋不能加。

送张舍人之江东

张翰江东去,正值秋风时。天清一雁远,海阔孤帆迟。

白日行欲暮,沧波杳难期。吴洲如见月,千里幸相思。

"一雁""孤帆"之句,亦以寓吾道不偶之叹。下句引"白日""沧波",而云"行欲暮""杳难期",意可见也。

衡州送李大夫勉赴广州　　杜工部

斧钺下青冥,楼船过洞庭。北风随爽气,南斗避文星。日月笼中鸟,乾坤水上萍。王孙丈人行,垂老见飘零。

此诗气盖宇宙,不待赘说。老杜送人诗多矣,此为冠。

夏日杨长宁宅送崔侍御常正字
入京探韵得深字

醉酒扬雄宅,升堂子贱琴。不堪垂老鬓,还对欲分襟。天地西江远,星辰北斗深。乌台俯麟阁,长夏白头吟。

五、六悲壮,惟老杜长于此。

送段功曹归广州

南海春天外,功曹几月程。峡云笼树小,湖日落船明。交趾丹砂重,韶州白葛轻。幸君因估客,时寄锦官城。

才大则气盛。此小诗八句,若转石下千仞山。而细看只四十字,非如他人补缀费力,酸嘶破碎也。

送韦郎司直归成都

窜身来蜀地,同病得韦郎。天下兵戈满,江边岁月长。别筵花欲暮,春日鬓俱苍。为问南溪竹,抽梢合过墙。

一直说将去,自然工密。起句如晚唐而亦作对。尾句必换意,乃诗法也。

送张二十参军赴蜀州因呈杨五侍御

好去张公子,通家别恨添。两行秦树直,万点蜀山尖。御史新骢马,参军旧紫髯。皇华吾善处,于汝定无嫌。

三、四只言地形,五用"骢马"事以指杨,六用髯参军事以指张,尾句有托庇之欲。亦一体也。

送陵州路使君赴任

王室比多难,高官皆武臣。幽燕通使者,岳牧用词人。国待贤良急,君当拔擢新。佩刀成气象,行盖出风尘。战伐乾坤破,疮痍府库贫。众僚宜洁白,万役但平均。霄汉瞻佳士,泥涂任此身。秋天正摇落,迥首大江滨。

此诗十六句,当作四片看。前四句以初用儒者为喜,实论时也。次四句,美路使君也。又四句,教之以为政也;选同僚、平庶役,则乾坤之破尚可救也。尾四句又感慨之,不得已也。

送 远

带甲满天地,胡为君远行?亲朋尽一哭,鞍马去孤城。草木岁月晚,关河霜雪清。别离已昨日,因见古人情。

前四句悲壮。乱世之别也。

送舍弟颖赴齐州

岷岭南蛮北,齐关东海西。此行何日到,送汝万行啼。绝域惟高枕,清风独杖藜。时危暂相见,衰白意都迷。

三首取一。此骨肉之别也。第二首云:"风尘久不开,汝去几时来?兄弟分离苦,形容老病催。"尤佳而悲痛。

奉济驿重送严公

远送从此别,青山空复情。几时杯重把,昨夜月同行。列郡讴歌惜,三朝出入荣。江村独归处,寂寞养残生。

此知己之别也。"远送从此别",此一句极酸楚。末句尤觉徬徨无依。后严武再帅蜀,卒于位,公遂去蜀云。

泛江送客

二月频送客,东津江欲平。烟花山际重,舟楫浪前轻。

泪逐劝杯落,愁连吹笛生。离筵不隔日,那得易为情。

此所送之人未知为谁。"泪逐劝杯落",足见离别之苦。下一句亦对得好。

暮秋将归秦留别湖南幕府亲友

水阔苍梧野,天高白帝秋。途穷那免哭,身老不禁愁。大府才能会,诸公德业优。北归冲雨雪,谁悯弊貂裘?

三、四极羁旅琐琐之态。五、六虽无华丽,非老笔不能,然其实雄深雅健也。末句十字可怜甚矣,诸亲友能无情乎?

赠别郑炼赴襄阳_{峨嵋杜所留,岘首郑所赴。}

戎马交驰际,柴门老病身。把君诗过日,念此别惊神。地阔峨眉晚,天高岘首春。为于耆旧内,试觅姓庞人。

郑炼盖能诗者,而其诗不传。三、四悲哀而新异,五、六工甚。此等诗可学也。

赠别何邕

生死论交地,何由见一人。悲君随燕雀,薄宦走风尘。绵谷元通汉,沱江不向秦。五陵花满眼,传语故乡春。

三、四系十字句法。

酬别杜二　　　　　严　武

独逢尧典日,再睹汉官时。未效风霜劲,空惭雨露私。夜钟清万户,曙漏拂千旗。并向殊庭谒,俱承别馆追。斗城怜旧路,涡水①惜归期。峰树还相伴,江云更对垂。试回沧海棹,莫妒敬亭诗。只是书应寄,无忘酒共持。但令心事在,未肯鬓毛衰。最怅巴山里,清猿恼梦思。

　　武自蜀帅趋朝,老杜送之有诗,而武以此酬之也。诗虽不及老杜之劲健宏阔,然亦间架齐整。近世富贵巨公,妄自标矜,未有斯作,故特取之。老杜元是六韵诗,所谓"诸将应归尽,题书报旅人"者。再别诗八句,酸楚之甚,已见此前。

送李太保充渭北节度_{即太尉光弼弟也}　　　　　岑　参

诏出未央宫,登坛近总戎。上公周太保,副相汉司空。弓抱关西月,旗翻渭北风。弟兄皆许国,天地荷成功。

送张都尉归东都

白羽绿弓弦,年年只在边。还家剑锋尽,出塞马蹄穿。

---

① 按:"涡"原讹作"锅",据康熙五十二年本、纪昀《刊误》本校改。

逐虏西逾海，平胡北到天。封侯应不远，燕颔岂徒然。

送怀州吴别驾

灞上柳枝黄，垆头酒正香。春流饮去马，暮雨湿行装。骤路通函谷，州城接太行。覃怀人总喜，别驾得王祥。

学老杜诗而未有入处，当观老杜集之所称咏敬叹，及所交游倡酬者，而求其诗味之，亦有入处矣。其称咏敬叹者，苏武、李陵、陶潜、庾信、鲍照、阴铿、何逊、陈子昂、薛稷、孟浩然、元结之类。其所交游倡酬者，李白、高适、岑参、贾至、王维、韦迢之类是也。此岑参三送人诗，皆壮浪宏阔，非晚唐手可望。

送秘书虞校书虞乡丞

花绶傍腰新，关东县欲春。残书厌科斗，旧阁别麒麟。虞坂临官舍，条山映吏人。看君有知己，坦腹向平津。

送张子尉南海

不择南州尉，高堂有老亲。县楼重[①]蜃气，邑里杂鲛人。海暗三山雨，江明[②]五岭春。此乡[③]多宝玉，慎莫[④]厌清贫。

---

① 冯班："县楼"一作"楼台"。
② 冯班："江"，别本作"花"。　许印芳："江"字较妥。
③ 冯班："乡"一作"方"。
④ 许印芳："莫"一作"勿"，亦可。

饯李尉武康

潘郎腰绶新,雪上县花春。山色低官舍,湖光映吏人。不须嫌邑小,莫即耻家贫。更作《东征赋》,知君有老亲。

岑参此三诗,梅圣俞送行诗似之。"官舍""吏人"一联,两首相似,盖熟套也。

送从舅成都丞广南归蜀　　卢　纶

巴字天边水,秦人去是归。栈长山雨响,溪乱火田稀。俗富行应乐,官雄禄岂微。魏舒终有泪,还湿宁家衣。

三、四佳。

送康判官往新安得江路西南尹[①]　　皇甫冉

不向新安去,那知江路长。猿声比庐霍,水色胜潇湘。驿树收残雨,渔家带夕阳。何须愁旅泊,使者有辉光。

唐人诗,多前六句说景物,末两句始以精思议论结裹。亦一体也。"新安""江路",实如所言。

---

① 许印芳:题当作"送康判官往新安赋得江路西南永"。"江路西南永",此句乃小谢诗。

送单于裴都护赴西河　　　崔颢

征马去翩翩，城秋月正圆。单于莫近塞，都护欲临边。
汉驿通烟火，湖沙①乏井泉。功成须献捷，未必去经年。

盛唐人诗，师直为壮者乎？

赋得秤送孟孺卿　　　包何

愿以金秤锤，因君赠别离。钩悬新月吐，衡举众星随。
掌握须平执，锱铢必尽知。由来投分审，莫放弄权移。

合收入"着题诗"，以入"送钱类"亦可。三、四赋秤甚妙，馀皆工。

送泉州李使君之任

傍海皆荒服，分符重汉臣。云山百越路，市井十洲人。
执玉来朝远，还珠入贡频。连年不见雪，到处即行春。

第四句绝妙。

送王汶宰江阴

郡北乘流去，花间竟日行。海鱼朝满市，江鸟夜喧城。

---

① 查慎行："湖"当作"胡"。

止酒非关病,援琴不在声。应缘米五斗,数日值渊明。

<small>三、四好。</small>

送德清喻明府　　　　李　频

棹返霅溪云,仍参旧使君。州传多古迹,县记是新文①。水栅横舟闭,湖田立木分。但如诗思苦,为政即超群。

<small>五、六尽水乡之妙,尾句尤清而有味。</small>

送凤翔范书记

西京无暑气,夏景似清秋②。天府来相辟,高人去自由。江山通蜀国,日月近神州。若共将军话,河南地未收。

<small>晚唐诗鲜壮健,频却有此五、六一联。</small>

送孙明秀才往潘州谒韦卿

北鸟飞不到,北人今去游。天涯浮瘴水,岭外问潘州。草木春冬茂,猿猱日夜愁。定知迁客泪,只敢对君流。

---

① 冯班:"新"一作"谁"。
② 冯班:"夏景"一作"节候","清"一作"全"。

送友人之扬州

一别长安后,晨征便信鸡。河声入峡急,地势出关低。绿树丛垓下,青芜阔楚西。路长知不恶,随处好诗题。

频,睦州人,姚合婿也。诗虽晚唐,却多壮句。

送 曹 楷 　　　　司空曙

青春三十馀,众艺尽无如。中散诗传画,将军扇卖书。楚田晴下雁,江日暖多鱼。惆怅空相送,欢娱自此疏。

绮丽。

云阳馆与韩升卿宿别

故人江海别,几度隔山川。乍见翻疑梦,相悲各问年。孤灯寒照雨,深竹暗浮烟。更有明朝恨,离杯惜共传。

三、四一联,乃久别忽逢之绝唱也。

送李员外院长分司东都 　　韩昌黎

去年秋露下,羁旅逐东征。今岁春光动,驱驰别上京。饮中相顾色,送后独归情。两地无千里,因风数寄声。

前四句谓之扇对,唐诗多有之。五、六曲尽离别之状,甚妙。李员外乃李正封也。元和十二年秋,退之、正封从裴晋公讨蔡,在郾城有联句。

送远吟　　　　　　　　孟东野

河水昏复晨,河边相送频。离杯有泪饮,别柳无枝春。一笑忽然敛,万愁俄已新。东波与西日,不借远行人。

东野不作近体诗。昌黎谓"高处古无上"是矣。此近乎律。"离杯有泪饮",犹老杜"泪逐劝杯落",而深切过之矣。

送杨八给事赴常州　　　　白乐天

无嗟别青琐,且喜拥朱轮。五十得三品,百千无一人。须勤念黎庶,莫苦忆交亲。此外无过醉,毗陵何限春。

三、四新。

洛阳送牛相公出镇淮南

北阙至东京,风光十六程。坐移丞相阁,春入广陵城。红旆拥双节,白须无一茎。万人开路看,百吏立班迎。阃外君弥重,樽前我亦荣。何须身自得,将相是门生。元注:"元和初,牛相公应制登第三等。予为翰林考覆官。"

乐天元和元年应制科,自盩厔尉除集贤校理。逾月,即入翰林为学士。时年三十五岁。牛奇章又其所考制科门生也。此可为座主门生故事。作此诗时，乐天为河南尹。

送河南皇甫少尹赴绛州　　　刘梦得

祖帐临周道，前旌指晋城。午桥群吏散，亥字老人迎。诗酒同行乐，别离方见情。从兹洛阳社，吟咏欠书生。

自洛赴绛，故以亥字老人事，上搭对午桥为偶，诗家常例也。五、六方有味，前四句只是形模，不下"周道""晋城"四字，则"午桥"亦唤不来。

送陆侍御归淮南使府五韵用"年"字

江左重诗篇，陆生名久传。凤城来已熟，羊酪不嫌膻。归路芙蓉府，离堂玳瑁筵。泰山呈腊雪，隋柳布新年。曾忝扬州荐，因君达短笺。

元注："时段丞相镇扬州，尝辱表荐。"选此诗知唐人五言律有五韵者。"芙蓉府""玳瑁筵"，诗家可有不可多。

送友人归武陵　　　崔　鲁

闻道桃源住，无村不是花。戍旗招海客，庙鼓集江鸦。别岛垂橙实，闲田长荻芽。游秦未得意，看即便离家。

此八句俱有思致。前二句喝起题目，中四句俱言景物，末二句微立议论情思缴之。此又一格。

送许棠　　　　张乔

离乡积岁年,归路远依然。夜火山头市,春江树杪船。干戈愁鬓改,瘴疠喜家全。何处营甘旨,波涛浸薄田。

秋日送方干游上元　　　　曹松

天高淮泗白,料子趣修程。汲水疑山动,扬帆觉岸行。云离京口树,雁入石头城。后夜分遥念,诸峰雾露生。

中四句俱有位置处分。

送谢夷甫宰郏县① 　　　　戴叔伦

君去方为县,兵戈尚未消。邑中残老小,乱后少官僚。廨宇经山火,公田没海潮。致时应变俗,新政满馀姚。

高仲武《中兴间气集》谓叔伦诗骨气稍软,然此诗五、六佳。

送溧水唐明府　　　　韦苏州

三为百里宰,已过十馀年。只叹官如旧,旋闻邑屡迁。

---

① 查慎行:"郏"原讹作"郑"。

鱼盐濒海利，桑柘①傍湖田。到此安民俗，琴堂又晏然。

苏州五言古体最佳，律诗亦雅洁如此。

送张侍御秘书江右觐省

莫叹都门路，归今驷马车。绣衣犹在箧，芸阁已观书。沃野收红稻，长江钓白鱼。晨飡亦可荐，名利欲何如？

"箧"字，刊本作"筐"，当考。

送渑池崔主簿

邑带洛阳道，年年应此行。当时匹马客，今日县人迎。暮雨投关郡，春风别帝城。东西殊不远，朝夕待佳声②。

二诗皆整净。

秋夕与友话别　　　　崔　涂

怀君非一夕，此夕倍堪悲。华发犹漂泊，沧洲又别离。冷禽栖不定，衰叶堕无时。况值干戈隔，相逢未可期。

别情可掬。第六句妙，尾句近老杜。

---

① 按：康熙五十二年本、纪昀《刊误》本"桑"作"姜"。
② 按："佳"原作"家"，据元至元本校改。

旅舍别故人

一日又欲暮,一年春又①残。病知新事少,老别旧交难。山尽路犹险,雨馀春尚寒。那堪试回首,烽火到长安②。

三、四好,尾句亦近老杜。"那堪"二字,诗中不当用,近乎俗。

送邹明府游灵武　　　　贾浪仙

曾宰西畿县,三年马不肥。债多平剑与,官满载书归。边雪藏行径,林风透卧衣。灵州听晓角,客馆未开扉。"平"一作"凭"。

三、四极佳。今宰邑者能如此,何患世之不治耶?第二句"三年马不肥"亦好。

送朱可久归越中

石头城下泊,北固暝钟初。汀鹭潮冲起,船窗月过虚。吴山侵越众,隋柳入唐疏。日欲供③调膳,辟来何府书。

汀上之鹭,潮冲之而见其起。舟中之窗,月过之而见其虚。可谓善言吴中泊舟之趣。"吴山""隋柳"一联,近乎妆砌太过。赵紫芝全用

---

① 冯班:"春"一作"看"。
② 冯班:"到"一作"是"。
③ 冯班:"供"一作"躬"。

此联,为"潇水添湘涧,唐碑入宋稀",殊为可笑。所选《二妙集》于浪仙取八十一首。其非僧道而送行者,凡取十首,独不取此一首。盖欲以蒙蔽蹈袭之罪非耶!

送李骑曹

归骑双旌远,欢生此别中。萧关分碛路,嘶马背寒鸿。朔色晴天北,河源落日东。贺兰山顶草,时动卷帆[①]风。

此诗谓"嘶马背寒鸿",则雁南向而人北去。又谓"河源落日东",河源当在西,今返在落日之东,则身过河源又远矣。所谓贺兰山,盖回纥之地也。

送王子遵赴衡阳丞　　　　赵昌父

王郎妙人物,独步向江东。昔尉既不醉,今丞宁肯聋?相依唇齿国,忽去马牛风。清绝官曹外,何年着我同?

"醉尉""聋丞"事,融化神妙。五、六尤善用事。

送喻凫校书归毗陵　　　　姚　合

主人庭叶黑,诗稿更谁书?阙下科名出,乡中赋籍除。山春烟树众,江晚远帆疏。吾亦家吴者,无因到弊庐。

[①] 纪昀:"帆"字当是"旗"字,再校本集。

姚少监合诗选入《二妙》者百二十一首,比浪仙为多。此"四灵"之所深嗜者。送人诗三十馀首,以余再选,仅得三首。为武功尉时诗八首最佳。其馀有左无右,有右无左。前联佳矣,后或不称。起句是矣,缴句或非。有小结裹,无大涵容。其才与学,殊不及浪仙也。此诗"乡中赋籍除",疑登第人免役不免赋,合考。

送韦瑶校书赴越

　　寄家临禹穴,乘传出秦关。霜落叶满地,潮来帆近山。相门宾益贵,水国事多闲。晨省高堂后,馀欢杯酒间。
　　第二句言"乘传出秦关",忽插入"霜落""潮来",似乎不甚贯穿。然其联单看自好。

送李侍御过夏州

　　酬恩不顾名,走马觉身轻。迢递河边路,苍茫塞上城。沙寒无宿雁,虏近少闲兵。饮罢挥鞭去,傍人意气生。
　　此诗以"虏近少闲兵"一句能道边塞间难道之景,故取之。上联"迢递河边路,苍茫塞上城"两句似泛,亦无深病也。大抵姚少监诗不及浪仙,有气格卑弱者,如:"瘦马寒来死,羸童饿得痴。""马为赊来贵,童因借得顽。"皆晚辈之所不当学。如王建"脱下御衣偏得着,放来龙马每教骑。"不惟卑,而又俗矣。东坡谓"元轻白俗",然白亦不如是之太俗也。又姚诗如:"茅屋随年借,盘飧逐日炊。无竹栽芦看,思山叠石为。"两句一般无造化。又如:"檐燕酬莺语,邻花杂絮飘。"妆砌太密,则反若①浅拙。予以公论评

---
① 按:"若"原讹作"返",据康熙五十二年本、纪昀《刊误》本校改。

之至此。其细润而甚工者,亦不可泯没,又当于他诗下备论而表出之。

送祖择之赴陕州　　　　　　梅圣俞

　　古来分陕重,犹有召公棠。此树且能久,后人宜不忘。君从金马去,郡在铁牛旁。山色临关险,河声出地长。樽无空美酒,鱼必荐嘉鲂。天子忧民切,何当务劝桑。
　　"金马""铁牛",人皆可对。必如此穿成句,则见活法。"山色""河声"一联,不减盛唐。"美酒""嘉鲂"一联,句法亦新。

送王待制知陕府

　　东周尊夹辅,西汉重行春。风化本从召,河山来自秦。选良存旧诏,出守必名臣。导从驰千骑,朱丹照两轮。宴杯深畏卯,湖水净连申。重见《甘棠》咏,争传乐府新。
　　"召""秦""卯""申"四句工。

送张景纯知邵武军

　　赌却华亭鹤,围棋未肯还。方为剖符守,又近烂柯山。鱼稻荆扬下,风烟楚越间。小君能赋咏,应得助馀闲。元注:"张,华亭人。近输鹤与冯仲达。"
　　后四句好。言荆、扬、楚、越之美,又有能诗之内以佐之也。前四句言赌棋输鹤,得郡复近烂柯山,殆戏其嗜棋耳。

送钱驾部知邛州

　　细雨梅初熟,轻寒麦已秋。路危趋剑道,梦稳过刀州。秦粟非吴食,巴粳类越畴。当垆无复旧,试似长卿求。
　　钱,吴越人,故有此五、六句。"剑道""刀州"绝工,末句又不走了邛州事也。

送洪州通判何太博若谷先归新淦

　　拜官江上客,乘马不乘船。独畏鲛龙浪,将归风雨天。葛花侵野径,源水入腴田。君住巴丘下,西山道路连。
　　五、六以言新淦之景。近世诗人下苦工夫,不能作此等语。

送邵户曹随侍之长沙

　　青袍会稽掾,采服湘江行。水馆鱼方美,犀舟枕自清。鹧鸪啼欲雨,蝃蝀见还晴。风土虽卑湿,醇醪可养生。
　　起句十字拗律变换,诗家所许,又却切题,但不可篇篇如此耳。五言律,圣俞之所长。而送人诗至于五言律尤工,无作为,不刻画,据事言情,而有无穷之味。乃知近人学晚唐,出于强摅而无真趣也。

送盐官刘少府古贤

我祖南昌尉,时危弃去仙。刘郎从宦日,天子治平年。燥茗山中火,熬波海上烟。吴民不为盗,惟此挠君权。

送陆介夫学士通判秦州①

从来戎马地,飨士日椎牛。介胄奉儒服,诗书参将谋。陇云连塞起,渭水入关流。岂似瀛洲下,穷年事校雠。

送徐君章秘丞知梁山军

苍壁束江流,孤军水上头。蛟龙惊鼓角,云雾裹衣裘。午市巴姑集,危滩楚客愁。使君才笔健,当似白忠州。

宋人诗善学盛唐而或过之,当以梅圣俞为第一。善学老杜而才格特高,则当属之山谷、后山、简斋。且如"午市巴姑集",唐人之精者仅能之。下一句难对,却云"危滩楚客愁",其妙如此。是三诗者,又皆有尾句,令人一唱三叹。

送秦觏二首 陈后山

士有从师乐,诸儿却未知。欲行天下独,信有俗间疑。

---

① 按"秦"原讹作"泰",据元至元本校改。

秋入川原秀，风连鼓角悲。目前犹犬类，未必慰亲思。

师法时难得，亲年富有馀。端为李君御，尽读邺侯书。结友真莫逆，论才有不如。折腰终不补，可但曳长裾。

东坡元祐中补外，知杭州。秦少游之弟少章从行，为师法故耳。时人或讥其舍亲而出，故前诗六句、后诗四句皆及之。世固有莫逆之友，亦当戒乎不如己之友。得从东坡，则师友之际，可谓得之矣。"折腰终不补"，后山自谓也。"可但曳长裾"，言少章从人门下，岂无贫贱未遇之叹？而屈身徇禄者，亦何所补益？于己不必以仕为得，未仕为失也。诸平正熟烂、绮靡恒钉诗中，见后山诗，犹野鹤之在鸡群云。

送外舅郭大夫夔路提刑

天险连三峡，官曹据上游。百年双鬓白，万里一身浮。可使人无讼，宁须意外忧。平生晏平仲，能费几狐裘？

后山妻父郭概，颇喜功利，前为西川提刑，以妻及三子托之。送行古诗有云："功名何用多？莫作分外虑。"今又为夔路提刑，谓身已老矣，使民无讼，自当无意外忧。晏平仲一狐裘三十年，外物亦不足多也。盖规戒之。

送吴先生谒惠州苏副使

闻名欣识面，异好有同功。我亦惭吾子，人谁恕此公。百年双白鬓，万里一秋风。为说任安在？依然一秃翁。

此吴子野有道术者。东坡以绍圣元年谪惠州,意谓子野之访东坡,我其门下士亦惭之也。任安尧翁事,后山自以不负东坡。自颍教既罢之后,绍圣中不求仕也。

别刘郎

一别已六载,相逢有馀哀。公私两多事,灾病百相催。
无酒与君别,有怀向谁开。深知百里远,肯为老夫来。

三、四老劲,尾句逼老杜。四十字无一字风、花、雪、月,凡俗之徒所以阁笔也。

别乡旧

数有中年别,宽为满岁期。得无鱼口厄,聊复雁门踦。
齿脱心犹壮,秋清意自悲。平时郡文学,邓禹得三为。

此棣州教时所作。盖徐教、颍教,凡三任也。

别伯恭　　　　　陈简斋

樽酒相逢地,江枫欲尽时。犹能十日客,共出数年诗。
供世无筋力,惊心有别离。好为南极柱,深慰旅人悲。

此长沙帅向子湮,字伯恭。此诗绝似老杜。

再 别

多难还分手,江边白发新。公为九州督,我是半途人。
政尔须全节,终然却要身。平生慕温峤,不必下张巡。
> 温峤、张巡之说,当观时义。殷有三仁,或死或不死,自靖、自献而已。

送宜黄宰任满赴调 元注:"君修邑学及拒贼,有声绩。"

韩子苍

听说宜黄政,他邦总不如。里门喧诵读,村落罢追胥。
纵未分侯印,犹当拥使车。此诗无丽句,聊代荐贤书。
> 吕居仁引韩入"江西派",子苍不悦,谓所学自有从来。此诗非"江西"而何?大抵宣、政间忌苏、黄之学,王初寮阴学东坡文,子苍诸人皆阴学山谷诗耳。

送常子正赴召二首

吕居仁

属者居闲久,今来促召频。但能消党论,便足扫胡尘。
众水因归海,殊涂必问津。如何彼黠虏,敢谓汉无人。

疾病老逾剧,交亲穷转疏。惟公不变旧,怪我未安居。
日月干戈里,江山瘴疠馀。因行见李白,亦莫问何如。
> 常子正讳同。二诗俱有少陵风骨。

别李德翁 尤延之

长恨古人少,斯人今古人。二难俱益友,两载觉情亲。
世态深难测,心期久益真。相看俱半百,此别倍酸辛。

不用景物,语意一串,古淡有味。此台州任满别二李,一曰才翁。

送赵成都二首 赵昌父

蜀道当谋帅,维城孰愈公。夷陵护江左,斜谷顾关中。
北虏心豺虎,南蛮势蚁蠡。守攻虽有异,镇抚不妨同。

不但元戎贵,仍兼制使雄。深沉天与度,简敬学成功。
人士薰陶内,兵民教训中。只应先邵縠,宁复后文翁。

昌父诗参透"江西"而近后山,此迫迫老杜矣。丞相忠定公赵汝愚字子直,淳熙中为四川制置安抚知成都府。送诗中选此二首。"夷陵""斜谷",壮哉语也!

送陈郎中栋知严州 翁续古

频年经虎害,人望使君来。地重分旌节,官清管钓台。
凉天星象动,吉日印符开。帝擢平津策,曾知有用才。

"频年经虎害",太浅露。指前太守或一切官吏乎?须要分晓,不可波及无辜。只有"官清管钓台"一句佳。上一句言系节度州,又似不切,大都皆然。

七　言 七十一首

送路六侍御入朝　　　杜工部

童稚情亲四十年,中间消息两茫然。更为后会知何日①,忽漫相逢是别筵。不分桃花红胜锦,生憎柳絮白于绵。剑南春色还无赖,触忤愁人到酒边。

送韩十四江东省觐

兵戈不见老莱衣,叹息人间万事非。我已无家寻弟妹,君今何处访庭闱?黄牛峡静滩声转,白马江寒树影稀。此别应须各努力,故乡犹恐未同归。

送王十五判官扶侍还黔中得开字

大家东征逐子回,风生洲渚锦帆开。青青竹笋迎船出,白白江鱼入馔来。离别不堪无限意,艰危须仗济时才。黔阳信使应稀少,莫怪频频劝②酒杯。

"大家"指言王判官母,以班氏比之也。后汉曹世叔妻,班彪之女,名昭,字惠姬,和帝召入宫,令皇后贵人师事焉,号曰大家。子穀为陈留

---

① 冯班:"日"一作"地"。
② 冯班:"频频"一作"频烦"。

长垣县长，大家随至官，作《东征赋》以叙行李。王母子同行，故用孟宗笋、王祥鱼，而善融化如此。

公安送韦二少府匡赞

逍遥公后世多贤，送尔维舟惜别筵①。念我能书②数字至，将诗不必万人传。时危兵甲③黄尘里，日短江湖白发前。古往今来皆涕泪，断肠分手各风烟。

老杜七言律诗一百五十馀首。唐人粗能及之者仅数公，而皆欠悲壮。晚唐人工于五言律，于七言律甚弱。观此所选送行四诗，能并肩者几人哉？

同乐天送河南冯尹学士④ 刘梦得

可怜玉马风流地，暂辍金貂侍从才。阁上掩书刘向去，门前修刺孔融来。崤陵路静寒无雨，洛水桥长昼起雷。共羡府中棠棣好，先于城外百花开。

自馆阁出为河南尹，故三、四用事如此之精。

送浑大夫赴丰州

凤衔新诏降恩华，又见旌旗出浑家。故吏来辞辛属国，

---

① 许印芳："别"一作"此"。
② 许印芳："能书"一作"常能"。
③ 许印芳："甲"一作"革"。
④ 冯班：题下阙"自大鸿胪拜家承旧勋"。

精兵愿逐李轻车。毡裘君长迎风惧①,锦领酋豪蹋雪衙。其奈明年好春日,无人唤看牡丹花。

梦得诗句句精绝。其集曾自删选,故多佳者。视乐天之易不侔也。

送姚杭州赴任因思旧游　　白乐天

与君细话杭州事,为我留心莫等闲。闾里固宜勤抚恤,楼台亦要数跻攀。笙歌缥缈虚空里,风月依稀梦想间。且喜诗人重管领,遥飞一盏贺江山。

渺渺钱塘路几千,想君到后事依然。静逢竺寺猿偷橘,闲看苏家女采莲。故妓数人频问信,新诗两首倩流传。舍人虽健无多兴,老校当时八九年。

此送姚合也。诗律虽宽,自是"白体",有味有韵。

送蕲州李十九使君赴郡

可怜官职好文词,五十专城未是迟。晓日镜前无白发,春风门外有红旗。郡中何处堪携酒,席上谁人解和诗。惟有交亲开口笑,知君不及洛阳时。

八句皆可取。

---

① 查慎行:"惧"当作"驭"。

送陕州王司马建赴任

　　陕州司马去何如,养静资贫两有馀。公事闲忙同少尹,料钱多少敌尚书。只携美酒为行伴,唯作新诗趁下车。自有铁牛无咏者,料君投刃必应虚。

　　第二句诗句之有关键者,尾句方见得是陕府也。

长乐亭留别

　　灞浐风烟函谷路,曾经几度别长安。昔时戚促为迁客,今日从容自去官。优诏幸分四皓秩,祖筵惭继二疏欢。尘缨世网重重缚,回顾方知出得难。

　　乐天以刑部侍郎除太子宾客,分司东都,作此诗别之。事同而味不同如此。

留别微之

　　平时久与本心违,悟道深知前事非。犹厌劳形辞郡印,那将趁伴着朝衣。五千言里教知足,《三百篇》中劝式微。少室云边伊水畔,比君校老合先归。

　　白诗自然。五、六何其易之至也?此苏州病告满去时诗。

送刁景纯学士使北　　梅圣俞

常闻朔北寒尤甚,已见黄河可过车。驿骑骎骎持汉节,边风惨惨听胡笳。朝供酪粥冰生碗,夜卧毡庐月照沙。侍女新传教坊曲,归来偷赏上林花。

祖宗时与契丹盟好甚笃,故凡送使人诗亦不敢轻易及边事。熙、丰以来,人人抵掌,务欲生事于西北,遂致靖康之祸。悲夫!

送唐紫微知苏台

洞庭五月水生寒,卢橘杨梅已满盘。泰伯庙前看走马,阊阖城下见骖鸾。吴娃结束迎新守,府吏趋蹡拜上官。曾过扬州能惯否,刘郎盏底劝须宽。

圣俞诗似唐人而浑厚过之。如此篇者是。

送张待制知越州

沧海东边会稽郡,朱轮远下相臣家。已同云汉星辰转,不与鉴湖风月赊。越箭抽萌供美茹,秦山堆翠照高牙。买臣严助前时贵,破盗论功未足夸。

末句议论是。

送余少卿知睦州

青山峡里桐庐郡，七里滩头太守船。云雾未开藏宿鸟，坡原将近见烧田。养茶摘蕊新春后，种橘收包小雪前。民事萧条官政简，家书时问雪溪边。

中四句皆佳。但严陵今乏橘，惟衢州多。末句有味。

送赵谏议知徐州及

鹿车几两马几匹，轓建朱幡骑觳弓。雨过短亭云继续，莺啼高柳路西东。吕梁水注千寻险，大泽龙归万古空。莫问前朝张仆射，球场细草绿蒙蒙①。

五、六切于徐州。

送沈待制陕西都运邀　　欧阳永叔

几岁疮痍近息兵，经营方喜得时英。从来汉粟劳飞挽，当使秦人自战耕。道左旌旗诸将列，马前弓剑六蕃迎。知君材力多闲暇，剩听《阳关》醉后声。

---

① 查慎行："蒙蒙"，集作"茸茸"。

送郓州李留后

北州遗颂蔼嘉声,东土还闻政有成。组甲光寒围夜帐,彩旗风暖看春耕。金钗坠鬓分行立,玉麈高谈四座倾。富贵常情谁不羡?爱君风韵有馀清。

送王平甫下第 安国

归袂摇摇心浩然,晓船鸣鼓转风滩。朝廷失士有司耻,贫贱不忧君子难。执手聊须为醉别,还家何以慰亲欢。自惭知子不能荐,白首胡为侍从官?

细味欧阳公诗,初与梅圣俞同官于洛,所作已超元、白之上,一扫"昆体"。其古诗甚似韩昌黎,以读其文过熟故也。其五言律诗不浓不淡,自有一种萧散风味。其七言律诗,自然之中有壮浪处,有闲远处,又善言富贵而无辛苦之态。未尝不立议论,而斧凿之痕泯如也。如《送王平甫下第》诗三、四已似"江西",末句尤见好贤乐善之诚心。所与交游及门下士,为宋一代文人巨擘焉。诗乃公之一端,后之作者亦无所容其喙也。

送德之提刑郎中赴广西　　王平甫

天扶开宝至熙宁,和气薰蒸瘴疠停。五管间阎如按堵,六朝仁圣喜祥刑。欲推恩泽求肤使,果见谋猷简大庭。嗟我白头甘抱橐,看君归日上青冥。

<small>善言朝廷祥刑脉络。语意一串。</small>

送文渊使君郎中赴当涂

看花金谷屡衔杯,先后归时出处乖。朝日衣冠辞魏阙,春风旗鼓过秦淮。谈间威爱连云屋,事外欢娱付水斋。回首未成东下计,可无书札写离怀。

送李子仪知明州

儿童剧戏甬东天,一别侵寻二十年。海岸楼台青嶂外,人家箫鼓白鸥边。哀容愁问州民事,胜概欣逢太守贤。为我剩题萧散句,还闻凤沼待诗仙。

送马子山给事赴扬州

都人供帐国门东,淮海兵符节制中。青琐议思虚夜月,朱轓游衍值秋风。侯嗟谁在思张仲,民喜重临得次公。内外忘怀能自适,何时谈笑一樽同?

<small>平甫诗壮而整。</small>

次韵孔常父送张天觉河东提刑　　苏东坡

送君应典鹔鹴裘,凭仗千钟洗别愁。脱帽风流馀长史,埋轮家世本留侯。子河骏马方争出,昭义疲兵亦少休。定向秋山得佳句,故关黄叶满行舟①。

诸家元注:"麟府马出子河汊,昭义步兵,泽、潞弓箭手。"公自注谓:"天觉好草书而不工,故以张旭事为戏云。"

送龚鼎臣谏议移守青州　　苏子由

稷下诸公今几人,三为谏议发如银。梁王宫殿归留钥,尚父山河属老臣。沂水弦歌重曾点,菑川故旧识平津。过家定有金钱费,千里争看衣锦身。

西山负海古诸侯,信美东南第一州。胜概未容秦地险,奇花仅比雒城优。新丝出益冬裘易,贡枣登场岁事休。铃阁虚闲官酿熟,应容将佐得遨游。

周益公尝问陆放翁以作诗之法,放翁对以宜读苏子由诗。盖诗家之病忌乎对偶太过,如此则有形而无味。三洪工于四六而短于诗,殆胸中有先入者,故难化也。放翁其以此箴益公欤?或问苏子瞻胜子由否?以予观之?子瞻浩博无涯,所谓"诗涛汹退之"也。不若所谓"诗骨耸东野",则易学矣。子由诗淡静有味,不拘字面事料之俪,而锻意深,下句

---

① 查慎行:"舟",集作"辀"。

熟。老坡自谓不如子由，识者宜细咀之可也。

送青州签判俞退翁致仕还湖州

不作清时言事官，海邦那复久盘桓。早依莲社尘缘少，新就草堂归计安。富贵暂时朝露过，江山故国水精寒。宦游从此知多事，收取《楞伽》静处看。

吴兴俞汝尚以御史召，力辞不允，竟归。子由为齐州记室，作此送之。第五句乃虚说，第六句乃实事，自然高妙。汝尚四世孙激，淳熙丁未守筠阳，并其高祖和诗刊置《栾城集》中，盖亦不附荆公者也。

送顾子敦赴河东三首　　黄山谷

头白书林二十年，印章今领晋山川。紫参可掘宜包贡，青铁无多莫铸钱。劝课农桑诚有道，折冲樽俎不临边。要知使者功多少，看取春郊处处田。

家在江南不系怀，爱民忧国有从来。月斜汾沁催驿马，雪暗岢岚传酒杯。塞上金汤惟粟粒，胸中水镜是人才。遥知更解青牛句，一寸功名心已灰。

揽辔都城风露秋，行台无妾护衣篝。虎头墨妙能频寄，马乳蒲萄不待求。上党地寒应强饮，西河民病要分忧。犹闻昔在军兴日，一马人间费十牛。

元祐元年夏,顾临子敦除河东漕。东坡有古诗,山谷押云"西连魏三河,东尽齐四履"是也。予窃谓"一寸功名心已灰",此句有病。以元祐之时劝其退,岂子敦有不满乎?"行台无妾护衣箨",此亦小事,近乎不庄。大抵山谷诗律高,而用意亦多出于戏。如"折冲樽俎不临边",意好,却犯子敦名。"两河民病要分忧""一马人间费十牛",始是恻怛爱民之意。山谷送人律诗少,《外集》有《送徐隐父宰馀干》有云:"赘叟得牛民少讼,长官斋马吏争廉。"末云:"治状要须存岂弟,此行端为霁威严。"极佳。山谷诗自任渊所注之外,有《外集》,有《别集》。《外集》中诗不可谓之不逮《前集》。任渊所注,亦多卤莽。止能注其字面事料之所出,而不识诗意。如《次韵文潜同游王舍人园》"自移竹淇园"下至"牵黄臂老苍"十三韵,皆称美王才元园林、田畴、屋庐、声色、花竹之美,所谓"买田宛丘间,江汉起滥觞",乃指才元所以致富之本也。注乃谓山谷为归老之渐,不亦谬乎!如此诗"一马人间费十牛",蔡卞切齿,谓谷讥熙、丰政事。陈留史祸,亦本于此,而渊不能注。

送苏迨　　　　　　　　陈后山

胸中历历着千年,笔下源源赴百川。真字飘扬今有种,清谈绝倒古无传。出尘悟解多为路,随世功名小着鞭。白首相逢恐无日,几时笔札到林泉。

迨,字仲豫,东坡次子也。

寄送定州苏尚书

初闻简策侍前旒,又见衣冠送作州。北府时清惟可饮,西山气爽更宜秋。功名不朽聊通袖,海道无违具一舟。枉读平生三万卷,貂蝉当复出兜鍪。"出"字一作"自",又云作"兜年"。

元祐八年九月东坡出知定州,时宣仁上仙,时事已变,劝东坡省事高退,其意深矣。明年乃有惠州之谪,久之又谪海外。然当是时,坡虽欲退身,殆亦无地自藏矣。此乃国家大气数也。

北桥送客　　　　　张宛丘

桥上垂杨系马嘶,桥头船尾插红旗。船来船去知多少,桥北桥南长别离。亭上几倾行客酒,游人自唱少年词。百年回首皆陈迹,浮世飘零亦可悲。

此诗似张司业。

送杨补之赴鄂州支使

相逢顾我尚童儿,二十年来鬓有丝。涕泪两家同患难,光阴一半属分离。扁舟又作江湖别,千里长悬梦寐思。何日粗酬身世了,卜邻耕钓老追随。

此文潜姊夫也。

送三姊之鄂州

兄弟分飞各一方,老来分袂苦多伤。两行别泪江湖远,五月征车歧路长。休叹伯鸾甘寂寞,所欣杨恽好文章。甥克一苦为诗。北归会有相逢地,只恐尘埃鬓易苍。

此即文潜之姊。甥克一能文,故有五、六一联,用事极佳。

送曹子方赴福建运判

平生邺下曹公子,家世风流合有文。横槊尚传瞒相国,紫髯不是画将军。诏书宽大民何怨,刺史威严吏合勤。好作楚词更下俚,云中一降武夷君。

曹辅子方,亦诗豪也,与文潜考试,有同文倡和。此诗三、四用其姓事,尤切。

送毕平仲西上毕字夷直。庚午五月历阳赋。

贺方回

吟鞭西指凤皇州,好趁华年访昔游。新样春衫裁白纻,旧题醉墨满青楼。鸣蛙雨细生梅润,扬燕风高报麦秋。须念江边桃叶女,定从今日望归舟。

贺铸方回《庆湖遗老诗集》,每一诗必自注所与之人,所作之地,及岁月于题目下。其诗铿锵整暇。本武人,以苏公轼、范公百禄荐授从事郎。然即请岳祠,两为通判,年五十八便求致仕。再以荐起家,再致仕。宣和二年卒于常州,年七十四。葬宜兴县北山,程公俱铭其墓,仍序其诗。此篇风致颇如其词,以词之尤高也,故世人不甚知其诗,而余独爱之。

送客出城西　　　　　陈简斋

邓州谁亦解丹青,画我羸骖晚出城。残年政尔供愁了,末路那堪送客行。寒日满川分众色,暮林无叶寄秋声。垂鞭归去重回首,意落西南计未成。

五、六一联绝妙,"分"字、"寄"字奇。

送熊博士赴瑞安令

衣冠衮衮相逢处,草木萧萧未变时。聚散同惊一枕梦,悲欢各诵十年诗。山林有约吾当去,天地无情子亦饥。笑领铜章非失计,岁寒心事欲深期。

简斋诗气势浑雄,规模广大。老杜之后,有黄、陈,又有简斋,又其次则吕居仁之活动,曾吉甫之清峭,凡五人焉。

送曾宏父守天台　　　　　曾茶山

莫作《阳关》堕泪声,丹丘胜事要君听。兴公赋里云霞赤,子美诗中岛屿青。天近岂无宣室召,地偏犹有草堂灵。銮坡飞上勤回首,记取来游旧客星。

三、四于台州切。

送吕仓部治先守齐安

齐安剖竹要循良,分付吾家坦腹郎。剩有江山连赤壁,略无讼狱到黄堂。铃斋昼永宜深念,边琐秋高合过防。此地元之遗烈在,勉旃幸未鬓毛苍。

吕仓部大器字治先,茶山之婿,是生东莱先生吕成公。"黄堂""赤壁""深念""过防"四句皆佳。

适越留别朱新仲

扁舟绿涨漕渠时,解释离怀政用诗。管鲍交朋无变态,朱陈嫁娶有佳期。元注:"新仲次子已议定女孙,有姻期矣。"长洲茂苑着身久,秦望镜湖行脚宜。二浙中间才一水,短书莫使寄来迟。

三、四整雅。

送严婿侍郎北使　　　　叶少蕴

朔风吹雪暗龙荒,荷橐惊看玉节郎。楛矢石砮传地产,医闾析木照天光。传车玉帛风尘息,盟府山河岁月长。寄语遗民知帝力,勉抛锋镝事耕桑。

石林叶梦得少蕴以妙年出蔡京之门,靖康初守南京,当罢废。胡文定公安国以其才,奏谓不当因蔡氏而弃之。实有文学,诗似半山。然

《石林诗话》专主半山而阴抑苏、黄,非正论也。南渡后,位执政,帅金陵,卜居霅川,福寿全备。此诗"楛矢石砮""蟹匡蚁术"一联佳,取之。秦桧之和,虽万世之下,知其非是。后四句含糊说过,无一豪忠义感慨之意,则犹是党蔡尊舒、绍述之徒常态也。

送丘宗卿帅蜀　　　　杨诚斋

人似隆中汉卧龙,韵如江左晋诸公。四川全国牙旗底,万里长江羽扇中。玉垒顿清开宿雾,雪山增重起秋风。近来廊庙多西帅,出相谁言只在东。

谕蜀宣威百万兵,不须号令自精明。酒挥勃律天西碗,鼓卧蓬婆雪外城。二月海棠倾国色,五更杜宇说乡情。少陵山谷千年恨,不遇丘迟眼为青。

蜀人诧蜀不能休,花作江山锦作州。老我无缘更行脚,羡君来岁领遨头。碧鸡金马端谁见,酒肆琴台访昔游。收入西征诗集里,忆侬还解寄侬不。

右见《江东集》。

逢赣守张子智左史进直敷文阁移帅八桂

龙尾名臣进宝奎,虎头移镇赴榕溪。握刀将帅迎牙纛,解辫戎蛮贡象犀。翠浪玉虹馀昨梦,碧篸罗带入新题。凤池鸡树公栖处,早个云飞不要梯。

抛官九载卧柴荆,有底生涯底友生。白鹭鸬鹚双属玉,青鞋布袜一笭箵。赣江府主怜逋客,樽酒绨袍笃故情。天上故人今又去,碧云西望暮天横。右见《退休集》。

五诗皆壮丽。"白鹭""青鞋"一联变体俊快。

送族弟子西赴省

吾家词伯达斋翁,阿季文名有父风。笔阵千军能独扫,马群万古洗来空。嗟予还笏归林下,看子乘船入月中。淡墨榜头先快睹,泥金帖子不须封。见《退休集》。

送士人赴省及鹿鸣宴,举世难得好诗。此"乘船入月中"一句奇。

别林景思　　　　尤遂初

二年无德及斯民,独喜从游得此君。囊乏一钱穷到骨,胸蟠千古气凌云。论交却恨相逢晚,别袂真成不忍分。后夜相思眇空阔,尺书应许雁知闻。

吴兴林宪字景思,少从其父宦游天台,因留萧寺寓焉。初贺参政允中奇其才,妻以女孙,而不取奁田,贫甚。为诗学韦苏州。淳熙五年戊戌,尤延之为守,为作《雪巢记》,又为《云巢小集序》。"柔橹晚湖上,寒灯深树中。""汲井延晚花,推窗数新竹。"延之谓唐人之精者不是过。此诗相别,有古人交道意。

送晦庵南归

二年摩手抚疮痍,恩与庐山五老齐。合侍玉皇香案侧,却持华节大江西。鼎新白鹿诸生学,筑就长虹万丈堤。待哺饥民偏恋德,老翁犹作小儿啼。

淳熙八年辛丑三月初四日,朱文公在南康除江西提刑。先是尝有任满奏事之旨,故延之诗云耳。

送提举杨大监解组西归

征辕已动不容攀,回首棠阴蔽芾间。为郡不知歌舞乐,忧民赢得鬓毛斑。澄清未展须持节,注想方深便赐环。从此相思隔烟水,梦魂飞不到螺山。

三首取一。此杨诚斋万里也。知常州满除广东提举,尤延之家居,作此诗送之。首篇有云:"归装见说浑无物,添得新诗数百篇。"即所谓《荆溪集》,传于世。

送吴待制帅襄阳二首

方持紫橐侍西清,忽领雄藩向暑行。谁谓风流贵公子,甘为辛苦一书生。词源笔下三千牍,武库胸中十万兵。从此君王宽北顾,山南东道得长城。

欲将盘错试馀锋,故拥旗麾讫外庸。南岘北津形胜地,前羊后杜昔贤踪。不妨倒载同民乐,自有轻裘折虏冲。努力功名归报国,莫思山月与林钟。

元注:"公诗'饱看七宝山头月,惯听三茅观里钟。'"此吴琚也,珸之弟,高宗吴后之侄。

送亲戚钱尉入国　　　　丁文伯

正是朔风吹雪初,行縢结束问征途。不能刺刺对婢子,已是昂昂真丈夫。常惠旧曾随属国,《苏武传》:"苏武中郎将及假吏常惠等。"乌孙今亦病匈奴。不知汉节归何日,准拟殷勤说汴都。

丁涏溪黼居池州,宝庆初正人也。嘉定以来,士大夫能诗如任斯庵清叟与公皆是。而任合于史弥远,至参政。公忤于史,后帅蜀。成都破,死之。此诗三、四佳,五、六善用事。

送陆务观得倅镇江还越 三首取一　　韩无咎

高文不试紫云楼,犹得声名动九州。金马渐登难避世,蓬莱已近却回舟。烧城赤舌知何事,许国丹心惜未酬。归卧镜湖聊洗眼,雨馀万壑正争流。

放翁诗亦有云:"赤口能烧万里城。"

送陆务观福建提仓

舣船相对百分空,京口追随一梦中。落纸云烟君似旧,盈巾霜雪我成翁。春来茗叶还争白,腊近梅梢尽放红。领略溪山须妙语,少迂使节上凌风。

> 元注:"仆为建安宰,作凌风亭。"此诗淳熙五年戊戌作,前诗隆兴元年癸未作,相去一十六年。放翁已入蜀而出,亦年五十四矣。

杜叔高秀才雨雪中相过留一宿而别口诵此诗以送之　陆放翁

久客方知行路难,关山无际水漫漫。风吹欲倒孤城远,雪落如筛野寺寒。暮挈衣囊投土室①,晨沽村酒挂驴鞍。文章一字无人识,胸次徒劳万卷蟠。

> 此金华杜旂也,杜旃其同气,俱登科,有诗名。旂至端平从官。

送陈怀叔赴上皋酒官却还都下

奇才初试发硎刀,匹马秋风到上皋。地近虽同三辅重,时平无复五陵豪。极知稳步烟霄路,却要微知郡县劳。归去平津首开燕,吐茵应复忤西曹。

> 两联皆佳。

送任夷仲大监 元受之子

往者江淮未撤兵,丹阳邂逅识耆英。叩门偶缀诸公后,

---

① 按:"土"原讹作"上",据康熙五十二年本,纪昀《刊误》本校改。

倒屣曾蒙一笑迎。敢意痴顽成后死,相从仿佛若平生。小诗话别初何有,一段清愁伴橹声。元注:"昔在京口,与陈应求、冯国仲、查元章、张钦夫诸人从先提刑游,今三十九年矣。"

放翁诗似此瘦健者少矣。

送王简卿归天台二首　　刘改之

枚数人才难倒指,有如公者又东归。班行失士国轻重,道路不言心是非。载酒青山随处饮,谈诗玉麈为谁挥。归期趁得春风早,莫放梅花一片飞。"枚"一作"欲"。

千岩万壑天台路,一日分为两日程。事可语人酬酢易,面无惭色去留轻。放开笔下闲风月,收敛胸中旧甲兵。世事看来忙不得,百年到手是功名。

王居安字资道,一字简卿。台州人。淳熙十四年丁未探花。韩侂胄之死,骤入言路,寻即去国。此送诗殆其时也。后起家帅江西,与湖南漕帅曹彦伯同平峒寇,位至侍从。改之吉州人,所谓龙洲道人刘过也。以诗游谒江湖,大欠针线。侂胄尝欲官之,使金国而漏言,卒以穷死。惟此二诗可观。前诗三、四用欧阳公送王平甫句意"归期趁得东风早"与"世事看来忙不得",两句太俗,"忙不得"者,何等议论?衰飒甚矣。

送刘改之　　王简卿

刘子堂堂七尺躯,高谈世事奋髯须。观渠论到前贤处,据我看来近世无。出语令人惊辟易,处穷无鬼敢揶揄。倘徉闹市浑无畏,要是人间烈丈夫。

即前注王居安也。第一首云:"名满江湖刘改之,半生穷困但吟诗。人言季布恐难迹,我谓郑老真其师。"后四句不称。第二首:"不识刘郎莫便语,酒酣耳热未全疏。士当穷困能无愧,我自斟量愧不如。横槊赋诗俱有分,轻裘缓带特其馀。当今四野无尘土,宜有奇才在草庐。"非不豪爽,但欠平妥优游之意。亦足以见改之乃一侠士。然外侠内馁,作诗多干谒乞索态云。

送王伯奋守筠阳　　　　　　楼攻媿

三槐名德萃清门,七叶为州赖有君。道院无忘山谷赋,郡斋当寄颍滨文。君应膝上怜文度,我向东床忆右军。振起家声差易耳,便看奏最蹑青云。

《攻媿集》第九卷此诗后有《别王恭叔》诗、《别长女渲》诗:"远侍双亲官道院,为同尽室饯西桥。"又云:"老我年来百念轻,文姬助我以琴鸣。"盖攻媿长女渲嫁王恭叔,随侍其父赴筠守也。攻媿此诗三、四切于其州,五、六用王氏二事,以见伯奋之爱子,己之爱婿。皆工。

次韵知常德袁尊固监丞送别八月十日
　　　　　　　　　　　　　　魏鹤山

细把行藏为子评,只知尽分敢徼名。出如有益殷三聘,用不能行鲁两生。此道古人如饮食,后来灶婢或猜惊。子云亦号知书者，犹把商山作采荣。

孔训元无实对名，只言为己与求人。能知管仲不为谅，便识殷贤都是仁。义利两途消处长，古今一理屈中伸。自从圣学寥寥后，千百年谁信得真？

别来岁月尔滔滔，流落天涯忽此遭。万木辞荣秋意淡，百川归壑岸容高。笑看海上两蜗角，闲秃山中千兔毫。若向颜曾得消息，直须奴仆命《离骚》。

夕阳春处是吾家，水绕山环路转赊。蠢蠢四方浑未定，茫茫大化渺无涯。归来已恨十年晚，老却空嗟双鬓华。各愿及时崇令德，万钟于我本何加。

鹤山魏公宝庆乙酉谪靖州，凡七年。后绍定辛卯归蜀。此云"八月十日"，盖是岁也。其在谪无一毫戚嗟憔悴之言，亦不通史弥远一字。大儒德言，非区区小诗人可企及也。

送赵子直帅蜀得须字　　尤遂初

射策当年首汉儒，去登云路只斯须。饱闻治最夸闽部，已有先声到益都。壮略定羌元自许，宗英帅蜀旧来无。前驱叱驭休辞远，看取东归上政涂。

帝念西南在一隅，简求才德应时须。羌夷种落夸威令，秦陇关河听指呼。自古功名多少壮,及今谈笑定规模。玉山旧政人谁记,应扫棠阴看画图。

　　元注云:"公前梦玉山汪端明,次日有帅蜀之命。"校其出处,大略相似。且俱以四十七岁入蜀,其梦玉山持笏相拜,故用东坡送周文儒"帅梓棠阴"之语。成都太守,自国朝以来,至今皆画像云。玉山汪应辰讳端明、赵子直讳汝愚,皆状元出身,以宗室帅蜀自子直始。后以为相,亦越前此也。

卷之二十五 拗字类

拗字诗在老杜集七言律诗中谓之"吴体",老杜七言律一百五十九首,而此体凡十九出。不止句中拗一字,往往神出鬼没。虽拗字甚多,而骨格愈峻峭。今"江湖"学诗者,喜许浑诗"水声东去市朝变,山势北来宫殿高""湘潭云尽暮山出,巴蜀雪消春水来",以为丁卯句法。殊不知始于老杜,如"负盐出井此溪女,打鼓发船何郡郎""宠光蕙叶与多碧,点注桃花舒小红"之类是也。如赵嘏"残星几点雁横塞,长笛一声人倚楼",亦是也。唐诗多此类,独老杜"吴体"之所谓拗,则才小者不能为之矣。五言律亦有拗者,止为语句要浑成,气势要顿挫,则换易一两字平仄,无害也,但不如七言"吴体"全拗尔。

五　言 十首

巳上人茅斋　　　　　杜工部

巳公茅屋下,可以赋新诗。枕簟入林僻,茶瓜留客迟。江莲摇白羽,天棘蔓青丝。空忝许询辈,难酬支遁词。

"入"字当平而仄,"留"字当仄而平,"许""支"二字亦然。间或出此，诗更峭健。又"入"字、"留"字乃诗句之眼，与"摇"字、"蔓"字同，如必不可依平仄，则拗用之，尤佳耳。如"云散灌坛雨，春青彭泽田"，亦是。

暮雨题瀼西新赁草屋①

欲陈济世策，已老尚书郎。不息豺虎斗，空惭鹓鹭行。时危人事急，风逆羽毛伤。落日悲江汉，中宵泪满床。

"济世策"三字皆仄，"尚书郎"三字皆平，乃更觉入律。"豺虎""鹓鹭"又是一样拗体。"时危"一联，亦变体也。

上兜率寺

兜率知名寺，真如会法堂。江山有巴蜀，栋宇自齐梁。庾信哀虽久，周颙好不忘。白牛连远近，且欲上慈航。

此寺栋宇自齐、梁至今，则所用"自"字决不可易，亦既工矣。江山有巴蜀，"有"字亦决不可易，则不应换平声字，却将"巴"字作平声一拗，如"诗应有神助""吾得及春游"亦是。

酬姚校书　　　　　　　贾浪仙

因贫行远道，得见旧交游。美酒易倾尽，好诗难卒酬。公堂朝共到，私第夜相留。不觉入关晚，别来林木秋。

---

① 冯班："雨"一作"春"，"屋"一作"堂"。

"易""难"二字拗用,句意俱佳。尾句"入""林"字亦拗。诗人如此者多。

早春题湖上友人新居

近得云中路,门长侵早开。到时犹有雪,行处已无苔。劝酒客初醉,留茶僧未来。每逢晴暖日,惟见乞花栽。

门不当官道,行人到亦稀。故从飧后出,多是夜深归。开箧收诗卷,扫床移卧衣。几时同买宅,相近有柴扉。

前篇"客"字、"僧"字拗对,诗家甚多。后篇收诗前句不拗,只"扫床移卧衣"拗一字。"扫"字既仄,即"移"字处合平,亦诗家通例也。

次韵杨明叔 黄山谷

全德备万物,大方无四隅。身随腐草化,名与太山俱。道学归吾子,言诗起老夫。无为蹈东海,留作济川桴。

"腐草"之"腐",不容不拗,缘一定字不可易,如"备万物""无四隅"亦然。所以选此诗者,不专为拗字而止。"身随腐草化",所谓语小莫能破。"名与太山俱",所谓语大莫能载。"身在菰蒲中,名满天地间。""九鼎安磐石,一身转秋蓬。"皆是也。五首选一。

次韵答高子勉

雪尽虚檐滴,春从细草回。德人泉下梦,俗物眼中埃。

久立我有待,长吟君不来。重玄锁关钥,要待玉匙开。

十首摘一。以"我"对"君",虽非字之工者,亦见拗句之健。起句十字言景,中四句皆言情,岂近世四体所得拘?黄、陈诗有四十字无一字带景者,后学能参此者几人矣?"德人"谓东坡。

别负山居士　　　　　陈后山

田园相与老,此别意如何。更病可无醉,犹寒已自和。高名胡未广,诗句尚能多。沙草东山路,犹须一再过。

"更病可无醉",所用"可"字不容不拗。此诗全在虚字上着力,除"田园""沙草""山路"六字外,不曾黏带景物。只于三、四个闲字面上斡旋妙意,其苦心亦已甚矣。

寄答李方叔

平生经世策,寄食不资身。孰使文章著,能辞辙迹频。帝城分不入,书札诇何人。子未知吾懒,吾宁觉子贫。

"帝城分不入","分"字不可不拗。又此诗四十字无一字黏景物,惟赵昌父能之。《汉书·陈咸传》:"咸滞于郡守。时王晋[①]辅政,信用陈汤。咸数赂遗汤子书曰:'即蒙子公[②]力,得入帝城,死不恨。'""诇",《汉书》注:"侦伺也。"栎按:诚斋《送人下第》云:"孰使文章太惊俗,何缘场屋不遗才。"即用后山此诗三、四一联句法意度,然皆老杜"文章憎命达"之遗意。

[①] 陆贻典:"晋"当作"音"。
[②] 按:原讹作"公子"。陆贻典:《汉书》作"子公"。亦是咸遗汤书,无汤子事,虚谷引或有别据,俟考。

七　言十八首

题省中院壁　　　　杜工部

掖垣竹埤梧十寻,洞门对雪常阴阴。落花游丝白日静,鸣鸠乳燕青春深。腐儒衰晚谬通籍,退食迟回违寸心。衮职曾无一字补,许身愧比双南金。

此篇八句俱拗,而律吕铿锵。试以微吟,或以长歌,其实文从字顺也。以下"吴体"皆然。"落花游丝白日静,鸣鸠乳燕青春深。"此等句法惟老杜多,亦惟山谷、后山多,而简斋亦然。乃知"江西诗派"非江西,实皆学老杜耳。因附见于下:"清江碧石伤心丽,嫩蕊秾花满月斑。""珠帘绣柱围黄鹄,锦缆牙樯起白鸥。"老杜也。"头白眼花行作吏,儿婚女嫁望还山。""青春白日无公事,紫燕黄鹂俱好音。""钓溪筑野收多士,航海梯山共一家。""旧管新收几妆镜,流行坎止一虚舟。""霜髭雪鬓共看镜,莫糁菊英同送秋。"山谷也。"语鹊飞乌春悄悄,重帘深院晚沉沉。""来牛去马中年眼,朗月清风万里心。""问舍求田真得计,临流据石有馀清。""熟路长驱聊缓步,百全一发不虚弦。"后山也。"寒食清明愁客子,暖风迟日醉梨花。""前江后岭通云气,万壑千岩送雨声。"简斋也。东坡亦有之:"白砂碧玉味方永,黄纸红旗心已灰。""经卷药炉新活计,舞衫歌扇旧因缘。"如欧阳公"金马玉堂三学士,清风明月两闲人",皆两句中各自为对,或以壮丽,或以沉郁,或以劲健,或以闲雅。又观本意如何,予亦不能悉数,姑举一二,更不别出。

愁

江草日日唤愁生,巫峡泠泠非世情。盘涡鹭浴底心性,独树花发自分明。十年戎马暗南国,异域宾客老孤城。渭水秦山得见否,人今罢病虎纵横。

"南国"一本作"万国",说如前。

昼 梦

二月饶睡昏昏然,不独夜短昼分眠。桃花气暖眼自醉,春渚日落梦相牵。故乡门巷荆棘底,中原君臣豺虎边。安得务农息战斗,普天无吏横索钱。

暮 归

霜寒碧梧白鹤栖,城上击柝复乌啼。客子入门月皎皎,谁家捣练风凄凄?南渡桂水阙舟楫,北归秦川多鼓鼙。年过半百不称意,明日看云还杖藜。

早秋苦热堆案相仍

七月六日苦炎蒸,对食暂餐还不能。每愁夜中自足蝎,况乃秋后转多蝇。束带发狂欲大叫,簿书何急来相仍。南望青松架短壑,安得赤脚踏层冰?

老杜诗岂人所敢选?当昼夜著几间读之。今欲示后生以体格,乃取"吴体"五首如此。他如《郑驸马宴洞中》《九日至后崔氏草堂》《晓发公安》等篇,自当求之集中。

题落星寺　　　　　　黄山谷

星宫游空何时落,着地亦化为宝坊。诗人昼吟山入座,醉客夜愕江撼床。蜂房各自开户牖,蚁穴或梦封侯王。不知青云梯几级,更借瘦藤寻上方。

落星开士深结屋,龙阁老翁来赋诗。小雨藏山客坐久,长江接天帆到迟。燕寝清香与世隔,画图绝妙①无人知。元注:"僧隆画甚富,而寒山、拾得画甚妙。"蜂房各自开户牖,处处煮茶藤一枝。

此学老杜所谓拗字"吴体"格,而编山谷诗者置《外集》"古诗"中,非是。"各开户牖"真佳句,恐以此递两用之。

汴岸置酒赠黄十七

吾宗端居怀百忧,长歌劝之肯出游。一作"百丈暮卷篙人休,侵星争前犹几舟。"黄流不解涴明月,碧树为我生凉秋。初平群羊置莫问,叔度千顷醉即休。一作"诗吟吾党夜来句,酒买田翁社后篘。"谁倚柁楼吹玉笛,斗杓寒挂屋山头。

此见《山谷外集》。亦"吴体"。学老杜者,注脚四句可参看。必从"吾宗"起句,则五、六"初平""叔度"黄姓事为切。若止用"百丈""暮卷"起句,则"吾党""田翁"一联亦可也。

---

① 许印芳:"妙"亦作"笔"。

题胡逸老致虚庵

藏书万卷可教子,遗金满籯常作灾。能与贫人共年谷,必有明月生蚌胎。山随宴坐画图出,水作夜窗风雨来。观水观山皆得妙,更将何物污灵台。

末句一作"莫将世事侵两鬓,小庵观静锁灵台。"三、四谓赈饥者必有后,此理灼然。五、六奇句也,亦近"吴体"。又山谷《永州题淡山岩前》诗亦全是此体。

寒　夜　　　　　　　　张宛丘

暗空无星云抹漆,邑犬吠野人履霜。岁云暮矣风落木,夜如何其斗插江。屋头眠鸡正寂寂,野县严鼓先逢逢。摩挲老面起篝火,春色床头酒满缸。

晓　意

城头清角已三奏,树间眠鸠方一鸣。风霜凄紧雁南向,星河横斜天左倾。待旦枕戈无怨敌,将朝盛服非公卿。不如衲被蒙头睡,直至东窗海日生。

宛丘"吴体"二首,皆顿挫有味,穷而不怨。盖谪黄州时诗也。

闻徐师川自京师归豫章　　谢无逸

九衢尘里无停辀,君居陋巷不出游。满城恶少①弋凫雁,对面故人风马牛。别后②梦寒灯火夜,归来眼冷江湖秋。冯欢老大食不饱,起视八荒提蒯缑。

谢幼槃之兄也。此"吴体"。

饮酒示坐客　　谢幼槃

身前不吝作虫臂,身后何须留豹皮。劬劳母氏生育我,造物小儿经纪之。牙筹在手彼为得,块石支头吾所师。偶逢名酒辄径醉,儿童拍手云公痴。

临川谢薖字幼槃。兄逸,字无逸。二人俱入"江西诗派"。此学山谷,亦老杜"吴体"。三、四尤极诗之变态。

张子公召饮灵感院　　曾茶山

竹舆响肩橹哑呕,芙蕖城晓六月秋。露华犹泫草光合,晨气欲动荷香浮。给孤独园赖君到,伊蒲塞供为我修。僧窗各自占山色,处处熏炉茶一瓯。

茶山曾公学山谷诗,有"案上黄诗屡绝编"之句。此其生逼山谷,

---

① 纪昀:"恶少"一作"少年"。
② 按:原讹作"后别",据康熙五十二年本、纪昀《刊误》本校改。

然亦所谓老杜"吴体"也。此体不独用之八句律,用为绝句尤佳,山谷《荆江亭病起》十绝是也。茶山有一绝云:"自公退食入僧定,心与香字俱寒灰。小儿了不解人意,正用此时持事来。"深有三昧。

南山除夜

薰风吹船落江潭,日月除尽犹湖南。百年忽已度强半,十事不能成二三。青编中语要细读,蒲团上禅须饱参。儿时颜状听渠改,潇湘水色深揉蓝。

合入"时序"诗中,以其为"拗字""吴体",近追山谷,上拟老杜,故列诸此。

次韵向君受感秋　　　　汪浮溪

向侯拄笏意千里,肯为俗弹头上冠。何时盛之青琐闼,妙语付以乌丝栏。日边人去雁行断,江上秋高枫叶寒。向来叔度倘公是,一见使我穷愁宽。

翰林汪公彦章长于四六,中兴第一,存诗不多。此效"吴体"。

张祎秀才乞诗　元注:"张旧与前辈名士往还甚众。"

吕居仁

白莲庵中张居士,梦断世间风马牛。风尘表物自无意,神仙中人聊与游。澄江似趁北城晓,苦雨不放南山秋。君当先行我继往,勾吴东亭留小舟。

自山谷续老杜之脉,凡"江西派"皆得为此奇调。汪彦章与吕居仁同辈行,茶山差后,皆得传授。茶山之嗣有陆放翁,同时尤、杨、范皆能之。乃后始盛行晚唐,而高致绝焉。

过三衢呈刘共父　　胡澹庵

别离如许每引领,邂逅几何还着鞭。微服过宋我何敢,大国赐秦公不然。衰鬓雕零已子后,高名崒嵂方丁年。即看手握天下砥,山中宰相从云眠。元注:"予自兵侍罢归,从三衢城外遵陆,以两夫肩篮舆,太守刘共父谓予云:'两夫肩舆,甚似微服过宋。'因作此戏简,效'吴体'。"

澹庵名铨,字邦衡。上书乞斩秦桧,坐谪岭外及海外二十馀年,桧死乃移衡州。孝庙时始召用,至从官。平生所作精核,效"吴体"者甚多。

卷之二十六　变体类

周伯弢《诗体》,分四实四虚、前后虚实之异。夫诗止此四体耶?然有大手笔焉,变化不同。用一句说景,用一句说情。或先后,或不测。此一联既然矣,则彼一联如何处置?今选于左,并取夫用字虚实轻重。外若不等,而意脉体格实佳,与凡变例之一二书之。

五　言 十首

上巳日徐司录林园宴集　　杜工部

鬓毛垂领白,花蕊亚枝红。欹倒衰年废,招寻令节同。薄衣临积水,吹面受和风。有喜留攀桂,无劳问转蓬。

"鬓毛垂领白",言我之形容,情也;"花蕊亚枝红",言彼之物色,景也。既如此开劈,下面似乎难继,却再着一句应上句,形容其老为可怜;又着一句,言不孤物色之意。然后五、六一联,皆是以情穿景,然结句亦不弱也。尚双峙力缴,惟老杜能之,惟黄、陈能之,惟曾茶山、赵章泉能之。如《重过何氏》四句云:"蹉跎暮容色,怅望好林泉。何日沾微禄,归山买薄田。"此等变格,岂小手段分二十字巧妆纤刻者能之乎?

江涨又呈窦使君

向晚波微绿，连空岸却青。日兼春有暮[①]，愁与醉无醒。漂泊犹杯酒，踟蹰此驿亭。相看万里别[②]，同是一浮萍。

日且暮，春亦且暮，景也。愁不醒，醉亦不醒，情也。以轻对重为变体。且交互四字，如秤分星云。

屏　迹

用拙存吾道，幽居近物情。桑麻深雨露，燕雀半生成。村鼓时时急，渔舟个个轻。杖藜从白首，心迹喜双清。

或问"雨露"二字双重，"生成"二字双轻，可以为法乎？"雨"自对"露"，"生"自对"成"，此轻重各对之法也。必善学者始能之。

忆江上吴处士　　　贾浪仙

闽国扬帆去，蟾蜍亏复圆。秋风吹渭水，落叶满长安。此地聚会夕，当时雷雨寒。兰桡殊未返，消息海云端。

或问此诗何以谓之变体？岂"秋风吹渭水，落叶满长安"为壮乎？曰：不然。此即唐人"春还上林苑，花满洛阳城"也。其变处乃是"此地聚会夕，当时雷雨寒"，人所不敢言者。或曰：以"雷雨"对"聚会"，不偏

---

① 李光垣："共"讹"有"。
② 冯班："别"一作"外"。

枯乎？曰：两轻两重自相对，乃更有力。但谓之变体，则不可常尔。

病　起

嵩丘归未得，空自责迟回。身事岂能遂，兰花又已开。病令新作少，雨阻故人来。灯下《南华》卷，祛愁当酒杯。

老杜此等体，多于七言律诗中变。独贾浪仙乃能于五言律诗中变，是可喜也。昧者必谓"身事"不可对"兰花"二字，然细味之，乃殊有味。以十字一串贯意，而一情一景自然明白。下联更用"雨"字对"病"字，甚为不切，而意极切，真是好诗变体之妙者也。若"往往语复默，微微雨洒松"，则其变太厓异而生涩矣。

寓北原作

登原见城阙，策蹇畏炎天。日午路中客，槐花风处蝉。远山秦树上，清渭汉陵前。何事居人世，皆从名利牵。

"日午路中客"一句似粗疏，"槐花风处蝉"句却细密，亦变体也。"秦树""汉陵"及尾句俱佳。

寄宋州田中丞

古郡近南徐，关河万里馀。相思深夜后，未答去年书。自别知音少，难忘识面初。旧山期已久，门掩数畦蔬。

"相思深夜后，未答去年书。"初看甚淡，细看十字一串，不吃力而有味。浪仙善用此体,如"白发初相识,秋山拟共登",如"羡君无白发,走马过黄河",如"万水千山路,孤舟一月程",皆句法之变也。如"自别知音少,难忘识面初",又当截上二字下三字分为两段而观,方见深味。盖谓自相别之后,知音者少。"自别"二字极有力;而最难忘者,尤在识面之初。老杜有此句法,"每语见许文章伯"之类是也。"不寐防巴虎,全生狎楚童",亦是也。山谷"欲嗔王母惜,稍慧女兄夸",亦是也。

寄张文潜舍人　　　　陈后山

　　今代张平子,雄深次子长。名高三俊上,官立右螭傍。车笠吾何恨,飞腾子莫量。时平身早达,未用梦凝香。

　　"君乘车,我戴笠,他日相逢下车揖。"此所谓车笠之盟也。"车笠"二字实,以对"飞腾"二虚字,可乎?曰:老杜"雨露"对"生成"有例;后山又有诗曰:"预知河岭阻,不作往来频。""声言随地改,吴越到江分。"皆是以轻对重。

老　柏

　　胜果院后有柏,见之二十馀年,疏瘦如故。予寓其舍,数以水灌之,遂有生意。

　　庭柏无生意,摧残二十秋。稍沾杯水润,已与岁寒谋。黄里青青出,愁边稍稍瘳。会看笙鹤下,暮雀莫深投。

　　"黄里青青出",用三个颜色字。"愁边稍稍瘳",却只平淡不带颜色字,此与"襟三江,带五湖,控蛮荆,引瓯越"同例。如张宛丘七言有曰:"白头青鬓有存没,落日断霞无古今。"互换错综,而此尤奇矣。是为变体。

岁月那能记,风霜亦饱经①。槁干仍故节,润泽出新青。色与江波共,声留静夜听。辉辉垂重露,点点缀流萤。

尾句谓柏叶之上,"辉辉垂重露",遥见之者如"点点缀流萤"也。试尝于月下看树木,皆然。老杜云:"月明垂叶露。"此句暗合。唐人诗"听雨寒更尽,开门落叶深""微阳下乔木,远烧入秋山",与此同例。是为变体。

七　言十九首

江上值水如海势聊短述　　杜工部

为人性僻耽佳句,语不惊人死不休。老去诗篇浑漫与,春来花鸟莫深愁。新添水槛供垂钓,故着浮槎替入舟。焉得思如陶谢手,令渠述作与同游。

以"诗篇"对"花鸟",此为变体。后来者又善于推广云。

---

① 许印芳:"亦"一作"实"。

九 日

重阳独酌①杯中酒,抱病起登②江上台。竹叶于人既无分,菊花从此不须开。殊方日落玄猿哭,旧国霜前白雁来。弟妹萧条各何在,干戈衰谢两相催。

此"竹叶",酒也,以对"菊花",是为真对假,亦变体。"于人既无分""从此不须开",于虚字上十分着力。

去年登高郪县北,今日重在涪江滨。苦遭白发不相放,羞见黄花无数新。世乱郁郁久为客,路难悠悠长傍人。酒阑却忆十年事,肠断骊山清路尘。

此两首皆当入"节序类"。以其为变体之祖,故入此。"白发",人事也。"黄花",天时也。亦景对情之谓。后人九日诗,无不以"白发"对"黄花",皆本老杜。如"即今蓬鬓改,但愧菊花开",亦是。"苦遭""羞见",乃虚字着力处。

齐 山③ 杜牧之

江涵秋影雁初飞,与客携壶上翠微。尘世难逢开口笑,菊花须插满头归。但将酩酊酬佳节,不用登临怨落晖。古

---

① 冯班:"独酌"一作"少饮"。
② 冯班:"起"一作"岂"。
③ 冯班:一作"九日齐山登高"。

往今来只如此,牛山何必泪沾衣①。

此以"尘世"对"菊花",开阖抑扬,殊无斧凿痕,又变体之俊者。后人得其法,则诗如禅家散圣矣。

送 春　　　　　　苏东坡

梦里青春可得追,欲将诗句绊馀晖。酒阑病客惟思睡,蜜熟黄蜂亦懒飞。芍药樱桃俱扫地,鬓丝禅榻两忘机。凭君借取法界观,一洗人间万事非。

"酒阑病客惟思睡",我也,情也。"蜜熟黄蜂亦懒飞",物也,景也。"芍药樱桃俱扫地",景也。"鬓丝禅榻两忘机",情也。一轻一重,一来一往,所谓四实四虚。前后虚实,又当何如下手?至此则知系风捕影,未易言矣。坡妙年诗律颇宽,至晚年乃神妙流动。

首夏官舍即事

安石榴花开最迟,绛裙深树出幽菲。吾庐想见无限好,客子倦游胡不归?座上一樽虽得满,古来四事巧相违。令人却忆湖边寺,垂柳阴阴昼掩扉。

此诗变体,他人殆难继也。首唱两句自说榴花,下面如何着语,似乎甚难。却自想吾庐之好,而恨此身之未归。第五、第六却又谓不是无酒,只是心事自不乐尔。至尾句却又摆脱,而归宿于湖上之寺。盖谓虽

---

① 冯班:"泪"一作"独"。

未可遽归，一出游僧舍亦可也。变体如此难学，姑书之以见苏公大手笔之异。如《初夏贺新郎》词后一段全说榴花，亦他人所不能也。如老杜"即看燕子入山扉"以下四句说景，却将四句说情，则甚易尔。善变者将四句说景括作一句，又将四句说情括作一句，以成一联，斯谓之难。

次韵盖郎中率郭郎中休官　　黄山谷

世态已更千变尽，心源不受一尘侵。一作"险阻艰难亲得力，是非忧患饱经心"。青春白日无公事，紫燕黄鹂俱好音。付与儿孙知伏腊，听教鱼鸟遂飞沉。黄公垆下曾知味，定是逃禅入少林。

"青春白日""紫燕黄鹂"，变体。

次韵郭右曹

阅世行将老斫轮，那能不朽见仍云。岁中日月又除尽，圣处工夫无半分。秋水寒沙鱼得计，南山浓雾豹成文。古心自有着鞭地，尺璧分阴未当勤。

"岁中日月又除尽"，景也。"圣处工夫无半分"，情也。贾岛"身事岂能遂，兰花又已开"，当一律观。老杜"竹叶""菊花"一联，又"白发""黄花"一联，即是此样手段。

和师厚郊居示里中诸君

篱边黄菊关心事，窗外青山不世情。江橘千头供岁计，秋蛙一部洗朝醒。归鸿往燕竟时节,宿草新坟多友生。身后功名空自重,眼前樽酒未宜轻。

"归鸿往燕竟时节",天时也。"宿草新坟多友生",人事也。亦一景对一情。上面四句用"菊""山""橘""蛙"四物,亦不觉冗。山谷诗变体极多,"明月清风非俗物,轻裘肥马谢儿曹。""功名富贵两蜗角,险阻艰难一酒杯。""春风春雨花经眼,江北江南水拍天。""碧嶂清江元有宅,黄鱼紫蟹不论钱。"上八字各自为对。如"洞庭归客有佳句,庾岭疏梅如小棠。""公庭休更进汤饼,语燕无人窥井栏。"则变之又变,在律诗中神动鬼飞,不可测也。

次韵春怀　　　　　　　　陈后山

老形已具臂膝痛,春事无多樱笋来。败絮不温生虮虱,大杯覆酒着尘埃。衰年此日仍为客,旧国当时只废台。河岭尚堪供极目,少年为句未须哀。

后山诗瘦铁屈蟠,海底珊瑚枝,不足以喻其深劲。"老形已具臂膝痛",身欲老也。"春事无多樱笋来",春欲尽也。前辈诗中千百人,无后山此二句。以一句情对一句景,轻重彼我,沉着深郁,中有无穷之味,是为变体。至如"虮虱""尘埃"一联,所用字有前例,亦佳。

早　起

邻鸡接响作三鸣,残点连声杀五更。寒气挟霜侵败絮,宾鸿将子度微明。有家无食惟高枕,百巧千穷只短檠。翰墨日疏身日远，世间安得尚虚名！

"有家无食""百巧千穷"，各自为对，变体也。如"寒气挟霜侵败絮，宾鸿将子度微明"，轻重互换，愈见其妙。一篇之中，四句皆用变体，如"熟路长驱聊缓步，百全一发不虚弦"，即此所评之变体。如"乔木下泉馀故国，黄鹂白鸟解人情""含红破白连连好，度水吹香故故长""隐几忘言终不近，白头青简两相催"，不以颜色对颜色，犹不以数目对数目，而各自为对，皆变体也。

春　日　　　　　张宛丘

辉辉暖日弄游丝，风软晴云缓缓飞。残雪暗随冰笋滴，新春偷向柳梢归。可怜客鬓蹉跎老，每惜梅花取次稀。何事都城轻薄子，买欢沽酒试春衣。

此亦以"客鬓"对"梅花"，皆自老杜"鬓毛""花蕊"一联发之。

怀天经智老因以访之　　　　　陈简斋

今年二月冻初融，睡起苕溪绿向东。客子光阴诗卷里，杏花消息雨声中。西庵禅伯还多病，北栅儒仙只固穷。忽忆轻舟寻二子，纶巾鹤氅试春风。

以"客子"对"杏花"，以"雨声"对"诗卷"。一我一物，一情一景，变化至此，乃老杜"即今蓬鬓改，但愧菊花开"，贾岛"身事岂能遂，兰花又已开"，翻窠换臼，至简斋而益奇也。后山"老形已具臂膝痛，春事无多樱笋来"一联，极其酸苦，而此联有富贵闲雅之味。后山穷，简斋达，亦可觇云。

寓居刘仓廨中晚步过郑仓台上

纱巾竹杖过荒陂,满面春风二月时。世事纷纷人老易,春阴漠漠絮飞迟。士衡去国三间屋,子美登台七字诗。草绕天西青不尽,故园归计入支颐。

以"世事"对"春阴",以"人老"对"絮飞"。一句情,一句景,与前"客子""杏花"之句,律令无异。但如此下两句,后面难措手。简斋胸次却会变化斡旋,全不觉难。此变体之极也。

重 阳

去岁重阳已百忧,今年依旧叹羁游。篱底菊花惟解笑,镜中头发不禁秋。凉风又落宫南木,老雁孤鸣汉北洲①。如许行年那可记,漫排诗句写新愁。

"菊花"对"头发",即老杜"蓬鬓""菊花"一联定例。

对 酒

新诗满眼不能裁,鸟度云移落酒杯。官里簿书无日了,楼头风雨见秋来。是非衮衮书生老,岁月匆匆燕子回。笑抚江南竹根枕,一樽呼起鼻中雷。

---

① 按:"洲"原讹作"州",据康熙五十二年本、纪昀《刊误》本校改。

此诗中两联俱用变体，各以一句说情，一句说景，奇矣。坡词有云："官事何时毕？风雨处，无多日。"即前联意也。后联即与前诗"世事纷纷""春阴漠漠"一联用意亦同，是为变体。学许浑诗者能之乎？此非深透老杜、山谷、后山三关不能也。

陪粹翁举酒于君子亭亭下海棠方开

世故驱人殊未央，聊从地主借绳床。春风浩浩吹游子，暮雨霏霏湿海棠。去国衣冠无态度，隔帘花叶有辉光。使君礼数能宽否？酒味撩人我欲狂。

此诗中四句皆变，两句说己，两句说花，而错综用之。意谓花自好，人自愁耳。亦其才能驱驾，岂若琐琐镌砌者之诗哉！

清　明

雨晴①闲步涧边沙，行人荒林闻乱鸦。寒食清明惊客意，暖风迟日醉梨花。书生投老王官谷，壮士偷生漂母家。不用秋千与蹴鞠，只将诗句答年华。

三、四变体，又颇新异。呜呼古今诗人当以老杜、山谷、后山、简斋四家为一祖三宗，馀可预配飨者有数焉。

睡　起　　　　　范石湖

憨憨与世共儿嬉，兀兀从人笑我痴。闲里事忙晴晒药，

---

① 按："雨晴"，纪昀《刊误》本作"清明"。

静中机动夜争棋。心情诗卷无佳句,时节梅花有好枝。熟睡觉来何所欠,毡根香软饭流匙。

　　淳熙十四年丁未春,石湖作此诗。年六十二。可作平生诗第一。"心情诗卷无佳句",言情思。"时节梅花有好枝",言景物。诗变体至此不可加矣。上两句又自不觉其冗,绝作也。

卷之二十七　着题类

着题诗，即六义之所谓赋而有比焉，极天下之最难。石曼卿《红梅》诗有曰："认桃无绿叶，辨杏有青枝。"不为东坡所取，故曰："题诗必此诗，定知非诗人。"然不切题，又落汗漫。今除梅花、雪、月、晴雨为专类外，凡杂赋体物肖形，语意精到者，选诸此。

五　言三十首

房兵曹胡马　　　　　　杜工部

胡马大宛名，锋棱瘦骨成。竹批双耳峻，风入四蹄轻。所向无空阔，真堪托死生。骁腾有如此，万里可横行。

自汉《天马歌》以来，至李、杜集中诸马诗始皆超绝，苏、黄及张文潜画马诗亦然，他人集所无也。学者宜自捡观。此但选五言律之一耳。

画　鹰

素练风霜起，苍鹰画作殊。㧐身思狡兔，侧目似愁胡。绦镟光堪摘，轩楹势可呼。何当击凡鸟，毛血洒平芜。"㧐"，苟勇切,犹竦身也。鹰出于代北,胡地也。"绦镟",圆辘轳也,所画绊鹰之绦。"镞",徐钏切,光而堪摘取也。

此咏画鹰,极其飞动。"㧐身""侧目"一联已曲尽其妙。"堪摘""可呼"一联,又足见为画而非真。王介甫《虎图行》亦出于此耳。"目光夹镜当坐隅",即第五句也。"此物安可来庭除",即第六句也。"何当击凡鸟,毛血洒平芜。"子美胸中愤世疾邪,又以寓见深意。谓焉得烈士有如真鹰,能搏扫庸缪之流也。盖亦以讥夫貌之似而无能为者也。诗至此神矣。

孤　雁

孤雁不饮啄,飞鸣声念群。谁怜一片影,相失万重云。望尽似犹见,哀多如更闻。野鸦无意绪,鸣噪自纷纷。

唐末有鲍当为《孤雁》诗,因谓之"鲍孤雁",亦未能逮此。

萤　火

幸因腐草出,敢近太阳飞?未足临书卷,时能点客衣。随风隔幔小,带雨傍林微。十月清霜重,飘零何处归。

老杜诗集大成,于"着题诗"无不警策。说者谓此诗"腐草""太阳"之句以讥李辅国。凡评诗,政不当如此刻切拘泥。言之者无罪,闻之者足以戒。大丈夫耿耿者,不当为萤爝微光,于此自无相关。世之仅明忽晦不常者,又岂一辅国?则见此诗而自愧矣。学者观大指可也。

严郑公同咏竹得香字

绿竹半含箨，新梢才出墙。色侵书帙晚，阴过酒樽凉。雨洗涓涓净，风吹细细香。但令无剪伐，会见拂云长。

疑者谓"细细香"非所以题竹。于新竹含箨时审之，老杜非过许也，竹林自有一种奇气。

柳 边

只道梅花发，那知柳亦新。枝枝总到地，叶叶自开春。紫燕时翻翼，黄鹂不露身。汉南应老尽，灞上远愁人。

前辈最喜"叶叶自开春"，其实十字俱精。"汉南"，用"树犹如此，人何以堪"事。"灞上"，借以指亚夫细柳营也。意极凄婉。老杜着题之佳者不一，如《薤》云："束比青刍色，圆齐玉筯头。"如《鹦鹉》云："翠衿浑短尽，红嘴漫多知。"如《黄鱼》云："脂膏兼饲犬，长大不容身。"如《归雁》云："云里相呼疾，沙边自宿稀。"又云："是物关兵气，何时免客愁？"皆工而有味。

病 蝉　　　　　　　贾 岛

病蝉飞不得，向我掌中行。折翼犹能薄，酸吟尚极清。露华凝在腹，尘点误侵睛。黄雀并鸢鸟，俱怀害尔情。

贾浪仙诗得老杜之瘦而用意苦矣。蝉有何病？殆偶见之，托物寄情，喻寒士之不遇也。中四句极其奇涩，而"尘点误侵睛"，尤亘古诗人所未道,故曰浪仙用意苦矣。

别　鹤

双鹤出云溪,分飞各自迷。空巢在松顶,折羽落江泥。寻水终不饮,逢林亦未栖。别离应易老,万里两凄凄。
此寓言,似写离别者之苦。

古　树

古树枝柯少,枯来复几春。露根堪系马,空腹定藏人。蠹节莓苔老,烧根霹雳新。若当江浦上,行客祭为神。
一古树耳,模写至此。妙甚。尾句尤佳。

赋得古原草送别　　　白乐天

离离原上草,一岁一枯荣。野火烧不尽,春风吹又生。远芳侵古道,晴翠接荒城。又送王孙去,萋萋满别情。
"春风吹又生"一联,乐天妙年以此见知于顾况。

赋得边城角

边角两三枝,霜天陇上儿。望乡相并立,向月一时吹。

战马头皆举,征人首尽垂。呜呜三奏罢,城上展旌旗。

尾句无力,三、四好,第五句尤好。

孤　雁　　　　　　　　　　　崔　涂

几行归塞尽,念尔独何之。暮雨相呼疾,寒塘欲下迟。渚云低暗度,关月冷相随①。未必逢矰缴,孤飞自可疑。

老杜云:"谁怜一片影,相失万重云。"此云:"暮雨相呼疾,寒塘欲下迟。"亦有味,而不及老杜之万钧力也。为江湖孤客者,当以此尾句观之。

杜中丞书院新移小竹　　　　　王　建

此地本无竹,远从山寺移。经年求养法,隔日记浇时。嫩绿长新叶,残黄收故枝。色经寒不动,声与静相宜。爱护出常数,稀稠看自知。贫家缘未有,客散独行迟。

所点两联甚佳。

燕　　　　　　　　　　　　梅圣俞

涎涎双来燕,飞飞自舞空。轻如汉家后,斜避楚台风。半折撩沙嘴,相高接草虫。向人全不畏,切莫入吴宫。

---

① 冯班:"相"一作"遥"。

"轻如汉家后",直用飞燕事,"斜避楚台风",本非燕事,而用之有情味。

蝇

乘炎出何许,人意以微看。怒剑休追逐,凝屏谩指弹。与蚊争—作"更"。昼夜,共蜜上杯盘。自有坚冰在,能令畏不难。

此当与老杜《萤》诗相表里玩味。

挑灯杖

油灯方照夜,此物用能行。焦首终无悔,横身为发明。尽心常欲晓,委地始知轻。若比飘飘梗,何邀世上名。

此借以咏忠臣义士之敢谏者。《宛陵集》第四十八卷如此着题诗《蝇》《蛙》《蚊》《犬》之类一十七首,取其二云。

竹珓环 魏仲先

谁制破筠根,还同一气分。吉凶终在我,翻覆谩劳君。酒欲祈先酹,香因掷更焚。吾尝学丘祷,懒把祝云云。

可与梅圣俞《挑灯杖》作一对看。"我"者,自谓吉凶由己也。"君"者,谓珓环,徒劳汝翻覆也。亦警夫君子守正,岂听他人翻覆乎?结句只用"丘祷"事以证之。

和答钱穆父咏猩猩毛笔 黄山谷

爱酒醉魂在,能言机事疏。平生几两屐,身后五车书。物色看《王会》,勋劳在石渠。拔毛能济世,端为谢杨朱。

用事所出,详见任渊注本。此诗所以妙者,"平生""身后""几两屐""五车书",自是四个出处,于猩猩毛笔何干涉?乃善能融化斡排至此。末句用"拔毛"事,后之学诗者,不知此机诀不能入三昧也。山谷更有两绝句,亦可喜。

见诸人倡和酴醾诗次韵戏咏

梅残红药迟,此物共春归。名字因壶酒,风流付枕帏。坠钿香径草,飘雪净垣衣。玉气晴虹发,沉材锯屑霏。直知多不厌,何忍摘令稀。常恨金沙学,鼙时政可挥。

"名字""风流"一联,尽酴醾之妙。此本唐时酒名,世以花似酒之色,故得名,而亦为枕囊帏者也。山谷学老杜为诗。"直知多不厌,何忍摘令稀",此句殆谓贤者在朝,愈多愈美,而忍于驱逐,使之渐少乎?盖元祐二年四月诗,必有所指。末句引金沙而鄙其效颦,则嫉恶之意尤甚,即老杜《孤雁》末句,乃云"野鸦无意绪",一格也。○此诗孔文仲首倡,予有《清江三孔集》,偶未及捡。苏子由所和,《栾城集》有云:"光凝真照夜,枝软或牵衣。"上一句佳。

和师厚接花

妙手从心得,接花如有神。根株穰下土,颜色洛阳春。

雍也本犁子，仲由元鄙人。升堂与入室，只在一挥斤。

山谷最善用事，以孔门变化雍、由譬接花，而缴以《庄子》挥斤语，此"江西"奇处。如《岁寒知松柏用彝字韵》，山谷曰："郑公扶正观，已不见封彝。"东坡亦和，终不及山谷之工也。曾文清、陆放翁、杨诚斋皆得此法。

谢人寄小胡孙

致尔自何处，初来犹索腾。真宜少陵觅，未解柳州憎。婢喜常储果，奴嗔屡掣绳。报君无一物，试为飏寒藤。

老杜有《觅胡孙》诗，"小如拳"及"愁胡面"六字皆好。柳子厚有《憎王孙》文。

归　雁　　　　　　　陈后山

弧矢千夫志，潇湘万里秋。宁为宝筝柱，肯作置书邮？远道勤相唤，羁怀误作愁。聊宽粱稻意，宁复网罗忧！

此诗乃元符三年。徽庙登极，南迁诸公次第北还，故后山寓意于归雁。二诗今选其一。"弧矢千夫志"，以言群小之欲害君子也。"筝柱""书邮"，以言诸贤之有所守，朋友有急难之义，傍观者以为忧怨也。末句则所以为诸贤喜者深矣。后山诗幽远微妙，其味无穷，非黏花贴叶近诗之比。三、四盖学山谷《猩猩毛笔》诗者。

和黄充实榴花

春去花随尽，红榴暖欲燃。后时何所恨，处独不祈怜。

叶叶自相偶，重重久更鲜。流珠沾暑雨，改色淡朝烟。着子专寒酒，移根擅化权。愧非无价手，刻画竟难传。

"后时""处独"一联，盖后山自谓劲气凛不可干，如《楝花》诗亦云："幽香不自好，寒艳未多知。"皆自况之辞。世人未知后山、山谷诗从何而入，盖以此《醅醿》《榴花》诗并观之？"叶叶自相偶"，榴花双叶自相偶，则不求偶于其他者也。意亦高。

种　竹　曾茶山

近郊蕃竹树，手种满庭隅。馀子不足数，此君何可无。风来当一笑，雪压要相扶。莫作封侯想，生来鄙木奴。

曾文清公名几，字吉甫，号茶山。学山谷诗得三昧。此诗用"馀子不足数"以对"何可一日无此君"，乃真竹诗，盖斡旋变化之妙。"风来当一笑"，曲尽竹态。"雪压要相扶"，亦奇句也。尾句"鄙木奴"事，用得尤佳。公三子，逢、迅、逮，世其学。父子自相酬和，公再和有"直不要人扶"，劲健特甚。而用两"奴"字韵，皆不苟。一曰"傍舍连高柳，何堪与作奴"；一曰"只欠江梅树，君应婿玉奴。"又谓竹可为梅之婿，超异神俊，不可复加矣。公之婿，东莱吕成公之父大器也；门人，陆放翁也。

所种竹鞭盛行

独绕赍筜径，令人喜欲颠。已持苏老节，更着祖生鞭。傍舍应除地，新梢拟上天。真成时夜卵，煨芋想明年。

茶山此诗盖善学山谷《猩猩毛笔》诗者，所谓脱胎换骨也。苏节、祖鞭本无关于竹事，而以题观之，妙甚。"夜卯"事本何关于食笋，亦妙之又妙者也。

乞 笔

市上无佳笔，营求亦已劳。护持空雪竹，束缚欠霜毫。此物藏三穴，须公拔一毛。不堪髯主簿，取用价能高。

谓市上仅有羊毫笔，而无兔毫佳笔。"藏三穴""拔一毛"，亦得山谷"拔毛""济世""谢杨朱"之遗意。间架整，骨格峭。

岩 桂

粟玉黏枝细，青云剪叶齐。团团岩下桂，表表木中犀。江树风萧瑟，园花气惨凄。浓薰不如此，何以慰幽栖。

五言律着题诗绝少佳者。除梅花专作一类外，如牡丹、芍药、莲花、菊花，亦无五言律好者，木犀之名曰岩桂，非古之所谓桂，其香特盛于晚秋，诗人所尚。此诗"浓薰"二字善模写，故取之。

榴 花

树阴看已合，榴朵见初明。当夏岂无意，避春真有情。花虽后文杏，实可待瑰橙。病叟缘何喜，留苔看落英。

杏与橙于榴花何关？然善于斡旋，不妨招二客立议论也。尾句用昌黎绝句，有味。

萤 火

浑忘生朽质，直拟慕光辉。解烛书帷静，能添列宿稀。当风方自表，带雨忽成微。变灭多无理，荣枯会一归。

此当与老杜《萤火》诗表里并观，皆所以讥刺小人。而"当风方自表"一句最佳，"带雨忽成微"亦妙。其瘦健若胜老杜云。

蛱 蝶

不逐春风去，仍当夏日长。一双还一只，能白或能黄。恋恋不能已，翩翩空自狂。计功归实用，终自愧蜂房。

自然轻快，近杨诚斋。尾句尤好。

七 言 六十九首

野人送樱桃 杜工部

西蜀樱桃也自红，野人携赠满筠笼。数回细写愁仍破，万颗匀圆讶许同。忆昨赐沾门下省，退朝擎出大明宫。金盘玉箸无消息，此日尝新任转蓬。

野人尝云："惟樱桃既摘，不可易器。青柄一脱，则红苞破而无味。"老杜既得此三昧,又下一句有万颗匀圆之讶,古今绝唱。"写"字见《曲礼》,谓传置他器。

和张水部敕赐樱桃诗_{宣政殿①赐百官}

韩昌黎

汉家旧种明光殿,炎帝还书《本草经》。岂似满朝承雨露,共看传赐出清冥。香随翠笼擎初重②,色映银盘写未停。食罢自知无所报,空然惭汗仰皇扃。

诗话常评此诗,谓虽工不及老杜气魄。然"色映银盘"之句亦佳。陈后山《答魏衍送朱樱》有云:"倾篮的皪沾朝露,出袖荧煌得宝珠。会荐瑛盘惊一座,觅肠藜口未良图。"末句赤瑛盘事,乃魏明帝以此盘赐群臣樱桃,群臣月下视之,疑为空盘也。以此事味昌黎"色映银盘"语,岂不益奇?王维集中有《敕赐百官樱桃》诗,亦以"青丝笼"对"赤玉盘",甚妙。尾句云:"饱食不须愁内热,大官还有蔗浆寒。"崔兴宗和尾句云:"闻道令人好颜色,神农《本草》自应知。"盖难题也。张籍、韩偓、白乐天集皆有赐樱桃诗,皆不及此。

柳州城北种柑

柳子厚

手种黄柑二百株,春来新叶遍城隅。方同楚客怜皇树,不学荆州利木奴。几岁开花闻喷雪,何人摘实见垂珠。若

---

① 冯班:"殿"一作"衙"。
② 冯班:"重"一作"到"。

教坐待成林日,滋味还堪养老夫。

"后皇嘉树",屈原语也,摘出二字以对"木奴",奇甚。终篇字字缜密。

柳　絮　　　　　　刘梦得

飘扬南陌起东邻,漠漠蒙蒙暗度春。花巷暖随轻舞蝶,玉楼晴拂艳妆人。萦回谢女题诗笔,点缀陶公漉酒巾。何处好风偏似雪,隋河堤上古江津。

流丽可喜。

锦　瑟　　　　　　李义山

锦瑟无端五十弦,一弦一柱思华年。庄生晓梦迷蝴蝶,望帝春心托杜鹃。沧海月明珠有泪,蓝田日暖玉生烟。此情可待成追忆,只是当时已惘然。

《缃素杂记》谓东坡云:"中四句适怨清和也。"凡前辈琴、阮、筝、琵琶等诗,少有律体,而多古句,大率譬喻亦不过如此耳。备见《渔隐丛话》。

牡　丹　　　　　　罗邺

落尽深一作"春"。红始见花①,花时比屋事豪奢。买栽池

---

① 冯班:"见"一作"着"。

馆恐一作"非"。无地,看到子孙能几家。门倚长衢攒绣毂,幄笼轻日护香霞。歌钟满座争欢赏,肯信流年鬓有华。

　　唐人牡丹花七言律四首,韩昌黎、李义山各一。罗隐有云:"若教解语应倾国,任是无情也动人。"《国史补》记曹唐语,以为咏女子障,故不取。此诗三、四绝好。

崔少府池塘鹭鸶　　雍　陶

双鹭应怜水满池,风飘不动顶丝垂。立当青草人先见,行傍白莲鱼未知。一足独拳寒雨里,数声相叫早秋时。林塘得尔须增价,况与诗家物色宜。

　　议者谓"行傍白莲鱼未知",此句最佳,上一句未称。然着题诗难句句好也。第二句亦未可忽。〇顾非熊《双鹭》一联云:"刷羽竞生堪画意,依泉各有取鱼心。"亦工,今附此。

鹧　鸪　　郑　谷

暖戏烟一作"平"。芜锦翼齐,品流应得近山鸡。雨昏青草湖边过,花落黄陵庙里啼。游子①乍闻征袖湿,佳人②才唱翠眉低。相呼相唤湘江曲,苦竹丛深春日西。

　　郑都官谷因此诗,俗遂称之曰郑鹧鸪。

---

①　冯班:"游子"一作"行人"。
②　冯班:"佳"一作"歌"。

海　棠

　　春风用意匀颜色，销得携壶与赋诗。艳丽最宜新着雨，娇娆①全在欲开时。莫愁粉黛临窗懒，须信②丹青点笔迟。朝醉暮吟看不足，羡他胡蝶宿深枝。

　　三、四似觉下句偏枯，然亦可充海棠案祖也。末句有风味，恨不得如是蝶之宿于是花。别有绝句云："浣花溪上堪惆怅，子美无情为发扬。"又《和路见海棠》中二联云："一枝低带流莺睡，数片狂和舞蝶飞。堪恨路长移不得，可无人与画将归。"亦新美。

燕

　　年去年来来去忙，春寒烟暝度潇湘。低飞绿岸和梅雨，乱入红楼拣杏梁。闲几砚中窥水浅，落花径里得泥香。千言万语无人会，又逐流莺过短墙。

　　都官诗格虽不高，《鹧鸪》《海棠》《燕》三着题诗亦不可废也。

失　鹤　　　　　　李　远

　　秋风吹却③九皋禽，一片闲云万里心。碧落有情空怅

---

① 冯班："娆"一作"饶"。
② 冯班："须信"一作"梁广"。
③ 冯班："却"一作"起"。　何义门："起"字有气势。

望,瑶台无路可追寻。来时白雪翎犹短,去日丹砂顶渐深。华表柱头留语后,更无消息到如今。

尽可讽咏,八句皆佳。

仙 客 又名"飞客" 李文正

胎化仙禽性本殊,何人携尔到京都。因加美号为仙客,称向闲庭伴野夫。警露秋声云外远,翘沙晴影月中孤。青田万里终归去,暂处鸡群莫叹吁。

太宗丞相李昉,谥文正。所畜五禽,名五客。"仙客",五客中之一也。鹤曰"仙客"。诗最佳者尾句。雪客,鹭;闲客,白鹇,又陇客;南客,孔雀;西客,鹦鹉;次之。

梨 杨文公

繁花如雪早伤春,千树封侯未是贫。汉苑谩传卢橘赋,骊山谁识荔枝尘。九秋青女霜添味,五夜方诸月溜津。楚客狂酲嘲已解,水风犹自猎汀蘋。

杨文公亿,字大年。首与刘筠变国初诗格。学李义山,集为《西昆酬唱集》。虽张乖崖,亦学其体。二宋尤于此体深入者。

落 花 宋元宪

一夜春风拂苑墙,归来何处剩凄凉。汉皋佩冷临江失,金谷楼危到地香。泪脸补痕烦獭髓,舞台收影费鸾肠。南朝乐府休赓曲,桃叶桃根尽可伤。

落　花　　　　　　　　宋景文

坠素翻红各自伤,青楼烟雨忍相忘。将飞更作回风舞,已落犹成半面妆。沧海客归珠迸泪,章台人去骨遗香。可能无意传双蝶,尽付芳心与蜜房。

<small>宋郊字伯庠,后改名庠,字伯序。皇祐宰相,谥元宪。弟祁,字子京。翰林学士,谥景文。夏英公竦守安州,兄弟以布衣游学席上,赋此二诗,英公以为有台辅器。后元宪状元,景文甲科同榜,天下以为二宋。其诗学李义山。杨文公亿集为《西昆酬唱集》,故谓之"昆体"云。李义山《落花》诗:"落时犹自舞,扫后更馀香。"亦妙,乃此诗三、四之祖。</small>

落　花　　　　　　　　余襄公

小园斜日照残芳,千里伤春意未忘。金谷已空新步障,马嵬徒见旧香囊。莺来似结啼鸾怨,蝶散应知梦雨狂。清赏又成经岁别,却歌《团扇》寄回肠。

<small>三、四殊不减二宋,亦似"昆体"。余襄公靖盖直臣名士,诗当加敬。</small>

莎　衣　　　　　　　　杨契玄

软绿柔蓝着胜衣,倚船吟钓正相宜。蒹葭影里和烟卧,菡萏香中带雨披。狂脱酒家春醉后,乱堆渔舍晚晴时。直饶紫绶金章贵,未肯轻轻博换伊。

杨璞字契玄,郑州东里人。太宗、真宗皆尝以布衣召,辞官而归。此《莎衣》诗天下传诵,对御所赋,凡二,今取其一。苏养直词:"钓鱼船上谢三郎,双鬓已苍苍。莎衣未必清贵,不肯换金章。"用璞语也。《拄杖》诗:"就客饮时担酒去,见鱼游处拨萍开。"亦佳。《归乡后上陈转运》:"紫袍不识莎衣客,曾对君王十二旒。"备见诗话。有《东里集》行于世,熙宁辛亥清洛野民臧遁为序。

送李殿丞通判蜀州赋海棠　　梅圣俞

尝闻蜀国海棠盛,因送李侯宜有诗。日爱西湖照宫锦,醉看春雨洗胭脂。郡无公事中园乐,民喜群邀匝树窥。望帝鸟声空有血,相如人恨不同时。最鲜深浅非由染,解赋才华未得知。闻说赵昌今已老,试教图画两三枝。

细味之,"望帝鸟声空有血,相如人恨不同时",无穷之味,有色之声也。

二月七日吴正仲遗活蟹

年年收稻卖江蟹,二月得从何处来。满腹红膏肥似髓,贮盘青壳大于杯。定知有口能嘘沫,休信无心便畏雷。幸与陆机还往熟,每分吴味不嫌猜。

三、四自然,见蟹之状。山谷诗云:"虽为天上三辰次,未免人间五鼎烹。"亦奇。

酴醾金沙二花合殿　　　王半山

相扶照水弄春柔,发似矜夸敛似羞。碧合晚云霞上起,红争朝日雪边流。我无丹白知如梦,人有朱铅见即愁。疑此冶容时所忌,故将《樛木》比绸缪。

《真诰》第三卷:"丹白存于胸中,则真感不应。"谓情欲之感,男女之想也。《樛木》诗言木枝下垂,故葛藟得而附之,以譬后妃不忌众妾。

次韵致远木人洲二首

迷子山前涨一洲,木人图志失编收。年多但有柳生肘,地僻独无茅盖头。河侧鲍生干尚立,江边屈子槁将投。未妨他日称居士,能使君疑福可求。

鲍焦怨时之不用,采蔬。子贡难之曰:"非其时而采其蔬,有哉?"弃其蔬,乃立枯于洛水之上。

杌尔何年寄此洲,飘流谁弃止谁收。无心使口肝使臂①,有干作身根作头。暴露神灵难寄托,祷祠村落几依投。纷纷剪纸真虚负,立槁安知富可求。

迷子洲在建康西南四十里。前诗尾句、次诗第四句,皆用昌黎《木居士》诗。"柳生肘",出《庄子》。近林肃翁《口义》以为疖子也,世人用

---

① 按:"臂"原作"肾",据康熙五十二年本、纪昀《刊误》本校改。

杨柳之柳久矣。

食　柑　　　　　　　　苏东坡

　　一双罗帕未分珍,林下先尝愧逐臣。露叶霜枝剪寒碧,金盘玉指破芳辛。清泉籁籁先流齿,香雾霏霏欲喷人。坐客殷勤为收子,千奴一掬奈吾贫。
　　元注:"故事,赐近臣黄柑,以黄罗帕包之。"○读此诗便觉齿舌津液,不啻如望梅林也。

次韵刘焘抚勾蜜渍荔枝

　　时新满座闻名字,别久何人记色香。叶似杨梅蒸雾雨,花如卢橘傲风霜。每怜莼菜下盐豉,肯与蒲萄压酒浆。回首惊尘卷飞雪,诗情真合与君尝。
　　坡公《蜜荔枝》诗押"刑"字大险,惟此诗最稳。

开元寺山茶

　　长明灯下石阑干,长共松杉斗岁寒。叶厚有棱犀甲健,花深少态鹤头丹。久陪方丈曼陀雨,羞对先生苜蓿盘。雪里盛开知有意,明年归后更谁看。
　　此诗三、四为杨诚斋拈出,亦真佳句。

弈棋呈任公渐　　　　　黄山谷

偶无公事客休时,席上谈兵角两棋。心似蛛丝游碧落,身如蜩甲化枯枝。湘东一目诚堪死,天下中分尚可持。谁谓吾徒犹爱日,参横月落不曾知。

此本二诗。前篇"坐隐不知岩穴乐,手谈胜与俗人言",亦佳句。"碧落""枯枝"一联,尽弈者用心忘身之态。或者以为不如东坡"胜固欣然,败亦可喜"远矣。侯景之党王伟檄梁元帝云:"项羽重瞳,尚有乌江之败;湘东一目,岂为赤县所归?"元帝盲一目,引用此事,谓其两眼而活,一眼而死,天下中分,或作三分,此又谓救棋各分占路数也。皆奇不可言。南朝梁武帝第七子,名绎,先封为湘东王,眇一目。

观王主簿馀酿

肌肤冰雪薰沉水,百草千花莫比方。露湿何郎试汤饼,日烘荀令炷炉香。风流彻骨成春酒,梦寐宜人入枕囊。输与能诗王主簿,瑶台影里据胡床。

前辈谓花诗多譬以美妇人。此乃以美丈夫为比,自山谷始。五、六即前五言之意,宜并观之。为此等诗,格律绝高,万钧九鼎,不可移也。

次韵雨丝云鹤二首

烟云杳霭合中稀,雾雨空蒙密更微。园客茧丝抽万绪,蛛蝥网面罩群飞。风光错综天经纬，草木文章帝杼机。愿染朝霞成五色，为君王补坐朝衣。

几片云如薛公鹤，精神态度不曾齐。安知陇鸟樊笼密，便觉南鹏羽翼低。风散又成千里去，夜寒应上九天栖。坐来改变如苍狗，试欲挥毫意似迷。

雨似丝，云似鹤，以为题，若易而难者也。山谷在戎州代史夫人炎玉作，山谷外兄张祺子履之妻，张祉介卿之嫂也。首唱石谅信道，盖亦游戏所为。而雨丝所谓"天经纬""帝杼机"，末句愿染朝霞补君王衣，意思弘大，非老笔不能道也。

食瓜有感

暑轩无物洗烦蒸，百果凡材得我憎。薜井筠笼浸苍玉，金盘碧箸荐寒冰。田中谁问不纳履，坐上适来何处蝇。此理一杯分付与，我思明哲在东陵。

前联赋物，后联用事，却别出一意，引一事缴，可为法。

次韵赋杨花　　　　张芸叟

随风坠落事轻狷，巧占人间欲夏天。只恐障空飞似雪，从教糁径白于绵。未央宫暖黏歌袖，扬子江清恼客船。老去强宽愁底事，昏花满眼意茫然。

张芸叟名舜民，关中人。娶陈后山之姊。诗学白乐天，曰《画墁集》。晚归长安,名其居曰"榆门庄"。又尝自号矴斋。

和闻莺 张宛丘

冉冉东风万柳丝,啼莺尝自与春期。妆残玉枕朝醒后,绣倦纱窗昼梦时。文羽自奇非谷隐,好音应合有人知。风流潘令多才思,为尔春来几首诗。

近似唐人。

雁

知时避就物之难,千里萧萧振羽翰。水国稻收朝食乏,海天霜重夜飞寒。烟云秋去南山暖,风日春归朔野宽。九万腾凌那可测,弋人矰缴谩多端。

此诗有所寄托,不专言雁而已也。

次韵李秬牡丹 晁无咎

夭红秾绿总教回,更待清明谷雨催。一朵故应偏晚出,百花浑似不曾开。常夸西洛青屏簇,久说南徐紫锦堆。任是无情还有意,不知千里为谁来。

次韵李秬双头牡丹

寒食春光欲尽头,谁抛两两路傍球。二乔新获吴宫怯,一作"美"。双隗初临晋帐羞。月底故应相伴语,风前各是一般愁。使君腹有诗千首,为尔情如篆印缪。

既是选"着题"诗,此二诗不可删也。二乔、双隗,妇人事,以譬牡丹可耳。两篇各有一绝奇佳句,圈者是也。

观僧舍山茶　　　　王初寮

山僧手种两山茶,看到婆娑鬓已华。应为客怀惊岁杪,先将春色照天涯。绿裁犀甲层层叶,红染猩唇艳艳花。冻颊如丹相映渥,不辞冲雨踏泥沙。

初寮王安中字履道,附丽匪人,入翰苑,至右丞、燕山帅,其罪弥天。所作四六,一时称雄。当苏学方以为禁,而阴袭东坡步骤,世人不悟也。诗之应制者多未为透彻,逮谪象州后,诗顿佳。此《山茶》诗亦全用东坡句翻出,不可不令学者知之。晚节有子知泉州迎奉。宇宙分裂而斯人卒令终云。

秋　千　　　　洪觉范

画架双裁翠络偏,佳人春戏小楼前。飘扬血色裙拖地,断送玉容人上天。花板润沾红杏雨,彩绳斜挂绿杨烟。下来闲处从容立,疑是蟾宫谪降仙。

此诗虽俗,而俗人尤喜道之。又出于僧徒之口,宜可弃者。而"着题"诗中所不可少也,故录之。

竹夫人　　　　　　　吕居仁

与君宿昔尚同床,正坐西风一夜凉。便学短檠墙角弃,不如团扇箧中藏。人情易变乃如此,世事多虞只自伤。却笑班姬与陈后,一生辛苦望专房。

"短檠""团扇"一联,乃天生自然之对。

分韵赋古松得青字　　　　刘屏山

风韵飕飕远又清,苍然瘦甲耸亭亭。连根欲断岩峦力,一盖常涵雨露青。曾映月明留鹤宿,近因雷霹带龙腥。衰残愧我无仙骨,愿采流膏慰暮龄。

三、四佳。第六句绝妙。

酴醾

颠风急雨退花辰,翠叶银苞照眼新。高架扳援虽得地,长条盘屈总由人。横钗素朵开犹小,扑酒馀香馥绝伦。唯有金沙颜色好,年年相伴殿残春。

"高架""长条"一联有讥讽。

次韵张守酴醾

荣华休笑白头翁,且对芳辰赏丽丛。十万青条寒挂雨,三千粉面笑临风。莫将拟雪才情赋,盍与观梅兴味同。只恐春归有馀恨,典型犹在酒杯中。"赋"一作"比"。

"十万青条""三千粉面",佳句也。第一句和张守,故且如此引起,比前一诗又不同。

荔　子

炎蒸午枕梦沧浪,落落星苞喜乍尝。笔下丹青千品色,钗头风露一枝香。鸡冠借喻何轻许,马乳争名固不量。直得当时妃子笑,骊山千古事凄凉。

龙　眼

幽株旁挺绿婆娑,啄哑虽微奈美何。香剖蜜脾知韵胜,价轻鱼目为生多。左思赋咏名初出,玉局揄扬论岂颇。地极海南秋更暑,登盘犹足洗沉疴。

生荔枝、龙眼之美,果中无比。东坡以"江瑶柱""河鲀鱼"比荔枝矣,龙眼之于荔枝,犹芍药之于牡丹也。"啄哑虽微奈美何",妙。"香剖蜜脾知韵胜",下二字亦佳。

福帅张渊道荔子　　　　　曾茶山

岂无重碧实瓶罍,难得轻红荐一杯。千里人从闽岭出,三年公送荔枝来。玉为肌骨凉无汗,云作衣裳皱不开。莫讶关情向尤物,厌看绿李与杨梅。

茶山本题《石室送碧琳腴渊道送荔枝适至遂以荐酒》。诗格峭峻。茶山又有六言《荔子》诗云:"红皱解罗襦处,清香开玉肌时。"又云:"蕉子定成哈伍,梅花应愧卢前。"又云:"金谷危楼魂断,白州旧井名传。"又有七言云:"猩血染罗欣入手,冰肌饮露欲濡唇。"皆佳。

曾宏父分饷洞庭柑

黄柑送似得尝新,坐我松江震泽滨。想见霜林三百颗,梦成罗帕一双珍。流泉喷雾真宜酒,带叶连枝绝可人。莫向君家樊素口,瓠犀微齼远山颦。"齼",初举切。齭同,上齿伤醋也。又音所。

茶山自注:"东坡《柑》诗云:'一双罗帕未分珍,林下先尝愧逐臣。'以对'王子敬帖三百颗',可谓精切。此乃太湖洞庭山柑,非温柑、台柑、福柑、罗浮柑,正韦苏州所指者。"

荔　子

异方风物鬓成斑,荔子尝新得破颜。兰蕙香浮襟解后,雪冰肤在酒酣间。绝知高韵倾瑶柱,未觉丰肌病玉环。似是看来终不近,寄声龙目尽追攀。

又

百年中半饱闻渠,名下亲承果不虚。可爱风流元有种,自然富贵乃其馀。肯随妃子红尘驿,甘伴先生白鹤居。可惜不经山谷赏,照红鸭绿定何如。

东坡《蜜荔枝》律诗"刑"字韵太险,惟古诗佳。此虽晚出,内多用东坡事,似亦精神。

食 笋

花事阑珊竹事初,一番风味殿春蔬。龙蛇戢戢风雷后,虎豹斑斑雾雨馀。但使此君常有子,不忧每食叹无鱼。丁宁下番须留取,障日遮风却要渠。

"此君"二字为竹事。"有子"及"无鱼",事虽非竹,而善于引用。

山 茶 　　　　杨诚斋

树子团团映碧岑,初看唤作木犀林。谁将金粟银丝鲙,簇飣朱红菜碗心。春早横招桃李妒,岁寒不受雪霜侵。题诗毕竟输坡老,叶厚有棱花色深。元注:"东坡《山茶》诗'叶厚有棱犀甲健,花深少态鹤头丹'。"

此诗三、四颇粗,亦尽山茶之态。第二句亦好。

走笔谢赵吉守饷三山生荔枝

吾州五马住闽山,分我三山荔子丹。甘露落来鸡子大,晓风冻作水精团。西川红锦无此色,南海绿罗犹带酸。不是今年天下暑,玉肤照得野人寒。元注:"五羊荔子,上上者为绿罗。予尝闽、蜀生荔三岁,亦尝广荔,当以闽为最。杨妃所爱者蜀荔,亦小而酸。"

此诗三、四非亲尝生荔者,不悟也。

木犀呈张功甫

尘世何曾识桂林,花仙夜入广寒深。移将天上众香国,寄在梢头一粟金。露下风高月当户,梦回酒醒客闻砧。诗情恼得浑无奈,不为龙涎与水沉。

诚斋与尤延之、张功甫各和数首。"砧"字最难押,惟取此首倡。功甫者,张循王俊之孙,居杭城西北白杨池,名镃,号纳斋。为史弥远所忌,谪死象州。有《南海集》行于世。

州宅堂前荷花　　　　范石湖

凌波仙子静中芳,也带酡红学醉狂。有意十分开晓露,无情一饷敛斜阳。泥根玉雪元无染,风叶青葱亦自香。想得石湖花正好,接天云锦画船凉。

此明州州宅也。淳熙七年庚子,石湖以前参政起家帅鄞。五、六甚佳。

海棠盛开　　　　　　　　尤遂初

两株芳蕊傍池阴,一笑嫣然抵万金。火齐照林光灼灼,彤霞射水影沉沉。晓妆无力燕支重,春醉方酣酒晕深。定自格高难着句,不应工部总无心。

尤延之诗多淡,此诗独艳。盖海棠乃艳物,不可以淡待之也。"酒晕"一作"酒醴",出《前汉·董贤传》,注谓酒在醴中。

玉簪花——名鹭鸶

一种幽花迥出尘,孤高耻逐艳阳辰。瑶枝巧插青鸾扇,玉蕊斜欹白鹭巾。难与松筠争岁晚,也同葵藿趁时新。西风昨夜惊庭绿,满院清香恼杀人。

题目生,三、四可喜,以备多闻。

拄　杖　　　　　　　　　滕元秀

久矣相随若弟昆,周全险阻可须论。断桥测水露半影,野路擉泥留乱痕。痴坐自怜今日懒,颠持敢忘昔年恩。得君分付吾何恨,休向林间打睡门。

元题:"僧觅拄杖以诗送之。"

菊 赵昌父

蔓菊伶俜不自持,细香仍着野风吹。少年踊跃岂复梦,明日萧条更自悲。潭水解令胡广寿,夕英何补屈原饥。我今谩学浔阳隐,晚立寄怀空有诗。

菊花不减梅花,而赋者绝少,此渊明之所以无第二人也。历选菊花诗,仅得此首,乃章泉乾道七年辛卯九月所赋。所用二事谓能为胡广之寿,而不能救屈原之饥,殆亦有所谓而发也。章泉全是枯骨劲铁,不入俗眼。

效茶山咏杨梅 方秋崖

五月晴梅暑正烦,杨家亦有果堪扳。雪融火齐骊珠冷,粟起丹砂鹤顶殷。并与文园消午渴,不禁越女蹙春山。略知荔子仍同姓,直恐前身是阿环。

吾宗伯秋崖先生岳,字巨山。吾乡祁门人。绍定五年壬辰别院省试第一人,殿试甲科。连忤丞相史嵩之、丁大全,及于知南康军日,挞湖南纲卒之据闸阻舟者,忤贾似道。仕至吏部尚书郎。景定三年壬戌三月十八日卒,年六十四。林竹溪希逸为墓志。其诗不"江西",不晚唐,自为一家。

老　将　　　　　　　　　刘后村

昨解兵符归故里,耳听边事几番新。偶逢麾下来犹识,欲说辽阳记不真。儿觅宝刀偏爱惜,奴吹芦管辄悲辛。夜寒不作关山梦,万一君王起旧人。

后村刘公名克庄,字潜夫。此《老将》诗及《老马》《老妓》诗,其少作也。见《南岳第一稿》。着题本难措手,后村初学晚唐。既知名,丞相郑清之奏赐进士出身。贾似道当国,仕至尚书端明。诗文诋郑及贾已甚。晚节诗欲学放翁,才终不逮,对偶巧而气格卑。惟《老妓》诗题差易,故传者多,今具如左。○诗话记曹翰诗:"曾因国难披金甲,不为家贫卖宝刀。臂弱尚嫌弓力软,眼花犹识阵云高。"亦佳,而下联合掌。

老　马

脊疮蹄蹇瘦阑干,火印年深字已漫。野涧有冰朝洗怯,破坊无壁夜嘶寒。身同退卒支残料,眼见新驹鞴宝鞍。昔走塞垣如抹电,安知末路出门难。

后四句尽有意。然老杜《病马行》尽之矣,起句即老杜语耳。

老　妓

籍中歌舞昔驰声,憔悴犹存态与情。爱说旧官当日宠,偏呼狎客小时名①。薄鬟已脱梳难就,半被常空睡不成。却

---

① 按:康熙五十二年本、纪昀《刊误》本"小"作"少"。

羡邻姬门户热,隔墙张烛到天明。

　　此诗八句语意俱工,然亦亵矣。

老　儒

　　向来岁月雪萤边,老去生涯井臼前。举孝廉科非复古,给灵寿杖定何年。空蟠万卷终无用,专巧三场恐未然。犹记儿时闻绪论,白头不敢负师传。

　　后村自注谓:"秋崖方君作八老诗,内三题四十年前已作,遂不重复。别赋二题,足成十老,谓《老僧》《老儒》《老道士》《老农》《老巫》《老医》《老吏》也。"今更选四诗,并具如左。盖宝祐五年丁巳后村年七十一岁时诗。

老　僧

　　半间古屋冷飕飕,死尽同参偶独留。昔已寻师远行脚,今惟见佛小低头。旧绫无用聊收取,破衲难缝且着休。年少还知贫道否,曾同王谢二公游。

　　后村自注:"支遁云:'黄吻少年,无为轻议宿士。贫道昔曾与元、明二帝,王、谢二公游。'"

老　医

　　刘叟衣装绛老年,市中卖药且随缘。驰名最久经三世,阅病虽多未十全。龟手有方俄贵矣,乌髭无诀尽皤然。卧闻鹊噪扶筇起,偶值邻翁送谢钱。

用唐庄宗刘叟事及"乌髭无诀",太滑稽。"三世""十全"亦工。

老 吏

少谙刀笔老尤工,旧贯新条问略通。斗智固应雄鸷辈,论年亦合作狙公。孙魁明有堪瞒处,包老严犹在套中。只恐阎罗难抹过,铁鞭他日鬼臀红。

此老吏诗痛快,"铁鞭打鬼臀",乃章子厚语,移以用之老吏,亦足以寒猾刻之胆否?

老 奴

少贱肠枵破褐单,傍人门户活饥寒。自从毁齿初成券,直至长须尚不冠。冷炙时沾筵上餕,秃芒旋扫臼边残。他时纵取封侯印,仅得君王踞厕看。

老 妾

伤春感旧似中酲,乐器全抛曲谱生。自小抱衾无怨色,有时拥髻尚风情。曾陪太尉斟还唱,犹记司空眼与声。着主衣裳为主寿,莫如琴客别宜城。

老　兵

昔拥雕戈射铁帘，可堪蓬鬓照冰觜。金疮常有些儿痛，斗力今难寸许添。至老安能希骆甲，从初悔不事蒙恬。莫嗟身上衣裘薄，犹向官中请半缣。

初但选《老将》至《老吏》七首，今加以《老奴》《老妾》《老兵》三首，足为十首。予尝谓后村诗，其病有三：曰巧，曰冗，曰俗，而格卑不与焉。此三诗可见矣。"金疮常有些儿痛"，俗也。"乐器全抛曲谱生"，俗也。"太尉""司空"之联冗也。"毁齿""长须"之联巧也。又每人名单是一字，尤不可法。

牛

以羊相似嫌羊小，与象同称笑象轻。青草充肠随意饱，黄钟满腔有时鸣。力粗曾索寅人斗，骨朽难渝丑座名。空费景升刍与稿，不如羸牸尚堪耕。

驼

形模狞怪骇儿童，技与黔驴大略同。葱岭驮经尝有力，岐阳载鼓竟无功。效牵尚记随班后，健倒安知卧棘中。莫信人言君背贵，肉鞍强似锦鞯蒙。

后村诗涉组织，此二诗尤可见。然以难题，取殿诸诗后云。

卷之二十八　陵庙类

君陵臣墓,大庙小祠,或官为禁樵采,或民间香火祭赛不容遏。盖圣贤之藏所宜重,而鬼神有灵,亦本无容心于其间也。屈子是以有《山鬼》《国殇》之骚,诗人有降迎送神之词。生敬死哀,宁无感乎?

五　言二十首

经邹鲁祭孔子而叹之　　　唐明皇

夫子何为者,栖栖一代中。地犹邹氏邑,宅即鲁王宫。叹凤嗟身否,伤麟怨道穷。今看两楹奠,当与梦时同。

<small>此祭孔子必于其庙,所谓"宅即鲁王宫"也。鲁共王坏孔子旧宅以为宫室,后所谓灵光殿者岿然独存,岂非以孔子之故哉!予过兖州,东望洙、泗而识孔子之所在。惜不及一往拜奠,读此诗为之怅然。三、四以下俱佳。</small>

重过昭陵　　　杜工部

草昧英雄起,讴歌历数归。风尘三尺剑,社稷一戎衣。

翼亮贞文德,丕承戢武威。圣图天广大,宗祀日光辉。陵寝盘空曲,熊罴守翠微。再窥松柏路,还见五云飞。

老杜先有《行次昭陵》五言唐律,首云:"旧俗疲庸主,群雄问独夫。谶归龙凤质,威定虎狼都。"又云:"文物多师古,朝廷半老儒。"可谓善颂唐太宗者。以多不选。此篇前八句字字佳。

禹 庙

禹庙空山里,秋风落日斜。荒庭垂橘柚,古屋画龙蛇。云气生虚屋①,江声走白沙。早知乘四载,疏凿控三巴。

凡唐人祠庙诗,皆不能出老杜此等局段之外。二诗盖绝唱也。

湘夫人祠

肃肃湘妃庙,空墙碧水春。虫书玉佩藓,燕舞翠帷尘。晚泊登汀树,微香②借渚蘋。苍梧恨不尽,染泪在丛筠。

阆州别房太尉墓

他乡复行役,驻马别孤坟。近泪无干土,低空有断云。对棋陪谢傅,把剑觅徐君。惟见林花落,莺啼送客闻。

---

① 冯班:"屋"一作"壁"。
② 冯班:"香"一作"馨"。

少陵因救房公琯而去谏职。阆州别墓,足见少陵于交谊不薄也。第一句自十分好:他乡已为客矣,于客之中又复行役,则愈客愈远,此句中折旋法也。"近泪无干土",尤佳。"泪"一作"哭",可谓痛之至而哭之多矣。"对棋""把剑"一联,一指生前房公之待少陵为何如,一指身后少陵之所以感房公为何如,诗之不苟如此。其后房公改葬东都,少陵复有二诗,更痛切悲悼。前云:"一德兴王后,孤魂久客间。"后云:"风尘终不解,江汉忽同流。"乃知陈后山"丘原无起日,江汉有东流",实本诸此。句法同,诗意不同。

蜀先主庙　　　　　刘梦得

天下英雄气,千秋尚凛然。势分三足鼎,业复五铢钱。得相能开国,生儿不象贤。凄凉蜀故妓,来舞魏宫前。元注:"汉末称'黄牛白腹,五铢常复。'"

　　胡澹庵有诗云:"须令民去思,如汉思五铢。"自注谓:"五铢起于元狩五年,新室罢之,民思以五铢市买,莽法复挟五铢者投四裔。光武因马援言复之,民以为便。董卓悉坏五铢,曹操为相复之。自魏至梁、陈、周、隋,皆以五铢为便。唐武德四年铸'开通元宝',五铢始不复见。"梦得此诗用"三足鼎""五铢钱",可谓精当,然末句非事实也。蜀固亡矣,魏亦岂为存哉?其业已属司马氏矣。诸葛公之子死于难,不为先主羞。而魏之群臣举国以授晋,则何灭蜀之有哉!

经伏波神祠

蒙蒙篁竹下,有路上壶头。汉垒麏鼯斗,蛮溪雾雨愁。

怀人敬遗像,阅世指东流。自负霸王略,安知恩泽侯。乡关辞石柱,筋力尽炎州。一以功名累,翻思马少游。

能道马伏波心事。此公笔端老辣,高处不减少陵。

山中古祠　　　　　　　张司业

春草空祠处①,荒林唯鸟飞。纪年碑②石在,经乱祭人稀。野鼠缘朱帐,阴尘盖画衣。近来③潭水黑,时见④宿龙归。

平易而新美。

漂母墓　　　　　　　刘长卿

昔贤怀一饭,兹事已千秋。古墓樵人识,前朝楚水流。渚蘋行客荐,山木杜鹃愁。春草绵绵⑤绿,王孙旧此游。

长卿意深不露。第四句盖谓楚亡、汉亡,今惟有流水耳。一漂母之墓,樵人犹能识之,亦以其有一饭之德于时耳。

屈原庙　　　　　　　崔　涂

谗胜祸难防,沉魂⑥信可伤。本图安楚国,不是怨怀王。

---

① 冯班:"处"一作"暮"。
② 冯班:"年"一作"名"。
③ 冯班:"来"一作"门"。
④ 冯班:"见"一作"有"。
⑤ 许印芳:"绵绵"一作"茫茫"。
⑥ 冯班:"魂"一作"冤"。

庙古碑无字,洲晴蕙有香。独醒人尚少,谁与奠椒浆!

三、四句说得屈原心事好。

古冢 曹松

代远已难问,累累似古城①。民田侵不尽,客路踏还平。作穴蛇分蛰,依冈鹿绕行。唯应风雨夕,鬼火出林明。

尽古冢之态。

淮阴侯庙 梅圣俞

汉家天下将,庙古像公圭。百战自亡楚,一时空王齐。乡人奏箫鼓,舟子赛豚鸡。不改寒潮水,朝平暮复低。

先有古诗一首,末云:"高皇四海平,有酒不共醨。古来称英雄,去就可以照。"此律诗亦佳。

新开坟路

古径约城斜,锄荒可过车。直穿深篠去,不比绕村赊。伐树侵篱脚,禅塍掘涧沙。欲为兰若处,松柏属吾家。

五、六细润。

---

① 冯班:"似"字误,本是"次"。 纪昀:冯云"似字误,本是次字"。然"次"字亦不成语。余尝见塞外汉、唐废城,基址已平,尚略存堆阜之状,如废冢之排列。然所谓"似古城"者,盖即此意,但语不工耳,字不误也。

古　冢 南阳道中作

南阳古原上,荒冢若鱼鳞。剑佩不为土,衣冠应化尘。枯骸托魑魅,细草没麒麟。何必问名氏,汉家多近亲。

五、六佳。

和叔才岸傍古庙　　王半山

树老垂缨乱,祠荒向水开。偶人经雨踣,古屋为风摧。野鸟栖尘座,渔郎奠竹杯。欲传《山鬼》曲,无奈楚词哀。

三、四句佳。

双　庙

两公天下骏,无地与腾骧。就死得处所,至今犹耿光。中原擅兵革,昔日几侯王。此独身如在,谁令国不亡。北风吹树急,西日照窗凉。志士千年泪,泠然落奠觞。

荆公题双庙云:"北风吹树急,西日照窗凉。"及详味之,其托意深远,非止咏景物而已。盖巡、远守睢阳,当时安庆绪遣突厥劲兵攻之,日以危困,所谓"北风吹树急"也。是时肃宗在灵武,号令不行于江、淮,诸将观望,莫肯救之,所谓"西日照窗凉"也。此深得老杜句法。如老杜《题蜀相庙》:"映阶碧草自春色,隔叶黄鹂空好音。"亦自托意其中矣。

上王荆公墓　　　　　　曾子开

天上龙胡断，人间鹏鸟来。未应淮水竭，所惜泰山颓。华屋今非昔，佳城闭不开。白头门下士，怅望有馀哀。

诸曾皆出王半山门下，此言亦恐太过。元祐时王氏在金陵寂寞，张芸叟名舜民诗亦讥之。绍圣而后，绍述祸作，乃渐张大，以至南渡乃少损云。

光　武　庙　　　　　　徐道晖

帐闭炉烟聚，山龙帝者衣。真人元有道，社鬼忽无威。画剥金犹在，碑平字半非。鼓鸣村犬吠，祭罢数翁归。

五、六妙，但是庙俱可用。

郭　璞　墓　　　　　　刘后村

先生精数学，卜穴未应疏。因捋虎须死，还寻鱼腹居。如何师鬼谷，却去友灵胥。此理凭谁诘，人方宝《葬书》。

讥青囊之术不灵，其说亦是。

尧　庙

帝与天同大，天存帝亦存。桑麻通绝徼，箫鼓出深村。

水至孤亭合,山居列岫尊。尚馀土阶意,樵牧践篱藩。

起句十字能言尧之大,末句十字能言尧之小。惟其能土阶之小,所以能与天地同大也。

七　言 三十二首

蜀　相　　　　　杜工部

丞相祠堂何处寻,锦官城外柏森森。映阶碧草自春色,隔叶黄鹂空好音。三顾频烦天下计,两朝开济老臣心。出师未捷身先死,长使英雄泪满襟。

子美流落剑南,拳拳于武侯不忘。其《咏怀古迹》,于武侯云"伯仲之间见伊吕,指挥若定失萧曹",及此诗,皆善颂孔明者。

长　陵　　　　　唐彦谦

长陵高阙此安刘,附葬①累累尽列侯。丰上旧居无故里,沛中原庙对荒丘。耳闻明主②提三尺,眼看③愚民盗一抔。千载竖儒骑瘦马,渭城斜日重回头。

---

① 冯班:"附"一作"袝"。
② 冯班:"明"一作"英"。
③ 冯班:"看"一作"见"。

此汉高帝陵也。"耳闻""眼看",或以为病,然"提三尺""盗一抔"属对亲切。诗体如李义山。彦谦又有警句云:"烟横博望乘槎水,月上文王避雨陵。"

茂　陵　　　　　　　　李义山

汉家天马出蒲梢,苜蓿榴花遍近郊。内苑只知衔凤嘴,属车无复插鸡翘。玉桃偷得怜方朔,金屋妆成贮阿娇。谁料苏卿老归国,茂陵松柏雨潇潇。

义山诗织组有馀,细味之格律亦不为高。此诗讥诮汉武甚矣,谓骄侈如此,终归于尽也。

题濮庙　　　　　　　　曹邺

晓祭瑶斋夜叩钟,鳌头风起浪重重。人间直有仙桃种,海上应无肉马踪。赤水梦沉迷象罔,翠华恩断泣芙蓉。不知皇帝三宫驻,始向人间着衮龙。

诗体似李义山。

巫山神女庙　　　　　　刘宾客

巫山十二郁苍苍,片石亭亭号女郎。晓雾乍开疑卷幔,山花欲谢似残妆。星河好夜闻清佩,云雨归时带异香。何事神仙九天上,人间来就楚襄王。

尾句讥之,良是。然本无此事也,词人寓言耳。

阳山庙观赛神元注:"梁松南征至此,遂为神,在朗州。"

汉家都尉旧征蛮,血食如今配此山。曲盖深幽苍桧下,洞箫愁绝翠屏间。荆巫脉脉传神语,野老婆娑启醉颜。日落风生庙门外,几人连蹋《竹歌》①还。

予尝游此庙,在今常德府北三十里,似不当祭之人,马伏波为其所倾者。

苏武庙　　　　　温飞卿

苏武魂销汉使前,古祠高树两茫然。云边雁断胡天月,陇上羊归塞草烟。回日楼台非甲帐,去时冠剑是丁年。茂陵不见封侯印,空向秋波哭逝川。

此见别集。"甲帐""丁年"甚工,亦近义山体。

陈琳墓

曾于青史见遗文,今日飘零过古坟。词客有灵应识我,

---

① 冯班:"歌"当作"枝"。

霸才无主始怜君。石麟埋没藏秋草①,铜雀凄凉起暮云②。莫怪临风倍惆怅,欲将书剑学从军。

谓曹操有无君之志而后用此等人,甚妙。

黄陵庙　　　　　李群玉

小孤洲北浦云边,二女明妆共俨然。野庙向江春寂寂,古碑无字草芊芊。东风近墓吹芳芷,落日深山哭杜鹃。犹似含嚬望巡狩,九疑如黛隔湘川。

第六句好。

春日拜垄经田家　　　　　梅圣俞

田家春作日日近,丹杏破颗场圃头。南岭禽过北岭叫,高田水入低田流。桑芽将绽雾露裹,蚕子未浴箱筐③收。今我还朝固不远,紫宸已梦瞻珠旒。

此乃田家诗,然题有"拜垄"二字,以附此。

经秦皇墓　　　　　鲁三江

祖龙何事苦东巡,仙驾归来冢草新。项籍已飞三月火,

---

① 冯班:"藏"一作"随"。
② 冯班:"起"一作"对"。
③ 按:康熙五十二年本、纪昀《刊误》本"筐"作"筐"。

子婴犹醉六宫春。元来沧海殊无药,却是芒砀暗有人。自古乾坤属真主,骊山山下好沾巾。

潼川人鲁交诗曰《三江集》,山谷称为鲁三江,今从之。三、四谓项羽之起,不待至咸阳,而三月之火已然矣,子婴犹未悟也。五、六尤佳,独末后一句颇俗。

过井陉淮阴侯庙　　　　　韩魏公

破赵降燕汉业成,兔亡良犬日图烹。家僮上变安知实,史笔加诬贵有名。功盖一时诚不灭,恨埋千古欲谁明。荒祠尚枕陉间道,涧水空传哽咽声。

三、四明韩不反。此长者之言,足慰淮阴于地下也。

冬至祀坟

至日郊原拥节旄,先茔躬得奉牲醪。霜威压野寒方重,山色凌虚气自高。衣锦不来夸富贵,报亲惟切念劬劳。连村父老欢相迓,因劝勤耕候土膏。

此熙宁元年戊申冬诗。自长安被召不入,再领乡郡。三、四句格,如其造语。

元日祀坟马上

三朝偏喜得晴和,岁美民康此验多。天运主生方启户,土膏乘暖已腾波。雪凭空阔高低在，风引韶妍次第过。霁霭正开先垄近，太行晡景上嵯峨。

此熙宁二年己酉元日诗。魏公三领乡郡,拜坟之诗极多,今选八首。为人子孙,全功名,保富贵,节义文章,万世无歉者,公一人而已。今选其诗,以寓敬仰。

癸丑初拜先坟

昼锦三来治邺城，古人无似此公荣。首过先垄心还慰，一见家山眼自明。酾酒故庐延父老，驻车平野问农耕。便思解绶从田叟，报国惭惟万死轻。

此熙宁六年,自中山三领乡郡时诗。

次日早起西坟

风入旌旗撼晓光，两茔亲展喜非常。浓阴蔽野瞻乔木，逸势横天认太行。自叹重茵宁及养，纵垂三组敢夸乡。路人或指荣虽甚，明哲何如汉子房。

三、四下一句壮甚。

秋风赴先茔马上

暂趋先垄弭旌旄，因恤吾民穑事劳。谷实已伤嗟岁廪，麦根虽立望春膏。林疏山骨清弥瘦，天阔诗魂病亦豪。田舍罕逢车骑过，聚门村妇拥儿曹。

魏公襟量，古之所谓大臣。然诗句亦骚，此诗第六句是也。

初冬祀坟

晓来轻泠上平冈，西款亲茔一舍强。带霭远峰时隐见，半霜残叶杂青黄。来牟渴雨空成垄，宾雁冲云自着行。此日初冬严祀事，只增凄惕不夸乡。

五、六峭健。

西享先坟已致诚，却严轩从指东茔。鸿惊去斾参差起，马避柔桑诘曲行。农寓兵来闲即教，牛无休日旱犹耕。病翁寡术苏疲瘵，徒劝民心厚所生。

第四句见乡里间行马之态。河朔素有民兵，第五句又自兼言公事。第六句爱民之至也。

乙卯寒食祀坟

乡守三逢禁火天，每驱旌纛扫松阡。衰残岂足酬恩遇，光宠徒知及祖先。望极西山饶胜气，乐舒东户革荒年。何时归处坟庐下，不假苏秦负郭田。

此熙宁八年乙卯也。五、六"饶"字、"革"字甚佳，魏公诗不苟如此。宋宰相能诗者多，夏竦、丁谓、王珪、王安石，事业狼狈；惟寇莱公、魏公,功臣、诗人两无愧云。○魏公《重修五代祖茔域记》云:"夫谨家牒而心不忘乎先茔者,孝之大也。惟坟墓祭祀之有托,故子孙以不绝为重。自志于学,每见祖先所为文字与家世铭志,则知宝而藏之。遗逸者常精意收掇,未始少懈。时编岁缉,寖以大备。其所志先域之所在,虽距今百有馀年,必思博访而得之,卒不坠先业。推及先域之八世,得以岁时奉祀,少慰庸嗣①之志。向使宗牒之不谨,祖先文字不传,虽有孝于祖先之心,欲究其宅兆而严事之,其可得乎?"

严陵祠堂　　　　　　　　王半山

汉庭来见一羊裘,默默俄归旧钓舟。迹似磻溪应有待,世无西伯可能留。崎岖冯衍才终废,索寞桓谭道不谋。勺水果非鳣鲔地,放身沧海亦何求。

放冯衍,黜桓谭,此固光武之失。然子陵心事,亦未必然。介甫岂以英庙时召不肯起,借秦为喻耶?然介甫不知人,韩魏公之为相,仁、英之为主,而犹不满可乎?

狄梁公陶渊明俱为彭泽令至今有庙在焉刁景纯作诗继以一篇

梁公壮节就夔魖,陶令清身托酒徒。政在房陵成底事,年称甲子亦何须?江山彭泽空遗像,岁月柴桑失故区。末俗此风犹不竞,诗翁叹息未应无。

---

① 按:"庸嗣"二字原缺,据《安阳集》卷四十六校补。

梁公立武后朝,晚节不差,未可毁也。渊明则无可訾矣。半山好为异论,谓"年称甲子亦何须",则渊明亦无足取耶? 只第七句一缴,谓此等人今世亦无之,庶可发慨叹耳。

小　姑

小姑未嫁与兰支,何限流传乐府诗。初学水仙骑赤鲤,竟寻山鬼从文狸。缤纷云襧空棠楫,绰约烟鬟独桂旗。弄玉有祠终或往,飞琼无梦故难知。

小孤山之神讹为小姑,澎浪矶讹为彭郎。此不过循名骋博作此诗,然实笔力不可及。

题裴晋公祠　　　　　张宛丘

独持将钺静氛妖,后世英名日月昭。善听圣君非易遇,将亡凶竖不难枭。悲风蔓草移今古,野殿空庭锁寂寥。更有从军老司马,勒铭文字配《咸》《韶》。

三、四谓元济易擒,宪宗难遇。良是。

谒太昊祠

千里垂精帝道尊,神祠近在国西门。风摇广殿松杉老,雨入修廊羽卫昏。日落狐狸号草莽,年丰父老荐鸡豚。旧游零落今谁在,尘壁苍茫字半存。

老杜《先主庙》诗:"翠华想象空山里,玉殿虚无野寺中。古庙松杉巢水鹤,岁时伏腊走村翁。"此中四句全相似。

东山谒外大父墓　　　　陈后山

土山宛转屈苍龙,下有槃槃盖世翁。万木刺天元自直,丛篁侵道更须东。百年富贵今谁见,一代功名托至公。少日拊头期类我,暮年垂泪向西风。

后山先母夫人,皇祐丞相庞公籍之女。初丞相父格官彭城,丞相与孔道辅从后山祖洎游而成此姻。后山父讳琪,字宝之,受丞相恩,仕至国子博士,通判绛州。熙宁九年卒,年六十。母夫人绍圣二年卒,年七十七岁。

灵惠公庙　　　　汪浮溪

台殿崇崇冠冢巅,行人跪起白云边。山河霸业三千里,歌舞灵衣五百年。铁马威神通异域,衮龙书命降中天。偃王遗种班班在,好乞韩碑记邈绵。"邈"一作"逊"。元注:"宣歙间有主岭,灵惠公庙存焉。灵惠,余祖也。隋末有宣、徽之众,本朝以阴兵佐边境,锡今封。余通守宣城,故用韩碑故事。"

王姓汪,讳华。以六郡归唐,庙今号忠烈,封八字王。主岭庙在绩溪,而墓在歙县北七里云岚桥。又庙在郡城乌聊山,香火特盛,每以岁正月十八日赛祀逾旬。凡此郡汪姓皆其后。浮溪先生藻,字彦章,中兴词臣之最。浮溪者,婺源地名,先生故居,以名其集。末句用昌黎《徐偃王碑》事,意婉。他本改"记邈绵"三字为"万古传",徒张大而无味,浮溪欲与作碑而自夸乎?元和九年徐氏放为刺史,而汪浮溪谓亦汪王之后,故用此事。韩文公为刺史,徐放作《偃王庙记》,其辞曰:"秦杰以颠,徐由邈绵。"徐偃王名诞,庙在衢州西安县南七十里灵山下,韩愈撰庙碑。

题夫差庙 范石湖

纵敌稽山祸已胎,垂涎上国更荒哉!不知养虎自遗患,只道求鱼无后灾。梦见梧桐生后圃,眼看麋鹿上高台。千龄只有忠臣恨,化作涛江雪浪堆。

此诗起句、末句俱好,两"后"字不相妨。

九日行营寿藏之地

家山随处可松楸,荷锸携壶似醉刘。纵有千年铁门限,终须一个土馒头。三轮世界犹灰劫,四大形骸强首丘。蝼蚁乌鸢何厚薄,临风拊掌菊花秋。

得寿藏先陇之旁

密迩松楸地一隅,会心何必问青乌。亢宗虽愧镇公子,没世尚从先大夫。京兆汉阡贤闻望,邢山郑冢俭规模。家庭遗训焄蒿在,不学邠卿画古图。

自古皆有死,二诗达矣。

刘屯田墓壮节亭　　　尤遂初

西涧当年卜考槃,便于神武挂衣冠。后生无复知前辈,故老犹能说长官。三尺荒坟埋玉冷,百年壮节倚天寒。表章赖有群贤力,谁把生刍奠酒盘。

刘屯田讳涣,字凝之。后山所谓"身在菰蒲中,名满天地间"者是也。子恕字道原。父子名塞天下。尤延之诗,语不惊人,细咀有味。

过虞美人墓　　　潘德久

樽前一曲奈何歌,千古英雄恨不磨。女子在军今莫问,君王愎谏向来多。最怜秋雨添狐穴,谁与春醪酹棘窠。一朽何须论异域,寄声青冢太嫙娿。

此奉使时诗,亦有议论。

卷之二十九　旅况类

《易·旅卦》曰:"旅琐琐,斯其所取灾。"男子生而有四方之志,宁终老守乡井乎?一有所役而不能遽归,则有"旅琐琐"之忧。虽富贵得志,犹不无鞅掌之叹,而况于贫贱不得志之人?此旅况诗所以作也。

五　言 五十七首

晚次乐乡县　　　　　　陈子昂

故乡杳无际,日暮且孤征。川原迷旧国,道路入边城。野戍荒烟断,深山古木平。如何此时恨,噭噭夜猿鸣。

起两句言题,中四句言景,末两句摆开言意。盛唐诗多如此。全篇浑雄齐整,有古味。

初发道中寄远　　　　　　张子寿

日夜乡山远,秋风复此时。旧闻胡马思,今听楚猿悲。念别朝昏苦,怀归岁月迟。壮图空不息,常恐鬓如丝。

雅淡有味。

初入湘中有喜

征鞍穷郢路,归棹入湘流。望鸟唯贪疾,闻猿亦罢愁。
两边枫作岸,数处橘为洲。却计从来忆,翻疑梦里游。

<small>此以还乡渐近为喜。张丞相,曲江人也。</small>

初发曲江溪中

溪流清且深,松石复登临。正尔可嘉处,胡为无赏心。
我犹不忍别,物亦有缘侵。自匪常行迈,谁能知此音!

<small>后六句无一字黏带景物,谓之似韦苏州,非顶门巨眼不识也。</small>

江 汉   杜工部

江汉思归客,乾坤一腐儒。片云天共远,永夜月同孤。
落日心犹壮,秋风病欲苏。古来存老马,不必取长途。

<small>此诗余幼而学书,有此古印本为式,云杜牧之书也。味之久矣,愈老而愈见其工。中四句用"云天""夜月""落日""秋风",皆景也,以情贯之。"共远""同孤""犹壮""欲苏"八字绝妙。世之能诗者,不复有出其右矣。○公之意自比于"老马",虽不能取"长途",而犹可以知道释惑也。</small>

岁 暮

岁暮远为客,边隅还用兵。烟尘犯雪岭,鼓角动江城。天地日流血,朝廷谁请缨?济时敢爱死,寂寞壮心惊。

明皇、妃子之酣淫,林甫、国忠之狡贼,养成渔阳之变,史思明继之,回纥掎之,吐蕃踵之,四方藩镇不臣,盗贼蜂起。老杜卒于大历五年庚戌,自天宝十四年乙未始乱,流离凡十六年。唐中叶衰矣,却只成就得老杜一部诗也。不知终始不乱,老杜得时行道如姚、宋。此一部杜诗,不过如其祖审言能雅歌咏治象耳,不过皆《何将军山林》《李监宅》等诗耳,宁有如今一部诗乎?然则亦可发一慨也。

久 客

羁旅知交态,淹留见俗情。衰颜聊自哂,小吏最相轻。去国哀王粲,伤时哭贾生。狐狸何足道,豺虎正纵横。

前四句似是为小人所忽而有此叹。后四句乃谓吾之客况,如王粲之哀、贾生之哭,为天下事不能平也。豺虎未静,岂与鼠子较分寸乎?

山 馆

南国昼多雾,北风天正寒。路危行木杪,身远宿林一作"云"。端。山鬼吹灯灭,厨人语夜阑。鸡鸣问前馆,世乱敢求安?

此广德元年癸卯,老杜以严武再镇西川,却领妻子自梓州趋成都时诗也。前有三诗亦云:"不成向南国,复作游西川。"又云:"栈悬斜避石,桥断却寻溪。何日干戈尽,飘飘愧老妻。"辛苦之态备焉。时年五十二岁。

去 蜀

　　五载客蜀郡,一年居一作"归"。梓州。如何关塞阻,转作潇湘游。世一作"万"。事已黄发,残生随白鸥。安危大臣在,不必泪长流。

　　公以乾元二年己亥弃官之秦州,冬自同谷入蜀,上元元年庚子、二年辛丑,皆在成都,时则严武帅蜀,依之。宝应元年壬寅,自绵州至梓州,则严武去蜀矣。晚秋既迎家至梓,广德元年癸卯亦在梓州。严武再镇成都,辟入幕府。广德二年甲辰在成都,永泰元年乙巳严武卒,乃再游东川,除京兆功曹不赴。大历六年丙午移居夔州。起句所以云"五载客蜀郡,一年居梓州"也。"世事已黄发",此句哀甚。尾句则为大臣者贤否,亦可见矣。

宿关西客舍寄山东严许二山人时天宝高道举征　　　岑　参

　　云送关西雨,风传渭北秋。孤灯燃客梦,寒杵捣乡愁。滩上思严子,山中忆许由。苍生今有望,飞诏下林丘。

　　本集题字颇繁,以半山《唐选》正之。"燃""捣"二字眼突。

秋馆雨后得弟兄书即事　　　戎　昱

弟兄书忽到，一夜喜兼愁。空馆忽闻雨，贫家怯到秋。坐中孤烛暗，窗外数萤流。试以他乡事，明朝问子由。

第四句佳甚。

长安逢故人　　　郎士元

数年音信断，不意在长安。马上相逢久，人中欲认难。一官今懒道，双鬓竟羞看。莫问生涯事，只应持钓竿。

三、四绝妙。

酬程近秋夜即事见赠

长簟迎风早，空城澹月华。星河秋一雁，砧杵夜千家。节候看应晚，心期卧已赊。向来吟秀句，不觉已鸣鸦。

"砧杵夜千家"，必旅中。

旅游伤春　　　李昌符

酒醒乡关远，迢迢听漏终。曙分林影外，春尽雨声中。鸟倦江村路，花残野岸风。十年成底事，羸马厌西东。

第四句最佳。

洛阳早春　　　　　顾　况

何地避春愁，终年忆旧游。一家千里外，百舌五更头。客路偏逢雨，乡山不入楼。故园桃李月，伊水向东流。

三、四妆砌甚佳，不觉为俳。第六句尤可喜。

客　中　　　　　于武陵

楚人歌《竹枝》，游子泪沾衣。异国久为客，寒宵频梦归。一封书未返，千树叶皆飞。南过洞庭水，更应消息稀。

久客而梦归家，人情之常。愈远则愈难得家书，尾句意似又高也。

友人南游不回

相思春树绿，千里各依依。鄠杜月频满，潇湘人未归。桂花风半落，烟草蝶双飞。一别无消息，水南踪迹稀。"鄠"音枯，京兆府有鄠杜县。

三、四整峭，尾句有味。

秦原早望　　　　　李　频

一氽乡书荐，长安未得回。年光逐渭水，春色上秦台。

燕掠平芜去，人冲细雨来。东风生故里，又过几花开。

其思优游而不深怨，可取。

归渡洛水　　　皇甫冉

暝色赴春愁，归人南渡头。渚烟空翠合，滩月碎江流①。澧浦无芳草，沧波有钓舟。谁知放歌客，此意正悠悠。

诗第一句难得好，如此诗"赴"字，已见诗话所评。与"酒渴爱江清""四更山吐月"，并是起句便绝佳者。

泛 舟　　　刘方平

林塘夜发舟，虫响荻飕飕。万影皆因月，千声各为秋。岁华空复晚，乡思不堪愁。西北浮云外，伊川何处流？

中四句皆好，"各"字尤妙。

江上逢司空曙②　　　李 端

共有鬐年故，相逢万里馀。新春两行泪，故国一封书。夏口帆初落，浔阳雁正疏。唯应执杯酒，暂食汉江鱼。

诗律明莹。

---

① 查慎行："江"一作"光"。
② 何义门：集作"逢司空得家书"。

秋日陕州道中 　　　　　顾非熊

孤客秋风里,驱车入陕西。关河午时路,村落一声鸡。树势飘①秦远,天形到岳低。谁知我名姓,来往自凄凄。

父顾况诗入选。此其子诗又入选,亦可嘉也。起句悲壮,中四句称之,末句酸楚,乃旅中真味,不容掩也。

蓟北旅思 　　　　　张司业

日日望乡国,空歌《白苎词》。长因送人处,忆得别家时。失意还独语,多愁只自知。客亭门外柳,折尽向南枝。

此张司业集中第一首诗。三、四真佳句。司业姑苏人,故云"空歌《白苎词》"。

夜到渔家

渔家在江口,潮水入柴扉。行客欲投宿,主人犹未归。竹深村路远,月出钓船稀。遥见寻沙岸,秋风动草衣。

宿临江驿

楚驿南渡口,夜深来客稀。月明见潮上,江静觉鸥飞。

---

① 冯班:"飘"一作"标"。

旅宿今已远，此行犹未归。离家久无信，又听捣征衣。

<small>此二首规格相似，刘长卿有一首亦然。</small>

舟行寄李湖州

客愁无次第，川路重辛勤。藻密行舟涩，湾多转楫频。薄游空感惠，失计自怜贫。烦诵①汀洲句，时时慰远人。

<small>三、四切于湖州水路，五、六旅况可怜。</small>

江楼望归<small>时避贼在越中</small>　　　　白乐天

满眼江云色，月明楼上人。旅愁春入越，乡思夜归秦。道路通荒服，田园隔虏尘。悠悠沧海畔，十载避黄巾。

<small>此少年作，已自成就如此。</small>

暮过山村　　　　贾浪仙

数里闻寒水，山家少四邻。怪禽啼旷野，落日恐行人。初月未终夕，边烽不过秦。萧条桑柘外，烟火渐相亲。

<small>"怪禽""落日"一联，善言羁旅之味，诗无以复加。"初月未终夕"，则村落之黑尤早。"边烽不过秦"，似是西边寇事始息，初有人烟处。</small>

---

① 何义门："烦"一作"赖"。

旅 游

此心非一事,书札若为传。旧国别多日,故人无少年。空巢霜叶落,疏牖水萤穿。留得林僧宿,中宵坐默然。

起句十字谓心绪甚多,乡书难写。颔联十字谓别乡之久。故人皆老成,真奇语也。景联言萧索之味,结句谓之有僧为伴,深夜无言,其酸苦至矣。诗法却自整峭。如第五句"空巢霜叶落",乃谓鸟巢既空,叶落于巢之中。其深僻如此。

寄 韩 湘

过岭行多少,潮州瘴满川。花开南去后,水冻北归前。望鹭吟登阁,听猿泪满船[①]。相思堪面话,不着尺书传。

昌黎《寄韩湘》云:"知汝远来应有意,好收吾骨瘴江边。"然昌黎终得生还,湘亦重骨肉之义,可敬也。

宿 孤 馆

落日投村戍,愁生为客途。寒山晴后绿,秋月夜来孤。橘树千株在,渔家一半无。自知风水静,舟系岸边芦。

三、四自然。浪仙诗似此平易者少。五、六似是产橘之地,曾经兵火矣。

---

① 冯班:"满"一作"滴"。

泥阳馆

客愁何并起,暮送故人回。废馆秋萤出,空城寒雨来。夕阳飘白露,树影扫青苔。独坐离怀惨,孤灯照不开。

此三诗亦能道旅中事。浪仙爱说"树影""扫地",诗思甚幽。

客游旅怀　　　　　姚　合

客行无定止,终日路歧间。马为赊来贵,僮因借得顽。诗书愁触雨,店舍喜逢山。旧业嵩阳下,三年未得还。

三、四道理是如此,但晚唐诗句法字面多一同,即太烂,"行来""坐得","沽来""买得",可厌也。

晓泊江戍　　　　　杨　凭

放棹依遥戍,清湘急晚流。若为南浦宿,逢此北风秋。云月孤鸿晚,关山几路愁。年年不得意,零露湿芳洲①。

味此诗意,元题中"晓泊"当作"晚泊"。

落日怅望　　　　　马　戴

孤云与归鸟,千里片时间。念我一何滞,辞家久未还。

---

① 冯班:一作"零落对沧洲"。

微阳下乔木,远色隐秋山。临水不敢照,恐惊平昔颜。

诗话谓"微阳下乔木,远烧入秋山"为一实一虚,似体贴句。今考戴集,乃不然,只如此十字自好。

向　隅　　　　　　　韩致尧偓

守道得途迟,中兼遇乱离。刚肠成绕指,玄鬓转①垂丝。客路少安处,病床无稳时。弟兄消息绝,独敛向隅眉。

致尧遇朱全忠之乱,始谪濮州,寻客湖南,又入闽,依王审知而卒。其情怀可怜也。

秋夜晚泊　　　　　　杜荀鹤

一望一怆然,萧然起暮天。远山横落日,归鸟度平川。家是去秋别,月当今夜圆。渔翁似相伴,彻晓苇丛边。

三、四极宏阔,荀鹤诗所少也。

送　客　　　　　　　江芳

明月孤舟远,吟髭镊更华。天形围泽国,秋色露人家。水馆萤交影,霜洲橘委花。何当寻旧隐,泉石好生涯。"镊"一作"摘"。

---

① 冯班:"转"一作"变"。

江芳处士,江南人。杨徽、元徽之有吊江芳诗。题曰"送客",而其意似是旅中。三、四眼工,"露"字尤妙。

久　客　俞退翁

久客西城里,人家似旧邻。众知趋事懒,僧厌打门频。倦枕费窗烛,闲书破砚尘。阴晴消白日,门巷忽青春。"闲"一作"开"。

俞公汝尚辞王安石御史不拜致仕,其节高于人多矣。诗句道美,久客无憾。

二十三日立秋夜行泊林里港　张宛丘

浙浙晚风起,孤舟愁思生。蓬窗一萤过,苇岸数蛩鸣。老大畏为客,风波难计程。家人夜深语,应念客犹征。

宛丘诗大抵不事雕琢,自然有味。

发　长　平

归舟川上渡,去翼望中迷。野水侵官道,春芜没断堤。川平双桨上,天阔一帆西。无酒消羁恨,诗成独自题。

虽自然,无不工处。

正月二十日梦在京师

客睡何辗转,青灯暗又明。春云藏泽国,夜雨啸山城。许国有寸铁,耕田无一成。朦胧五更梦,俄顷踏如京。

三、四字眼工,五、六又出奇,不拘常调。

晚泊襄邑

月暗风林静,斗垂霜夜清。疏灯隔树小,暗水历船鸣。学字声形苦,细书卜筑轻。此身南北惯,随处有平生。

柘城道中 元注:"陈宋大水之后。"

欲雪日易晚,不风寒更清。崩桥断官道,积水入空城。屏翳野初烧,降丘民始耕。冬晖疾于鸟,汲汲瞑途征。

赴宣城守吴兴道中

秋野连云静,三吴稻熟时。风江客帆疾,晴野雁行迟。草木霜天晓,山川泽国卑。宣城不负汝,好继谢公诗。

白羊道中

日出客心喜,路平人足轻。风高不成冷,雨过有馀清。水落溪鱼出,村深田鹳鸣。胜游须秀句,多愧谢宣城。

凡道中诗皆可入羁旅,但欣戚微不同耳。宛丘诗无不自然,于自然之中,却必有一联二联工,当细观之。

山　口　　　　　陈后山

重雾真成雨,疏帘不隔风。青林拥红树,家鹜杂宾鸿。渔屋浑环水,晴湖半落东。往来成一老,犹在半途中。

三、四句中有对,五、六"浑"字、"半"字有眼。

邯郸道中夜行阻风　　　邓谨思

欲泻悬河雨,先号拔木风。问津厖吠处,觅路电光中。徒御忧群盗,儿童笑拙翁。当知步兵哭,初不为途穷。

邓忠臣,长沙人。有《玉池集》。予读张宛丘同文唱和,见其诗甚佳。后买其集于杭,诗多有可人语。此首三、四最佳而新。

舣船当和江口待风　　　贺方回

一叶寄津口,怒涛安可乘?朝风占酒斾,夜爨乞渔灯。

牛渚逢新月,秦淮想结冰。故人他夕梦,歌吹满金陵。
<small>元注:"庚午十二月历阳赋。"乃元祐五年。〇三、四一联,尽江河阻风之态。</small>

秦淮夜泊<small>元注:"辛未正月晦赋。"乃元祐六年。</small>

官柳动春条,秦淮生暮潮。楼台见新月,灯火上双桥。
隔岸开朱箔,临风弄紫箫。谁怜远游子,心旌正摇摇。
<small>想见太平时节,近元宵处必有此景。惟贺公乐府老手,尤能言其情。</small>

简同行翁灵舒 赵师秀

久晴滩碛众,舟楫后先行。终日不相见,与君如各程。
水禽多雪色,野笛忽秋声。若有新成句,溪流合让清。
<small>五、六伶俐,然犹不甚高远。</small>

德安道中

餐馀行数步,稍觉一身和。蚕月人家闭,春山瀑布多。
莺啼声出树,花落片随波。前路东林近,惭因捧檄过。
<small>此乃江州德安县,所以云"前路东林近"。尾句委婉。</small>

宿邬子寨下　　　　　翁灵舒

已谒龙君庙,明朝早过湖。傍沙船尽泊,经火地多枯。秋至昏星易,空长楚月孤。萧条村戍阔,更点有如无。

第五句新。

泊舟龙游

未得桥开锁,去船难自由。渚禽飞入竹,山叶下随流。忽见秋风喜,还成岁旱愁。卧闻篙子说,明日到衢州。

三、四乃一句法。

闽中秋思

客愁无定迹,几处冒风埃。逢得家乡便,凭将信息回。海烟蛮树湿,秋雨瘴花开。旧日越王国,吾今身再来。

五、六似张司业。

旅　泊

几日溪篷下,低垂困水程。喜因山县泊,略向岸汀行。闻笛生羁思,看松减宦情。遥知此夜月,必照故山明。

第六句新美。

客 中　　　　　　刘后村

漂泊何须远，离乡即旅人。炊薪尝海品，书刺谒田邻。家寄寒衣少，山来晓梦频。小儿仍病疟，诗句竟无神。

<small>第四句近乎谒客丐索之徒，恐后村戏言，不应少年为客，乃至如此苟贱也。</small>

七言<small>二十二首</small>

长安春望　　　　　　卢　纶

东风吹雨过青山，却望千门草色闲。家在梦中何日到，春来江上几人还。川原缭绕浮云外，宫阙参差落照间。谁念为儒逢世难，独将衰鬓客秦关。

<small>能言久客都城之意。</small>

南海旅次　　　　　　曹　松

忆归休上越王台，归思临高不易裁。为客正当无雁处，故园谁道有书来。城头早角吹霜尽，郭里残潮荡月回。心似百花开未得，年年争尚被春催。

<small>后四句平正。</small>

巴兴作　　　　　　　贾浪仙

三年未省闻鸿叫，九月何曾见草枯？寒暑气均思白社，星辰位正忆皇都。苏卿持节终还汉，葛相行师自渡泸。乡味朔山林果别，北归期挂海帆孤。

此蜀中思北归而作也，可入"旅思类"。

旅次洋州寓居郝氏园林　　　方玄英

举目纵然非我有，思量似在故山时。鹤盘远势投孤屿，蝉曳残声过别枝。凉月照窗欹枕倦，澄泉绕石泛觞迟。青云未得平行去，梦到江南身旅羁。

三、四绝佳。玄英一集诗，此联为冠。

访同年虞部李郎中　天复四年二月，在湖南。　韩致尧

策蹇相寻犯雪泥，厨烟未动日平西。门庭野水禽褷鹭，邻里垣墙咿喔鸡。未入庆霄君择肉，畏逢华毂我吹齑。地炉贳酒成狂醉，更觉襟怀得丧齐。

春阴独酌寄同年李郎中

春阴漠漠土膏润，春雪微微风意和。闲噬入甲奔竞态，

醉唱落调渔樵歌。诗道揣量疑可进,宦情刊缺转无多。酒酣狂兴依然在,其奈千茎鬓雪何?

升平之旅,犹或以穷而悲;乱离之旅,穷且特甚,乌得不深悲乎?致尧此二诗,尚能自择。

江边有寄　　　　　罗　隐

江边旧业半凋残,每轸归心即万端。狂折野梅山店暖,醉听村笛酒楼寒。只言圣代谋身易,争奈贫儒得路难。同病同忧更何事,为君提笔画渔竿。

五、六浅近。昭谏诗爱如此,亦一时直道心事者。

秋宿临江驿　　　　　杜荀鹤

南来北去二三年,年去年来两鬓斑。举世尽从愁里老,谁人肯向死前闲?渔舟火影寒归浦,驿路铃声夜过山。身事未成归未得,听猿鞭马入长关。

三、四世俗所传。

残冬客次资阳江　　　　　王　岩

淡云残雪簇江天,策蹇迟回客兴阑。持钵老僧来咒水,倚船商女待搬滩。沙翘白鹭非真静,竹映繁梅奈苦寒。阮籍莫嗟歧路异,旧山溪畔有渔竿。

王岩,宋初人,隐居蜀川。此诗第四句新,第五句虽破坏白鹭,亦良是。

次御河寄城北会上诸友　　王半山

客路花时只搅心,行逢御水半晴阴。背城野色云边尽,隔屋春声树外深。香草已堪回步履,午风聊复散衣襟。忆君载酒相追处,红萼青跗定满林。

细润之中,于五、六下慢字眼。

度麾岭寄莘老

区区随传换冬春,夜半悬崖托此身。岂慕王尊能许国,直缘毛义欲私亲。施为已坏平生学,梦想犹归寂寞滨。风月一歌劳者事,能明吾意可无人。

麾岭在绩溪入歙县之界。公又有诗云:"晓渡藤溪霜落后,夜过翚岭月明中。""麾"又作此"翚"字。

葛溪驿

缺月昏昏漏未央,一灯明灭照秋床。病身最觉风霜早,归梦不知山水长。坐感岁时歌慷慨,起看天地色凄凉。鸣蝉更乱行人耳,正抱疏桐叶半黄。

> 半山诗如此慷慨者少,却似"江西"人诗。

二十三日即事　　　张宛丘

已逢妩媚散花峡,不怕艰危道士矶。啼鸟似逢人劝酒,好山如为我开眉。风标公子鹭得意,跋扈将军风敛威。到舍将何作归遗,江山收得一囊诗。

> 此离黄州贬所作,颇以去险即夷为喜耳。

自海至楚途寄马全玉

萧萧晚雨向风斜,村远荒凉三四家。野色连云迷稼穑,秋声催晓起蒹葭。愁如夜月长随客,身似飞鸿不记家。极目相望何处是,海天无际落残霞。

> 文潜诗大抵圆熟自然。

宿泗洲戒坛院 元注:"天然丹霞也。"

楼上鸣钟门夜扃,风檐送雨入疏棂。老僧坐睡依深壁,童子持经守暗灯。千里尘埃长旅泊,五年忧患困侵陵。谁知避世天然子,一见禅翁便服膺。

登 城 楼

沙雨初干布褐轻,独披衰蔓步高城。天晴海上①峰峦出,野暗人家灯火明。归鸟各寻芳树去,夕阳微照远村耕。登楼已恨荆州远,况复安仁白发生?

此二诗皆自然隽永。人所难能者,独以易言之。

宿 柴 城 　　　　　陈后山

卧埋尘叶走风烟,齿豁头童不记年。起倒不供聊应俗,高低莫可只随缘。冬冬远鼓三行夜,隐隐平湖四接天。枕底波涛篷上雨,故将羁思到愁边。

此后山赴棣教时诗。第七句尤奇。愚按范石湖尾句有云:"滩声悲壮夜蝉咽,并入小窗供不眠。"与后山此诗尾句拍调意味俱相似。

舟行遣兴 　　　　　陈简斋

会稽尚隔三千里,临贺初盘一百滩。殊俗问津言语异,长年为客路歧难。背人山岭重重去,照鹢梅花树树残。酌酒柂楼今日意,题诗船壁后来看。

---

① 查慎行:"上"一作"外"。

度　岭

　　年律将穷天地温,两州风气此横分。已吟子美湖南句,更拟东坡岭外文。隔水丛梅疑是雪,近人孤嶂欲生云。不愁去路三千里,少住林间看夕曛。

　　"欲生云",用老杜《假山》诗也。

次韵谢吕居仁 居仁寓贺州

　　别君不觉岁时荒,岂意相逢魑魅乡。箧里诗书总零落,天涯形貌各昂藏。江南今岁无胡虏,岭表穷冬有雪霜。倘可卜邻吾欲往,草茅为盖竹为梁。

　　读诸家诗,忽到后山、简斋,犹舍培塿而瞻太华,不胜高耸,自是一种风调。

离　建　　　　　　　　巩仲至

　　旅中多得早朝晴,野润衣襟苦未清。时时数点雨犹落,隐隐一声雷不惊。山入夏来差觉老,花从春去久无情。长汀又涉来时路,麦陇桑村小问程。

　　中四句皆佳。仲至诗每每新异。新则不陈,异则不俗。

十　里　　　　　　　　赵师秀

乌纱巾上是黄尘,落日荒原更恐人。竹里怪禽啼似鬼,道傍枯木祭为神。亦知远役能添老,无奈高眠不救贫。此地到城惟十里,明朝难得自由身。

此乃赴高安推官时诗,未至郡十里所作。中四句皆可喜。

卷之三十　边塞类

征战守戍，大而将帅，小而卒伍，其情不同。《采薇》以遣之，《杕杜》以劳之，此周之诗然也。后世之边塞非古矣，从军苦乐，问所从谁。六月于迈，言观其师。文人才士，类能言之。凡兵马射猎等，亦附此。

五　言 五十一首

和陆明府赠将军重出塞　　陈子昂

忽闻天上将，关塞重横行。始返楼兰国，还向朔方城。黄金装战马，白羽集神兵。星月开天阵，山川列地营。晓风吹画角，春色耀飞旌。宁知班定远，犹是一书生。

盛唐诗浑成。"晓风吹画角"，犹"池塘生春草"，自然诗句，亦是别用一意。

塞　北　　沈佺期

胡马犯边埃，风从丑上来。五原烽火急，六郡羽书催。冰壮飞狐冷，霜浓候雁哀。将军朝受钺，战士夜御枚。紫塞金河里，葱山铁勒隈。莲花秋剑发，桂叶晓旗开。秘略三军动，妖氛百战摧。何言投笔去，终作勒铭回。

　　八韵十六句，无一句一字不工，唐律诗之祖也。时称沈、宋，而佺期、之问，皆不令终。无美善而有艳才，议者惜之。陈子昂、杜审言诗，亦绝出一时。于四人之中，而论其为人，则陈、杜之诗尤可敬云。

在军中赠先还知己　　骆宾王

　　蓬转俱行役，瓜时独未还。魂迷金阙路，望断玉门关。献凯多惭霍，论风几谢班。风尘催白首，岁月损红颜。落雁低秋塞，惊凫起暝湾。胡霜如剑锷，汉月似刀环。别后边庭树，相思几度攀。

　　王、杨、卢、骆，老杜所不敢忽，谓轻薄为文者，哂之未休，然轻薄之人，身名俱灭，王、杨、卢、骆，如江河万古，所不可废也。斯言厥有旨哉！宾王史不书字，武后见其檄，始咎宰相失人。诗多佳句，近似庾信，时有平仄字不协。此篇乃字字入律，工不可言。

长城闻笛　　杨巨源

　　孤城笛满林，断续共霜砧。夜月降羌泪，秋风老将心。静过寒垒遍，暗入故关深。惆怅《梅花落》，山川不可寻。

老　将　吟　　窦巩

　　烽烟犹未尽，年鬓暗相催。轻敌心空在，弯弓手不开。

马依秋草病,柳傍故营摧。唯有酬恩客,时听说剑来。

读此诗即知"臂健尚嫌弓力软",本出于此。巩字友封,与元微之尤厚。

夜行古战场　　　窦庠

山断塞初平,人言古战庭。泉冰声更咽,阴火焰偏青。月落云沙黑,风回草木腥。不知秦与汉,徒欲吊英灵。

此四窦也,字胄卿。三、四佳,而第四句新甚,与老杜之"阴房鬼火青"暗合。

送翁灵舒游边　　　徐道晖

孤剑色磨青,深谋秘鬼灵。离山春值雪,忧国夜观星。奏凯边人悦,翻营战地腥。期君归幕下,何石可书名?

第四句新甚。

塞外书事　　　许棠

征路山穷边,孤吟傍戍烟。河光深荡塞,碛色迥连天。残日沉雕外,惊蓬到马前。空怀钓鱼所,未定卜归年。

入塞曲 耿沨

将军带十围,重锦制戎衣。猿臂销弓力,虬须长剑威。首登平乐宴,新破大宛归。楼上姝姬笑,门前问客稀。暮烽玄菟急,秋草紫骝肥。未奉君王诏,高槐昼掩扉。

将帅富贵如此,然千百人无一人也。

送李骑曹之武宁 顾非熊

一岁一归宁,凉天数骑行。河来当塞曲,山远与沙平。纵猎旆风卷,听笳帐月生。新鸿引寒色,回日满京城。

三、四哀壮。

泾州观元戎出师 戎昱

寒日征西将,萧萧万马丛。吹笳覆楼雪,祝纛满旗风。遮虏黄云断,烧羌①白草空。金铙肃天外,玉帐静霜中。朔野长城闭,河源旧路通。卫青师自老,魏绛赏何功。枪垒依沙迥,辕门压塞雄。燕然如可勒,万里愿从公。

---

① 冯班:"羌"一作"荒"。

和蕃

汉家青史上,计拙是和亲。社稷依明主,安危托妇人。
岂能将玉貌,便拟静胡尘。地下千年骨,谁为辅佐臣?

轮台即事　　　　岑　参

轮台风物异,地是古单于。三月无青草,千家尽白榆。
蕃书文字别,胡俗语音殊。愁见流沙北,天西海一隅。

<small>唐人虽奄有轮台,然诗人终只以为蕃书胡语也,其可久有之哉!</small>

过酒泉忆杜陵别业

昨夜宿祁连,今朝过酒泉。黄沙西际海,白草北连天。
愁里难消日,归期尚隔年。阳关万里梦,知处杜陵田。

<small>三、四壮,五、六丽。</small>

奉陪封大夫宴时封公兼鸿胪卿

西边虏尽平,何处更专征。幕下人无事,军中政已成。
坐参殊俗语,乐杂异方声。醉里楼台月,偏能照列卿。

<small>三、四自然,末句用月卿事。</small>

题金城临河驿楼

古戍依重险,高楼见五凉。山根盘驿道,河水浸城墙。庭树巢鹦鹉,园花隐麝香。忽如江浦上,忆作捕鱼郎。

老杜亦有"鹦鹉""麝香"之联,当时人诗体亦相似。

宿铁关西馆

马汗踏成泥,朝驰几万蹄。雪中行地角,火处宿天倪。塞迥心常怯,乡遥梦亦迷。那知故园月,也到铁关西。

五、六胜三、四,以有议论而自然。末句爽逸已甚。

首秋轮台

异域阴山外,孤城雪海边。秋来唯有雁,夏尽不闻蝉。雨拂毡墙湿,风摇毳幕膻。轮台万里地,无事历三年。

唐之盛时,汉之所弃轮台,亦奄有之。然勤于边略,不如修实德以悦近人也。"毡墙"二字新。

北庭作

雁塞通盐泽,龙堆接醋沟。孤城天北畔,绝域海西楼[①]。

---

① 查慎行、李光垣:"楼"一作"头"。

秋雪春仍下，朝风夜不休。可知年四十，犹自未封侯。

"盐泽"，人所共知。"醋沟"，则未之知也。甚新。中四句皆如铸成。

武威春暮闻宇文判官西使还已到晋昌

片雨过城头，黄鹂上戍楼。塞花飘客泪，边柳挂乡愁。白发悲明镜，青春换弊裘。君从万里使，一作"去"。闻已到瓜州。

三、四与"孤灯然客梦，寒杵捣乡愁"同调。

送杨中丞和蕃　　　　郎士元

锦车登陇日，边草正凄凄。旧好随君长，新愁听鼓鼙。河源飞鸟外，雪岭大荒西。汉垒今犹在，遥知路不迷。

送李将军赴定州

双旌汉飞将，万里授横戈。春色临边一作"关"。尽，黄云出塞多。鼓鼙悲绝漠，烽戍一作"火"。隔长河。莫断阴山路，一作"想到阴山北"。天骄已请和。

杂　诗　　　　　　　　卢　象

家居五原上，征战是平生。独负山西勇，谁当塞上名。
死生辽海战，雨雪蓟门行。诸将封侯尽，论功独不成。

> 感慨有味。但五原、山西、辽海、蓟门，四处地相辽远，诗人寓意言辛苦无成者，以讥夫偶然而成名者，未必皆辛苦也。

赠王将军　　　　　　　　贾浪仙

宿卫炉烟近，除书墨未干。马曾金镞中，身有宝刀瘢。
父子同时捷，君王画阵看。何当为外帅，白日出长安。

> 中四句似不作对而对，所以为妙。

送邹明府游灵武

曾宰西畿县，三年马不肥。债多平剑与，官满载书归。
边雪藏行径，林风透卧衣。灵州听晓角，客馆未开扉。

> 中四句佳，前联尤胜。

塞下曲　　　　　　　　马　戴

广漠云凝惨，日斜飞霰生。烧山搜猛虎，伏道击回兵。
风折旗竿曲，沙埋树杪平。黄云飞旦夕，偏奏苦寒声。

送客游边　　　　　　　于　鹄

若到并州北,谁人①不忆家。塞深无伴侣,路尽有平沙。碛冷唯逢雁,天寒②不见花。莫随征将意,垂老事轻车。

第六句最佳,三、四亦好。

从军行　　　　　　　　杨　凝

都尉出居延,强兵集五千。还将张博望,直救范祁连。汉卒悲箫鼓,胡姬湿采斿。如今意气尽,流泪挹流泉。

起句壮,末句悲老将不成功者也。

塞　下　　　　　　　　李宣远

秋日并州路,黄榆落故关。孤城吹角罢,数骑射雕还。帐幕遥临水,牛羊自下山。行人正垂泪,烽火出云间。

八句俱整峭。

部落曲　　　　　　　　高　适

蕃军傍塞游,代马喷风秋。老将垂金甲,阏支着锦裘。

---

① 许印芳:"谁"一作"何"。
② 冯班:《御览》,"寒"作"春",妙。

雕戈象豹尾,红旆插狼头。日暮天山下,鸣笳汉使愁。

塞上赠王太尉　　　　　　僧惠崇

飞将是嫖姚,行营已近辽。河冰坚度马,塞雪密藏雕。败虏残旗在,全军列帐遥。传呼更号令,今夜取天骄。

塞上赠王太尉　　　　　　僧宇昭

嫖姚立大勋,万里绝妖氛。马放降来地,雕盘战后云。月侵孤垒没,烧彻远芜分。不惯为边客,宵笳懒欲闻。

欧阳公诗话称此诗三、四,而未见其集。司马温公乃得之以传世。

征西将① 　　　　　　　张司业

黄沙北风起,半夜又②翻营。战马雪中宿③,探人冰上行。深山旗未展,阴碛鼓无声。几道征西将,同收碎叶城。

渔阳将

塞深沙草白,都护领燕兵。放火烧奚帐,分旗筑汉城。

---

① 按:"征"字原缺,据康熙五十二年本、纪昀《刊误》本校补。
② 冯班:"半夜"一作"夜半"。
③ 冯班:"宿"一作"立"。

下营看岭势,寻雪觉人行。更向桑干北,擒生问碛名。

没蕃故人

前年戍月支,城上①没全师。蕃汉断消息,死生长别离。无人收废帐,归马识残旗。欲祭疑君在,天涯哭此时。

愁　怨　　　　　　　　　柳中庸

玉树起凉烟,凝情一叶前。别离伤晓镜,摇落怨秋弦。汉垒关山月,胡笳塞北天。不知肠断梦,空绕几山川。

入　塞　曲　　　　　　　郑　锴

留滞边庭久,思归岁月赊。黄云同入塞,白首独还家。宛马随秦草,胡人问汉花。还伤李都尉,犹自没黄沙。

《唐御览诗》郑铋四首皆艳丽,令狐楚所选,大率取此体,不主平淡,而主丰硕云。

送都尉归边　　　　　　　卢　纶

好勇知名早,争雄上将间。战多春入塞,猎惯夜烧山。

---

① 冯班:"上"一作"下"。

阵合龙蛇动,军移草木闲。今来部曲尽,白首过萧关。

诗律响亮整齐。

赠梁州张都督　　　　崔颢

闻君为汉将,虏骑不①南侵。出碛②清沙漠,还家拜羽林。风霜臣节苦,岁月主恩深。为语西河使,知余③报国心。

五、六痛快而感激。

边　游　　　　项斯

古镇门前去④,长安路在东。天寒明堠火,日晚裂旗风。塞馆皆无事,儒装亦有弓。防秋故乡卒,暂喜语音同。三、四或作"天晴槐叶雾,日暮苇花风"。

无第六句,不见秀才游边之意。

边州客舍

闭门不成出,麦色遍前坡。自小诗名在,如今白发多。经年无越信,终日厌蕃歌。近寺居僧少,春来亦懒过。

---

① 许印芳:"不"一作"罢"。
② 许印芳:"碛"一作"塞"。
③ 冯班:一作"余知"。何义门:《英华》作"知余",从《英华》为长。
④ 按:"去"字原缺,据康熙五十二年本、纪昀《刊误》本校补。

无第六句却于边州不切。此篇诗先看题却,方看此句,只一句唤醒一篇精神也。

塞上逢故人　　　　　　王　建

百战一身在,相逢白发生。何时得家信,每日算归程。走马登寒垄,驱羊入废城。羌歌三两曲,人醉海西营。

第五句最好,非边上则此句未为奇也。

尹学士自濠梁移倅秦州[①]　　宋景文

于役三年远,<small>尹自经略西事,出入三年。</small>论兵两鬓斑。不辞征虏辟,<small>尹再入部署韩公幕下。</small>要作破羌还。楯墨应圜熟,兜烽报未闲。浮舠背淮服,盘马入秦关。遂阁雠书笔,仍馀聚米山。忆君他夕恨,遥向陇云间。

三、四绝妙。此尹师鲁洙也。

少　将　　　　　　　　李商隐

族亚齐安陆,风高汉武威。烟波别墅醉,花月后门归。青海闻传箭,天山报合围。一朝携剑起,上马即如飞。

[①] 按:"秦"原作"泰"。无名氏(甲):观诗意宜作"秦州"。据改。

兵 　　　　　　　　　　　梅圣俞

太平无战阵,汉卒久生骄。金甲不曾摄,犀弓应自调。嗟为燎原火,终作覆巢枭。若使威刑立,三军岂敢嚣?

故原有战卒死而复苏来说当时事

纵横尸暴积,万殒少全生。饮雨活胡地,脱身归汉城。野獾穿废灶,妖鹏啸空营。侵骨剑疮在,无人为不惊。

拟王维观猎晏相公坐中探赋

白草南山猎,调弓发指鸣。原边黄犬去,云外皂雕迎。近出长陵道,还看小苑城。聊从向来骑,回望夕阳平。

塞 上 　　　　　　　　　王正美

无定河边路,风高雪洒春。沙平宽似海,雕远立如人。绝域居中土,多年息虏尘。边城吹暮角,久客自悲辛。

亦可与晚唐诸人争先。

游边上

佩剑游边地,胡风卷败莎。雕饥窥坏冢,马渴嗅冰河。塞阔人烟绝,春深霰雪多。蕃戎如画看,散骑立高坡。

<small>王操,江南人。三、四绝佳,尾句真如画也。</small>

并州道中

从军无住计,近腊塞门行。风劈面疑裂,冻粘髭有声。太阳过午暗,暮雪照人明。马上闻吹角,依依认汉城。

<small>操诗如此精妙,不减贾岛。</small>

和袁郎中破贼后军行过剡中山水谨上太尉<small>即李光弼</small>

刘长卿

剡路除荆棘,王师罢鼓鼙。农归沧海畔,围解赤城西。赦罪阳春发,收兵太白低。远峰来马首,横笛入猿啼。兰渚催新幄,桃源识故蹊。已闻开阁待,谁许卧东溪。

<small>所圈一联绝精。</small>

七　言 十一首

赠索遏将军　　　　王　建

浑身着箭瘢犹在，万槊千刀总过来。轮剑直冲生马队，抽旗旋踏死人堆。闻休斗战心还痒，见说烟尘眼即开。泪滴先皇阶下土，南衙班里趁朝回。

<small>老兵之常态也。无此辈何以卫国？不成一切都作吟诗而不事事者？</small>

老　将　　　　韩　偓

折枪黄马倦尘埃，掩耳凶徒怕疾雷。雪密酒酣偷号去，月明衣冷斫营回。行驱貔虎披金甲，立听笙歌掷玉杯。坐久不须轻矍铄，至今双擘硬弓开。

献淮宁节度李相公　　　　刘长卿

建牙吹角不闻喧，乱世①登坛众所尊。家散万金酬士死，身留一剑答君恩。渔阳老将多回席，鲁国诸生半在门。白马翩翩春草细，邵陵②一作"少陵"。西去猎平原。

---

① 冯班：一作"三十"。
② 冯班："邵"一作"茂"。

送李仆射赴镇凤翔　　张司业

由来勋业属英雄,兄弟连营列位同。先入贼城①擒恶首②,尽封官库让元功③。旌幢独继家声外,竹帛新添国史中。天子欲收秦陇地,故教移镇在扶风④。

偶吟遣怀　　向文简

昔为宰辅居黄阁,今作元戎控夏台。万里苍黔惭受赐,一方清晏有何才。紫宸杳杳弥年别,红旆翩翩映日开。将相官荣如我少,不须频献手中杯。

飞　将　　胡文恭宿

曾从嫖姚立战功,胡雏犹畏紫髯翁。雕戈夜统千庐卫,缇骑秋畋五柞宫。后殿拜恩金印重,北堂开宴玉壶空。从来敌国威名大,麾下多称黑矟公。

　　壮丽。凡诗读上一句,初不知下一句作如何对。必所对胜上句,令人不测乃佳。此篇是也。

---
① 冯班:"城"一作"巢"。
② 冯班、查慎行:一作"首恶"。
③ 冯班:"功"一作"公"。
④ 冯班:"在"一作"右"。

次韵元厚之平戎献捷　　王荆公

朝廷今日四夷功,先以招怀后殪戎。胡地马牛归陇底,汉人烟火起湟中。投戈更讲诸儒艺,免胄争趋上将风。文武佐时惭吉甫,宣王征伐自肤公。

和蔡副枢贺平戎庆捷

城郭名王据两隤,军前一日送降旗。羌兵自此无传箭,汉甲如今不解累。幕府上功联旧伐,朝廷称庆具新仪。国家道泰西戎喙,还见诗人咏串夷。

依韵和元厚之内翰平羌　　王岐公

诏收新土凤林东,四百馀年陷犬戎。葱岭自横秦塞上,金城还落汉图中。轻裘坐啸无馀策,解发来庭有旧风。零雨未蒙音已捷,不劳归旅咏周公。

依韵和蔡枢密岷洮恢复部落迎降

河湟形胜压西陲,忽觉连营列汉旗。天子坐筹星两两,将军解佩印累累。称觞别殿传新曲,衔璧名王按旧仪。《江汉》一篇犹未美,周宣方事伐淮夷。

闻种谔米脂川大捷

神兵十万忽乘秋,西碛妖氛一夕收。匹马不嘶榆塞外,长城自越玉关头。_{兵未进讨,边人望见汉城列峙西界中。}君王别绘凌烟阁,将帅今轻定远侯。莫道无人能报国,红旗行去取凉州。

卷之三十一　宫闱类

长门买赋,团扇托词,后妃于君王犹然。妇人女子,疏而不怨,难矣。自《易》之《咸》《恒》,《诗》之《关雎》《鸡鸣》,其义不明,而后风俗衰,恩义薄,居宠而自损,上也。而或失爱,怨其所可怨,不诽不乱可也。

五　言七首

春宫怨　　　　　杜荀鹤

早被婵娟误,欲妆临镜慵。承恩不在貌,教妾若为容。风暖鸟声碎,日高花影重。年年越溪女,相忆采芙蓉。

譬之事君而不遇者,初亦恃才,而卒为才所误。愈欲自衒,而愈不见知。盖宠不在貌,则难乎其容矣,女为悦己者容是也。风景如此,不思从平生贫贱之交可乎?

长门怨　　　　　岑参

君王嫌妾妒,闭妾在长门。舞袖垂新宠,愁眉结旧恩。绿钱生履迹,红粉湿啼痕。羞被桃花笑,看君独不言。

婕 妤 怨　　　　皇甫冉

由来咏团扇,今已值秋风。事逐时偕往,恩无日再中。
早鸿闻上苑,寒鹭上①深宫。颜色年年谢,相如赋岂工?

闺 情　　　　戎 昱

侧听宫官说,知君宠尚存。未能开笑颊,先欲换愁魂。
宝镜窥妆影,红衫裹泪痕。昭阳今再入,宁敢恨长门!

长 信 宫　　　　于武陵

簟凉秋气初,长信恨何如?拂黛月生指,解鬟云满梳。
一从悲画扇,几度泣前鱼。坐听南宫乐,清风摇翠裾。

玉 阶 怨　　　　郑 鏦

昔日同飞燕,今朝似伯劳。情深争掷果,宠罢怨残桃。
别殿春心断,长门夜树高。虽能不自悔,谁见旧衣襃!

　　三、四工,甚有味。

---

① 冯班:"上"一作"下"。

王家少妇 一云"古意"   崔 颢

十五嫁王昌,盈盈入画堂。自矜年最少,复倚婿为郎。舞爱《前溪》绿,歌怜《子夜》长。闲年①斗百草,度日不成妆。
一作"能妆"。

此等妇人,世间有之,但不多耳。

七言二首

贫 女   秦韬玉

蓬门未识绮罗香,拟托良媒亦自伤②。谁爱风流高格调,共怜时世俭梳妆。敢将十指夸纤巧③,不把双眉斗画长。最恨年年压金线,为他人作嫁衣裳。

此诗世人盛传诵之。

洛 意   杨文公

蘅皋驻马独依依,寄恨微波带减围。泪迹不成双玉箸,

---

① 冯班:"年"一作"来"。
② 冯班:"亦"一作"益"。
③ 冯班:"纤"一作"针",或作"偏"。无名氏(甲):"偏"字不合,"纤"字胜。

身轻谁赋六铢衣。穿针静夜星榆出,摆手清晨雪絮飞。目断风帘旧巢燕,新春①先傍杏梁归。

---

① 按:"春",原作"看"。 李光垣:"看"应作"春"。据改。

卷之三十二　忠愤类

世不常治,于是有《麦秀》《黍离》之咏焉。庾信《哀江南赋》,亦人心之所不容泯也。炎、绍间,有和江子我诗者,乃曰:"成坏一反掌,江南未须哀。"子我以为何其不仁之甚。惟出于荆舒之学、京黻之门者,例如此。今取其"可以怨"者列之,不特臣于君、子于亲,凡门生故吏、学徒,于主、于师皆与。

五　言二十五首

春　望　　　　　　　　杜工部

国破山河在,城春草木深。感时花溅泪,恨别鸟惊心。烽火连三月,家书抵万金。白头搔更短,浑欲不胜簪。

<small>此第一等好诗。想天宝、至德以至大历之乱,不忍读也。</small>

有　叹

壮心久零落,白首寄人间。天下兵常斗,江东客未还。穷猿号雨雪,老马望关山。武德开元际,苍生岂重攀?

遣 兴

干戈犹未定,弟妹各何之。拭泪沾襟血,梳头满面丝。地卑荒野大,天远暮江迟。衰疾那能久,应无见汝期①。

遣 忧

乱离知又甚,消息苦难真。受谏无今日,临危忆古人。纷纷乘白马,扰扰着黄巾。隋氏留②宫室,焚烧何太频!

避 地

避地岁时晚,窜身筋骨劳。诗书遂墙壁,奴仆且旌旄。行在仅闻信,此生随所遭。神尧旧天下,会见出腥臊。

天宝十四年乙未冬,安禄山反,老杜年四十四。自是流移转徙,一为拾遗,一为华州功曹,一为剑南参谋。至大历五年庚戌卒,年五十九。凡十六年间,无非盗贼干戈之日。忠臣故宜痛愤,而老杜一饭不忘君,多见于诗。如"诸侯春不贡,使者日相望""由来强干地,未有不臣朝""领郡辄无色,之官皆有词""天地日流血,朝廷谁请缨""弟妹悲歌里,朝廷醉眼中""空村唯见鸟,落日未逢人""汩汩避群盗,悠悠经十年""偷生惟一老,伐叛已三朝""赤眉犹世乱,青眼只途穷""朝野欢娱后,乾坤震

---

① 许印芳:"期"一作"时"。
② 何义门:"留"一作"营"。

荡中""路衢唯见哭,城市不闻歌""忽闻哀痛诏,又下圣明朝""行在诸军阙,来朝大将归""夺马悲宫主,登车泣贵嫔""穷愁但有骨,群盗尚如毛",皆哀痛恻怆,令人有无穷之悲。彼生世常逢太平者,乌足以语此。初选五首外,并此佳句纪之。

秋日怀贾随进士　　　　罗　隐

边寇日搔动,故人音信稀。长缨惭贾谊,孤愤忆韩非。晓匣鱼肠冷,春园鸭掌肥。知君安未得,聊且示忘机。

乱后逢友人

沧海去未得,倚舟聊问津。生灵寇盗尽,方镇改更频。梦里旧行处,眼前新贵人。从来事如此,君莫独[①]沾巾。

遣　兴

青云路不通,归计奈长蒙。老恐医方误,穷忧酒盏空。何堪离乱后,更入是非中。长短遭讥笑,回头避钓翁。

[①] 按:元至元本"莫独"作"亦为"。

九　日　　　　　　　江子我

万里江河隔,伤心九日来。蓬惊秋日后,菊换故园开。楚欲图周鼎,汤犹系夏台。东篱那一醉,尘爵耻虚罍。

江邻幾与梅圣俞多唱和,嘉祐起居舍人。子懋相生三子,端礼字子和,端本字子我,端本字子之。与吕居仁多唱和,入"江西派"。子我以元祐党家居不仕,亦不娶,隐居封丘门外。靖康初少宰吴元中荐之,以为承务郎,赐进士出身,诸王宫教授。上书辨宣仁诬谤遭黜。渡江寓居桐庐之鸬鹚源。后为太常少卿。赵蕃昌父得其诗于韩淲仲止,曰《七里先生自然庵集》,刊留严陵郡斋。此诗题目虽曰《九日》,而"周鼎""夏台"之句,乃是忠愤,故以类入于此。子我"西池再展一月诗"最有讽谏味,朱文公亦喜之。

还 韩 城　　　　　　　吕居仁

乍喜全家脱,虚疑匹马—作"万马"。奔。乾坤德盛大,盗贼尔犹存。稻垄秋仍旱,溪流晚自浑。素冠兼白发,悉绝更谁论?

三首取一。"乾坤""盗贼"一联,生逼老杜。

丁未二月上旬日

厄运虽云极,群公莫自疑。民心空有望,天道本无知。

野帐留华屋,青城插皂旗。燕云旧耆老,宁识汉官仪?

主辱臣当死,时危命亦轻。谁吞豫让炭,肯结仲由缨?泣血瞻行殿,伤心望房营。尚存仪卫否?早晚复神京。
此靖康二年丁未事,五月改建炎。

兵乱后杂诗五首

晚逢戎马际,处处聚兵时。后死翻为累,偷生未有期。积忧全少睡,经劫抱长饥。欲逐范仔辈,同盟起义师。
元注云:"近闻河北布衣范仔起义师。"

羽檄连朝暮,戎旃匝迩遐。未教知死所,讵敢作生涯。东郭同逃户,西郊类破家。萍蓬无定迹,屡欲过三巴。

碣石豺狼种,长驱出不虞。是谁遗此贼?故使乱中都。官府室如磬,人家锥也无。有司少恩惠,何忍复追呼!
《左传》:"室如悬磬。""如"训而,谓室而将空也。后人误以为似磬之空,非是。观此对,则得本意矣。

万事多返覆,萧兰不辨真。汝为误国贼,我作破家人。求饱羹无糁,浇愁爵有尘。往来梁上燕,相顾却情亲。

蜗舍嗟芜没,孤城乱定初。篱根留弊屦,屋角得残书。

云路惭高鸟,渊潜羡巨鱼。客来阙佳致,亲为摘山蔬。

《东莱外集》凡二十九首,取其五。他如:"水水但争渡,城城各点兵""牛亡春夺种,马死尽徒行""风雨无由障,牛羊自入庐""檐楹镞可拾,草木血犹腥""六龙时虩虩,百雉日孤危""报国宁无策,全躯各有词",皆佳句也。老杜后始有此。

感　事　　　　　　　　　　陈简斋

丧乱那堪说,干戈竟未休。公卿危左衽,江汉故东流。风断黄龙府,云移白鹭洲。云何舒国步,持底副君忧。世事非难料,吾生本自浮。菊花纷四野,作意为谁秋!

"危""故"二字最佳。"黄龙府"谓二帝北狩,"白鹭洲"谓高庙在金陵。

闻王道济陷虏

海内堂堂友,如今在贼围。虚传袁盎脱,不见华元归。浮世身难料,危途计易非。云孤马息岭,老涕不胜挥。

三、四善用事,五、六有无穷之痛焉。

喜诛大将　　　　　　　　　刘屏山

自提乌合众,南北久跳梁。避事几危国,专权僭拟王。燃脐诛未快,擢发罪难详。膏血污砧斧,何曾洒战场。

"曾"作"如",尤佳。此殆诛范琼时所为。

己酉乱后寄常州使君侄四首　　汪彦章

汾水游仍远,瑶池宴未归。航迁群庙主,矢及近臣衣。胡马窥天堑,边烽断日畿。百年淮海地,回首复成非。

草草官军渡,悠悠虏骑旋。方尝勾践胆,已补女娲天。诸将争阴拱,苍生忍倒悬。乾坤满群盗,何日是归年?

身老今何向,兵挈未肯休。经旬甘半菽,尽室委扁舟。台拆星犹彗,农饥麦未收。日边无一使,儿女讵知愁?

春到花仍笑,时危特自哀。平城隆准去,瓜步佛狸来。地下皆冤肉,人间半劫灰。只今衰泪眼,那得向君开!

此建炎三年己酉冬,兀术入吴,航海避乱之后也。靖康中在围城中者,吕居仁、徐师川、汪彦章皆诗人也。居仁多有痛愤之诗。师川以邦昌之名名其婢,而诗无所见。彦章至此,乃有乱后诗。岂当时诸人,或言之太过,恐忤时相而删之乎?后秦桧既相,卖国求和,则士大夫噤不能发一辞矣。此等诗皆本老杜,亦惟老杜多有此等诗。庾信犹赋《哀江南》,皆知此意。

闻寇至初去柳州　　曾茶山

剥啄谁敲户,苍皇客抱衾。只看人似蚁,共道贼如林。两岸俘千里,扁舟抵万金。病夫桑下恋,万一有佳音。

此篇虽未见忠愤之意,辽亡金炽,盗贼充斥,自中原破,至于岭表,非士大夫之罪乎? 当任其咎者,读之而思可也。

七言二十二首

恨　别[①]
杜工部

洛城一别四千里,胡骑长驱五六年。草木变衰行剑外,兵戈阻绝老江边。思家步月清宵立,忆弟看云白昼眠。闻道河阳近乘胜,司徒急为破幽燕。

河阳之胜,在至德二年己亥冬十月。禄山之反,在天宝十四年乙未十一月。继以史思明反,今四五年。司徒,谓李光弼。

秋　兴

闻道长安似弈棋,百年世事不胜悲。王侯第宅皆新主,文武衣冠异昔时。直北关山金鼓振,征西车马羽书迟。鱼龙寂寞秋江冷,故国平居有所思。

八首取一。广德元年癸卯冬十月,吐蕃入长安,代宗幸陕。安、史死久矣,而又有此事,故曰"弈棋"。然首篇有云:"巫山巫峡气萧森",即大历初诗也。

---

① 按:元至元本作"别恨"。

释闷

四海十年不解兵,犬戎也复临咸京。失道非关出襄野,扬鞭忽是过湖城。豺狼塞路人断绝,烽火照夜尸纵横。天子亦应厌奔走,群公固合思升平。但恐诛求不改辙,闻道嫛孽能全生。江边老翁错料事,眼暗不见风尘清。

此亦所谓"吴体"拗字。天宝十四年乙未,禄山反。至永泰元年乙巳,恰十一年。"犬戎也复临咸京",谓前年癸卯吐蕃入长安代宗出奔也。诗意曲折。诛求不改,嫛孽全生。此祸乱未已之兆。

山中寡妇　　　　杜荀鹤

夫因兵死守蓬茅,麻苎衣冠鬓发焦。桑柘废来犹纳税,田园荒后尚征苗。时挑野菜和根煮,旋斫生柴带叶烧。任是深山更深处,也应无计避征徭。

荀鹤诗至此俗甚,而三、四格卑语率,最是"废来""荒后"。似此者不一,学晚唐者以为式,予心盖不然之。尾句语俗似诨,却切。

旅泊遇郡中叛乱示同志

握手相看谁敢言,军家刀剑在腰边。遍搜宝货无藏处[①],乱杀平人不怕天。古寺拆为修寨木,荒坟开作甃城砖。郡

---

① 冯班:"处"一作"地"。

侯逐出浑闲事,政是銮舆幸蜀年。

> 不经世乱,不知此诗之切。虽粗厉,亦可取。

中元甲子以辛丑驾幸蜀 罗　隐

子仪不起浑瑊亡,西幸谁人从武皇?四海为家虽未远,九州多事竟难防。已闻旰食思真将,会待畋游致假王。应感两朝巡狩迹,绿槐端正驿荒凉。

自苏台至望亭驿人家尽空 李嘉祐

南浦菰蒲覆白𬞟,东吴黎庶逐黄巾。野棠自发空流水,江燕初归不见人。远树依依如送客,平田渺渺独伤春。那堪回首长洲苑,烽火年年报虏尘。

安　贫 韩致尧

手风难展①八行书,眼暗休寻九局图。窗里日光飞野马,案头筠管长蒲卢。谋身拙为安蛇足,报国危曾拊虎须。举世可能无默识,未知谁拟试齐竽。

> 韩偓,字致尧。当崔胤、朱全忠表里乱国,独守臣节不变,宁不为相,而在翰苑无恙,竟忤全忠贬濮州司马。事见本传。所谓"报国危曾

---

① 冯班:"难"一作"慵"。

捋虎须",非虚语也。王荆公选唐诗多取之,诗律精确。

乱后春日途经野塘

世乱他乡见落梅,野塘晴暖独徘徊。船冲水鸟飞还住,袖拂杨花去又来。季重旧游多丧逝,子山新赋亦悲哀①。眼看朝市成陵谷②,始信昆明是劫灰。

吴质季重,为曹操所杀。致尧之交,有为朱全忠所杀者。引庾信子山赋事,可谓极悲哀矣。

乱后却至近甸有感

狂童容易犯金门,比屋齐人作旅魂。夜户不扃生茂草,春渠自溢浸荒园。关中却是屯边卒,塞外翻闻有汉村。堪恨无情清渭水,渺茫依旧绕秦原。

唐僖、昭以来,其乱如此。

八月六日作二首

日离黄道十年昏,敏手重开造化门。火帝动炉销剑戟,风师吹雨洗乾坤。左牵犬马诚难测,右袒簪缨最负恩。丹

---

① 冯班:"亦"当作"极"。　　纪昀:"极"误"亦",余并疑"极"字是"枉"字之讹。　　许印芳:"枉"字太尽,不妥。
② 冯班:"成"一作"为"。

笔不知谁是罪,莫留遗迹怨神孙。

金虎挻灾不复论,构成狂猘犯车尘。御衣空惜侍中血,国玺几危皇后身。图霸未能知盗道,饰非唯欲害仁人。黄旗紫气今仍旧,免使老臣攀画轮。

金楼[①]感事　　　　　　吴　融

太行和雪叠晴空,二月郊原尚朔风。饮马早闻临渭北,射雕今欲过山东。百年徒有伊川叹,五利宁无魏绛功。日暮长亭正愁绝,哀笳一曲戍烟中。

吴融、韩偓同时。慨叹兵戈之间,诗律精切,皆善用事。如此中四句,微而显也。

偶　题

贱子曾尘国士知,登门倒屣忆当时。西川酌尽菊花[②]酒,东阁编成咏雪诗。莫道精灵无伯有,寻闻任侠报爱丝。乌衣旧宅犹能认,粉竹金松一两枝。

此乃感恩之言,必为某人为朱温之徒所杀,而未有能报之者也。予于魏公明己门下亦然。

---

① 冯班:"楼"一作"桥"。
② 冯班:"菊"一作"看"。

次韵尹潜感怀　　　　　陈简斋

胡儿又看绕淮春,叹息犹为国有人。可使翠华周寓县,谁持白扇静风尘。五年天地无穷事,万里江湖见在身。共说金陵龙虎气,放臣迷路惑烟津。

周尹潜诗亦学老杜。此诗壮哉,乃思陵即位之五年,绍兴元年也。

伤　春

庙堂无策可平戎,坐使甘泉照夕烽。初怪上都闻战马,岂知穷海看飞龙。孤臣霜发三千丈,每岁烟花一万重。稍喜长沙向延阁,疲兵敢犯犬羊锋。

谓潭州向伯恭。

野泊对月有感　　　　　周尹潜

可怜江月乱中明,应识逋逃病客情。斗柄阑干洞庭野,角声凄断岳阳城。酒添客泪愁仍溅,浪卷归心暗自惊。欲问行朝近消息,眼中群盗尚纵横。

尹潜,名莘。为岳阳决曹掾。陈简斋集屡见诗题。乃钱塘人东坡所与交周长官开祖之孙也。诗有老杜气骨,简斋亦钦畏之。只"江月乱中明"一句便高,三、四悲壮,并结句自可混入老杜集。

北　风　　　　　　　刘屏山

雁起平沙晚角哀，北风回首恨难裁。淮山已隔胡尘断，汴水犹穿故苑来。紫色蛙声真倔强，翠华龙衮暂徘徊。庙堂此日无遗策，可是忧时独草莱。

忠愤至矣。五、六尤精，命意尤切。○屏山又有《汴京纪事》绝句二十首，今书四首于此："空嗟覆鼎误前朝，骨朽人间骂未消。夜月池台王傅宅，春风杨柳相公桥。""万炬银花锦绣围，景龙门外软红飞。凄凉但有云头月，曾照当时步辇归。""梁园歌舞足风流，美酒如刀解断（音"短"）愁。忆得少年多乐事，夜深灯火上樊楼。""辇毂繁华事可伤，师师垂老过湖湘。缕衣檀板无颜色，一曲当时动帝王。"不减唐人。

宿牧牛亭秦太师坟庵　　　　杨诚斋

函关只有一穰侯，瀛馆宁无再帝丘。天极八重心未死，台星三点坼方休。只看壁后新亭策，恐作杍中属国羞。今日牛羊上丘垄，不知丞相更嗔不？

此为秦桧。○元注："暮年起大狱，必杀张德远、胡邦衡等五十馀人。不知诸公杀尽，将欲何为？"秦垂上而卒，故有"新亭"之句。然初节似苏子卿而晚缪。

书　愤　　　　　　　陆放翁

白发萧萧卧泽中，只凭天地鉴孤忠。厄穷苏武餐毡久，忧愤张巡嚼齿空。细雨春芜上林苑,颓垣夜月洛阳宫。壮心未与年俱老,死去犹能作鬼雄。

镜里流年两鬓残,寸心自许尚如丹。衰迟罢试戎衣窄,悲愤犹争宝剑寒。遣戍十年临滴博,壮图万里战皋兰。关河自古无穷事,谁料如今袖手看!

悲壮感慨,不当徒以虚语视之。

书　事　　　　　　　　刘后村

人道山东入秘方,书生胆小虑空长。遗民似蚁饥难给,侠士如鹰饱易飏。未见驰车修寝庙,先闻铸印拜侯王。青齐父老应流涕,何日鸾旗驻路旁!

此为山东李全作。李全固叛贼,反覆不足道。史弥远遇千载一会之机,无晋人丝毫伎俩,可憾也。

卷之三十三　山岩类

登览诗，专取登高能赋之义。山岩则不但登览，大岳、崇岭、小丘、幽洞、崖岩、磴石之游戏，皆聚此。

五言十二首

望终南　　　　　　　窦　牟

日爱南山好，时逢夏景残。白云兼似雪，清昼乍生寒。九陌峰如坠，千门翠可团。欲知形势尽，都在紫宸看。
<small>长安宫殿正对终南山，此诗得其要领。</small>

晚晴见终南别峰　　　　贾浪仙

秦分积多峰，连巴势不穷。半旬藏雨里，此日到窗中。圆魄将升兔，高空欲叫鸿。故山思不见，碣石沴寥东。

游茅山　　　　　　　　杜荀鹤

步步入山门，仙家鸟径分。渔樵不到处，麋鹿自成群。

石面迸出水,松梢①穿破云。道人星月下,相次礼茅君。

游华山张超谷　　　鲁三江

太华锁深谷,我来真景分。有苗皆是药,无石不生云。急瀑和烟泻,清猿带雨闻。幽栖未忍别,峰半日将曛。

三、四好,但此等句法多相犯。

巫山高　　　李端

巫山十二峰,皆在碧空②中。回合云藏月,霏微雨带风。猿声寒过涧,树色暮连空。愁向高唐去,清秋见楚宫。

工而稳。

和永叔新晴独过东山　　　丁元珍

芳辰百五前,选胜到林泉。万树绿初染,群花红未然③。阴岩犹贮雪,暖谷自生烟。妇汲溪头一作"中"。水,人耕草际田。日中林影直,风静鸟声圆。鞬令多情甚,寻春最占先。

元珍前为六一翁所知,诗甚工。

---

① 冯班:"梢"一作"头"。
② 冯班:"空"一作"虚"。
③ 纪昀:"未"当作"欲"。"红欲然"是好语,改作"未然"是点金为铁。

寿昌道中　　　　　翁灵舒

清游从此起,过处必须看。背日山梅瘦,随潮海鸭寒。平途迷望阔,峻岭疾行难。听得居人说,今年冬又残。

此游雁宕山诗也。

石门庵

山到极深处,石门为地名。岚蒸空寺坏,雪压小庵清。果落群猴拾,林昏独虎行。一僧何所得,高坐若无情。

游雁宕山中选此二首。此一首不减唐人。

游山　　　　　陆放翁

箫鼓湖山路,天教脱絷羁。蝉声入古寺,马影渡荒陂。樵唱时倾耳,僧谈亦解颐。偏门灯火闹,不敢恨归迟。

元注:"偏门,会稽城西南门名。"

古寺不来久,入门空叹嗟。僧亡惟见塔,树老已无花。世事虽难料,吾生固有涯。殷勤一梳月,十里伴还家。

所点两联,前一联眼前事耳,而诗家自难道;后一联却易道也。学者自当审知。

巢 山

巢山避世纷,身隐万重云。半谷传樵响,中林过虎群。虫镂叶成篆,风纇水生纹。不踏溪桥月,仙凡自此分。

第二句好,五、六工。

短发巢山客,人知姓字谁。穿林双不借,取水一军持。渴鹿群窥涧,惊猿独挂枝。何曾蓄笔砚,景物自成诗。

"双不借""一军持",诗家多相犯,不可蹈袭。第七句好。

七 言六首

天竹寺殿前立石　　姚 合

补天残片女娲抛,扑落禅门压地坳。霹雳划深龙旧攫,屈槃痕浅虎新抓。苔黏月眼风挑剔,尘结云头雨磕敲。秋至莫言长屹立,春来自长薜萝交。

此诗未委今在天竺何处?押险韵而加以剜剔之工,殆亦戏笔。第一句最好。

山中书事　　　　　方玄英

欹枕亦吟行亦醉,卧吟行醉更何营。贫来犹有故琴在,老去不过新发生。山鸟踏枝红果落,家童引钓白鱼惊。潜夫自有孤云侣,可要王侯知姓名。

香　山　　　　　詹中正

浪兀孤舟一叶轻,香山登步觉神清。几多怪石全胜画,大半奇花不识名。猿狖尽当吟里见,烟霞只向眼前生。官身未约重来此,酒满螺杯月正明。

全似乐天。"几多""大半",字虽俗而不觉俗,以秤停恰好也。

游云际山在福建邵武府光泽县　　　　　陈　洙

清晓扪萝踏岭云,寒风飞溜湿衣巾。上攀霄汉无多地,直视城闉几点尘。古木半阴藏宿雾,山禽相语厌游人。明年更补闽中吏,来看桃花烂熳春。

陈洙,字师道。建阳人。字与陈后山名同。半山诗题中多云陈师道,疑即此公。与司马公善,韩魏公令达意申言皇嗣事是也。此诗绝好。

山　行　　　　　　　　滕　白

马头闲觉入从容,叠嶂清秋度百重。长见孤云能作雨,未应片水不藏龙。花村几处连修竹,涧石谁家倚瘦松。本若无心许明代,好寻巢许此韬踪。

世称滕工部,盖宋初人也。诗闲雅。

润陂山上作　　　　　　赵师秀

一山大半皆楮叶,绝顶闲寻得径微。无日谩劳携纸扇,有风犹怯去绵衣。野花可爱移难活,啼鸟多情望即飞。惟与寺僧居渐熟,煮茶深院待人归。

此诗三、四见得是山上作,五、六亦活动。

卷之三十四　川泉类

浮游浪波之上,玩泳泉壑之间,大而沧海、黄河、长江、巨湖之汹涌,小而溪谷、陂池之靓深,雄壮而观湖,凄酸而阻风,闲寂而弄水寻源,皆类于此。

五　言三十二首

游禹穴回出若耶　　　宋之问

禹穴今朝到,耶溪此路通。著书闻太史,炼药有仙翁。鹤往笼犹挂,龙飞剑已空。石帆摇海上,天镜落湖中。水底零露白,山边坠叶红。归舟何虑晚,日暮使樵风。

江亭晚望　　　贾浪仙

浩渺浸云根,烟岚出远村。鸟归沙有迹,帆过浪无痕。望水知柔性,看山欲断魂。纵情犹未已,回马欲黄昏。

三、四似熟套,在浪仙时初出此句亦佳。后山效之,则无味矣。

卢氏池上遇雨赠同游者　　温庭筠

簟翻凉气集,溪上①润残棋。萍皱风来后,荷喧雨到时。寂寥闲望久,飘洒独归迟。无限松江恨,烦君解钓丝。

"萍皱""荷喧"一联工。

过天津桥梁晴望　　姚合

闲立津桥上,寒光助远林。皇宫对嵩顶,清洛贯城心。雪路初晴出,人家向晚深。自从王在镐,天宝至如今。

题僧院引泉

泉眼高千丈,山僧取得归。架空横竹影,凿石远渠飞。洗药溪流浊,浇花雨力微。朝昏长远看,护惜似持衣。

家园新池

数日自穿池,引泉来近陂。寻渠通咽处,绕岸待清时。深好求鱼养,闲堪与鹤期。幽声听难尽,入夜睡常迟。

两诗俱清润,但力量欠雄大。

---

① 按:"上"字原缺,据康熙五十二年本、纪昀《刊误》本校补。元至元本作"溪涨"。

早秋江行　　　　　　窦巩

回望溢池远,西风吹荻花。暮潮江势阔,秋雨雁行斜。多醉浑无梦,频愁欲到家。渐惊云树转,点点是神鸦。

大醉则必无梦,诗人自来不曾说到,与予心暗合。盖非常醉者,不能知也。今江州西湖地名盘塘,近兴国军港口,即有神鸦迎船,人与饭肉,唐以来固然矣。老杜《湖南》诗云"迎棹舞神鸦",兼峡中亦如此。

渡　淮　　　　　　白乐天

淮水东南地,无风渡亦难。孤烟生乍直,远树望多团。春浪棹声急,夕阳帆影残。清流宜映月,今夜重吟看。

三、四尖新。

终南东溪口作　　　　　　岑　参

溪水碧于草,潺潺花底流。沙平堪濯足,石浅不胜舟。洗药朝与暮,钓鱼春复秋。兴来从所适,还欲向沧洲。

句句明白,不见其用力处。

晚发五溪

客厌巴南地,乡邻剑北天。江村片雨外,野寺夕阳边。

芋叶藏山径,芦花间渚田。舟行未可住,乘月且须牵。

诗律往往健整平实,非晚唐纤碎可望。

巴南舟中夜书事

渡口欲黄昏,归人争渡喧。近钟清野寺,远火点江村。见雁思乡信,闻猿积泪痕。孤舟万里外①,秋月不堪论。

句句分晓,无包含而自在,起句十字尤绝唱。

秋日富春江行　　　　罗　隐

远岸平如剪,澄江静似铺。紫鳞仙客驭,金颗李衡奴。冷叠晴山②阔,清幽③万象殊。严陵亦高见,归卧是良图。

一公新泉　　　　严　维

山下新泉出,泠泠北去源。落池才有响,渍石④未成痕。独映孤松色,殊分众鸟喧。唯当清夜月,观此启禅门。

---

① 冯班:"外"一作"夜"。　何义门:七句作"万里夜"好。"夜"字恰接"月"字,收尽前四句。
② 冯班:"晴"一作"千"。
③ 冯班:"幽"一作"涵"。
④ 按:"渍"原作"碛",据康熙五十二年本、纪昀《刊误》本校改。

过洞庭湖　　　　　许棠

惊波常不定,半日鬓堪斑。四顾疑无地,中流忽有山。
鸟高常畏①坠,帆远却如闲。渔父前相引②,时歌浩渺间。

山下泉　　　　　李端

碧水映丹霞,溅溅露浅沙。暗通山下草,流出洞中花。
净色和云落,潺声绕石斜。明朝更寻去,应到阮郎家。
　　工而润。

岳阳馆中望洞庭湖　　　　　刘长卿

万古巴丘戍,平湖此望长。问人何淼淼,愁暮更苍苍。
叠浪浮元气,中流没太阳。孤舟有归客,早晚达潇湘。
　　五、六尽佳。非中流果没日也,水远而日短,故所见者日落于中耳。水之外又水,地之外又地,而水与地目不可及者,日月常可得而见,非日月之光有馀为之乎?

---

① 冯班:"常"一作"恒"。
② 冯班:"前相"一作"相前"。

答劝农李渊宗嘉州江行见寄　　宋景文

嘉月嘉州路,轲峨授部船①。山围杜宇国,江入夜郎天。雾引溪流望,凉供水阁眠。愧君舟楫急,遂欲济长川。

<small>嘉州,古夜郎国。○三、四有老杜及盛唐人风味。</small>

中秋新霁壕水初满自城东隅泛舟回谢公命赋

斋舫谈经后,官池载酒行。斜阳鸟外落,新月树端生。演漾思江浦,夷犹绕郡城。东辕有遗恨,日日物华清。

陪谢紫微晚泛

积雨涨秋壕,轻舟共此遨。菰蒲敛铓锷,莲芡熟囊韬。岸静鱼跳月,林喧鸟避篙。归时兴不浅,风物正萧骚。

渡　湘　江　　张晋彦

春过潇湘渡,真观《八景图》。云藏岳麓寺,江入洞庭湖。晴日花争发,丰年酒易沽。长沙十万户,游女似京都。

---

① 按:康熙五十二年本、纪昀《刊误》本"授"作"按"。

总得居士张公祈,字晋彦。兄邵,字才彦。和州乌江人。才彦宣和三年上舍,建炎初自衢州曹官借礼书使金,绍兴十三年同朱弁、洪皓还,有《䡖𫐄轩唱和集》。晋彦有子,是为中书舍人于湖居士孝祥,字安国。以安国魁多士,罗织下狱。官至淮漕,号总得居士。此诗壮浪,所以子有父风。

金明池游　　　　　　梅圣俞

三月天池上,都人袚服多。水明摇碧玉,岸响集灵鼍。画舸龙延尾①,长桥霓入声。饮波。苑花光粲粲,女齿笑瑳瑳。行袂相朋接,游肩与贱摩②。津楼金间采,崔殿锦文窠。挈檻车傍缀,归郎马上歌。川鱼应望幸,几日翠华过。

同徐道晖文渊赵紫芝泛湖　　　　　　翁灵舒

相逢亦相亲,吟中得几人。扁舟当夏日,胜赏共闲身。山雨曾添碧,湖风不动尘。晚来渔唱起,处处藕花新。

巨　野　　　　　　陈后山

馀力唐虞后,沉人海岱西。不应容桀黠,宁复有青齐。

---

① 查慎行:"延"一作"衔"。
② 查慎行:"贱"一作"践"。

灯火鱼成市，帆樯藕带泥。十年尘雾底，瞥眼怪凫鹥。

后山诗全是老杜，以万钧九鼎之力，束于八句四十字之间。江湖行役诗凡九首，选诸此。篇篇有句，句句有字。

巨野泊触事

满巷牵丝直，平湖坠镜清。顺流风借便，捷路雪初晴。鸟度欲何向，鸥来只自惊。有行真快意，安得易为情。"雪"一作"雨"。

河 上

背水连渔屋，横河架石梁。窥巢乌鹊竞，过雨艾蒿光。鸟语催春事，窗明报夕阳。还家慰儿女，归路不应长。

野 望

霜叶红于染，吹花落更馨。平江行诘屈，小径夹葱青。度鸟开愁眼，遥山入画屏。畏人惟可饮，从俗却①须醒。

西 湖

小径才容足，寒花只自香。官池下凫雁，荒冢上牛羊。

---

① 查慎行："却"一作"那"。

有子吾甘老,无家去未量。三年哦五字,草木借馀光。

湖　上

湖上难为别,梅梢已着春。林喧鸟啄啄,风过水粼粼。缘有三年尽,情无一日亲。白头厌奔走,何地与为邻。

<small>此皆颍州西湖也。后山元祐中为教授,满而将去,故有此诗。</small>

寓　目

曲曲河回复,青青草接连。去帆风力满,来雁一声先。野旷低归鸟,江平进晚牵。望乡从此始,留眼未须穿。

颜氏阻风

水到西流阔,风从北极来。声驱峡口拆,力拔岭根摧。突兀重重浪,轰隆处处雷。顺流看过舫,更着快帆催。

万古梁山泊,今来未掾船。阻风兼着雪,费日亦忘年。世事元相忤,衰怀忍自煎。晓来声更恶,始觉畏途边。

<small>梁山泊即巨野,在今东平府西北,受泰山诸水,为北清河所出入之潴。向者河决,即连而为一。南通泗,北通济。荆公当国时,或欲涸梁山泊为田,故后山元符末赴棣教,阻风于此,有"万古梁山泊"之句,谓决不可涸,犹天理决不可磨灭也。</small>

过孔雀滩赠周静之　　　陈简斋

海内无坚垒,天涯有近亲。不辞供笑语,未惯得殷勤。舟楫深宜客,溪山各放春。高眠过滩浪,已寄百年身。

七　言 十六首

开龙门八节石滩　　　白乐天

七十三翁旦暮身,誓开险路作通津。夜舟过此无倾覆,朝胫从今免苦辛。十里叱滩类河汉,八寒阴狱化阳春。我身虽没心常在,暗施慈悲与后人。

新安道中玩流水　　　吴　融

一渠春碧弄潺潺,密竹繁花掩映间。看处便须终日住,算来争得此身闲。萦纡似接迷春①洞,清冷应怜②有雪山。上却征车更回首,了然尘土不相关。

新安有此至清之水。沈休文创为诗,乃后相继不一。今歙、睦是。

---

① 冯班:"春"一作"人"。
② 冯班:"怜"一作"连"。

分水岭

两派潺湲不暂停,岭头长泻别离情。南随去马通巴栈,北逐归人达渭城。澄处好窥双黛影,咽时堪寄断肠声。紫溪旧隐还如此,清夜梁山月更明。

三、四言水之分而南北者如此,第五句巧,第六句亦佳。

自巩洛舟行入黄河即事寄府县僚友

韦苏州

夹水苍山路向东,东南山豁大河通。寒树依微远天外,夕阳明灭乱流中。孤村几岁临伊岸,一雁初晴下朔风。为报洛桥游宦侣,扁舟不系与心同。

过桐庐

胡文恭

两岸山花中有溪,山花红白遍高低。灵源忽若乘槎到,仙洞还同采药迷。二月辛夷犹未落,五更鸦臼最先啼。茶烟渔火遥堪画[①],一片人家在水西。

武平此诗妙甚,八句五十六字无一字不佳,形容桐庐尽矣。起句十四字并尾句,可作《竹枝歌》讴也。

---

① 冯班:"堪画"一作"看处"。

湖岭下十里是为涪淡滩行者多至此舍舟

巩仲至

急流方了又高冈,日永周旋未觉忙。壁上字多知店老,岭边松茂喜车凉。丛丛乱篠承欹石,帖帖新荷恋小塘。涪淡恶滩应笑我,为虞鱼腹犯羊肠。

三、四新甚,五、六下两眼亦佳。

冬末同友人泛潇湘

杜荀鹤

残腊泛舟何处好,最多吟兴是潇湘。就船买得鱼偏美,踏雪沽来①酒倍香。猿到夜深啼岳麓,雁知春近别衡阳。与君剩掠江山景,裁取新诗入帝乡。

"买得""沽来"等语,晚唐诗卑之尤卑者,然意新则亦可喜。此联世所共称。荀鹤诗句法大率如此,皆不敢选。

雪中过重湖信笔偶题

韩致尧

道方时险拟如何,谪去甘心隐薜萝。青草湖将天暗合,白头浪与雪相和。旗亭腊酎逾年熟,水国春寒向晚多。处困不忙仍不怨,醉来唯是欲傞傞。

---

① 冯班:从《才调集》作"归来",似更胜。

题薛十二池 姚合

每日树边消一日,绕池行过又须行。异花多是非时有,好竹皆当要处生。斜立小桥看岛势,远移幽石作泉声。浮萍着岸风吹歇,水面无尘晚更清。

五、六好,馀恐格卑。王建集中亦有此诗。

西 湖 林和靖

混元神巧本无形,匠出西湖作画屏。春水净于僧眼碧,晚山浓似佛头青。栾栌粉堵摇鱼影,兰社烟丛阁鹭翎。往往鸣榔与横笛,细风斜雨不堪听。一作"风斜雨细"。

三、四人所争诵。

观 潮 齐祖之

何意滔天苦作威,狂驱海若走冯夷。因看平地波翻起,知是沧浪鼎沸时。初似长平万瓦震,忽如圆峤六鳌移。直应待得澄如练,会有安流往济时。

齐唐,字祖之。会稽人。天圣中进士。尝试制科,从范文正公辟杭州料院,仕至曹郎。有《少微集》。此诗凡观潮之作,皆在其下。

汉阳晚泊 　　　　　　杨仲猷

傍桥吟望汉阳城，山遍楼台彻上层。犬吠竹篱沽酒客，鹤随苔岸洗衣僧。疏钟未彻闻寒漏，斜月初沉见远灯。夜静邻船问行计，晓帆相与向巴陵。

杨徽之，字仲猷。建州浦城人。南唐时间道至开封，中进士第。太宗索诗百篇进御，以十联写御屏。为礼侍天府判官侍读。卒年八十。

淮水暴涨舟中有作 　　　刘子仪

行行极目天无柱，渺渺横流眼有花。客子方思舟下碇，阴虬自喜海为家。村遥树列秦川荠，岸阔牛分触氏蜗。鸢啸风高良可畏，此情难谕坎中蛙。

中山刘子仪，首变诗格为"昆体"者。五、六真李义山，规格奇壮。

东　溪 　　　　　　　梅圣俞

行到东溪看水时，坐临孤屿发船迟。野凫眠岸有闲意，老树着花无丑枝。短短蒲茸齐似剪，平平沙石净于筛。情虽不厌住不得，薄暮归来车马疲。

三、四为当世名句，众所脍炙。

江行野宿寄大光　　　　　陈简斋

樯乌送我入蛮乡,天地无情白发长。万里回头看北斗,三更不寐听鸣榔。平生正出元子下,此去还经思旷傍。投老相逢难衮衮,共恢诗律撼潇湘。

宿千岁庵听泉　　　　　刘后村

因爱庵前一脉泉,襆衾来此借房眠。骤闻将谓溪当户,久听翻疑屋是船。变作怒声犹壮伟,滴成细点更清圆。君看昔日《兰亭帖》,亦把湍流替管弦。

卷之三十五　庭宇类

亭榭宫殿，楼阁堂轩，庵寮宅舍，凡屋庐皆是。

五　言十五首

题洛中第宅　　　　　　白乐天

水竹谁家宅，门高占地宽。悬鱼挂青甃，行马护朱阑。春树笼烟暖，秋庭锁月寒。松胶黏琥珀，筠粉扑琅玕。试问池台主，当为将相官。终身不曾到，唯展宅图看。

尾四句，尽贵人第宅终不能归之态。

归履道宅

驿吏引藤舆，家童开竹扉。往时多暂住，今日是长归①。眼下有衣食，耳边无是非。不论贫与富，饮水亦应肥。

五、六岂不自适？然他人不能道，亦不肯道。

---

① 查慎行："长"一作"真"。

题潼关楼　　　　　崔　颢

客行逢雨霁,歇马上津楼。山势雄三辅,关门扼九州。川从峡路去,河绕华阴流。向晚登临处,风烟万里愁。

中四句壮哉！老杜同调。

题沈隐侯八咏楼

梁日东阳守,为楼望越中。绿窗明月在,青史古人空。江静闻山狖,川长数塞鸿。登临白云晚,流恨此遗风。

起句自在,第六句"数"字是诗眼好处。

宿胡氏溪亭　　　　　项　斯

独住水声里,有亭无热时。客来因月宿,床势向山移。鹤住松枝定,萤归葛叶垂。寂寥唯欠伴,谁为报僧知。

五、六刘后村深喜,然觉太工。太工则拘,拘则狭。

鹳雀楼晴望　　　　　马　戴

尧女楼西望,人怀太古时。海波通禹穴,山木闭虞祠。鸟道残虹挂,龙潭返照移。行云如可驭,万里赴心期。

寄题武当郡守吏隐亭　　　僧希昼

郡亭传吏隐,闲自使君心。卷幕知来客,悬灯见宿禽。茶烟逢石断,棋响入花深。会逐南帆便,乘秋寄此吟。

留题承旨宋侍郎林亭

翰苑营嘉致,到来山意深。会茶多野客,啼竹半沙禽。雪溜悬危石,棋灯射远林。言诗素非苦,虚答侍臣心。

碧　澜　堂　　　梅圣俞

虚云①临滉漾,桥势对隆穹。环佩佳人去,汀洲翠带空。橘船过砌下,兰栋起云中。欲问芳菲地,吴王一废宫。

题三角亭　　　俞退翁

奇哉山中人,来此池上宇。蕙径斜映带,林烟尽吞吐。春无四面花,夜欠一檐雨。寄傲足有馀,何须存一作"寻"。广庑。

　　此仄声律诗。题既奇,语亦妙。退翁名在《隐逸传》。其人尤高,不可不取。

---

① 查慎行:"云"一作"堂"。

淮安园　　　　　　王立之

贤王经别墅,深窈近严城。花竹四时好,宾朋一座倾。
阖奁争弈罢,击钵记诗成。明日朝天去,门扃鸟雀惊。

此人亲炙苏、黄诸公,诗传不多。吕居仁位之派中。细读其诗,虽不熟,亦有格。

宿裴庵　　　　　　葛无怀

一径松杉迥,成阴见日稀。山晴僧尽出,风暖燕交飞。
结子花抛树,拦人犬护扉。闲看山月上,清坐更添衣。

尾句有夜味。

题周氏东山堂　　　　　　翁灵舒

城隅古谢村,博士草堂存。惟见烟霞起,全无市井喧。
鹳来巢木杪,鼋出戏蒲根。消得吟诗客,凭栏看几番。

题信州草衣亭

檐多山鸟啼,山下玉为溪。林树若为长,塔峰应更低。
数僧居似客,一佛坏方泥。宴坐当时事,廊碑具刻题。

薛氏瓜庐　　　　　　赵师秀

不作封侯念,悠然远世纷。惟应种瓜事,犹被读书分。野水多于地,春山半是云。吾生嫌已老,学圃未如君①。

"人家半在船,野水多于地",本乐天仄韵古诗。今换一句为对,亦佳。

七　言三十首

题于家公主旧宅　　　　　　刘宾客

绕树②荒台叶满池,箫声一绝草虫悲。邻家犹学宫人髻,园客争偷御果枝。马埒蓬蒿藏狡兔,凤楼烟雨啸寒鸱。何郎独在无恩泽,不似当初傅粉时。

题睦州郡中千峰榭　　　　　　方玄英

岂知平地似天台,朱户深沉别径开。曳响露蝉穿树去,斜行沙鸟向池来。窗中早月当琴榻,墙上秋山入酒杯。何

---

① 按:"如"原讹作"知",据康熙五十二年本、纪昀《刊误》本校改。
② 冯班:一作"树绕"。

事此中如世外,应缘羊祜是仙才。

存此诗以见严陵郡之千峰榭,其来旧矣。

题韦郎中新亭　　张司业

起得幽亭景复新①,碧莎池上②更无尘。琴书看尽犹嫌少,松竹栽多亦称③贫。药酒欲开期好客,朝衣暂脱见闲身。成名同日官连署,此处经过有几人。

次韵张全真参政退老堂　　吕忠穆颐浩

东郊卜筑傍溪流,菡萏香中寄—作"系"。小舟。脱去簪绅归畎亩,悟来渔钓胜公侯。青云旧好何妨厚,白雪新诗为宠留。又指湘潭问行路,一堂风月阻同游。

吕丞相家为此堂,诸公各有诗,今摘选所和者多得体之言。

次韵李泰叔退老堂

东郊半隐绕群峰,门外滔滔一水通。再岁依栖欣有幸,十年遭际叹无功。闲心不厌耕南亩,清梦犹思畛北戎。看

---

① 冯班:"复"一作"最"。
② 冯班:"池"一作"地"。
③ 冯班:"亦"一作"不"。

取中原恢复后，麒麟图画首肽公。

为宰相退居，不下第六句，则为何如人耶？此所以为可选。

次韵蔡叔厚退老堂①

心存魏阙岂能忘，揣分非才合退藏。此日燕休难报国，平生艰阻忆垂堂。枕戈每叹身先老，览镜常嗟貌不扬。每②羡蘧庐聊偃息，会须恢复返吾乡。

此是次韵诗，"堂""扬"二字俱和倒，末句又见得宰相用心。

登　西　楼　　　　　王半山

楼影侵云百尺斜，行人楼上③忆天涯。情多自悔登临数，目极因惊怅望赊。一曲平芜连古树，半分残日带明霞。潘郎何用悲秋色，只此伤春发已华。

太湖恬亭

槛临溪上绿阴围，溪岸高低入翠微。日落断桥人独立，水涵幽树鸟相依。清游始觉心无累，静处谁知世有机。更

---

① 按："老"原讹作"居"，据康熙五十二年本、纪昀《刊误》本校改。
② 按："每"原讹作"毋"，据元至元本校改。
③ 按："楼"原讹作"数"，据康熙五十二年本、纪昀《刊误》本校改。

待夜深同徙倚,秋风斜月钓船归。

垂虹亭

坐觉尘襟一夕空,人间似得羽翰通。暮天窈窈山衔日,爽气骎骎客御风。草木韵沉高下外,星河影落有无中。飘然更待乘桴伴,一到扶桑兴未穷。

钟山西庵白莲亭

山亭新破一方苔,白帝留花满四隈。野艳轻明非傅粉,秋光深浅不凭杯。乡穷自作幽人伴,岁晚谁为静女媒。可笑远公池上客,却因秋菊赋《归来》。

次韵舍弟赏心亭即事二首

槛折檐倾野水傍,台城佳气已消亡。难披榛莽寻千古,独倚青冥望八荒。坐觉尘沙昏远眼,忽看风雨破骄阳。扁舟此日东南兴,欲尽江流万古长①。

霜气②消磨不复存,旧朝台殿只空村。孤臣倚薄青天

---

① 查慎行:"万古"二字依吴本。然玩上下句意,应作"万里"为是。
② 查慎行:"霜"一作"霸"。

近,细雨侵凌白日昏。稍觉野云乘晚霁,却疑山月是朝暾。此时江海无穷兴,醒客忘言醉客喧。

寄题思轩

名郎此地昔徘徊,天诱良孙接踵来。万屋尚歌馀泽在,一轩还向旧堂开。右军笔墨空残沼,内史文章只废台。邑子从今夸胜事,岂论王谢世称才。

华严院此君亭

一径森然四座凉,残阴馀韵兴何长。人怜直节生来瘦,自许高才老更刚。曾与蒿藜同雨露,终随松柏到冰霜。烦君借此①根株在,乞与伶伦学凤凰。"借"一作"惜"。

纸　阁

联屏盖障一寻方,南设钩帘北置床。侧坐对铺红絮暖,仰窗分启碧纱凉。毡庐易以梅蒸烂,锦幄终于草野妨。楚縠越藤真自称,每糊因得减书囊。

---

① 纪昀:"借"一作"惜"。

垂虹亭

宛宛虹霓堕半空,银河直与此相通。五更缥缈千山月,万里凄凉一笛风。鸥鹭稍回青霭外,汀洲特起绿芜中。骚人自欲留佳句,忽忆君诗思已穷。

杭州清风阁　　　　　赵清献

庭有松萝砌有苔,退公聊此远尘埃。潮音隐隐海门至,泉势潺潺石缝来。夜榻衾裯仙梦觉,晓窗灯火佛书开。休官不久轻舟去,喜过严陵旧钓台。

清献亦喜佛学,故有第六句。其人可敬,不止于诗。

和稚子与诸生登北都城楼　　元章简

朔风刮面岁华遒,闲拥丰貂一倚楼。四野冻云随地合,九河清浪着天流。诸君略住方乘兴,吾土虽非亦解忧。更得青衿赓雅唱,连章彩笔斗银钩。

五、六用庾亮、王粲语,其佳如此。

寄题徐都官新居假山　　梅圣俞

太湖万穴古山骨,共结峰岚势不孤。苔径三层平木末,河流一道接墙隅。已知谷口多花药,只欠林间落狖貐。谁侍巾褠此游乐,里中遗老肯相呼。

自　然　亭　　　　　　　　张伯常

久雨妨渔复滞樵,自然亭上一逍遥。万缘不自闲中起,百事唯于睡里消。老去自知如蟪蛄,病来谁悟似芭蕉。爱名之世忘名客,幸有山林旧市朝。

张征字伯常,陈留人,宝元元年进士甲科,司马公同年。

己酉中秋任才仲陈去非会饮岳阳楼上酒半酣高谈大笑行草间出诚一时俊游也为赋之
　　　　　　　　　　　　　　　　　姜光彦

岳阳楼高几千尺,俯视洞庭方酒酣。万顷波光天上下,两山秋色月东南。兴来鸾鹄随行草,夜永鱼龙骇笑谈。我欲烦公钓鳌手,尽移云水到松庵。

姜仲谦,淄州人。陈简斋集有此题。三人真奇会也。松庵者,光彦之号,故尾句云。

思　杜　亭

十里松阴古道场,一亭还复枕潇湘。诗翁至死忧唐室,野客于今吊耒阳。窗户云生山雨集,岩溪花发晓风香。不唯临眺添惆怅,自是年来鬓已霜。

第三句最佳。

竹　堂　　　　　张宛丘

谁道清贫守冷官,绕家十万翠琅玕。直应流水深相与,不待清风已自寒。学得凤鸣真自许,化成龙去不知蟠。知君何自无来客,可是王郎独与欢。

登滕王阁　　　　　曾幼度

故阁峥嵘已劫灰,又看新阁上烟煤。断碑无日不浓墨,古砌虽秋犹浅苔。江阔鸟疑飞不过,风轻帆敢趁先开。天高眼迥诗囊小,收拾不多空一来。

曾丰撙斋,吉州人。有《缘督集》。诗颇慕杨诚斋,佳者不止此也。五、六最佳。

章少机建小阁用陈伯强韵　　　　　何月湖

楼居草草假三间,便觉星辰手可攀。最喜坐中先得月,不妨睡处也看山。林疏啼鸟秋弹曲,天阔飞鸿晓卷班。对镜清吟无限好,典衣冷债几时还。一作"弹秋曲""卷晓班"。

何异字同叔,抚州崇仁人。绍熙台谏,庆元礼侍,嘉定工书,年八十馀。月湖其号也。

题李国博东园

东园吟思玉蟾清,园客开门古意生。冰砚云灯深洞宇,春花秋草旧宫城。人藏密树寻声见,鹭下寒池照影惊。三十分司泉石主,马蹄尘外得闻名。

题环翠阁

环翠阁边无点埃,尽收清致助吟才。溪头月落渔烟散,岸口城低野色来。斜槛半依秋树出,小窗知为北山开。沙禽古水闲相趁,误入疏帘静却回。

小　亭　　　　　　　　葛无怀

小亭终日对幽丛,兀坐无言似定中。苍藓静连湘竹紫,绿阴深映蜀葵红。猫来戏捉穿花蝶,雀下偷衔卷叶虫。斜照尚多高柳少,明年更欲种梧桐。

五、六工则工矣,却是答对。取此为戒。第四句好。

寄题薛象先新楼　　　　　陈止斋

矮檐风雨送蜗牛,有客来夸百尺楼。阖郡台池皆下瞰,背城湖海亦全收。清时未放徒高卧,半世何为故倦游。解尽橐金君计决,月明长笛起渔舟。

陈水云与造物游之楼　　　　赵师秀

何处飞来缥缈中,人间惟有画图同。两层帘幕垂无地,一片笙箫起半空。岸竹低添秋水碧,渚莲平接夕阳红。游人未达蒙庄旨,虚倚阑干面面风。

此楼在永嘉近城。"两层""一片"颇俗,五、六亦可观。

卷之三十六　论诗类

诗人世岂少哉？而传于世者常少，由立志不高也，用心不苦也，读书不多也，从师不真也。喜为诗而终不传，其传不传，盖亦有幸不幸，而其必传者，必出乎前所云之四事。今取唐、宋诗人所论著列于此，与学者共之。

五　言三首

苦　吟　　　　　杜荀鹤

世间何事好，最好莫过诗。一句我自得，四方人已知。生应无辍日，死是不吟时。始拟归山去，林泉道在兹。

喜陆少监入京　　　　　姜梅山

昔人思老杜，长恨不相随。还寄有刘白，同吟惟陆皮。物暌终必合，句妙却难追。试问长安陌，何如灞岸时？

范大参入觐颇爱鄙作以诗谢之

问句石湖老,如将日指标。枯中说滋味,高处戒虚骄。颇许唐音近,宁论汉道遥。正声今在耳,万乐听《箫韶》。

七　言三首

乡有好事者出君谟行草八分书数幅中有梅圣俞诗一首因成拙句以识二美
杜祁公

莆田笔健与文豪,尤爱南山县咏高。欲使英辞长润石,每逢佳句即挥毫。清如《韶濩》谐音律,逸似鸾皇振羽毛。羲献有灵应怅望,当时不见此风骚。

太师相公篇章真草过人远甚而特奖后进流于咏言辄依韵和
梅圣俞

杜诗尝说少陵豪,祖德兼夸翰墨高。苏李为奴令侍席,钟王北面使持毫。郊麟作瑞唯逢趾,天马能行不辨毛。一诵《东山》零雨句，无心更学楚《离骚》。

子美祖审言尝自谓："我诗可使苏、李为奴，书可使钟、王北面。"

送朝天集归杨诚斋　　姜尧章

翰墨场中老斫轮，纵横一笔扫千军。年年花月无闲日，处处江山怕见君。箭在的中非尔及，风行水面偶成文。先生只可三千首，回施江东日暮云。

白石道人夔，字尧章。饶州人。千岩萧公以其女妻之。当时甚得诗名，几于亚萧、尤、杨、陆、范者。予尝与南昌陈杰寿夫论诗，阅其馀稿，则大不然。尧章自能按曲，为词甚佳，诗不逮词远甚。予选其诗一。此一首合予意，容更详之。

卷之三十七　技艺类

书画琴棋，巫医卜筮，百工技巧，史为立传，以艺之难臻也。唐、宋以来，挟一艺游公卿之门，因诗以得名者不少焉，岂可以小技易视之哉。

五言二首

咏郡斋壁画片云得归字　　岑　参

云片何人画，尘侵粉色微。未曾行雨去，不见逐风归。只怪偏凝壁，回看欲染衣。丹青忽借便，移向帝乡飞。

草书屏风　　韩致尧

何处一屏风，分明怀远踪[①]。虽多尘色染，犹见墨痕浓。怪石奔秋涧，寒藤挂古松。若教临水畔，字字恐成龙。

---

① 冯班、李光垣："远"一作"素"。

七　言十一首

画真来嵩 　　　　　　　梅圣俞

广陵太守欧阳公,令尔画我憔悴容。便传仿佛在缣素,又欠劲直藏心胸。与以货布不肯受,比之医卜曾非庸。公今许尔此一节,尔只丹青期亦逢。

次韵吴仲庶省中画壁 　　　王半山

画虎虽非顾虎头,还能满壁画沧洲。九衢京洛风沙地,一片江湖草树秋。行数鱼虾宾共乐,卧看鸥鸟吏方休。知君定有扁舟意,却为丹青肯少留。

和仲庶池州齐山图

省中何忽有崔嵬,六幅生绡坐上开。指点便知岩穴处,登临新作使君来。雅怀重向丹青得,胜势兼随翰墨回。更想杜郎诗在眼,一江春雪下离堆。

次韵平甫赠三灵程惟象

家山松菊半荒芜,杖策穷年信所如。占见地灵非卜筮,算知人贵自陶渔。久谙郭璞言多验,老比颜含意更疏。只欲勒成《方士传》,借君名姓在新书。

赠李士宁道人

季主逡巡居卜肆,弥明邂逅作诗翁。曾令宋贾伏车上,更使刘侯惊坐中。杳杳人传多异事,冥冥谁识此高风。行歌过我非无谓,惟恨贫家酒盏空。

赠三灵程道人　　王平甫

三灵山下新安水,潇洒人间画不如。收得市朝忙日月,归来田里老樵渔。君能知命忘机久,我愧干时触事疏。从此卜邻同笑傲,何须强著《解嘲》书。

赠善相程杰　　苏东坡

心传异学不谋身,自要清时阅缙绅。火色上腾虽有数,急流勇退岂无人。书中苦觅元非诀,醉里微言却近真。我似乐天君记取,华颠赏遍洛阳春。

赠虔州术士谢晋臣

属国今从海外归,君平且莫下帘帷。前生恐是卢行者,后学过呼韩退之。死后人传戒定慧,生时宿直斗牛箕。凭君为算行年看,便数生时到死时。

赠童道人盖与予同甲子　　　陆放翁

吾侪之生乙巳年,达者寥寥同比肩。退士一生藜藿食,散人万里江湖天。忍贫不变我自许,挟术自营君岂然？一事尚须烦布策,几时能具钓鱼船？元注:"方谋买一小舟,未得也。"

赠徐相师

许负遗书果是非,子凭何处说精微？使君岂必如椰大,丞相元来要瓠肥。袖阔日常笼短刺,肩寒春未换单衣。半头布袋挑诗卷,也道游京卖术归。

后四句曲尽近时术士穷态,三、四亦好。

赠传神水鉴

写照今谁下笔亲,喜君分得卧云身。口中无齿难藏老,颊上加毛自有神。误遣汗青成国史,未妨着白号山人。他时更欲求奇迹,画我溪头把钓缗。

元注:"水鉴写予真,作幅巾白道衣。"中四句皆佳,时在史局。

卷之三十八　远外类

《汲冢周书》有《王会图》,《周官》有象胥、舌人之职。汉蒟酱、邛竹、蒲萄、苜蓿、安石榴,皆自外国至。远人慕化而来,使人将命而出,以柔以抚,其事不一。形诸赋咏,诡异谲觚,于唐为多,宋亦不无也。

五　言十二首

送褚山人归日东　　　　贾浪仙

悬帆待秋色,去人杳冥间。东海几年别,中华此日还。岸遥生白发,波尽露青山。隔水相思在,无书也是闲。

送黄知新归安南

池亭沉饮遍,非独曲江花。地远路穿海,春归冬到家。火山难下雪,瘴土不生茶。知决移来计,相逢期尚赊。

送朴处士归新罗　　　　顾非熊

少年离本国,今去已成翁。客梦孤舟里,乡山积水东。鳌沉崩巨岸,龙斗出遥空。学得中华语,将归谁与同?

日东病僧　　　　项　斯

云水绝归路,来时风送船。不言身后事,犹坐病中禅。深壁藏灯影,空窗出艾烟。已无乡土信,起塔寺门前。

曲尽外国僧老病之味。

贡院锁宿闻吕员外使高丽赠送徐骑省

圣化今无外,征途莫惮赊。扬帆箕子国,驻节管宁家。去伴千年鹤,归途八月槎。离情限华省,持此待疏麻[①]。

送新罗使　　　　张司业

万里为朝使,离家经几年。应知旧行路,却上远归船。夜泊避蛟窟,朝炊求岛泉。悠悠到乡国,还望海西天。

---

① 冯班:"待"一作"代"。

赠东海僧

别家行万里,自说过扶馀。学得中州语,能为外国书。与医收海藻,持咒取龙鱼。更问同来伴,天台几处居?

送人游日本国　　　　　方玄英

苍茫大荒外,风教却难知。连夜扬帆去,经年到岸迟。波涛含左界,星斗定东维。或有归风便,当为相见期。

第四句佳。然今自明州定海出昌国,往往顺风六、七日耳。岁惟有此一番风,往来必经年也。

送僧归日本国　　　　　吴　融

沧溟分故国,渺渺泛杯归。天尽终期到,人生此别稀。无风亦骇浪,未午已斜晖。系帛何须雁,金乌日日飞。

三、四妙。

送朴山人归新罗　　　　马　戴

浩渺行无极,拂帆但信风。云山过海半,乡树入舟中。波定遥天出,沙平远岸穷。离心寄何处,目断暮霞东。

王昭君 　　　　　　　刘中叟

敛袂出明光,琵琶道路长。初闻胡骑语,未解汉宫妆。薄命随尘土,元功属庙堂。蛾眉如有用,惭愧羽林郎。

> 刘戏鱼台,刘次庄也。长沙人。以开梅山入洞晓谕得官,熙宁七年赐同进士出身,仕至侍御江西漕。

送僧归新罗 　　　　　　　姚　鹄

森淼万馀里,扁舟发落晖。沧溟何处①别,白首此时归。寒暑途中变,人烟岭外稀。惊天巨鳌斗②,蔽日大鹏飞。雪入行沙屦③,云生坐石衣。汉风深得习,休恨本心违。

七言四首

送源中丞充新罗国册立使 　　刘梦得

相门才子称华簪,持节东行捧德音。面带霜威辞凤阙,

---
① 冯班:"处"一作"岁"。
② 冯班:"斗"一作"起"。
③ 冯班:"屦"一作"履"。

口传天语到鸡林。烟开鳌背千寻碧,日落鲸波万顷金。想见扶桑受恩后[①],一时西拜尽倾心。

<small>百济、新罗,后皆为高丽所并。此诗中四句全佳。</small>

赠日本僧智藏

浮杯万里过沧溟,遍礼名山适性灵。深夜降龙潭水黑,新秋放鹤野田青。身无彼我那怀土,心会真如不读经。为问中华学道者,几人雄猛得宁馨?

<small>三、四道丽,五、六有议论。</small>

送和藩公主　　　　　张司业

塞上如今无战尘,汉家公主出和亲。邑司犹属宗卿寺,册号还同虏帐人。九姓旗幡先引路,一生衣服尽随身。毡城南望无回日,空见沙蓬水柳春。

昆　仑　儿

昆仑家住海中洲,蛮客将来汉地游。言语解教秦吉了,波涛初过郁林洲。金环欲落曾穿耳,螺髻长拳不裹头。自爱肌肤黑如漆,行时半脱木绵裘。

<small>此所谓昆仑儿,即今之黑厮也。</small>

---

① 冯班:"后"一作"处"。

卷之三十九　消遣类

庄子曰：令人之意也消。有所不平焉而不能消，则褊狭矣。卫玠曰：非意相干，可以理遣。有所不堪焉而不能遣，则怨怒矣。诗人多有所谓消愁遣兴之作，必深达物理、世故、人情、天道者，乃能为真消遣之言，否则非由衷也。

五　言四首

可　惜　　　　　杜工部

花飞有底急，老去愿春迟。可惜欢娱地，都非少壮时。宽心应是酒，遣兴莫过诗。此意陶潜解，吾生后汝期。

看嵩洛有叹　　　　白乐天

今日看嵩洛，回头叹世间。荣华急如水，忧患大于山。见苦方知善，经忙始变闲。未闻笼里鸟，飞去肯飞还。"变"一作"恋"①。

---

① 纪昀：作"恋"字好。

夜　饮　　　　　　　　　李商隐

卜夜容衰鬓，开筵属异方。烛分歌扇泪，雨送①酒船香。
江海三年客，乾坤百战场。谁能辞酩酊，淹卧剧清漳。

孤　学　　　　　　　　　陆放翁

孤学虽遗俗，犹为一腐儒。家贫占力量，夜梦验工夫。
正欲安三径，宁忘奏六符。残年知有几，自怪尚区区。

七　言 三十八首

感　兴　　　　　　　　　白乐天

吉凶祸福有来由，但要深知不要忧。只见火光烧润屋，
不闻风浪覆虚舟。名为公器无多取，利是身灾合少求。虽
异匏瓜难不食，大都足食早宜休。

鱼能深入无忧钓，乌解高飞岂触罗。热处先争炙手去，

---

① 许印芳："雨"一作"风"。

悔时其奈噬脐何！樽前诱得猩猩血，幕上偷安燕燕窠。我有一言君记取，世间唯有苦人多。

闲卧有所思

向夕褰帘卧枕琴，微凉入户起开襟。偶因明月清风夜，忽想迁臣逐客心。何待投荒①初恐惧，谁人绕泽正悲吟。始知洛下分司坐，一日安闲直万金。

权门要路足身灾，散地闲居少祸胎。今日怜君岭南去，当时笑我洛中来。虫全性命缘无毒，木尽天年为不才。大抵吉凶多自致，李斯一去二疏回。

九年十一月二十一日感事而作②

祸福茫茫不可期，大都早退似先知。当君白首同归日，是我青山独往时。愿索素琴应不敢③，忆牵黄犬定难追。麒麟作脯龙为醢，何似泥中曳尾龟。

元注："其日独游香山寺。"

---

① 按："荒"原作"闲"，据康熙五十二年本、纪昀《刊误》本校改。
② 按："九年"上原有"此是"二字。 张载华：《闲卧有所思》二首、《九年十一月》一首俱见《香山后集》，《律髓》于"九年"上误增"此是"二字。（查慎行）先生评格上云："'此是'二字当删。"据改。
③ 按："敢"原作"暇"，据康熙五十二年本、纪昀《刊误》本校改。

放　言

　　朝真暮伪何人辨，古往今来底事无。但识朒生能诈圣，可知宁子解佯愚。草萤有耀终非火，荷露虽圆岂是珠。不取燔柴兼照乘，可怜光彩亦何殊。

　　世途倚伏①都无定，尘网牵缠卒未休。祸福回环车转毂，荣枯反覆手藏钩。龟灵未免刳肠患，马失应无折足忧。不信君看弈棋者，输赢须待局终头。

　　赠君一法决狐疑，不用钻龟与祝蓍。试玉要烧三日满，辨材须待七年期。周公恐惧流言后，王莽谦恭未篡时②。向使当时身便死，一生真伪复谁知。

　　谁家第宅成还破，何处亲宾哭复歌。昨日屋头堪炙手，今朝门外好张罗。北邙未审留闲地，东海何曾有定波。莫笑贱贫夸富贵，共成枯骨两如何。

　　泰山不要欺毫末，颜子无心羡老彭。松树千年终是朽，槿花一夕自为荣。何须恋世常忧死，亦莫嫌身漫厌生。生去死来都是幻，幻人哀乐系何情。

---

① 按："伏"原讹作"杖"，据康熙五十二年本、纪昀《刊误》本校改。
② 冯班："未篡"一作"下士"。

即 目 　　　　　　　　韩致尧

动非求进静非禅,咋口吞声过十年。溪涨浪花如积石,雨晴云叶似连钱。干戈岁久谙戎事,枕簟秋深减夜眠。攻苦惯来无不可,寸心如水但澄鲜。

惜 春

愿言未偶非高卧,多病无心选胜游。一夜雨声三月尽,万般人事五更头。年逾弱冠即为老,节过清明却似秋。应是西园花已落,满溪红片向东流。

残春旅舍

旅舍残春宿雨晴,恍然心地忆咸京。树头蜂抱花须落,池面鱼吹柳絮行。禅伏诗魔归净域,酒冲愁阵出奇兵。两梁免被尘埃污,拂拭朝簪待眼明。

春中湘中题岳麓寺僧舍 　　罗 隐

蟾宫虎穴两皆休,来凭危栏送远游[①]。多事林莺还谩

---
① 冯班:"游"一作"愁"。

语,薄情边雁不回头。春融只待乾坤醉,水阔深知世界浮。欲共高僧话心迹,野花芳草奈相尤。

> 罗昭谏生当乱离,多不得志哀怨之言。

下　第　　　　　　　　罗邺

谩把青春酒一杯,愁襟未信酒能开。江边依旧空归去,帝里还如不到来。门掩残阳鸣鸟雀,花飞何处好池台。此时惆怅便堪老,何用人间岁月催。

> 唐人下第情怀,有如此者。一名一第,役天下士,亦可怜矣。

安定城楼　　　　　　　　李商隐

迢递高城百尺楼,绿杨枝外尽汀洲。贾生年少虚垂涕,王粲春来更远游。永忆江湖归白发,欲回天地入扁舟。不知腐鼠成滋味,猜意鹓雏竟未休。

十二月十七日移病家居三首　　张宛丘

老去尘怀痛洗湔,虚舟不系任洄沿。寸心若变有如日,万事不忧终在天。莫为饥寒弃南亩,须知穑穑有丰年。桃符侲子喧门巷,又向江城一岁捐。

凭高游目快遐瞻,落日孤云与水兼。万顷泽空供雪意,一枝梅笑破冬严。擎苍未减飞扬兴,引满何辞斗石添。杨柳催春兼警客,荒沟照影弄纤纤。

从今羞复立功名,卤莽因循已半生。心遣我愚应有谓,眼看人智亦何成。梦为蝴蝶因观化,目送飞鸿谩寄情。堪笑妻儿怀土甚,谪期未满已留行①。

此三诗谪黄州时作。消愁遣兴,顺时达理,引物触类,前辈多有之。

和尧夫打乖吟　　　程明道

打乖非是要安身,道大方能混世尘。陋巷一生颜氏乐,清风千古伯夷贫。客求《易》妙多携卷,天为诗豪剩借春。尽把笑谈亲俗子,德容犹足畏乡人。

圣贤事业本经纶,肯与巢由继后尘。三币未回伊尹志,万钟难换子舆贫。且因经世藏千古,已占西轩度十春。时止时行皆有命,先生不是打乖人。

邵尧夫一世豪杰,而安于闲退。理数之学,胸中浩然,时适有生如明道者知之。伊尹、伯夷、颜子、孟轲,其志也,非大②说话。

---

① 按:"留"原作"流"。据康熙五十二年本、纪昀《刊误》本校改。
② 按:"非"原讹作"小",据康熙五十二年本、纪昀《刊误》本校改。

寓 叹 　　　　　　　　　　　陆放翁

俗心浪自作棼丝，世事元知似弈棋。旧业萧然归亦乐，馀生至此死何悲。古人可作将谁慕，造物无心岂自私。已决残春故流一作"溪"。去，短蓑垂钓月明时。

后寓叹

貂蝉未必出兜鍪，要是苍鹰已下韝。彭泽竟归端为酒，轻车已老岂须侯。千年精卫心平海，三日於菟气食牛。会与高人期物外，摩挲铜狄灞陵秋。

前诗三、四佳，后诗六句豪俊。嘉泰二年癸亥，放翁年七十九，在朝。

初归杂咏

雪满渔蓑雨垫巾，超然无处不清真。胸中那可有一事，天下故应无两人。骑马每行秋栈路，唤船还渡暮江津。酒楼僧壁留诗遍，八十年来自在身。

齿豁头童尽耐嘲，即今烂饭用匙抄。朱门谩设千杯酒，青壁宁无一把茅。偶尔作官羞问马，颓然对客但称猫。此时定向山中死，不用磨钱掷卦爻。

元注:"磨钱掷卦爻,蜀龙昌期语也。"此放翁七十九归老诗。

龟堂独坐遣闷

放逐还山八见春,枯颅槁顶雪霜新。大床不解除豪气,凡眼安能识贵人。食有淖糜犹足饱,衣存短褐未全贫。北窗坐卧君无笑,拈起乌藤捷有神。

遣 兴

莫笑龟堂磊瑰胸,此中元可贮虚空。尚饶灵运先成佛,那计辛毗不作公。采药偶逢丹井客,买蓑因过玉霄翁。不须更问归何许,散发飘然万里风。

书 兴

占得溪山卜数椽,饱经世故气犹全。入门明月真堪友,满榻清风不用钱。便死也胜千百辈,少留更望二三年。湖桥酒美能来醉,一棹何妨作水仙。

翁是年有诗云:"老出乡闾右,贫过仕宦初。"亦佳句。盖已八十四矣。

遣 兴

几看人间岁月新，钓船犹系镜湖滨。曾穿高帝朝元仗，却作山阴版籍民。留病三分嫌太健，忍饥半日未全贫。早知昼锦能为祟，翁子终身合负薪。

书斋壁

平生忧患苦萦缠，菱刺磨成芡实圆。天下不知谁竟是，古来唯有醉差贤。过堂未悟钟将衅，睨柱谁知璧偶全。自笑为农行没世，尚如惊雁落空弦。

遣 兴

侯印从来非所图，赤丁子亦不容呼。着低怯对新棋敌，量减愁添旧酒徒。生世岂能常役役，酣歌且复和呜呜。扁舟到处皆吾境，莫问桐江与镜湖。

家住城南剡曲傍，门前山色蘸湖光。三朝执戟悲年壮，二顷扶犁乐岁穰。名姓已随身共隐，文辞终与道相妨。子孙勉守东皋业，小甑吴粳底样香。

五、六好议论。

杂 兴

散发林间万事轻,梦魂安稳气和平。只知秋菊有佳色,那问荒鸡非恶声。达士招呼同啸傲,福人分付与功名。一篇说尽《逍遥》理,始信蒙庄是达生。

信 笔　　　范石湖

天地同浮水上萍,羲娥迭耀案头萤。山中名器两芒屦,花下友朋双玉瓶。童子昔曾夸了了,主翁今但诺惺惺。归田赢得都无事,输与诸公汗简青。

尾句是出处之间有感云云。

请息斋书事

覆雨翻云转手成,纷纷轻薄可怜生。天无寒暑无时令,人不炎凉不世情。栩栩算来俱蝶梦,喈喈能有几鸡鸣。冰山侧畔红尘涨,不隔瑶台月露清。

刻木牵丝罢戏场,祭终雨后两相忘。门虽有雀尚廷尉,食已无鱼休孟尝。虱里趋时真是贼,虎中宣力任为伥。篱东舍北谁情话,鸡语鸥盟意却长。

聚蚋醯边闹似雷,乞儿争肯向寒灰。长平失势见何晚,栗里息交归去来。休问江湖鱼有沫,但期云水鹤无媒。岩扉岫幌牢扃锁,不是渔樵不与开。

今详石湖此四诗乃淳熙十二年乙巳正月作。时年六十岁也。

孤山寒食　　赵师秀

三月芳菲在水边,旅人消困亦随缘。晴舒蝶羽初匀粉,雨压杨花未放绵。有句自题闲处壁,无钱难上贵时船。最怜隐者高眠地,日日春风是管弦。

赵紫芝之恋恋西湖以终其生,钱塘诗人大率如此。当时升平,看人富贵,以一身混其中,亦不为大无聊也。

卷之四十　兄弟类

七　言七首

喜敏中及第偶示所怀　　　白乐天

自知群从为儒少,岂料词场中第频。桂折一枝先许我,杨穿三叶尽惊人。转于文墨须留意,贵向烟霄早致身。莫学尔兄年五十,蹉跎始得掌丝纶。

敏中新授户部员外郎西归

千里归程三伏天,官新身健马翩翩。行冲赤日加餐饭,上到青云稳着鞭。长庆老郎唯我在,客曹故事望君传。前鸿后雁行难续,相去迢迢二十年。

送二十兄还镇江　　　李巽伯

此行检校幽栖事,佳处知公故未忘。新笋岂应过母大,旧松想已及人长。老来对客须灵照,贫后持家借孟光。世乱身危何处是,二年孤负北窗凉。

李处权字巽伯。洛阳人。邯郸公淑之后。有《崧庵集》。宣和间与陈叔易、朱希真以诗名。南渡后尝领三衢。

布作高阳台众乐园成被命与金陵易地兄弟待罪侍从对更方面实为私门之庆走笔寄子开弟 曾子宣

楼台丹碧照天涯,塞北江南未足夸。千里烟波方种柳,万株桃李未开花。一麾同下西清路,两镇交迎上将牙。回首林塘莫留恋,风光还属阿连家。

肇谨次元韵 曾子开

文物河间信可嘉,风流江左亦堪夸。水南水北千竿竹,山后山前二月花。久愧迂儒怀郡绂,聊须隽老驻军牙。两州耆旧无多怪,鲁卫从来是一家。

此事古今希有。曾布子宣守高阳,弟肇子开守金陵,两易,将吏交迎送于途,诚盛事也。后子宣相,子开当制,尤盛事也。又其后居京口,先后一日卒。惜子宣为小人之相。

示长安君 王半山

少年离别意非轻,老去相逢亦怆情。草草杯盘供笑语,昏昏灯火话平生。自怜湖客①三年隔,又作尘沙万里行。欲

---
① 许印芳:"客"一作"海"。

问后期何日是,寄书应见雁南征。

宋匪躬太祝先辈示及刘贡父伯仲三人同年登第之诗因奉一篇 王平甫

六朝文物事当奇,阀阅如今举世推。射策人争看三虎,荐书吾早识孤罴。集英晓日胪传后,琼苑春风宴喜时。共羡丝纶归世掌,还开骖隔凤凰池。

元注:"太祝京西第一,荐时予为考官。"

卷之四十一　子息类

五　言六首

卜岁日喜谈氏外孙女孩满月　白乐天

今旦夫妻喜,他人岂得知。自嗟生女晚,敢讶见孙迟。物以稀为贵,情因老更慈。新年逢吉日,满月乞名时。桂燎熏花果,兰汤洗玉肌。怀中有可抱,何用是男儿。

阿崔儿诗

谢病卧东都,羸然一老夫。孤单同伯道,迟暮过商瞿。岂料鬓成雪,方看掌上珠。已衰宁望有,虽晚亦胜无。兰入前春梦,桑悬①昨日弧。里闾多庆贺,亲戚共欢娱。腻剃新胎发,香绷小绣襦。玉芽开手爪,酥颗点肌肤。乳气初离壳,啼声渐变雏。何时能反哺,供养白头乌。

元、白皆苦无子,乐天晚得此子,后亦夭也。诗人穷相,形容无所不至,晚乃所以妨此子欤?

---

① 按:"悬"原作"传",据康熙五十二年本、纪昀《刊误》本校改。

咏孩子 严维

嘉客会初筵,宜时魄再圆。众皆含笑戏,谁不点颐怜。
绣被花堪摘,罗绷色欲妍。《将雏》有旧曲,还入武城弦。

杨本胜说于长安见小儿阿衮 李商隐

闻君来日下,见我最娇儿。渐大啼应数,长贫学恐迟。
寄人龙种瘦,失母凤雏痴。语罢休边角,青灯两鬓丝。

小孙纳妇 姜梅山

庆事集朋亲,孙枝喜气新。歌云停碧落,舞雪眩青春。
暖日花君子,清樽酒圣人。一春行乐地,不负牡丹辰。

此翁乐哉!为人祖而见孙纳妇,贫亦乐也,而况富贵乎?

哭开孙 陆放翁

学步渐扶床,乘车已驾羊。虚称砌台史,不遇玉函方。
杳杳天难问,茫茫夜正长。寂寥谁伴汝,萧寺闭空房。

七言六首

予与微之老而无子发于言叹著在诗篇今年冬各有一子戏作二什一以相贺一以自嘲　　白乐天

常忧到老都无子，何况新生又是儿。阴德自然宜有庆，皇天可得道无知。一园水竹今为主，百卷文章更付谁。莫虑鹓雏无浴处，即应重入凤凰池。

五十八翁方有后，静思堪喜亦堪嗟。一珠甚小还惭蚌，八子虽多不羡鸦。秋月晚生丹桂实，春风初长紫兰芽。持杯愿祝无他语，慎勿顽愚似汝爷。

乐天生于大历七年壬子。此年太和三年己酉，年五十八岁。微之小乐天七岁。是年五十一。

哭崔儿

掌珠一颗儿三岁，鬓雪千茎父六旬。岂料汝先为异物，常忧吾不见成人。悲肠自断非因剑，啼眼加昏不是尘。怀抱又空添默默，依然重作邓攸身。

六十无子，不容不悲，人情也。

戏题赠二小男　　　　　刘长卿

异乡流落频生子,几许悲欢并在身。欲识①老容羞白发,每看儿戏忆青春。未知门户堪谁主,见免②琴书与别人。何幸暮年方有后,举家相对却沾巾。

第四句已佳,五、六句全似乐天。

相使君第七男生日③

娶妻生子复生男,独有君家众所谈。荀氏八龙唯欠一,桓生四凤已过三。他时干蛊声名著,今日悬弧宴乐酣。谁道众贤能继体,须知个个出于蓝。

赋第七男,用事造语巧缀。然昌黎五男儿亦如此形状,不可弃也。

寄二子　　　　　陆放翁

大儿新作鹤林游,仲子经年戍吉州。日日望书常至暮,时时入梦却添愁。得官本自轻齐虏,对景宁当似楚囚。识取乃翁行履处,一生任运笑人谋。

---

① 冯班:"识"一作"并"。
② 冯班:"见"一作"且"。
③ 按:似当作包何诗。

卷之四十二　寄赠类

远而有寄，面而有赠，有寄赠则有酬答，不专取诶，取诗律之精而已。

五　言三十八首

答李司户　　　宋之问

远方来下客，辎轩摄使臣。弄琴宜在夜，倾酒贵逢春。驷马留孤馆，双鱼赠故人。明朝散云雨，遥仰德为邻。

赠升州金陵也王使君忠臣　　李太白

六代帝王国，三吴佳丽城。贤人当重寄，天子借高名。巨海一边静，长江万里清。应须救赵策，未肯弃侯嬴。

盛唐人诗气魄广大，晚唐人诗工夫纤细，善学者能两用之，一出一入，则不可及矣。此诗比老杜，律虽宽而意不迫。

忝职武昌初至夏口书事献府主　　窦　巩

白发放囊鞬，梁王旧爱全。竹篱江畔宅，梅雨病中天。

时奉登临宴,闲修上水船。时人兴谤易,莫遣鹤猜钱①。

此所谓"府主",乃元稹微之也。元以故相为武昌节度,固请友封为副戎,除秘少兼中丞以往。"鹤"者友封自谓也。

戏酬副使中丞见示四韵　　元微之

莫恨暂橐鞬,交游几个全。眼明相见日,肺病欲秋天。五马虚盈枥,双蛾浪满船。可怜俱老大,无处用闲钱。

微之时为武昌节度,检校户部尚书,未几卒于任。

微之见寄与窦七酬唱之什本韵外加两韵　　白乐天

旌钺从橐鞬,宾僚情礼全。夔龙来要地,鸳鹭下寥天。赭汗骑骄马,青娥舞醉仙。合成江上作,散到洛中传。穷巷能无酒,贫池却有船。春装秋未寄,漫道足闲钱。

"合"音閤。乐天时为河南尹,和此诗。

酬思黯戏赠

钟乳三千两,金钗十二行。妒他心似火,欺我鬓如霜。慰老资歌笑,销愁仰酒浆。眼看狂不得,狂得且须狂。

---

① 张载华:"猜"一作"支",或是"请"之讹。

元注:"思黯自云'前后服钟乳三千两,甚得力,而歌舞之妓颇多',来诗谑予羸老,故戏答之。"

承窦七中丞见示初至夏口献戎诗辄戏和云 　　裴晋公度

出佐青油幕,来吟《白雪》篇。须为九皋鹤,莫上五湖船。窦诗自称鹤,兼云治船装故也。故态君应在,新声我亦便。闻鄂州初教成讴者甚工。元侯看再入,好被暂留连。

晋公初为微之所忌。微之在相位不一月而出,晋公终以再入许之,可谓德人君子矣。

和寄窦七中丞 　　令狐楚

仙吏秦蛾别,新诗鄂渚来。才推今八斗①,职赋旧三台。雕镂心偏许,缄封手自开。何年相赠答,却得到中台。

令狐楚时为吏部尚书,和此诗。以前任户部尚书,友封为当司员外郎,故第四句所云如此。观此五言诗,足见一时人物风流之盛。

过刘员外别墅 　　皇甫曾

谢客开山后,郊扉水去通。江湖千里别,衰老一樽同。

---

① 冯班:"斗"当为"米"。"八米"是卢思道事,何得改"八斗"？　无名氏(甲):"八斗"言其大,"八米"言其精,俱可用。然对"三台",似乎"八斗"官样。

返照寒川满,平田暮雪空。沧洲自有趣,不复哭途穷。

寄刘员外

南忆新安郡,千山①带夕阳。断猿知夜久,秋草助江长。鬓发②应成素,青松独见霜。爱才称汉帝,题柱在田郎③。

此所谓新安者,唐之睦州,今之严州。今称严为新定郡,歙为新安郡。在唐时二郡亦总称新安。

喜皇甫侍御相访 刘长卿

荒村带晚照,落叶乱纷纷。古路无行客,空山独见君。野桥经雨断,涧水向田分。不为怜同病,何人到白云。

刘长卿诗细淡而不显焕。观者当缓缓味之,不可造次一观而已也。

酬皇甫侍御见寄前相国姑臧公初临郡

离别江南北,汀洲叶再黄。路遥云共水,砧迥月如霜。

---

① 冯班:"山"一作"峰"。
② 冯班:"鬓"一作"疏"。
③ 冯班:"在"一作"待"。

岁俭依仁政,年衰离故乡①。伫看宣政召②,汉法倚张纲。
第五句不涉风物,未尝不新。

酬包谏议见寄之什

佐郡愧顽疏③,殊方亲里间。家贫寒未度,身老岁将除。过雪山僧至,依阳野客舒。药陈随远宦,梅发对幽居。落日栖鹍鸟,行人遗鲤鱼。高文不可和,空愧学相如。
包佶谪病寄诗,此所和也。

敬酬李判官使院即事见呈　　岑　参

公府日无事,吾徒只是闲。草根侵柱础,苔色上门关。映砚④时见⑤鸟,卷帘晴对山。新诗吟未足,昨夜梦东还。
天宝年间诗皆如此饱满。

送张南史—云"寄李纾"　　郎士元

雨过⑥深巷静,独酌送残春。车马虽嫌僻,莺花不厌贫。

---

① 冯班:"离"一作"忆"。　许印芳:"离"与首句犯复,不可从。
② 冯班:"政"一作"室"。
③ 冯班:"愧"一作"弃"。
④ 冯班:"映"一作"饮"。
⑤ 按:"见"字原缺,据康熙五十二年本、纪昀《刊误》本校补。
⑥ 按:"过"原作"馀",据康熙五十二年本、纪昀《刊误》本校改。

虫丝黏户网,鼠迹印床尘。问道山阳会,如今有几人?

赠刘叉   姚 合

自君离海上,垂钓更何人!独宿空堂雨,闲行九陌尘。避时曾变姓,救难似嫌身。何处相期宿,咸阳酒市春。

<small>刘叉豪侠之士,尝杀人亡命。此诗殆叉之真像也。</small>

赠张质山人

先生居处僻,荆棘与墙齐。酒好宁论价,诗狂不着题。烧成度世药,踏尽上山梯。懒听闲人语,争如谷鸟啼。

<small>世间多怪人,喜吟诗而不切者多有之。</small>

赠姚合少府   张司业

病来辞赤县,案上有丹经。为客烧茶灶,教儿扫竹亭。诗成添旧卷,酒尽卧空瓶。阙下今遗逸,谁瞻隐士星!

寄孙冲主簿

低折沧洲簿,无书整两春。马从同事借,妻怕罢官贫。道僻收闲药,诗高笑古人。仍闻长吏奏,表乞锁厅频。

中四句贾浪仙相似,姚武功未及也。

僧任懒

未肯求科第,深坊且隐居。胜游寻野客,高卧看兵书。点药医闲马,分泉灌远蔬。汉庭无得意,谁拟荐相如!

中四句极工。

赠喻凫　　　方玄英

所得非众语,众人那得知。才吟五字句,又白几茎髭。月阁欹眠夜,霜轩正坐时。沉思心更苦,恐作满头丝。

贻钱塘县路明府

志业不得力,至今犹苦吟。吟成五字句,用破一生心。世路屈声远,寒溪怨气深。前贤多晚达,莫怕鬓霜侵。"志业"一作"志学"。

"又白几茎髭"之联与"用破一生心"之联意相似,而"破"字未佳。

中路寄喻凫

求名如未遂,白路①亦难归。送我樽前酒,典君身上衣。

---

① 冯班:"路"当作"首"。

寒芜随楚尽，落叶渡淮稀。"尽"一作"阔"。莫叹干时晚，前心岂便非。

三、四见晚唐诗人其贫如此。

永州寄翁灵舒　　　　徐道晖

古郡百蛮边，苍梧九点烟。去家疑万里，归计在明年。风顺眠听角，楼高望见船。筠州当半道，长得秀诗篇。

第六句好。眼前事，但道着便新。

寄筠州赵紫芝推官

府后岩峦众，何时访古仙。井甘邻室共，钟远雪风传。病去茶难废，诗多石可镌。蜀江春未动，犹得缓归船。

三、四好。

见杨诚斋[①]　　　　徐文渊

名高身又贵，自住小村深。清得门如水，贫惟带有金。养生非药饵，常语尽规箴。四海为儒者，相逢问信音。

三、四佳。

---

① 按：康熙五十二年本、纪昀《刊误》本"见"作"投"。

寄酬葛天民　　　　　　翁灵舒

常日已清癯,那兼日未除。传来五字好,吟了半年馀。
铁柱天人观,梅花处士庐。江湖正相隔,岁晚更愁予。

赠滕处士

识君戎马际,今又十年馀。环海才安息,先生便隐居。
清风三亩宅,白日一床书。长是闲门掩,邻僧亦不如。

赠葛天民

燕本昔如此,清名千载垂。谁将囊米施,自拾束薪炊。
柳影连蓬阁,湖波浸竹篱。朝昏无别事,只是欲吟诗。

寄幼安　　　　　　周信道

我屋与君室,济河南北州。相逢楚天晚,却看蜀江流。
老境浑能迥,妖氛竟未收。何时一廛地,归种故园秋。

信道与幼安俱济南人,故所作云尔。诗意慷慨,当阜陵之时,思中原可也。

次韵和季长学正月二十八日出郊见寄之作　　宋景文

雅俗传祠日，_{州人以二十八日祠保寿侯及唐杜丞相于崇真堂。}年华重宴辰。初阳澹江雾，小雨破街尘。_{是日雨而不泞，游人皆集。}客盖浮轻吹，斋刀俨后陈。林芳催兔目，原色换龙鳞。壤路歌声杂，褠娼舞叠新。持杯遍酬客，唯欠眼中人。

寄外舅郭大夫_概　　陈后山

巴蜀通归使，妻孥且旧居。深知报消息，不忍问何如。身健何妨远，情亲未忍[①]疏。功名欺老病，泪尽数行书。

_{后山学老杜，此其逼真者。枯淡瘦劲，情味深幽。晚唐人非风、花、雪、月、禽、鸟、虫、鱼、竹、树，则一字不能作。"九僧"者流，为人所禁，诗不能成，曷不观此作乎？}

赠翁卷　　刘后村

非止擅唐风，尤于《选》体工。有时千载事，只在一联中。世自轻前辈，天犹活此翁。江湖不相见，才见又西东。

_{后村诗比"四灵"斤两轻，得之易，而磨之犹未莹也。"四灵"非极}

[①] 张载华、李光垣："忍"，集本作"肯"。

莹不出，所以难。后村晚节诗饱满。"四灵"用事冗塞，小巧多，风味少，亦减于"四灵"也。灵舒之死最后，容续考书。

赠高九万并寄孙季蕃二首

诸人凋落尽，高叟亦中年。行世有千首，买山无一钱。
紫髯长拂地，白眼冷看天。古道微如线，吾侪各勉旃。

菊涧说花翁，飘零向浙中。无书上皇帝，有句恼天公。
世事年年异，诗人个个穷。筑台并下榻，今岂乏英雄。

高九万诗俗甚，为《老妓》诗二首尤俗于后村。孙季蕃老于花酒，以诗禁仅为词，皆太平时节闲人也。

寄赵昌父　　　　　　赵师秀

逃名逃未得，几载住章泉。便使重承诏，多应不议边。
高风时所系，新集世方传。忆就江楼别，雪晴江月圆。

末句全犯无可"忆就西湖宿，月圆松竹深"，然亦可喜。

赠卖书陈秀才

四围皆古今，永日坐中心。门对官河水，檐依柳树阴。
每留名士饮，屡索老夫吟。最感春烧尽，时容借检寻。

陈起字宗之,睦亲坊卖书开肆。予丁未至行在所,至辛亥年凡五年,犹识其人,且识其子。今近四十年,肆毁人亡,不可见矣。

寄新吴友人

每于楼上立,远远望新吴。春至山疑长,江空雨似无。怀才人尽爱,多病体常癯。若治东游策,舟行与子俱。

三、四佳。

七　言 五十八首

酬淮南牛相公述旧见贻　　刘宾客

少年曾忝汉庭臣,晚岁空馀老病身。初见相如成赋日,寻为丞相扫门人。追思往事咨嗟久,喜奉清光笑语频。犹有登朝旧冠冕,待公三日①拂埃尘。

酬太原狄尚书见寄

家声烜赫冠前贤,时望穹崇镇化边②。身上官衔如座

---

① 冯班:"日"当作"人"。　何义门:《唐诗纪事》载"三日",事最附会,应从宋本作"三人"。
② 冯班:"化"一作"北"。

主,幕中谈笑取同年。幽并侠少趋鞭弭,燕赵佳人奉管弦。仍把天兵书号笔,远题长句寄山川①。

寄李蕲州

下车书奏龚黄课,动笔诗传鲍谢风。江郡讴谣夸杜母,洛阳②欢会忆车公。笛愁春尽梅花里,簟冷秋生蕲叶中。蕲州出好笛,并蕲叶簟。不道蕲州歌酒少,使君难称与谁同。

夜宿江浦闻元八改官因寄此什

君游丹陛已三迁,我泛沧浪欲二年。剑佩晓趋双凤阙,烟波夜宿一渔船。交亲尽在青云上,乡曲遥抛白日边。若报生涯应笑杀,结茅栽芋种畬田。

赠窦五判官　　　　韦渠牟

故旧相逢三两家,爱君兄弟有声华。文辉锦彩珠垂露,逸兴江天绮散霞。美玉自矜频献璞,真金难与细披沙。终须撰取新诗品,更比芙蓉出水花。

渠牟自称重表兄弟窦庠。此诗极工。

---

① 冯班:"山"一作"三"。
② 冯班:"阳"一作"城"。

酬谢韦卿廿五兄俯赠 窦庠

大贤持赠一明珰,蓬荜初惊满室光。埋没剑中生紫气,尘埃瑟上动清商。荆山璞在终应识,楚国人知不是狂。莫恨伏辕身未老,会将筋力见王良。

此诗亦足以当渠年之赐。

酬窦大闲居见寄 房儒复

来自三湘到五溪,青枫无树不猿啼。名惭竹使宦情少,路隔桃源归思迷。《鹏鸟赋》成知性命,鲤鱼书至恨睽携。烦君强着潘年比,骑省风流讵可齐?

窦大者名常。所寄诗后四句云:"蜗舍喜时春梦觉,隼旗行处瘴江清。新年且可①三十二,却笑潘郎白发生。"故有此答。

赠商州王使君 张司业

衔命南来会郡堂,却思朝里接班行。才雄犹是山城守,道薄初为水部郎。选胜相留开客馆,寻幽更引到僧房。明朝从此辞君去,独出商关路渐长。

---

① 冯班:"且"一作"正"。

同将作韦少监赠李郎中

旧年同过水曹郎,各罢鱼符自楚乡。重着青衫承诏命,齐趋紫殿异班行。别来同说经过事,老去相传补养方。忆得当时亦连步,如今独有读书堂①。

寄梅处士

扰扰人间是与非,官闲自觉省心机。六行班里身常下,九列符中事亦稀。市客惯曾赊贱药,家童惊见着新衣。君今独得居山乐,应笑多时未办归。

依韵和赵令畤　　　　　陆陶山

无事何妨数命宾,一湖清境是西邻。栽花要与春为主,对酒嗔将月借人。诗就彩笺舒卷玉,舞馀花碗倒垂银。由来景物常无价,谩道钱多会有神。

赠别吴兴太守中父学士

蓬山仙子任天真,乞领南麾奏疏频。金锁阙边辞黻座,

---

① 冯班:"有读"一作"在讲"。

水晶宫里约朱轮。公庭事简烦丞掾,斋阁诗多泣鬼神。莫为行春恋苕霅,銮坡挥笔待词臣。

和开祖丹阳别子瞻后寄　　陈令举

仙舟系柳野桥东,会合情多劳谪翁。相对一樽浮蚁酒,轻寒二月小桃风。羁怀散诞讴歌里,世事纵横醉笑中。莫恨明朝又离索,人生何处不匆匆。

<small>陈舜俞,字令举。嘉祐四年中制举。坐诋新法谪南康酒税,日与刘凝之游,遇赦不仕卒。东坡祭文深痛之。</small>

寒食中寄郑起侍郎　　杨仲猷

清明时节出郊原,寂寂山城柳映门。水隔淡烟修竹[①]寺,路经疏雨落花村。天寒酒薄难成醉,地迥楼高易断魂。回首故山千里外,别离心绪向谁言?

<small>中四句皆美,而下联世人尤传。</small>

次韵和内翰杨大年见寄　　李虚己

鳌冠三峰碧海宽,《云谣》初下蔼芝兰。探珠宫里骊龙睡,织锦机中彩凤盘。药砌苍苔钱作点,粉墙修竹玉为竿。

---

① 按:"修"原作"疏",据康熙五十二年本、纪昀《刊误》本校改。

闲从庄蝶亲凫舄,曾得安期九转丹。

三、四颂杨文公所作如"探珠""织锦"。五、六言翰苑景物。又谓梦中亲炙,承神仙丹点化之力,酷有"昆体"。

次韵和汝南秀才游净土见寄

长松系马放吟鞭,水殿沉檀一炷烟。苔破闲阶幽鸟立,草芳深院老僧眠。桃花欲放条风后,荼蘼新供谷雨前。衰会赏诗多狎客,我无歧路近神仙。

三、四甚佳。虚己官至工侍。初与曾致尧倡和,致尧谓:"子之诗工矣,而其音犹哑。"虚己悯然,退而精思,得沈休文浮声切响之说,遂再缀数篇示曾,曾乃骇然叹曰:"得之矣。"予谓此数语诗家大机括也。工而哑,不如不必工而响。潘邠老以句中眼为响字,吕居仁又有字字响、句句响之说,朱文公又以二人晚年诗不皆响责备焉。学者当先去其哑可也。亦在乎抑扬顿挫之间,以意为脉,以格为骨,以字为眼,则尽之。

将到都先献枢密太尉相公　　宋景文

再试州旟验不才,却将憔悴到中台。相车问罢同牛喘,大厦成时与燕来。守寿春日方闻爰立之拜。今日谋猷须丙魏,他年宾客但邹枚。西园闻道馀春在,尚及花前滟滟杯。

和致政燕侍郎舟中寄晏尚书

公自寿州换知陈州,至是再入。

异时仙阁对三休,顿首辞荣动邃旒。疏广故僚供祖帐,鸱夷尽室付归舟。侧阶生玉怀欢宴,燕壁图山代远游。新句渐高尘累少,紫芝岩曲要相求。

此晏元宪公也。

送越州陆学士

梅天霞破候旗干,乡树依然越绝间。挟策当年逢掖去,怀章此日绣衣还。亭馀内史浮觞水,路入仙人取箭山。牛酒盛夸先墅宴,不妨春诏得亲班。

留别虞枢密　　　　王景文

太仓宇宙久陈陈,合与英豪共挽新。修造凤楼须有手,住持乌寺可无人。千官礼绝三司贵,一士归心万国春。借与八风吹六翮,飞腾意度不无神。

刘后村《续诗话》云:"王质景文《与王枢使公明》诗云:'试看公出手,毋谓我无人。'《与虞丞相》云:'寄身江汉归无所,开眼乾坤见有公。'甚隽快。但下联云:'修造凤楼须有手,住持乌寺可无人。'几于自鬻矣。"

寄苏内翰　　　刘景文

倦压鳌头请左符,笑寻颍尾为西湖。二三贤守去非远,六一清风今不孤。四海共知霜鬓满,重阳曾插菊花无。聚星堂上谁先到,欲傍金罇倒玉壶。

"六一清风"一联已佳。"四海""重阳"一联不唯见天下人共惜东坡之老,又且开慰坡公,随时消息,不必以时事介意也。句律悲壮豪健,人人能诵之。

次韵刘景文见寄　　　苏东坡

淮上东来双鲤鱼,巧将诗信渡江湖。细看落墨皆松瘦,相见掀髯正鹤孤。烈士家风安用此,书生习气未能无。莫因老骥思千里,醉后哀歌缺唾壶。

坡诗亦足敌景文。三、四劲健,五、六言景文家世壮烈而能诗,气象巋屼,未易攀也。

贾麟自睦来杭复将如苏戏赠短句　强幾圣

春风那解系狂游,朝醉桐江暮柳州。大手千篇随地扫,一身四海逐云浮。荣名不落闲宵梦,退筑聊为晚岁谋。老橘残鲈犹有兴,片心还起洞庭舟。

强至幾圣,馀杭人,精于诗,有《祠部集》。此特其一耳。

和子瞻沿牒京口忆西湖出游见寄　　陈述古

春阴漠漠燕飞飞，可惜春风与子违。半岭烟霞红旆入，满湖风月画船归。猴笙一阕人何在，辽鹤重来事已非。犹忆去年题别处，鸟啼花落客沾衣。

寄长沙簿孙明远　　杨龟山

阳城衰晚拙催科，阖寝空惭罪已多。祭灶请邻君自适，载醪祛惑我谁过。猗猗庭倚兰堪佩，寂寂门无雀可罗。归去行寻溪上侣，为投缨绂换渔蓑。

杨公道学大儒，诗其馀事。此篇齐整，元祐人句法也。

寄陈鼎　　张宛丘

懒着青衫[①]泥醉眠，近来沽酒困无钱。常忧送乏邻僧米，何啻寒无坐客毡。直道谩凭詹尹卜，浮生已付祖师禅。只因居士无醒日，知有渊明种秫田。

元注："陈新置九华田，自号居士。"

---

① 冯班："懒着"一作"忆昔"。

长句赠邠老

衰疲坐甑极蒸嘘,念子柯山守旧庐。卢叟今无僧送米,董生时有吏征租。上书自荐心应耻,扶策躬耕计未疏。虎豹九关今肃穆,王门行看曳长裾。

次韵李德载见寄

头颅幸获免奸锋,甘分江湖守钓蓬。老得一州聊自慰,相望千里与谁同。已欣台省登群俊,犹数湖湘卧病翁。元注谓二苏公来书云及。诗就醉馀频走笔,待观云海戏群鸿。

次韵陈师道无己见寄　　曾文昭

故人南北叹乖离,忽把清诗慰所思。松茂雪霜无改色,鸡鸣风雨不愆时。著书子已通科斗,窃食吾方逐鹜斯。便欲去为林下友,懒随年少乐新知。

师道曾作《尚书传》,故云。

代祖父次韵酬罗君宝见赠　　廖用中

萧条门巷陋于颜,老去青春仅得闲。心画传家无计策,手谈留客漫机关。静思往事千年上，俯叹劳生一梦间。多谢光临无别意，为闻流水与高山。

廖刚字用中，南剑州顺昌人。崇宁五年进士，仕至尚书。方曾大母八、九十时，陈了翁为其世彩堂诗，后达高庙乙览。此代祖父次韵，细润。有集曰《高峰》。

寄灵仙观舒职方学士　　　杨文公

绿发郎潜不记年，却寻丹灶味灵篇。华阴学雾还成市，彭泽横琴岂要弦。晓案只因餐沉瀣，夜滩谁见弄潺湲。须知吏隐金门客，待乞刀圭作地仙。

又　　　钱思公

方瞳玄发粉为郎，绛阙斋心奉紫皇。征士高怀云在岭，骚人秋思水周堂。闲园露草开三径，灵宇华灯烛九光。知有美田堪种玉，几时春渚逐归艎。

又　　　刘子仪

石渠仙署久离群，抗迹丹台世绝伦。扬子不甘嘲尚白，漆园终许自全真。紫烟深处鸾双舞，朱髓成来鸟共伸。若向云中见鸡犬，可能浑望姓刘人。

答内翰学士 　　　　　　舒 雅

清贵无过近侍臣,多情犹隐旧交亲。金莲烛下裁诗句,麟角峰前寄隐沦。和气忽飘燕谷暖,好风随起谢庭春。缄藏便是山家宝,留与儿孙世不贫。

寄荆南故人 　　　　　　章冠之

馀生自拚一虚舟,未害寻诗慰客愁。梅欲飘零犹酝藉,柳才依约已风流。关心弟妹无黄犬,入梦江湖有白鸥。别后故人相念否,东风应倚仲宣楼。

和赵宣二首 　　　　　　胡明仲

遍游南北与西东,欲访人间国士风。处世甚疏皆笑我,宅心无累独奇公。诗才自愧非三上,酒圣相从又一中。芍药待开应且住,莫令清赏转头空。

冠月裾云佩绿霞,百年将此送生涯。愁心别后无诗草,病眼灯前有醉花。落笔擅场聊写意,背山临水遂成家。也须南亩多栽秫,休似东陵只种瓜。

致堂先生大手笔。《读史管见》《崇正辨》之馀,成此诗耳。

赠胡衡仲　　　　　　　杨诚斋

风骚堂上径雄趋,不作俳辞《笑已乎》。纸落烟云春醉旭,气含蔬笋薄僧殊。夜来霜月千家满,雨后风埃半点无。安得与君幽讨去,一觞一咏恼西湖。

<small>当改,以用二僧事也。</small>

严州赠姜梅山　　　　　　陆放翁

故人玉骨已生苔,<small>谓南涧公。</small>晚与君游亦乐哉。湖寺系舟无梦去,京尘驰骑有诗来。醉中不敢教儿诵,看处常须盥手开。弹压风光须健笔,相期力斡万钧回。

<small>放翁为严州,姜特立在婺,以诗寄之,故有此作。五、六佳。</small>

寄姜梅山雷字诗

章台官柳映宫槐,宝马蹄轻不动埃。只怪好诗无与敌,谁知古学有从来。江山常逐客帆远,岁月不禁衙鼓催。剩约东邻投净社,高情千载友宗雷。

<small>三、四乃教人作诗之法。不可强揠,必有本者如是。</small>

和陆放翁见寄　　　　　姜梅山

遥知三径长荒苔,解组东归亦快哉。津岸纷纷群吏去,船头衮衮好山来。平时佳客应相过,胜日清樽想屡开。若许诗篇数还往,直须共挽古风回。

此姜特立答和放翁诗。三、四佳。陆集并无姜诗。

和陆郎中放翁

午庭风雨撼高槐,一洗城头十丈埃。老子坐间寻句好,故人门外寄诗来。劲锋久服穿杨妙,钝思深惭击钵催。清佩左符君未可,要听吟思发春雷。

此放翁为礼部时倡和诗也。

寄汪尚书

五十年间叹阔疏,相忘两地复江湖。书来笔底惊强健,诗去吟边想步趋。好对青山看歌舞,莫嫌红粉笑髭须。凤毛已有哦松韵,尚记金华旧范模。

五、六出奇,不可束缚。

和姜梅山见寄　　　　　汪大猷

投分虽深迹却疏,君居东婺我西湖。儿曹方喜承毛檄,父执应容效鲤趋。慨念旧游多宿草,旧同官六十馀人,今唯大猷与公独存。仅馀二老见霜须。诗来唤起相思梦,又向梅山得楷模。

此尚书汪公酬姜之诗。五、六亦老笔。

答山谷先生 高子勉

四篇诗得衮蹄金,妙旨初临法语寻。要我尽除儿子气,知公全用老婆心。平章许事真难可,付嘱斯文岂易任。感激面东垂涕泗,高山从此少知音。

高荷子勉,江陵人。五言律三十韵,贽见山谷。中有曰:"蜀天何处尽,巴月几回弯。点检金闺彦,飘零玉笋班。尚全宗庙器,犹隔鬼门关。"山谷赏之,遂知名。和山谷六言皆佳,《蜡梅》绝句尤奇。和王子予《章华碑》有云:"威强九鼎惧,丧乱一台成。"亦可喜。后知涿州卒。诗入"江西派"。《芍药》诗云:"勃兴连谷雨,闰位次花王。"《春尽》诗云:"佳人斗草百,稚子击球双。"《谒马中玉》云:"辨虽豪白马,谗亦困青蝇。"皆可取。

寄文潜无咎少游三学士 陈后山

北来消息不真传,南度相忘更记年。湖海一舟须此老,蓬瀛方丈自飞仙。数临黄卷聊遮眼,稳上青云小着鞭。李杜齐名吾岂敢,晚风无树不鸣蝉。

元祐初晁、张俱召试入馆,后山于二年四月始得官,故进二公于富贵,而犹欲其骤进也。"青云小着鞭",本白乐天赠乃兄诗语也。

寄秦州曾侍郎子开

八年门第故违离,千里河山费梦思。淮海风涛真有道,麒麟图画岂无时。今朝有客传何尹,是处逢人说项斯。三径未成心已具,世间惟有白鸥知。

寄侍读苏尚书

六月西湖早得秋,二年归思与迟留。一时宾客馀枚叟,在处儿童说细侯。经国向来须老手,有怀何必到壶头。遥知丹地开黄卷,解记清波没白鸥。

此规东坡以进用不已,恐必有后患也。乃是颍州召入时后,又有《寄送定州苏尚书》诗,亦云"海道无违具一舟",君子爱人以德如此。

赠田从先

衣冠鲁国动成群,忧患相从只有君。落笔如流宁蹈袭,行前应敌却纷纭。愧非伏老成和伯,喜有侯芭守子云。意气有馀工用少,相忘千里定能勤。

晚唐诗讳用事,然前辈善作诗者必善于用事。此于师弟子间引两事用之,有何不可?

赠王聿修商子常

欲作新诗挑两公,含毫不下思无穷。贪逢大敌能无惧?强画修眉每未工。长病忍狂妨痛饮,晚云朝雨滞晴空。正须好句留春住,可使风飘万点红。

"能"字、"每"字乃是以虚字为眼。非此二字,精神安在?善吟咏古诗者,只点缀一、二好字高唱起,而知其用力着意之地矣。

赠漳州守綦叔厚　　　　陈简斋

过尽蛮荒兴复新,漳州画戟拥诗人。十年去国九行旅,万里逢公一欠伸。王粲登楼还感慨,纪瞻赴召欲逡巡。绳床相对有今日,剩醉斋中软脚春。

寄德升[①]大光

君王优诏起群公,也置樵夫尺一中。易着青衫随世事,难将白发犯秋风。共谈太极非无意,能系苍生本不同。却倚紫阳千丈岭,遥瞻黄鹄九霄东。

---

① 按:"升"原讹作"光",据康熙五十二年本、纪昀《刊误》本校改。

鹅湖示同志　　　陆九龄

孩提知爱长知钦,古圣相传只此心。大抵有基方筑室,未闻无址可成岑。留情传注翻榛塞,着意精微转陆沉。珍重友朋勤切琢,须知至乐在于今。

复斋先生陆公九龄,字子寿,抚州金溪人。父贺生六子,公居第五。乾道四年由太学第进士,初授桂阳教,改兴国教,以忧去。寻调全州教,未上卒,淳熙七年九月也,年四十九。其生绍兴四年甲寅,少文公四岁。文集共有诗十一首云。

和鹅湖教授韵　　　陆子静

墟墓兴哀宗庙钦,斯人千古不磨心。涓流积至沧溟水,拳石崇成太华岑。易简工夫终久大,支离事业竟浮沉。欲知自下升高处,真伪先须辨只今。

象山先生陆公九渊,字子静,行居第六。乾道八年进士,东莱吕成公为考官,实识其文。初授靖安簿。丁忧,再调崇安簿。擢国子正,敕令所删定官,将作监丞,后省疏驳与祠。光宗初,除知荆门军。绍熙二年①九月至郡,三年十二月卒,年五十四。其生绍兴九年己未,少文公九岁。○文集共有诗二十三首,本集及《朱文公年谱》末句并作"真伪先须辨只今",郑景龙《江湖诗续选》作"真伪先须辨古今",恐当以集本为正。○按陆氏兄弟之学,在求其本心而已。人之心本善,无不善。其所以不善者,非本心也。孟子之说亦如此。故子寿诗起句云:"孩提知爱

---

① 按:"绍熙",原作"绍兴"。　纪昀:"绍兴"二字再校。　兹据《宋元学案》改。

长知钦,古圣相传只此心。"子静亦云:"墟墓兴哀宗庙钦,斯人千古不磨心。"此皆指其心之本然者以示人也。然圣贤所言正心、养心、存心、操心,于以维持防闲夫此心者,非一端也。是故《大学》以致知格物在诚意之先,而诚意又在乎正心之先。心之所以必得其正者,其道由此。而陆氏兄弟径去此一段,不复于此教人用力,特以为一悟本心而可以为圣贤。今日愚夫也,而一超直入悟此心之本善,则尧、舜在是矣。故吾朱文公非之,不以二陆为然。

次　韵　　　　　朱文公

德义风流夙所钦,别离三载更关心。偶扶藜杖出寒谷,又枉篮舆度远岑。旧学商量加邃密,新知培养转深沉。却愁说到无言处,不信人间有古今。

朱文公,徽州婺源人。父松,吏部郎官。季父桂榑,以建炎四年庚戌九月甲戌生于尤溪。庆元六年庚申三月甲子卒,年七十一。十一月葬建阳县唐石大林谷。婿黄榦为行状,门人李方子为编年,至蔡谟为年谱益详。○按年谱淳熙二年乙未夏五月,东莱吕公来访,讲学于寒泉精舍,留止旬日,饯东莱至鹅湖,陆九龄子寿、九渊子静、刘清之子澄来会,相与讲其所闻。二陆俱执己见,不合而罢。○又曰:"鹅湖辨论,今无所考。"按是时子寿有诗云云,文公和云云,子静和云云。以诗观之,则学之同异亦可见矣。其后子寿颇悔其非,而子静则终身守其说不变。○按淳熙乙未,朱文公年四十六岁,陆子寿四十二岁,子静三十七岁,东莱三十九岁,刘子澄候考。子静是时以年少英锐之气,肆其唐突。兄弟二诗,词意皆颇不逊,公然诋文公为"榛塞""陆沉",又曰"支离事业竟浮沉",而文公和之,词意浑厚,以"邃密""深沉"奖借之,冀其自悟。而二陆根本禅佛之学,不能从也。又子寿诗题云"鹅湖示同志",且文公年为二陆之长,仕宦辈行,盖亦在先,而云"示同志",亦可谓僭而不谦矣。此事天下后世知二陆之非,而"江西"学者相与掩讳,是不可不拈出垂世,此乃吾道学问一大机括也。○二陆自不当以诗人责之,二诗三、四止是一意,诗家之所不取,非如《三百五篇》言之不足,故咏歌之,一意而三申者也。

寄赵昌父　　　　　刘后村

世上久无遗逸礼,此翁白首不弹冠。一生官职监南岳,四海诗盟主玉山。经岁著书人少见,有时入郭俗争看[①]。何因樵服供薪水,得附高名野史间。

寄韩仲止

昨仕京华豪未减,脱靴不问贵游嗔。诗家争欲推盟主,丞相差教作散人。闭户自为千载计,入山又忍十年贫。几思投老从公去,背笈携琴涧水春。

赠陈起

陈侯生长纷华地,却似芸香自沐薰。炼句岂非林处士,鬻书莫是穆参军。雨檐兀坐忘春去,雪屋清谈至夜分。何

[①] 按:"争"原作"曾",据康熙五十二年本、纪昀《刊误》本校改。

曰我闲君闭肆,扁舟同泛北山云。

此所谓卖书陈秀才,亦曰陈道人。宝庆初以"秋雨梧桐皇子府,春风杨柳相公桥"诗为史弥远所黥。诗祸之兴,捕敖器之、刘潜夫等下大理狱,郑清之在琐闼止之。予及识此老,屡造其肆。别有小陈道人,亦为贾似道编管。

卷之四十三　迁谪类

迁客流人之作,唐诗中多有之。伯奇摈,屈原放,处人伦之不幸也。或实有咎责而献靖省循,或非其罪而安之若命,惟东坡之黄州、惠州、儋州尤伟云。

五　言二十首

初到黄梅临江驿　　　宋之问

马上逢寒食,途中属暮春。可怜江浦望,不见洛阳人。北极怀明主,南溟作逐臣。故园肠断处,日夜柳条新。

之问之为人不足道也,然唐律诗起于之问与沈佺期。此诗贬泷州参军时所作,坐媚张易之事而败。其《早发韶州》律诗有云:"珠厓天外郡,铜柱海南标。日夜晴明少,冬春雾雨饶。身经山火热,颜入瘴江销。触景含沙怒,逢人毒草摇。雾浓看袂湿,风飐觉船飘。"又如《发藤州》云:"云峰刻不似,苔壁画难成。霖裹千花气,泉和万籁声。恋结芝兰砌,悲缠梧槚茔。"如《发端州》云:"人意长怀北,江行日向西。破颜看鹊喜,拭泪听猿啼。"如"失意潜行盅,猜颜辄报雊",如"吴将水为国,楚用火耕田",皆佳。此篇"北极""南溟"一联,老杜"北阙心长恋,西江首独回",亦何以异乎?乃知以言语文字取人,工则工矣。又当观其人之心行为如何?之问后逃还,为考功,复以丑行贬越州长史,流钦州,赐死桂州。故曰其为人不足道也。

寄迁客 张　祜

万里南迁客，辛勤岭路遥。溪行防水弩，野店避山魈。瘴海须求药，贪泉莫举瓢。但能坚志义，白日甚昭昭。

寄流人 项　斯

毒草不曾枯，长流客健无。雾开蛮市合，船散海城孤。象迹频惊水，龙涎远闭珠。家人秦地老，泣对日南图。

送流人 司空曙

闻说南中事，悲君重窜身。山村枫子鬼，江庙石郎神。童稚留荒宅，图书托故人。青门好风景，为尔一沾巾。

送流人 王　建

且说长沙去，无亲亦共愁。阴云鬼门夜，寒雨瘴江秋。水国山魈引，蛮乡洞主留。渐看归处远，垂白住炎洲。

送人流雷州 　　　杨　衡

逐客指天涯,人间此路赊。地图经大庾,水驿过长沙。腊月雷州雨,秋风桂岭花。不知荒徼外,何处有人家。

> 此五首大抵相似。唐人之所长,而宋人多不为之,惟梅圣俞集有此调度,多是作送人之官诗耳。

迁　客　　　张司业

去去远迁客,瘴中衰病身。青山无限路,白首不归人。海国战骑象,蛮州市用银。一家分几处,谁见日南春。

> 唐人有长流者,恐此亦是寓言,无其人而立此题。

独向长城北,黄云暗塞天。流名属边将,旧业作公田。拥雪添军垒,收冰当井泉。知君住应老,须记别乡年。

> 此乃没家资配边戍者。果有之,亦可怜。

黔中书事　　　窦　群

万事非京国,千山拥丽谯。佩刀看日晒,赐马傍江调。言语多重译,壶觞每独谣。沿流如着翅,不敢问归桡。

> 窦群字丹列,德宗时布衣,召除右拾遗。宪宗时以御史中丞举职太过,出观察黔中。此乃左迁时诗也。尾句尤佳,江流虽远,而不敢言归云。

谪至千越亭作　　刘长卿

天南愁望绝，亭上柳条新。落日独归鸟，孤舟何处人。生涯投越徼，世业陷胡尘。杳杳钟陵暮，悠悠番水春。秦台悲白首，楚泽怨青蘋。草色迷征路，莺声傍逐臣。独醒翻引笑，直道不容身。得罪风霜苦，全生天地仁。青山数行泪，沧海一穷鳞。牢落机心尽，唯应[①]鸥鸟亲。

此诗所赋四联可赏，而"得罪风霜苦，全生天地仁"，尤佳。长卿诗谓之"五言长城"，世称刘随州。然不及老杜处，以时有偏枯。

月下呈张秀才

自古悲摇落，谁家奈此何。夜萤偏傍枕，寒鸟数移柯。向老三年谪，当秋百感多。贫家唯有月，空愧子猷过。

此迁谪中作，八句皆有味。

北归次秋浦界清溪馆

万里猿啼断，孤村客暂依。雁过彭蠡暮，人向宛陵稀。旧路青山在，馀生白首归。渐知行近北，不见鹧鸪飞。首二

---

① 冯班："应"一作"怜"。

句一作"万古啼猿后,孤城落日依①"。

末句最新。此公诗淡而有味,但时不偶,或有一苦句。

送客南迁　　　　白乐天

我说南中事,君应不愿听。曾经身困苦,不觉语丁宁。烧处愁云梦,波时忆洞庭。春畲烟勃勃,秋瘴雾冥冥。蚊蚋经冬活,鱼龙欲雨腥。水虫能射影,山鬼解藏形。穴掉巴蛇尾,林飘鸩鸟翎②。飓风千里黑,薮草四时青。客似惊弦雁,舟如委浪萍。谁人劝言笑,何计慰漂零!慎勿琴离膝,长须酒满瓶。大都从此去,宜醉不宜醒。

乐天一贬江州司马,移忠州刺史,后归朝为中书舍人,出知杭州,召复为苏州,未尝远贬。其始借此为题,以夸笔端之富,妙于铺叙南土风景欤?微之相与倡和,尤长于斯。予所选五言律,止于十韵。惟此至十二韵,亦破例也。

戏题巫山县用杜子美韵　　　　黄山谷

巴俗深留客,吴侬但忆归。直知难共语,不是故相违。东县闻铜臭,江陵换夹衣。丁宁巫峡雨,慎莫暗朝晖。

山谷以绍圣元年甲戌,朝旨于开封府界居住。取会史事,二年乙亥谪黔州,实甲戌十二月之命。是年四月二十三至摩围,元符元年戊寅

---

① 按:原缺此十五字,据康熙五十二年本、纪昀《刊误》本校补。
② 冯班:"鸟"一作"乌"。

六月改元。去年绍圣四年丁丑十二月,避使者张向嫌移戎州。今年六月至僰道。三年庚辰正月,徽庙登极。五月得鄂州监盐,十月宁国佥判,十二月离戎州。建中靖国元年辛巳至峡州,乃后始有舒州之命,吏郎之召,改知太平州等事,盖流离跋涉八年矣,未尝有一诗及于迁谪,真天人也。此出峡诗起句,有石本作"巴俗殊亲我,吴侬但忆归",细味则改本为佳。"直知难共语,不是故相违。"此老杜句法。巴人相留非不用情,奈不可与语,所以去之。此有深意。"东县闻铜臭"者,蜀人用铁钱,过巫山始用铜钱。山谷旧改此句,谓乃退之"照壁喜见蝎"之意。予以为即班超"生入玉门关"之意也。"江陵换夹衣",纪时序,亦见天气渐佳。尾句殊工①,有忧时之意。建中改纪,熙、丰之党不乐,想是已见萌芽,必亦有所深指,谓不可以云雨蔽太阳也。学老杜诗当学山谷诗,又当知山谷所以处迁谪而浩然于去来者,非但学诗而已。

十二月十九日夜中发鄂渚晓泊汉阳亲旧载酒追送聊为短句

接淅报官府,敢为王事程。宵征江夏县,睡起汉阳城。邻里烦追送,杯盘泻浊清。只应瘴乡老,难答故人情。

建中靖国元年辛巳夏,山谷至江陵,召至吏部,即病痛不能入朝,乞知太平州。崇宁元年壬午春,还江西。六月初九日,太平州到任,九日而罢,九月至鄂渚寓居。二年癸未,以荆南作《承天塔记》,运判陈举承望赵挺之风旨,摘谓幸灾,除名编隶宜州,十二月十九日启行。此诗亦无一毫不满之意,而老笔与少陵诗无以异矣。○试通前诗论之,"直知难共语,不是故相违"。即老杜诗"直知骑马滑,故作泛舟回"也。凡

---

① 按:"殊"原作"似",据康熙五十二年本、纪昀《刊误》本校改。

为诗,非五字、七字皆实之为难,全不必实,而虚字有力之为难。"红入桃花嫩,青归柳叶新。"以"入"字、"归"字为眼。"冻泉依细石,晴雪落长松。"以"依"字、"落"字为眼。"樛柳枝枝弱,枇杷树树香。"以"弱"字、"香"字为眼。凡唐人皆如此,贾岛尤精,所谓"敲门""推门",争精微于一字之间是也。然诗法但止于是乎?惟晚唐诗家不悟。盖有八句皆景,每句中下一工字,以为至矣,而诗全无味。所以诗家不专用实句、实字,而或以虚为句,句之中以虚字为工,天下之至难也。后山曰:"欲行天下独,信有俗间疑。""欲行""信有"四字是工处。"剩欲论奇字,终能讳秘方。""剩欲""终能"四字是工处。简斋曰:"使知临难日,犹有不欺臣。""使知""犹有"四字是工处。他皆仿此。且如此首"宵征江夏县,睡起汉阳城",又与"气蒸云梦泽,波动岳阳城"不同,盖"宵征""睡起"四字应"接淅"之意,闻命赴贬,不敢缓也,与老杜"下床高数尺,倚杖没中洲"句法一同。详论及此,后学者当知之。

怀 远 　　　　　　陈后山

海外三年谪,天南万里行。生前只为累,身后更须名?未有平安报,空怀故旧情。斯人有如此,无复涕纵横。

东坡以绍圣四年丁丑谪儋州,至元符二年己卯三年矣。生前以名为累,故至此,岂复要死后名乎?"无复涕纵横",谓涕已为公竭也。

宿深明阁二首

窈窕深明阁,晴寒是去年。老将灾疾至,人与岁时迁。

默坐元如在,孤灯共不眠。暮年身万里,赖有故人怜。

缥缈金华伯,人间第一人。剧谈连昼夜,应俗费精神。时要平安报,反愁消息真。墙根霜下草,又作一番新。

山谷修《神宗实录》,盖皆直笔。绍圣初蔡卞恶其书王安石事,摘谓失实,召至陈留问状,寓佛寺,题曰深明阁。寻谪居黔州。绍圣三年,后山省庞丞相墓,至陈留,宿是阁,有此诗。"暮年身万里,赖有故人怜。"谓山谷至黔,州守曹谱伯远、倅张犹茂宗皆善待之。"墙根霜下草,又作一番新。"谓绍圣小人也。

次韵无斁偶作

此老三年别,何时万里回。更无南雁去,犹见北枝开。会有哀笼鸟,宁须溺死灰。圣朝无弃物,与子赋归哉。

此怀东坡也。坡在儋耳三年矣。

独 坐 　　　　　　　　　任伯雨

得丧荣枯事,悠悠过耳风。此身犹是幻,何物不为空。酒圣心常醉,诗穷语更工。小轩搔首坐,斜日满窗红。

伯雨,字德翁。眉州人。元符谏官,坐论蔡卞等谪儋耳。有海外诗曰《乘桴集》。此公铁人,诗其馀事。然此首句句工夫。

七言三十九首

送王李二少府贬潭峡　　高适

嗟君此别意何如，驻马衔杯问谪居。巫峡啼猿数行泪，衡阳归雁几封书。青枫江上秋天远，白帝城边古木疏。圣代只今多雨露，暂时分手莫踌躇。

<small>两谪客，李峡中，王长沙。中四句指土俗所尚，末句开以早还。亦一体也。</small>

送郑十八虔贬台州司户参军伤其临老陷贼之故阙为面别情见于诗　　杜工部

郑公樗散鬓如丝，酒后尝称老画师。万里伤心严谴日，百年垂死中兴时。苍惶已就长途往，邂逅无端出饯迟。便与先生应永诀，九重泉路尽交期。

<small>工部又有《题郑十八著作主人》诗，七言八韵，起句云："台州地阔海冥冥，云水长和岛屿青。"尾句云："穷巷悄然车马绝，案头干死读书萤。"尤为哀痛。今此选七言律，过六韵者不收；五言律至十韵而止。盖长篇太多，则读者颇难精也。○按唐史郑虔无表字，贬后数年死。老杜度其终无量移之命，故诗云云。</small>

左迁至蓝关示侄孙湘　　韩昌黎

一封朝奏九重天,夕贬潮州路八千。欲为圣朝①除弊事,肯将②衰朽惜残年！云横秦岭家何在,雪拥蓝关马不前。知汝远来应有意,好收吾骨瘴江边。

人多讳死,时谓有谶。昌黎自谓必死潮州,明年量移袁州,寻尔还朝。

次邓州界

潮阳南去倍长沙,恋阙那堪又忆家。心讶愁来惟贮火,眼知别后自添花。商颜暮雪逢人少,邓鄙春泥见驿赊。早晚王师收海岳,普将雷雨发萌芽。

元和十四年己亥春正月,以佛骨事谪潮州,三月二十五日到任。其秋七月,宪宗加号大赦。十月二十四日量移袁州刺史。唐左降官闻命即日上道,未能携家,故有此诗。

衡阳与梦得分路别赠　　柳子厚

十年憔悴到秦京,谁料翻为岭外行。伏波故道风烟在,翁仲遗墟草木平。直以疏慵招物议,休将文字占时名。今

---

① 按:"朝"原作"明",据康熙五十二年本、纪昀《刊误》本校改。
② 李光垣、许印芳:"肯"一作"敢"。

朝不用临河别,垂泪千行便濯缨。

柳子厚永贞元年乙酉自礼部员外郎谪永州司马,年二十三矣,是时未有诗。元和十年乙未,诏追赴都。三月出为柳州刺史,刘梦得同贬朗州司马,同召又同出为连州刺史。二人者,党王叔文得罪。又才高,众颇忌之。宪宗深不悦此二人。"疏慵招物议",既不自反,尾句又何其哀也?其不远到可觇,梦得乃特老寿,后世亦鄙其人云。

别舍弟宗一

零落残魂倍黯然,双垂别泪越江边。一身去国六千里,万死投荒十二年。桂岭瘴来云似墨,洞庭春尽水如天①。欲知此后相思梦,长在荆门郢树烟。

此乃到柳州后,其弟归汉、郢间,作此为别。"投荒十二年",其句哀矣,然自取之也。为太守尚怨如此,非大富贵不满愿,亦躁矣哉!

再授连州至衡阳酬赠别　　刘梦得

去国十年同赴召,湘江千里又分歧。重临事异黄丞相,三黜名惭柳士师。归目并随回雁尽,愁肠正遇断猿时。桂江东过连山下,相望长吟有所思。

说见子厚诗下。柳士师事甚切。

---

① 许印芳:"如"一作"连"。

江湖秋思① 司空曙

趋陪禁掖雁行稀②,迁放江潭鹤发垂。素浪遥疑入汉水③,青枫忽似万年枝。嵩南春遍伤魂④梦,湖口云深隔路歧。共望汉朝多沛泽,苍蝇早晚得先知。

迁人望归之意见乎此。

寄韩潮州 贾浪仙

此心曾与木兰舟,直到天南潮水头。隔岭篇章来华岳,出关书信过泷流。峰悬驿路残云断,海浸城根老树秋。一夕瘴烟风掩尽⑤,月明初上浪西楼。

初到江州 白乐天

浔阳欲到思无穷,庾亮楼南湓口东。树木凋疏山雨后,人家低湿水烟中。菰蒋喂马行无力,芦荻编房卧有风。遥见朱轮来出郭,相勤劳动使君公。

乐天元和十年乙未贬江州司马,年四十四。

---

① 冯班:一作"酬崔峒见寄"。
② 冯班:"稀"一作"随"。
③ 冯班、李光垣:集作"太液"。
④ 冯班:"伤"一作"愁"。
⑤ 纪昀:"掩"一作"卷"。

初到忠州赠李六

好在天涯李使君,江头相见日黄昏。吏人生梗都如鹿,市井疏芜只抵村。一只兰船当驿路,百层石磴上州门。更无平路堪行处,虚度朱轮五马恩。

元和末自江州司马移忠州刺史。此等迁谪作太守,未为恶也,而气象遽如此!

得微之到官后书备知通州之事
怅然有感因成四章

来书子细说通州,州在山根峡岸头。四野千重火云合,中心一道瘴江流。虫蛇白昼拦官道,蚊蚋黄昏扑郡楼。何罪遣君居此地?天高无处问来由。

匼匝巅山万仞馀,人家应似瓿中居。寅年篱下多逢虎,亥日沙头始卖鱼。衣斑梅雨长须熨,米涩畲田不解锄。努力安心过三考,已曾愁杀李尚书。

元注:"李实尚书先贬此州,身没于彼处。"予读至此,乃知古人初无忌讳。元微之贬移通州司马,今蜀之开州也。未为甚恶,乐天在江州乃引死人事寄诗,足见前辈直情。

人稀地僻医巫少,夏旱秋霖瘴疟多。老去一身须爱惜,别来四体得如何？侏儒饱笑东方朔，薏苡谗忧马伏波。莫遣沉愁结成病，时时一唱《濯缨歌》。

通州海内凄惶地，司马人间冗长官。伤鸟有弦惊不定，卧龙无水动应难。剑埋狱底谁深掘？松偃霜中尽冷看。举目争能不惆怅，高车大马满长安。

酬乐天得微之诗知通州事因成四首

元微之

茅檐屋舍竹篱州，虎怕偏蹄蛇两头。暗蛊有时迷酒影，浮尘向日似波流。沙含水弩多伤骨，田仰畲刀少用牛。知得与君相见否？近来魂梦转悠悠。

平地才应一顷馀，间阑①都大似巢居。入衙官吏声疑鸟，下峡舟船腹似鱼。市井无钱论丈尺，田畴付火罢耘锄。此中愁杀须甘分，惟惜平生旧著书。

<small>元注："巴人多在山坡架木为居，自号间阑头也。"又元注末句云："努力安心过三考，已曾愁杀李尚书。予病甚，将平生所为文题云：'异日送白二十二郎也。'"</small>

哭鸟昼飞人少见，伥魂夜啸虎行多。满身沙虱无防处，独脚山魈不奈何。甘受鬼神侵骨髓，常忧歧路起风波。南

---
① 查慎行："间"，集作"阁"。

歌未有东西分,敢唱沧浪一字歌。

荒芜满院不能锄,甑有尘埃圃乏蔬。定觉身将囚一种,未知生共死何如?饥摇困尾丧家狗,热暴枯鳞失水鱼。苦境万般君莫问,自怜方寸本空虚。

微之为御史,以弹劾严砺分司东都,又劾宰相亲故,贬江陵士曹,移通州司马,未为大戚。乐天以朋友之义伤之则可,微之答和乃全述通州衰恶,若不能一朝居者,词虽善而意已陋。异日由宦官进得相位,仅三月,贻终古羞,盖其本心志在富贵故也。四诗往往酸苦太过,选附白诗以识其非。

送唐介之贬所　　　　　李诚之

孤忠自许众不与,独立敢言人所难。去国一身轻似叶,高名千古重于山。并游英俊颜何厚,未死奸谀骨已寒。天为吾皇扶社稷,肯教夫子不生还!

唐介子方,上殿劾宰相文彦博交结张贵妃,仁宗震怒,子方谪春州。李师中诚之送以此诗,系用出入韵。"未死奸谀骨已寒",此句乃元本也,以指文公,不无少过。或改为"已死奸雄骨尚寒"。子方劾生宰相,于已死奸雄何与?故予改从古本。

初到黄州　　　　　苏东坡

自笑平生为口忙,老来事业转荒唐。长江绕郭知鱼美,好竹连山觉笋香。逐客不妨员外置,诗人例作水曹郎。只惭无补丝毫事,尚费官家压酒囊。

东坡元丰二年己未冬,责授检校水部员外郎黄州团练使,本州安置,明年二月到郡。何逊、张籍、孟宾三诗人皆水部。

八月七日初入赣过惶恐滩

七千里外二毛人,十八滩头一叶身。山忆喜欢劳远梦,地名惶恐泣孤臣。长风送客添帆腹,积雨浮舟①减石鳞。便合与官充水手,此生何止略知津。

元注:"蜀道有错喜欢铺,在大散关上。"绍圣元年甲戌,东坡自知定州降知英州,未到,贬惠州安置。

十月二日初到惠州

仿佛曾游岂梦中,欣然鸡犬识新丰。吏民惊怪坐何事,父老相携迎此翁。苏武定知还漠北,管宁自欲老辽东。岭南万户皆春色,会有高人客寓公。

绍圣元年甲戌。

六月二十日夜渡海

参横斗转欲三更,苦雨终风也解晴。云散月明谁点缀,

---

① 冯班:"浮"一作"扶"。

天容海色本澄清。空馀鲁叟乘桴意,粗识轩辕奏乐声。九死南荒吾不恨,兹游奇绝冠平生。

绍圣四年丁丑,东坡在惠州,年六十二矣。五月再谪琼州别驾,昌化军安置,即儋州也。以六月二十日夜渡海,七月十三日至儋州。或谓尾句太过,无省怨之意,殊不然也。章子厚、蔡卞欲杀之,而处之怡然。当此老境,无怨无怼,以为兹游奇绝,真了生死、轻得丧,天人也。四诗可一以此意观。

过岭二首

暂看南冠不到头,却随北雁与归休。平生不作兔三窟,今古何殊貉一丘。当日无人送临贺,至今有庙祀潮州。剑关西望七千里,乘兴真为玉局游。

七年来往我何堪,又试曹溪一勺甘。梦里似曾迁海外,醉中不觉到江南。波生濯足鸣空涧,雾绕征衣滴翠岚。谁遣山鸡忽飞起,半岩花雨落毵毵。

绍圣元年甲戌贬惠州,四年丁丑贬儋州,明年元符戊寅改元,三年庚辰量移廉州,永州自便,凡七年。杨凭贬临贺尉,惟徐晦送之,此事极切。"梦里似曾迁海外",此联甚佳,殊不以迁谪为意也。是年坡公年六十五。明年建中靖国元年辛巳七月卒于常州。

送王元均贬衡州兼寄元龙二首　陈后山

先生英气盖区中,命与仇谋得老穷。又见长身有家法,可辞短簿怒吾公。石头路滑行能速,宣室归来语未终。宛洛风尘莫回顾,直须留眼送归鸿。

先生秀句满江东,二子缘渠得再穷。诗礼向来堪发冢,孙刘能使不为公。炎方瘴疠避轩豁,故国山河开始终。传语元龙要相识,江湖春动有来鸿。

王安国字平甫,有《校理集》百卷行于世。尤富于诗,曾南丰作序,陈后山作后序。神宗召试赐第,坐忤吕惠卿,引连郑侠狱,以著作佐郎集贤校理斥。元丰初卒,年四十七。子旂①字元均、旆字元龙。元符元年看详诉理所言,宣德郎王旆于元祐初进状,称安国冤抑,旆贬监江宁粮料。旂罢京东运判,监衡州酒税。后山家居作此诗送之。两"先生"字皆指平甫。"诗礼向来堪发冢",以指吕惠卿口先王而行市人也。"孙刘能使不为公",乃辛毗语,吾立身自有本末,就与孙、刘不平,不过不作三公而已。谓孙资、刘放。后山指谓惠卿之陷平甫,亦不过不作三公耳。予友陈杰寿夫尝谓此诗用字奇妙,意至而词严,不为事所束缚,诗之第一格也。"瘴疠避轩豁",谓衡阳非瘴地。"故国山河",谓介甫封荆公,衡乃荆州。他日终复其始,未可知也。国史《安国传》不载此事,止云"子旆有父风",此事见旧录云。

次韵答清江主簿赵彦成　　黄知命

日转溪山几百遭,厌闻虎啸与猿号。笙歌忽把二天酒,风雨犹惊三峡涛。已作齐民寻《要术》,安能痛饮读《离骚》。

---

① 查慎行:"旂"原讹作"旆"。考王半山为平甫墓志:二子,长旂次旆。"旆"字讹,当改"旂"。

看君自是青田质,清唳当闻①彻九皋。

  黄知命名叔达,山谷弟也。先是山谷贬黔州,未携家。绍圣三年丙子知命自芜湖携己之子耜、山谷之子相及两所生母,五月六日抵黔州,先至施州,赴太守张仲猷饮。清江即施州城下。县主簿赵彦成名肯堂,嘉州人。知命此诗谓"忽把二天酒",当是与彦成同席也。知命凡二十诗,见《山谷集》。或谓经乃兄润色以成其名。然则兄在贬所,弟为携家,孝友之道也。予先君四府君自广州谪封州,先叔八府君元主一至静江问劳,后又至封州取丧以归,亦山谷之知命也。故有所感而取此诗云。

岁晚有感   张宛丘

  疏梅点点柳毵毵,残腊新春气候参。天静秋鸿来塞北,云收片月出江南。青霄雨露将回律,白首江湖尚避谗。未信世途无倚伏,有时清镜理朝鬖。

  文潜两谪黄州,其诗每和平而不怨。

初到惠州   唐子西

  卢橘杨梅乃尔甜,肯容迁谪到眉尖。因行采药非无得,取足看山未害廉。辨谤若为家一喙,著书不直字三缣。老师补处吾何敢,政谓宗风不敢谦。

---

① 许印芳:本集作"犹堪"。

大观四年子西谪惠州,乃东坡补处①。二字出释书,释迦佛补处,如崛阇耆、给孤独,曾是佛位之地。

收景初贬所书

信断常怀信断忧,得书还有得书愁。未应宿业都相似,总为谗声不肯休。见说胸中卷云梦,莫将皮里贮阳秋。乃公有道知兴废,不患无词诣播州。

次景初见寄韵

此生正坐不知天,岂有豨苓解引年。但觉转喉都是讳,就令摇尾有谁怜。腰金已付儿童佩,心印当还我辈传。他日乘车来问道,苇间相顾共延缘。

此皆子西贬所诗,皆工甚。任景初亦蜀人,大观四年同子西入京师。子西贬之明年,景初亦谪江左,皆数岁未得归。

送胡邦衡之新州贬所二首　　王民瞻

一封朝上九重关,是日清都虎豹闲。百辟动容观奏牍,几人回首愧朝班。名高北斗星辰上,身落南州瘴疠间。不

---

① 纪昀:"东坡"字下有脱字,当云"乃东坡谪居之地"。

待百年公议定,汉庭行召贾生还。

大厦元非一木支,要将独力拄倾危。痴儿不了公家事,男子要为天下奇。当日奸谀皆胆落,平生忠义只心知。端能饱吃新州饭,在处江山足护持。

王卢溪先生讳庭珪,字民瞻,庐陵人,政和八年登第,调茶陵丞,以上官不合,去隐卢溪者五十年。绍兴八年戊午十一月,编修胡公铨,字邦衡,以和议奏封事乞斩王伦、秦桧、孙近黜,十一年谪新州,卢溪作是诗送之。同邑人欧阳炎识遣其里人匡求告诗谤讪,送虎狱送勘。卢溪引咎追官,送辰州编管,时年七十矣,桧殂得归。孝庙立,召除国子监簿,再召除直敷文阁,时年九十馀。有《卢溪诗集》传于世,杨诚斋作序。"卢"一作"泸"。胡公谓于民瞻初未识面,胡再谪朱厓,桧殂,绍兴二十六年移衡州,又久之,始得自便。孝庙立,召用至从官资政殿学士。张魏公谓秦桧之专权,只成就得胡邦衡一人。如卢溪隐节固高,因此诗得罪,大名愈著。夫人不可以为不善,造物者未尝肯泯没之。又以见夫正人义士之不幸,乃国家之不幸,生灵之大不幸也。选此诗识中国之所以衰也。

雷州和朱彧秀才诗时欲渡海　　胡澹庵

何人着眼觑征骖,赖有新诗作指南。螺髻层层明晚照,蜃楼隐隐倚晴岚。仲连蹈海徒虚语,鲁叟乘桴亦谩谈。争似澹庵乘兴往,银山千叠酒微酣。

绍兴十八年戊辰十一月十五日,新州编管人胡铨,移吉阳军编管。先是广东经略使王鈇问知新州张棣曰:"胡铨何故未过海?"铨尝赋词云："欲驾巾车归去，有豺狼当辙。"棣奏铨倡和毁谤，而有是命。棣选使臣游崇部送，封小项筒过海。铨徒步赴贬，人皆怜之。至雷州，守臣王趯捕游崇私茗，械治，厚饷铨。趯后亦得罪。澹庵此诗，不少屈挠，真铁汉，又过于刘器之云。丙子年始移衡州。

和李参政泰发送行韵

落网端从一念差，崖州前定复何嗟。万山行尽逢黎母，双井浑疑到若耶。山鬼可人曾入梦，相君谈《易》更名家。此行所得诚多矣，更愿从公北泛槎。

元注："李参政诗云：'梦里分明见黎母，生前定合到朱崖。'盖予尝在新州，梦一媪立床前，曰：吾，黎母也。黎姆山在琼崖，儋、万之间，子瞻所谓四山环一岛是也。"先是秦桧大书三人姓名于其家格天阁下曰：赵鼎、李光、胡铨，所必欲杀者也。鼎谪琼州，绍兴十七年丁卯卒。光字泰发，上虞人，时谪儋州。澹庵朱崖之行，经过儋州，故泰发以诗送之。澹庵夙有黎母之梦，付诸前定，如谪新州时亦谓前定。福唐幕中分扇，得一画骑驴人西南行者，后新州之命，亦若暗合。夫不以迁谪介意，而付之于分，非达人不能也。

次李参政送行韵答黄舜杨

打成大错一毫差，万里去寻留子嗟。微管闲思齐仲父，赐奴长价汉浑邪。道穷怜我空忧国，句好知君定作家。便欲相携趁帆饱，要观子美赋灵槎。

齐仲父、汉浑邪，此澹庵心事也。不以秦桧讲和为然，流离颠沛，之死不变。今秦氏安在？而澹庵之忠肝义胆，万古不朽也。识此诗以见张魏公之贬，岳武穆之死，赵、李、胡三公海外之窜，南渡之业所以不复再振，而至于厌厌无气，愈弱愈下者，谁实为之？此非常之痛，无穷之悲，不但为二、三君子怅然也。

李泰发参政得旨自便将归以诗迓之

曾茶山

苦遭前政堕危机，二十馀年咏《式微》。天上谪仙皆欲杀，海滨大老竟来归。故园松菊犹存否，旧日人民果是非。最小郎君今弱冠，别时闻道不胜衣。

元注谓孙婿文授。○秦桧谪三大贤于海外，赵丞相鼎、李参政光、胡编修铨，又书其姓名于格天阁下，必欲杀之。赵先殁，李、胡皆生还。此诗第二句悲怆，三、四切题。

卷之四十四　疾病类

疾病呻吟，人之所必有也。白乐天有云："刘公幹卧病瘴浦，谢康乐卧病临川，咸有篇章。"盖娱忧纾怨，尤足以见士君子之操焉。

五　言 二十五首

耳　聋　　　　　杜工部

生年鹖冠子，叹世①鹿皮翁。眼复几时暗，耳从前月聋。猿鸣秋泪缺，雀噪晚愁空。黄落惊山树，呼儿问朔风。

<small>此诗足见游戏翰墨。后四句俱谓耳全无闻："猿鸣""雀噪"，既不闻矣；而朔风吹落木叶，亦不之闻，至呼儿以问之。予谓果真聋矣，儿所答又何闻乎？《史记》谓豫让吞炭为哑。然请赵襄子之衣三斩之，未尝哑也。</small>

老　病

老病巫山里，稽留楚客中。药残他日裹，花发去年丛。夜足沾沙雨，春多逆水风。合分双赐笔，犹作一飘蓬。

---

① 查慎行："叹"一作"玩"。

老杜诗一句说病者极多,两、三句说病者,如"高秋苏肺气,白发自能梳。药饵增加减,门庭问扫除"。第二句最妙。昔者之病,头亦不自能梳,今始自能梳头也。"杖藜还客拜",又以见病愈,愈已①能答拜,但仍须倚杖耳。所以老杜诗虚实字皆当细细审看。今所取一首,尤见圆活而峭拔。

初病风　　　　　　　白乐天

六十八衰翁,乘衰百药攻。朽株难免蠹,空穴易来风。肘瘹宜生柳,头旋剧转蓬。恬然不动处,虚白在胸中。

开成四年己未十月乐天得风痹疾。时年六十八,盖以代宗大历八年生也。是年壬子有病中诗十五首,自序云尔。此诗《长庆集》三十五卷多为病而作,《卖骆马》《别柳枝》皆在是年。

病入新正

枕上惊新岁,花前念旧欢。是身老所逼,非意病相干。风月情犹在,杯觞兴又阑。便休心未伏,更试一春看。

病入新正,则开成庚申,年六十九也。

卧病来早晚

卧病来早晚,悬悬将十旬。婢能寻药草,犬不吠医人。

---

① 纪昀:"愈"字衍。

酒瓮全生醭,歌筵半委尘。风光还欲好,争向枕前春。

乐天病"将十旬",此乃真患风痹,与苏州移疾告病百日而罢不同也。"蟬能寻药草,犬不吠医人。"此联绝妙。

病 疮

门有医来往,庭无客送迎。病销谈笑兴,老足叹嗟声。鹤伴临池立,人扶下砌行。脚疮春断酒,那得有心情。

平正无疵,但颇未易①及也。

坠马强出赠同座

足伤遭马坠,腰重倩人抬。只合窗间卧,何因花下来。坐依桃叶妓,行呷地黄杯。强出非他意,乘风落尽梅。

伤足而犹勉强看梅,可知是诗人多魔。

病中一二禅客见问因以谢之　刘宾客

劳动诸禅客②,同来问病夫。添炉捣鸡③舌,洒水净龙须。身是芭蕉喻,行须筇杖扶。医工有妙药,能乞一丸无?

鸡舌香、龙须席,各去一字便佳。

---

① 按:"颇"字原作墨钉,据康熙五十二年本、纪昀《刊误》本校补。
② 冯班:一作"贤者"。
③ 冯班:一作"烹雀"。

闻董评事病因以书赠董生奉内典

《繁露》传家学,青莲译梵书。火风垂四大,文字废三馀。欹枕昼眠晚,折巾秋鬓疏。武皇思视草,谁许茂陵居?

末句谓相如病渴,似亦戏之。

卧病走笔酬韩愈书问　　　贾浪仙

一卧三四旬,数书惟独君。愿为出海月,不作归山云。身上衣蒙与,瓯中物亦分。欲知强健否,病鹤未离群。

五、六可怜,其所以感昌黎者至矣。起句尤见退之高谊。贤哉宾主间也。

春日卧疾书情　　　刘商

楚客经年病,孤舟人事稀。晚晴江柳变,春暮塞鸿归。今日方知命,前年自觉非。不能忧岁计,无限故山薇。

"知命""觉非"四字细润,尾句脱洒。

岭下卧疾寄刘长卿员外　　　包佶

唯有贫兼病,能令亲爱疏。岁时供放逐,身世付空虚。

胫弱秋添絮，头风晓废梳。波澜喧众口，藜藿静吾庐。丧马思开卦，占鸮懒发书。十年江海客，离恨子知予。

佶又有《风痹寄怀》诗甚哀，首云："病夫将老矣，无可答君恩。衾枕同羁客，图书委外孙。"中云："无医能却老，有变是游魂。"前用丧马开卦事，此又用游魂变卦事，必颇精于《易》。刘长卿答和此诗又云："落日栖鸦鸟，行人达鲤鱼。"称为包谏议，未审坐何事贬岭下？

秋晚卧疾寄司空拾遗卢少府　　耿　沣

寒几坐空堂，疏髩似积霜。老医迷旧疾，朽药误新方。晚果红低树，秋苔绿遍墙。惭非蒋生径，不敢望求羊。

药方自佳，但药既陈朽则不效，非方之罪也。上一句亦称。

病中感怀　　李后主

憔悴年来甚，萧条益自伤。风威侵病骨，雨气咽愁肠。夜鼎唯煎药，朝髭半染霜。前缘竟何似，谁与问空王！

李后主号能诗词。偶承先业，据有江南，亦僭称帝，数十州之主也。集中多有病诗，先有五言律云："病态加衰飒，厌厌已五年①。"看此诗真所谓衰飒憔悴，岂《大风》《横汾》之比乎？宜其亡也。或谓此乃已至大兴之后，即不然矣。七言有云："衰颜一病难牵复，晓殿君临颇自羞。"又云："冷笑秦皇经远略，静怜姬满苦时巡。"盖君临之时也。

---

① 按："已"字原作墨钉，据康熙五十二年本、纪昀《刊误》本校补。

病　起　　　　　陈后山

今日秋风里，何乡一病翁。力微虽杖起，心在与谁同！灾疾资千悟，冤亲并一空。百年先得老，三败未为穷。

后山诗似老杜，只此诗亦合细味。

病中六首

旧岁连新岁，凉床又暖床。山川屏里画，时刻篆中香。畏垒安吾土，支离饱太仓。若教身再健，鹤背入维扬。

谓闲居自奉，且有祠禄，乐矣。若更不病，即扬州鹤也。甚佳。元题十二首，示藻侄可率昆季赓和。今取六首。

日暖衣犹袭，宵长被有棱。朝晡三椠饭，昏晓一釭灯。伴坐跧如几，扶行瘦比藤。生缘堪入画，寂寞憩松僧。

软熟羞盘馔，芳辛实枕帏。候晴先晒席，占湿预烘衣。易粟鸡皮皱，难培鹤骨肥。头颅虽若此，虚白日生辉。

叹息憎晨清，伸眉惬晚晴。隙虚浮日影，窗穴啸风声。扪虱天机动，驱蚊我相生。偶然成一笑，栩栩暂身轻。

目眚浮珠佩，声尘籁玉箫。晚秋潘鬓秃，午梦楚魂消。

注水瓶花醒,吹薪药鼎潮。南柯何处是,斜日上廊腰。

静里秋先到,闲中昼自长。闭门宜泄柳,尸祝谩庚桑。腹已枵经笥,身犹试药方。强名今日愈,勃窣负东墙。

六诗,每首有一、二联工而雅,正其病也。非贫者之病,盖犹有贵人之风焉。

病 中 作　　　　陆放翁

破裘缝更暖,粝食美无馀。摩诘病说法,虞卿穷著书。身羸支枕久,足蹇下堂疏。今日晴窗好,幽怀得细摅。

三、四浑成。

卧病杂题 五首取二

终日常辞客,经年半在床。爱穷留作伴,谙病与相忘。灶婢工烹粥,园丁习写方。今朝有奇事,久雨得窗光。

元注:"久病家人作粥遂佳,盖朝夕常为之也。又有山仆本不识字,因久合药遂能写药方,类大编。"予谓白乐天"婢能寻药草,犬不吠医人",放翁此联亦近之。"久雨得窗光",尤为佳句。"经年",亦作"经秋"。

人间跛男子,物外病维摩。元注:"病中遂牵病右足。"可但妨趋拜,何因废啸歌。菜羹醯酱薄,村巷棘茨多。举手谢邻父,非君谁肯过?

五、六古淡有味。此放翁八十六岁时诗。

病中示儿辈

去去生方远,冥冥死即休。狂思攘鬼手,危至服丹头。有剑知谁与,无香可得留。惟应勤孝谨,事事鉴恬侯。

此放翁易箦前倒数第三诗也。其临终之诗曰:"死去元知万事空,但悲不见九州同。王师北定中原日,家祭无忘告乃翁。"嘉定二年己巳冬也。先是腊月五日脱去左车第二牙,亦有诗。其卒之日候考。盖年八十有六,生于宣和七年乙巳。后生读此选诗,不可以病为忌、死为讳。《书》之《洪范》曰:"考终命。"《礼》之善颂曰:"哭于斯。"乃人生之终事也。得如放翁八十有六者,世有几人哉?

七　言二十八首

春尽日宴罢感事独吟

元注云:"开成五年三月三十日作。"　　白乐天

五年三月今朝尽,客散筵空独掩扉。病与乐天相伴住,春同樊子一时归。闲听莺语移时立,思逐杨花触处飞。金带缒腰衫委地,年年衰瘦不胜衣。

"樱桃樊素口,杨柳小蛮腰。"《长庆集》中无此诗。《别柳枝》诗云:"两枝杨柳小楼中,袅娜多年伴醉翁。明日放归归去后,世间应不要春风。"为病风痹遣二妾,故有是作。"觞咏罢来宾阁闭,笙歌散后妓房空。"亦病中所赋。又明年有诗云:"去岁楼中别柳枝。"自注云:"樊、蛮也。"二妓者,皆以柳枝目之云。

改　业

先生老去饮无兴,居士病来闲有馀。犹觉醉吟多放逸,不如禅坐更清虚。柘枝红袖教丸药,羯鼓苍头遣种蔬。却被山僧相戏问:一时改业意何如?

第三句元注:"予先有《醉吟先生传》,故云。"尾句此亦戏笑近人情。

眼病二首

散乱空中千片雪,蒙笼物上一重纱。纵逢晴景如看雾,不是春天亦见花。僧说客尘来眼界,医言风眩在肝家。两头治疗何曾差,药力微茫佛力赊。

眼藏损伤来已久,病根牢固去应难。医师尽劝先停酒,道侣多教早罢官。案上谩铺《龙树论》,合中虚撚决明丸。人间方药应无益,争得金篦试刮看。

白体诗,不可以陈简斋《目疾》诗律律之。然此亦善形容,不取其格,而取其味。

病 眼 花

头风目眩乘衰老,只有增加岂有瘳。花发眼中犹足怪,柳生肘上亦须休。大窠罗绮看终辨,小字文书见便愁。必若不能分黑白,却应无悔复无尤。

诗律圆熟。山谷云"阅人蒙眬自有味,看字昏涩尤宜懒"是也。

答窦拾遗卧病见寄 包佶

今春扶病移沧海,几度承恩对白花。送客屡闻檐外鹊,消愁已辨酒中蛇。瓶收枸杞悬泉水,鼎炼芙蓉伏火砂。误入尘埃牵吏役,羞将簿领到君家。

诗欲新而不陈。"已辨酒中蛇",则无疑矣。"已辨"二字佳。事故而意新。"枸杞悬泉水""芙蓉伏火砂",亦新。

秋居病中

幽居悄悄何人到,落日清凉满树梢。新句有时愁里得,古方无效病来抛。荒檐数蝶悬蛛网,空屋孤萤入燕巢。独卧南窗秋色晚,一庭红叶掩衡茅。

病中书事 李后主

病身坚固道情深,宴室清香思自任。月照静居惟捣药,门扃幽院只来禽。庸医懒听词何取,小婢将行力未禁。赖问空门知气味,不然烦恼万涂侵。

此诗八句俱有味。然不似人主之作,只似贫士大夫诗也。

移病还台凡阅半岁乃愈始到家园视园夫治畦植花因成自叹 宋景文

卧治无功赐告回,骤叨鸣履上中台。病中改八座。壶丘天壤非真死,蒙叟轩裳是傥来。经灌旱蔬扶陇出,失刊园蕊犯檐开。此身疏拙真丘壑,不是当年王佐才。

病起思归 王元之

年来多病转思山,终日呻吟簿籍间。叔夜《养生》休著论,陶潜虽死只应闲。又移郡印三年调,才报君恩两鬓斑。安得便归田里去,松篁泉石掩柴关。

四十为郎非不偶,况曾题笔直瀛洲。明时遇主谁甘退,白发侵人自合休。梦得蹉跎因出郡,刘梦得贬谪为郎四十馀年。薛能诗什耻监州。薛许昌诗云:"监州是戏儒。"春来病起思归甚,未敢飞章达冕旒。

元之谪商州团练副使时诗,盖白乐天体也。

卧病月馀呈子由二首　　张宛丘

蔀室悠悠昏复朝,强披《庄子》说《逍遥》。四禅未到风犹梗,九转无功火不烧。学道若为调鹿马,是身不实似芭蕉。丹砂赤箭功何有,卧听清言意自消。

风叶鸣窗已复朝,唤回归梦故人遥。酒壶暗淡浮尘集,药鼎青荧败叶烧。闭户独依寒蟋蟀,移床更就雨芭蕉。雪深更请安心术,长日如年未易消。

"四禅""九转"句佳。次篇两"更"字,刊本如此,恐原稿必不然。

病肺对雪

拥庭晴雪照高堂,卧病悠悠废举觞。肺疾仅同园令渴,齿伤不为幼舆狂。交飞翠斝知谁醉,独嗅乌巾认旧香。元注:"漉酒,渊明名也。"唯有烹茶心未厌,故知淡薄味能长。

三、四绝佳。"不为幼舆狂",尤新异。五、六应二句,谓不能饮。"觞""斝"二字犯重。

昼卧怀陈三时陈三卧疾

睡如饮蜜入蜂房,懒似游丝百尺长。陋巷谁过居士疾,春风正作国人狂。吟诗得瘦由无性,辟谷身轻合有方。欲饷子桑归问妇,一瓢过午尚悬墙。

此以问陈后山疾也。后山答:"尝闻杜氏妇,剪髻事宾客。君妇定不然,三梳奉巾栉。"是也。

喜七兄疾愈

净名居士本非病,五禽先生能养身。家人但讶少陵观,乡里不知颜子贫。身内故知闲是药,人间谁有道通神。喜闻渐离乌皮几,花气晴来欲逼人。

此等诗岂补缀斗合者能之,只如信口说话,而他人不能如此信口说也。

和黄预病起　　　　陈后山

似闻药病已投机,牛斗蛇妖顿觉非。李贺固知当得疾,沈侯可更不胜衣。惊逢白璧山千仞,会见黄金带十围。只信诗书端作祟,孰知糠粃亦能肥。

后山诗句句有关锁,字有眼,意有脉,当细观之。

眼　疾　　　　陈简斋

天公嗔我眼常白,故着昏花阿堵中。不怪参军骑瞎马,但妨中散送飞鸿。著篱令恶谁能对,损读方奇定有功。九恼从来是佛种,会知那律证圆通。

　　此诗八句而用七事,谓诗不在用事者,殆胸中无书耳。盲人骑瞎马,夜半临深池,此《世说》殷仲堪参军所作危语。仲堪眇一目,适忤之。只见门外著篱,未见眼中安障,此方干令以嘲李主簿范。宁武子患目痛,求方于张湛,湛戏谓此方用损读书一,减思虑二,专内视三,简外观四,早晚起五,夜早眠六,凡六物熬以神灰,下以气筛。今刊本多误作"损续",非也。白眼、阿堵、送飞鸿,三事非僻。那律事出《楞严经》,无目可以证道。其要妙在用虚字以斡实事,不可不细味也。

次韵王元勃问予齿脱　　曾茶山

　　齿危但以粥充虚,辜负公家夏屋渠。元注:"旧说,夏屋,大具。渠,勤也。言说大具,其意勤勤然。"政恐曲生真作祟,可怜髯簿顿成疏。元注:"炙毂子谓羊为髯须主簿。"动摇不减韩吏部,蹴踏非勤焦校书。落势今年殊未已,只应从此并无馀。

　　此当与陈简斋《目疾》、范石湖《耳鸣》诗参综以观,格律相似,善用事亦相似,但贮胸无奇书,落笔无活法,则不能耳。谁谓"江西"诗可轻视乎?

次韵朱德裕见赠予病初起　　周信道

　　盖世功名黍一炊,惊心岁月縠双驰。五浆先馈那须尔,二竖相陵少避之。种种鬓毛吾欲老,翩翩书札子能奇。黄花无语秋将暮,莫惜玄谈与解颐。

周孚字信道,济南人,乾道二年进士,为仪真教官卒①。诗本黄太史。辛稼轩刊其集曰《蠹斋集》。丘详之惜其年不老,盖尚进而未艾。

耳　鸣　　　　　　　　范石湖

东极空歌下始青,西方宝网奏《韶英》。不须路入兜元国,自有音闻空筏城。牛蚁谁知床下斗,鸡蝇任向梦中鸣。如今却笑难陀种,无耳何劳强听声。

二首选一。前篇有云:"梦中鼓响生千偈,觉后春声失百非。"又云:"寄语爵阴吞贼道,玉床安稳坐朱衣。"皆奇博已甚。谓能诗者不必读书,不在用事,可乎?

病足累日不能出掩门折花自娱　　陆放翁

频报园花照眼明,蹒跚正废下堂行。拥衾又听五更雨,屈指都无三日晴。不奈病何抛酒盏,粗知春在赖莺声。一枝自浸铜瓶水,喜与年光未隔生。

此庆元四年戊午诗,放翁年七十四。第六句绝妙。

病　愈

倦榻呻吟每自哀,占蓍来吉出馀灾。自能洗砚拂书几,

---

① 按:"官"字原作墨钉,据康熙五十二年本、纪昀《刊误》本校补。

时亦折花寻酒杯。久类寒蛟潜岫穴,忽如老马喷风埃。霜晴烂熳东窗日,一笑山坡访早梅。

此亦庆元四年戊午时诗。

五月初病体觉愈轻偶书

世事纷纷了不知,又逢乳燕麦秋时。经年谢客常因醉,三日无诗自怪衰。乘雨旋移西崦药,留灯自覆北窗棋。但将生死俱拈起,造物从来是小儿。

此庆元五年己未诗,放翁时年七十五。

小疾两日而愈

病骨羸然山泽癯,故应行路笑形模。记书身大似椰子,忍事瘿生如瓠壶。美酒得钱犹可致,高人折简孰能呼。不如净扫茅斋地,临看微香起瓦炉。

不着"行路笑形模"一句,则引"椰子""瓠壶"两句不来,此足见诗家手段。放翁是年八十二,开禧二年丙寅也。明年而伱胄败,放翁犹健也。

病　起　　　　　赵紫芝

身如瘦鹤已伶俜,一卧兼旬更有零。朝客偶知亲送药,野僧相保密持经。力微尚觉衣裳重,才退难徵笔砚灵。惟有岩花心未已,遍分黄菊插空瓶。

此诗三、四,先云"朝士偶知来送药,野僧相保为持经",后乃改下"亲"字、"密"字,亦诗法所当然也;但"更有零"三字不佳。"四灵"学姚合、贾岛诗而不至,七言律大率皆弱格,不高致也。

发　脱　　　　　　　　刘后村

发脱纷纷不待爬,天将丑怪变妍华。论为城旦宁非怒①,度作沙弥亦自佳。稚子笑翁簪柏叶,侍人讳老匿菱花。霜寒尤要泥丸暖,惭愧乌巾着意遮。

白乐天、陈简斋之目,张文潜、曾茶山之齿,范石湖之耳,加以后村发秃诗,可发一笑。然后村诗不及诸公。

问友人病

病来清瘦欲通仙,深炷篝香拂地眠。野客劝寻廉药买,外人偷出近诗传。术庸难靠医求效,俗陋多依鬼乞怜。鸥鹭如欺行迹少,分明溪上占渔船②。

诗意自足,但是格卑。

---

① 纪昀:"怒"字不甚解,校本集是"恕"字。
② 按:元至元本、纪昀《刊误》本"占"作"古"。

卷之四十五　感旧类

欠五言并题序。

七言七首

陈阜卿先生为两浙转运司考试官时秦丞相之孙以右文殿修撰来就试直欲首选阜卿得予文卷擢置第一秦氏大怒予明年既显黜先生亦几陷危机偶秦公薨遂已予晚岁料理故书得先生手帖追感平昔作长句以识其事不知衰涕之集也

陆放翁

冀北当年浩莫分，斯人一顾每空群。国家科第与风汉，天下英雄唯使君。后进何人知大老，横流无地寄斯文。自怜衰钝辜真赏，犹窃虚名海内闻。

此谓秦埙也。选此诗以见老桧之无识，放翁下第以此。

雪夜感旧

江月亭前桦烛香，龙门阁上驮声长。乱山古驿经三折，小市孤城宿两当。晚岁犹思事鞍马,当时那信老耕桑。绿沉金锁俱尘委,雪洒寒灯泪数行。

忆 昔

忆昔从戎出渭滨,壶浆马首泣遗民。夜栖高冢占星象,昼上巢车望虏尘。共道功名方迫逐,岂知老病只逡巡。灯前抚卷空流涕,何限人间失意人。

感 昔

三着朝冠入上都,黄封频醉渴相如。马慵立仗宁辞斥,兰偶当门敢怨锄。富贵尚思还此笏,衰残故合爱吾庐。灯前目力依然在,且尽山房万卷书。

五丈原头秋色新,当时许国欲忘身。长安之西过万里,北斗以南惟一人。往事已如辽海鹤,馀年空羡葛天民。腰间白羽凋零尽,却照青溪整角巾。

梦 蜀

梦饮成都好事家,新庄执乐雁行斜。赪肩郫县千筒酒,照眼彭州百驮花。醉帽倾欹歌未阕,罚觥潋滟笑方哗。霜钟唤觉晨窗白,自怪无端一念差。

体熟语丽。

伏读二刘公瑞岩留题感事兴怀至于陨涕追次元韵偶成一篇　　朱文公

谁将健笔写崖阴,想见当年抱膝吟。缓带轻裘成昨梦,遗风馀烈到如今。西山爽气看犹在,北阙精诚直自深。故垒近闻新破竹,起公无路只伤心。

元注:"右怀宝忠李公作。近闻西兵进取关、陕,其帅即公旧部曲也。"

卷之四十六　侠少类

五　言 八首

杂　诗　　　卢　象

君家御沟上,垂柳夹朱门。列鼎会中贵,鸣珂朝至尊。死生在片议,穷达独一言。须识苦寒士,莫矜狐白温。

此诗有古乐府之意,格调甚高。前四句叙其富贵,五、六言其权势之盛,末句使之怜寒士也。

赠张建　　　韩　翃

结客平陵下,当年倚侠游。传看辘轳剑,醉脱鹔鹴裘。翠羽双鬟妾,珠帘百尺楼。春风坐相待,晚日莫淹留。

"双鬟妾""百尺楼"本无足道,亦见世间有此骄侠之人也。以入"侠少",亦在平时而已。

长安路

长安九城路,戚里五侯家。结束趋平乐,联翩互狭斜。高楼临积水,复道出繁花。惟有相如宅,蓬门度岁华。

诗法当如此。前六句总说繁华,结句却合归之寂寞。前一段全说书生气味,结句却合说豪贵不如,此诗乃为佳也。

关山月　　　　　霍总

珠笼翡翠床,白皙侍中郎。五日来花下,双童问道傍。到门车马狭,连夜管弦长。每笑东家子,窥他宋玉墙。

邯郸侠少年　　　　郑鏦

夜渡浊河津,衣中剑满身。兵符劫晋鄙,匕首刺秦人。报士非无胆,高堂念有亲。昨缘秦苦赵,来往大梁频。
第六句有味。

少年行　　　　　刘长卿

射飞夸侍猎,行乐爱联镳。荐枕青蛾艳,鸣鞭白马骄。曲房珠翠合,深院管弦调。日晚春风里,衣香满路飘。
此诗似非长卿所作。中四句太艳而浅,末句颇可采。此题于其后不无少贬,乃佳。

少年行　　　　　林宽

柳烟侵御道,门映夹城开。白日莫空过,青春不再来。

报仇冲雪去,乘醉臂鹰回。看取歌钟地,残阳满坏台。

　　三、四本形容侠少汲汲皇皇为游乐之事,不肯虚度时光。幼时见人书此句以戒学堂儿曹。其承上句,即无正当之论,不足采也。不知乃为唐人林宽诗也。

少　年　　　　　　　张宛丘

朱绳缚天狗,白羽射旄头。新佩将军印,初成甲第楼。绮罗诸院夜,鞍马五陵秋。惟有如霜鬓,令君览镜愁。

　　格近古,似陈、宋。

七　言 九首

赠王枢密 一作"中贵王枢密",守澄宗侄也。
　　　　　　　　　　　　　　　王　建

三朝行坐镇相随,今日春官见小时。脱下御衣先试着,进来龙马每教骑。长承密旨归家少,独奏边机出殿迟。自是姓同亲向说,九重争得外人知。

闲　说

桃花百叶不成春,鹤算千年也未神。秦陇洲缘鹦鹉贵,王侯家为牡丹贫。歌头舞面回回别,鬓样眉心日日新。鼓动六街骑马出,相逢总是学狂人。

> 叹时世衰薄,不务本。长安富贵之家,所知惟此,而不知生熟好恶也。

寄丹阳刘太真　　　　　　韩翃

长安道上落花朝,羡尔当年赏事饶。下箸已怜鹅炙美,开笼不少鸭_{疑当作"雏"}。媒娇。春衣晓入青阳巷,细马初过皂角桥。相访不辞千里远,西风好借木兰桡。

富平少侯　　　　　　李商隐

七国三边未到忧,十三身袭富平侯。不收金弹抛林外,却惜银床在井头。绿树转灯珠错落,绣檀回枕玉雕锼。当关不报侵晨客,新得佳人字莫愁。

丁　年　　　　　　王荆公

丁年结客盛游从,宛洛毡车处处逢。吟尽物华愁笔老,醉消春色爱醅浓。垆间寂寞相如病,锻处荒凉叔夜慵。早晚青云须自致,立谈平取彻侯封。

公　子　　　　　　　　　杨文公

夹道青楼拂彩霓，月轩宫袖按《前溪》。锦鳞河伯供烹鲤，金距邻翁逐斗鸡。细雨垫巾过柳市，轻风侧帽上铜鞮。珊瑚击碎牛心熟，香草兰芳客自迷。

公　子　　　　　　　　　刘子仪

油壁香车隔渭桥，黄山路远苦相邀。行庖爨蜡雕胡熟，永埒铺金汗血骄。别馆横陈张静婉[1]，期门长揖霍嫖姚。注钩握槊曾无惮，绿桂膏浓晓未销。

公　子　　　　　　　　　钱思公

莲勺交衢接荻园，来时十里一开筵。歌翻南国桃根曲，马过章台杏叶鞯。别殿对回双绶贵，后门归夜九枝然。闲随翠幰欹乌帽，紫陌三条入柳烟。

---

[1] 按："静"，原作"胜"。　陆贻典：六朝《采莲曲》有张静婉，乃羊侃妾。此疑误。据陆说改。

公　子　　　　　胡文恭

　　北第当衢戟有衣,巾帏鲜媚仆如犀。万钱供箸鸣钟沸,三组垂腰佩玉低。座上赋鹦穷处士,楼前盘马小征西。去天尺五城南路,此去青云别有梯。

　　胡武平笔端高爽,似陆农师。

卷之四十七　释梵类

"经来白马寺，僧到赤乌年"，释氏之炽于中国久矣。士大夫靡然从之，适其居，友其徒，或乐其说，且深好之而研其所谓学，此一流也。诗家者流，又能精述其趣味之奥，使人玩之而不能释，亦岂可谓无补于身心者哉？凡寺、院、庵、察题咏皆附此。

五　言 二百五首

酬晖上人独坐山亭有赠　　陈子昂

钟梵经行处，香床坐入禅。岩亭交杂树，石濑泻鸣泉。水月心方寂，云霞思独玄。宁知人代里，疲病得攀援。

盛唐人诗，多以起句十字为题目，中二联写景咏物，结句十字撇开，却说别意。此一大机括也。

灵隐寺　　骆宾王

鹫岭郁岧峣，龙宫隐寂寥。楼观沧海日，门听[①]浙江潮。

---

① 冯班、许印芳："听"一作"对"。

桂子月中落,天香云外飘。扪萝登塔远,刳木引泉遥。霜薄花更发,冰轻叶互雕。夙龄尚遐异,搜对涤烦嚣。会入天台里,看予渡石桥。

　　唐史言宋之问诗比于沈、庾精密,又加靡丽,盖律体之祖也。或者谓此诗之问首吟二句,而禅榻老僧遽续数联,实骆宾王逃难削发在寺为之。予著《名僧诗话》已详著其说,两存之可也。

称 心 寺　　　　　宋之问①

征帆恣远寻,逶迤过称心。凝滞蘅茝岸,沿洄楂柚林。穿淑不厌曲,舣潭惟爱深。为乐凡几许,听取舟中琴。

　　此犹未尽脱齐、梁、陈、隋体也,庾信诗多如此。

登总持寺浮图②

梵宇出三天,登兹望八川。开襟俯城阙③,挥手拂云烟。函谷春山外,昆池落日边。东京杨柳陌,少别遂经年④。

　　此即自成唐律诗,摆脱陈、隋矣。

---

① 按:原缺作者名,据康熙五十二年本、纪昀《刊误》本校补。
② 许印芳:题一作"寺阁"。　冯班:作者为宋之问。
③ 冯班:一作"坐霄汉"。
④ 许印芳:"遂"一作"已"。

陪润州薛司空丹徒桂明府游招隐寺[①]

共寻招隐寺,初识戴颙家。还依旧泉壑,应改昔云霞。绿竹寒天笋,红蕉腊月花。金绳倘留客,为系日光斜。

五、六富艳。

游法华寺十韵

高岫拟耆阇,真乘引妙车。空中结楼殿,意表出云霞。后果传三足,前因感六牙。宴林薰宝树,水溜滴金沙。寒谷梅犹浅,温庭橘半华。台香红药乱,塔影绿篁遮。果渐轮王族,缘超梵帝家。晨行蹋忍草,夜诵得灵花。江郡将何匹,天都亦未加。朝来泛舟所,应是逐仙槎。

此诗工甚。青鸟"三足"、白象"六牙",工之至矣。

游少林寺　　　　沈佺期

长歌游宝地,徙倚对珠林。雁塔风霜古,龙池岁月深。绀园澄夕霁,碧殿下秋阴。归路烟霞晚,山蝉处处吟。

唐律诗初盛,少变梁、陈,而富丽之中稍加劲健,如此者是也。

---

① 冯班:作者为骆宾王。

游梵宇三觉寺　　　　　王　勃

杏阁披青磴,雕台控紫岑。叶齐山路狭,花积野坛深。萝幌栖禅影,松门听梵音。遽忻陪妙躅,延赏涤烦襟。

四十字无一字不工,岂减沈佺期、宋之问哉？裴行俭以器识一语少王、杨、卢、骆。彼专以富贵骨相取人,而文之以器识之说,吾未见裴之合于"四子"也。宾王檄武氏："一抔之土未干,六尺之孤安在?"气盖万古,虽败而死何伤？或谓亡命为僧,亦未必然。○唐律诗之初,前六句叙景物,末后二句以情致缴之,周伯弢四实、四虚之说遂穷焉。

酬思玄上人林泉 四首取二　　　骆宾王

闻君招隐地,仿佛武陵春。缉芰知远楚[①],披榛似避秦。崩查年祀积,幽草岁时新。一谢沧浪水,安知有逸人。

芳晨临上月,幽赏狎中园。有蝶堪成梦,无羊可触藩。忘怀南涧藻,蠲思北堂萱。坐叹华滋歇,思君谁为言。

后两首有云："客有迁莺处,人无结驷来。"又云："芳杜湘君曲,幽兰楚客词。山中有春草,长似寄相思。"皆才高思爽。予选此诗,信手看其前后,甚多佳句。《北眺》云："既出封泥谷,还过避雨陵。"《淮口》云："从帝留馀地,封王表旧城。岸昏函蜃气,潮满应鸡声。"《守岁》云："夜

---

① 按："远"原作"还",下注云："此字疑。"据康熙五十二年本、纪昀《刊误》本校改。　无名氏(乙)："远"字疑是"游"字之误。

将寒色去,年共晓光新。"如"荷香销晚夏,菊气入新秋。橘气行应化,蓬心去不安",皆可书,但情味寥落,多不得志之辞云。

春日上方即事　　　　　王右丞

好读《高僧传》,时看辟谷方。鸠形将刻杖,龟壳用支床。柳色春山映,花明夕鸟藏。北窗桃李下,闲步但焚香。

三、四新异。

登辨觉寺

竹径连初地①,莲峰出化城。窗中三楚尽,林外②九江平③。软草承趺坐,长松响梵声。空居法云外,观世得无生。

此似是庐山僧寺。三、四形容广大,其语即无雕刻,而"窗中""林外"四字,一了数千里,佳甚。

题融公兰若　　　　　孟浩然

精舍买金开,流泉绕砌回。芰荷薰讲席,松柏映香台。法雨晴飞去,天花昼下来。谈玄殊未已,归骑夕阳催。

---

① 许印芳:"连"一作"从"。
② 冯班:"外"一作"上"。　何义门:"上"字妙。
③ 纪昀:"平"一作"明","明"字较胜。

陪姚使君题惠上人房

带雪梅初暖,含烟柳尚青。来窥童子偈,得听法王经。会里①知无我,观空厌有形。迷心应觉悟,客思未遑宁。

浩然于佛法亦深有所得,此篇五、六语意明白无碍,《张丞相经玉泉》长韵云:"闻钟②鹿门近,照胆玉泉清。"尤佳。

春日归山寄孟浩然　　　　李太白

朱绂遗尘境,青山谒梵筵。金绳开觉路,宝筏渡迷川。岭树攒飞栱,岩花覆谷泉。塔形标海月,楼势出江烟。香气三天下,钟声万壑连。荷秋珠已滴③,松密盖初圆。鸟聚疑闻法,龙参若护禅。愧非流水韵,叨入伯牙弦。

太白负不羁之才,乐府大篇,翕忽变化。而此一律诗,乃工夫缜密如此。杜审言、宋之问相伯仲。别有赠浩然诗曰:"醉月频中圣,迷花不事君。"虽飘逸不如此诗之端整,以其多禅语也,以入"释梵类"。

宿赞公房　　　　杜工部

杖锡何来此,秋风已飒然。雨荒深院菊,霜倒半池莲。

---

① 冯舒:"里"一作"理"。
② 冯班:"闻钟"一作"开经"。
③ 冯班:"滴"一作"满"。

放逐宁违性,虚空不离禅。相逢成夜宿,陇月向人圆。

> 赞公谪居秦州,即在长安贼中时。大云寺长老也。尝有四诗。宿其房,今又于陇郡相逢也。乾元二年己亥,年四十八矣。

谒真谛寺禅师

兰若山高处,烟霞障几重。冻泉依细石,晴雪落长松。问法看诗妄,观身向酒慵。未能割妻子,卜宅近前峰。

> 凡诗只如此作自伶俐。前四句景,而起句为题目;后四句情,而结句有合杀。

和裴迪登新泽寺寄王侍郎_{王时牧蜀}

何限①倚山木,吟诗秋叶黄。蝉声集古寺,鸟影度寒塘。风物悲游子,登临忆侍郎。老夫贪佛日,随意宿僧房。

> 老杜诗警句,无不以为着题诗矣。其不甚紧切之句,如"有客传河尹",如"他乡推表弟",如"君王问长卿",如"登临忆侍郎",亦人所脍炙。复引用之,即自典雅,何也?学诗者而不熟老杜可乎?

题玄武师屋壁

何年顾虎头,满壁画瀛洲②。赤日石林气,青天江水流。

---

① 查慎行:"限"一作"恨"。
② 冯班、查慎行:"瀛"一作"沧"。

锡飞常近鹤,杯渡不惊鸥。似得庐山路,真随惠远游。

　　此是题诗于所画之壁,皆指画而赋之。曰"锡飞"、曰"杯渡",皆画中事也。"似得庐山路",而"真随惠远游",亦言画也。

秦州杂诗

秦州山北寺,胜迹①隗嚣宫。苔藓山门古,丹青野殿空。月明垂叶露,云逐度溪风。清渭无情极,愁时独向东。

　　此诗晚唐人声调一同。五、六极天下之工,第七句天生此语。

山　寺

野寺残僧少,山园细路高。麝香眠石竹,鹦鹉啄金桃。乱水通人过,悬崖置屋牢。上方重阁晚,百里见纤毫。

　　五、六新异,末句开阔。

上牛头寺

青山意不尽,衮衮上牛头。无复能拘碍,真成浪出游。花浓春寺静,竹细野池幽。何处啼莺切②,移时独未休。

　　后四句工丽清婉。

---

① 冯班:"胜迹"一作"传是"。
② 何义门:"啼莺"一作"莺啼"。

上兜率寺

兜率知名寺,真如会法堂。江山有巴蜀,栋宇自齐梁。庾信哀虽久,何颙好不忘。白牛车远近,且欲上慈航。

韩魏公谓人才须入粗入细。老杜诗,不有前诗,何以入细?此一诗三、四忽又如此广远,五、六古淡有意。

游修觉寺

野寺江天豁,山扉花竹幽。诗应有神助,吾得及春游。径石相萦带,川云自去留。禅枝宿众鸟,漂转暮归愁。

读老杜诗,首首不同。此又是一格。

巳上人茅斋

巳公茅屋下,可以赋新诗。枕簟入林僻,茶瓜留客迟。江莲摇白羽,天棘蔓青丝。空忝许询辈,难酬支遁辞。

"天棘"或云麦门冬也。"蔓"或作"梦",非。此乃老杜中年前诗。

题远公经台　　　祖咏

兰若无人到,真僧出复稀。苔侵行道席,云湿坐禅衣。

涧鼠缘香案,山蝉噪竹扉。世间长不见,宁止暂忘归。

> 第四句"湿"字好。"涧"一作"溪"。

晚过磐石寺礼郑和尚　　　岑　参

暂诣高僧话,来寻野寺孤。岸花藏水碓,溪竹映风炉。顶上巢新鹤,衣中得旧珠。谈禅未得去,辍棹且踟蹰。

> "水碓""风炉",自然成对。

同崔三十侍御灌口夜宿报恩寺

同君寻野寺,夜一作"便"。宿支公房。溪月冷深殿,江云拥回廊。燃灯松林静,煮茗柴门香。胜事不可接,相思幽兴长。

> 律诗中之拗字者。庾信诗爱如此。五、六眼前事,但安排得雅净。

题少室山寺　　　褚朝阳

飞阁青霞里,先秋独早凉。天花映窗近,月桂拂檐香。华岳三峰小,黄河一带长。空间指归路,烟际有垂杨。

> 第二句好,第四句亦佳。

经废寺　　　顾　况

不知何世界,有似处南朝。石路无人扫,松门被火烧。

断幡犹挂刹,故板尚揩桥。数卷残经在,多年字欲销。

五、六"犹"字、"尚"字稍相犯。

起度律师同居东斋院　　韦苏州

释子喜相偶,幽林俱避喧。安居同僧夏,清夜讽道言。对阁景恒宴,步庭阴始繁。逍遥无一事,松风入南轩。

淡而有味。

秋日过鸿举法师寺院　　刘宾客

看画长廊遍,寻僧一径幽。小池兼鹤净,古木带蝉秋。客至茶烟起,禽归讲席收。浮杯明日去,相望水悠悠。

题招隐寺

隐士遗尘在,高僧精舍开。地形临渚断,江势触山回。楚野花多思,南禽声例哀。殷勤最高顶,闲即望乡来。

刘梦得诗老辣,不可以妆点并观。

宿诚禅师山房题赠

不出孤峰上,人间四十秋。视身如传舍,阅世甚东流。

法为因缘立,心从次第修。中宵问真偈,有住是吾忧。

  第四句"甚"字下得妙。

送文畅上人东游[①]

  得道即无著,随缘西复东。貌依年腊老,心到夜禅空。山宿驯溪虎,江行滤水虫。悠悠尘客思,春满碧云中。

旅次景空寺宿幽上人院

  不与人境接,寺门开向山。暮钟鸣鸟聚,秋雨病僧闲。月隐[②]云树外,萤飞廊宇间。幸投花界宿,暂得静心颜。

晚春登天云寺[③]南楼赠常禅师[④]

  花尽头新白,登楼意若何。岁时春日少,世界苦人多。愁醉非因酒,悲吟不是歌。求师治此病,唯听[⑤]读《楞伽》。

---

① 按：此诗及以下五首当为白居易诗。
② 许印芳："隐"一作"落"。
③ 冯班："天"一作"大"。
④ 冯班：此诗作者为白乐天。
⑤ 冯班："听"一作"劝"。

龙化寺主家小尼

头青眉眼细，十四女沙弥。夜静双林怕，春深一食饥。步慵行道困，起晚诵经迟。应似仙人子，花宫未嫁时。郭代公爱姬薛氏幼尝为尼，小名仙人子。

题报恩寺

好是清凉地，都无系绊身。晚晴宜野寺，秋景属闲人。净石堪敷坐，寒泉可濯巾。自惭衰鬓上，犹带郡庭尘。

三、四雅淡。

武丘寺路 元注："去年重开寺路，桃、李、莲、荷，约种数千株。"

自开山寺路，水陆往来频。银勒牵骄马，花船载丽人。芰荷生欲遍，桃李种仍新。好在湖堤上，长留一道春。

第四句诗兴俱丽。

春日与刘评事过故证—作"澄"。上人院

杨巨源

曾共刘咨议，同时事道林。与君方掩泪，来客是知心。

阶雪凌春积,钟烟向夕深。依然旧童子,相送出花阴。
> 五、六细润。

送僧归太白山 　　　贾浪仙

坚冰连夏处,太白接青天。云塞石房路,峰明雨外巅。夜禅临虎穴,寒漱撇龙泉。后会不期日,相逢应信缘。

宿山寺

众岫耸寒色,精庐向此分。流星透疏木,走月送行云。绝顶人来少,高松鹤不群。一僧年八十,世事未曾闻。

赠无怀禅师

身从劫劫修,果以此生周。禅定石床暖,月移山树秋。捧盂观宿饭,敲磬过清流。不掩玄关路,教人问到头。
> 第五句何其穷之极也? 三、四佳。

送去华法师

在越居何寺,东南水路归。秋江[①]洗一钵,寒日晒三衣。

---

① 查慎行:"江"一作"池"。

默听鸿声尽,行看蝶影①飞。囊中无宝货,船户夜肩稀。
后六句皆好。

送无可上人

圭峰霁色新,送此草堂人。麈尾同离寺,蛩鸣暂别亲。独行潭底影,数息树边身。终有烟霞约,天台作近邻。
五、六绝唱。

送贺兰上人

野僧来别我,略坐傍泉沙。远道擎空钵,深山踏落花。无师禅自解,有格句堪夸。此去非缘事,孤云不定家。

灵准上人院

掩扉当太白,腊数等松椿。禁漏来遥夜,山泉落近邻。经声终卷晓,草色几芽春。海内知名士,交游准上人。
末句直道其事,亦是一法。

题青龙寺镜公房

一夕曾留宿,终南摇落时。孤灯冈舍掩,残磬雪风吹。

---

① 冯班:"蝶"一作"叶"。

树老因寒折,泉深出井迟。疏慵岂有事,多失上方期。

中四句已佳。尾句谓疏慵之人,有何事乎?而多失上方之约。亦奇也。

就可公宿

十里寻幽寺,寒流数派分。僧同雪夜坐,雁向草堂闻。静语终灯焰,馀生许峤云。犹来多抱疾,声不达明君。

哭宗密禅师

鸟道雪岑巅,师亡谁去禅。几尘增灭后,树色改生前。层塔当松吹,残踪傍野泉。唯嗟听经虎,时到坏庵边。

哭柏岩禅师

苔覆石床新,师曾占几春。写留行道影,焚却坐禅身。塔院关松雪,经房锁隙尘。自嫌双泪下,不是解空人。

欧公谓第四句似烧杀活和尚,诚亦可议。然诗格自好。

律　僧　　　　　　张司业

苦行长不出,清羸最少年。持斋唯一食,讲律岂曾眠。

避草每移径,滤虫还入泉。从来天竺法,到此几人传?

山中赠日南僧

独向双峰老,松门闭两涯。翻经上蕉叶,挂衲落藤花。甃石新开井,穿林自种茶。时逢海南客,蛮语问谁家?

游襄阳山寺

秋色江边路,烟霞若有期。寺贫无施利,僧老足慈悲。薜荔侵禅窟,虾蟆占浴池。闲游殊未遍,即是下山时。

司业三诗皆平易,惟"虾蟆占浴池"一句怪异。

贻小尼师　　　　王　建

新剃青头发,生来未扫眉。身轻礼拜稳,心慢记经迟。唤起犹侵晓,催斋已过时。春晴阶下立,私地弄花枝。

亵侮已甚。人家好儿女,何为落于尼寺?

过无可①上人院　　　　姚　合

寥寥听不尽,孤磬与疏钟。烦恼师长别,清凉我暂逢。

---

① 李光垣:"可"讹"何"。

蚁行经古藓,鹤毳落深松。自想归时路,尘埃复几重。

五、六参入贾浪仙也。

寄紫阁无名头陀_{自新罗来}

峭行得如如,谁分圣与愚。不眠知梦妄,无号免人呼。山海禅_{一作"法"}。皆遍,华夷佛岂殊。何因接师话,清净在斯须。

佛本生于西夷,而染于中华。今曰"华夷佛岂殊",是妄生分别相也。第新罗之人,亦有佛性,以此推之即通。

寄无可上人

十二门中寺,诗僧寺独幽。多年松色别,后夜磬声秋。见世虑皆尽,来生事更修。终须执瓶钵,相逐入牛头。

"见世虑皆尽",固人之所难。"来生事更修",此理恐不然也。此诗却自可观。

寄石桥僧　　　　　项斯

逢师入山日,道在石桥边。别后何_{一作"无"}。人见,秋来几处蝉[①]。溪中云隔寺,夜半雪_{一作"雨"}。添泉。生有天台约,知无却出缘。

五、六佳。

---

① 冯班:"蝉"一作"禅"。

寄坐夏僧

坐夏日偏长,知师在律堂。多因束带热,更忆剃头凉。苔色侵经架,松阴到簟床。还应炼诗句,借卧石池傍。

送僧归南岳

心知衡岳路,不怕去人稀。船里谁鸣磬,沙头自曝衣。有家从小别,是寺即言归。料得逢春住,当禅云满扉。

五、六瘦淡。

赠海明上人　　　耿沣

来自西天竺,持经奉紫微。年深梵语变,行苦俗流归。月上安禅久,苔生出院稀。梁间有驯鸽,不去为忘一作"无"。机。

中两联皆下句胜上句①。

寄太白无能禅师　　　顾非熊

太白山中寺,师居最上方。猎人偷佛火,栎鼠戏禅床。

---

① 冯班:一作"皆上一句胜下句"。

定久衣尘积，行稀径草长。有谁来问法，林杪过残阳。

中四句俱工。

岁莫自广江至新兴往复中题峡山寺

　　　　　　　　　　　　　　许　浑

夜醉晨方醒，孤吟恐失群。海鯔潮上见，江鹄雾中闻。未腊梅先实，经一作"终"。冬草自薰。树随山崦合，泉到石棱分。虎迹空林雨，猿声绝岭云。萧萧异乡鬓，明日共丝棼。

许丁卯此四首诗题峡山寺，其实广东风土也。诗句句工，但太工则形胜于神耳。

薄暮缘西峡，停桡一访僧。鹭巢横卧柳，猿饮倒垂藤。水曲岩千叠，云重树百层。山风寒殿磬，溪雨夜船灯。滩涨危槎没，泉冲怪石崩。中台一襟泪，岁杪别良朋。

密树分苍壁，长溪抱碧岑。海风闻鹤远，潭日见鱼深。松盖环清韵，榕根架绿阴。南方大叶榕树，枝危者辄生根垂入地，如柱大。洞丁多斫石，蛮女半淘金。端州斫石，涂涯县淘金为业。南浦惊春至，西楼送月沉。江流不过岭，何处寄归心。

月在行人起，千峰复万峰。海虚争翡翠，溪逻斗芙蓉。南方呼市为虚，呼戍为逻，新州有"翡翠虚""芙蓉逻"也。古木高生斛，阴池满种松。木斛花生于他树槎枒，池沼多松，谓之水松也。火探深洞燕,香送远潭龙。南方持火于乳洞中取燕而食。广州悦城县有温媪龙,即蛇也。随水往①舟船至人家,或千里外,皆以香酒果送之。蓝坞寒先烧,禾堂晚并春。种蓝多在坞中,先烧其地,人以木槽春禾,谓之春堂。更投何处宿,西峡隔云钟。

下第寓居崇圣寺感事

怀玉泣京华,旧山归路赊。静依禅客院,幽学野人家。林晚鸟争树,园春蜂护②花。东门有闲地,惟种邵平瓜。

洛东兰若夜归

一衲老禅床,吾生半异乡。管弦愁里老③,书剑梦中忙。鸟急山初暝,蝉稀树正凉。又归何处去,尘路月苍苍。

丁卯诗格颇卑,句太偶。此二诗各有一联佳,亦不可废。

孤山寺　　　　　张　祜

楼台耸碧岑,一径入湖心。不雨山常润,无云水自阴。断桥荒藓合,空院落花深。犹忆西窗夜,钟声出北林。

---

① 冯班:"水"当作"来"。
② 冯班:"蜂"一作"蝶"。
③ 冯班:"老"一作"醉"。

此诗可谓细润,然太工、太偶。"合"一本作"涩"。

惠山寺

旧宅人何在,空门客自过。泉声到池尽,山色上楼多。小洞穿斜竹,重阶①夹细莎。殷勤望城市,云水暮钟和。

此诗同前,三、四尤工,五、六则工而窘于冗矣。以前联不可废也,故取之。

题虎丘东寺

云树拥崔嵬,深行异俗埃。寺门山外入,石壁地中开。俯砌池光动,登楼海气来。伤心万年意,金玉葬寒灰。

杜牧谓"谁人得似张公子,千首诗轻万户侯",今传者五言律三卷,绝句二卷,无七言律与古诗也,所逸多矣。僧寺诗二十四首,《金山寺》诗第一,亦当为集中第一;《孤山寺》《惠山寺》诗次之;此诗非亲到虎丘寺,不知第四句之工。高堂之后,俯视石涧,两壁相去数尺,而深乃数十丈,其长蜿蜒曼衍而坼裂到底,泉滴滴然,真是奇观。故其诗曰"石壁地中开",非虚也,故选此诗以广见闻。"登楼海气来",此一句亦佳。他如"地僻泉长冷,亭香草不凡",《题道光上人院》,亦佳。至如"上坡松径涩,深坐石池清"之类,则非人可到矣。

---

① 冯班:"阶"一作"檐"。

题金山寺　　　　　　　　许　棠

四面波涛匝，中流日月邻。上穷如出世，下瞰忽惊神。刹一作"嗒"。碍长空鸟，船通外国人。房房皆叠石，风扫永无尘。

五、六亦奇绝。"谁言张处士，诗后更无人。"亦可着此语也。

长安逢江南僧　　　　　　崔　涂

孤云无定踪，忽到又相逢。说尽天涯事，听残上国钟。问人寻寺僻，乞食过街慵。忆到曾栖处，开门对数峰。

本色当行诗。

赠休粮僧

闻钟独不斋，何事更关怀。静少人过院，闲从草上阶。生台无鸟下，石路有云埋。为隐①禅中旧，时犹梦百崖。

第四句绝妙。

寄　贯　休　　　　　　　吴　融

休公何处在，知我宦情无。已似冯唐老，方知武子愚。

---

① 冯班："隐"一作"忆"。

一身仍更病,双阙又须趋。若得重相见,冥心学半铢。

　　向承阮梅峰秀实惠书,言诗不可多用古人名,谓之"点鬼簿"。晚唐人皆不敢下,惟老杜最多。吴融、韩偓在晚唐之晚,乃颇参老杜,如此一联岂不佳?

寄尚颜师

僧中难得静,静得是吾师。到阙不求紫,归山只爱诗。临风翘雪足,向日剃霜髭。自叹眠漳久,双林动所思。

题破山寺[①] 　　　　常　建

清晨入古寺,初日照高林。竹径通幽处,禅房花木深。山光悦鸟性,潭影空人心。万籁此俱寂,惟闻钟磬音。

　　欧公喜此诗。三、四不必偶,乃自是一体。盖亦古诗、律诗之间。全篇自然。

经废宝庆寺 　　　　司空曙文明

黄叶前朝寺,无僧寒殿开。池晴龟出曝,松暝鹤飞回。古砌碑横草,阴廊画杂苔。禅宫亦销歇,尘世转堪哀。

　　此必武宗废寺之后有此诗。句句工,尾句尤不露。

---

① 许印芳:一本"寺"下有"后禅院"三字。

冬日题邵公院　　　刘得仁

无事关多掩,阴阶竹拂苔。劲风吹雪聚,渴鸟啄冰开。树向寒山得,人从瀑布来。终期天目老,擎锡逐云回。

三、四用工至矣。唐人作诗,不紧要处模写得直是精神。

秋夜宿僧院

禅寂无尘地,焚香话所归。树摇幽鸟梦,萤入定僧衣。破月斜天半,高河下露微。翻令嫌白日,动即与心违。

"萤入定僧衣",此一句古今无之。他有"坐学白塔骨""坐石鸟疑死",刻苦太甚,不如此之闲雅。尾句尤高。

题荐福寺衡岳禅师房　　　韩翃

春城乞食还,高论此中闲。僧腊阶前树,禅心江上山。疏帘看雪卷,深户映花关。晚送门人去,钟声杳霭间。

第三句最佳,五、六近套,尾句乃有味也。

题龙兴寺澹师房

双林彼上人,诗兴转相亲。竹里经声晚,门南山色春。

卷帘苔色净,下箸药苗新。记取无生理,归来问此身。

五、六眼前事耳,但一味此句,便不可舍。

喜鲍禅师自龙山至　　　刘长卿

故居何日下,春草欲芊芊。犹对山中月,谁听石上泉。猿声知后夜,花发见流年。杖锡闲来往,无心到处禅。

五、六佳。

寄灵一上人

高僧本姓竺,开士旧名林。一去春山里,千峰不可寻。新年芳草遍,终日白云深。欲徇微官去,悬知讶此心。

刘长卿号"五言长城",细味其诗,思致幽缓,不及贾岛之深峭,又不似张籍之明白。盖颇欠骨力而有委曲之意耳。○郎士元集亦有此诗,题云《赴无锡别云一上人》,"终"作"度","徇"作"问"。

酬普选二上人　　　严　维

本意宿东林,因听子贱琴。遥知大小朗,已断去来心。夜静溪声近,庭寒月色深。宁知尘外意,定后更成吟。

五、六似浅近,细味之亦不可弃。

别至弘上人

最称弘偓少,早岁草茅居。年老从师律,生知解佛书。衲衣求坏帛,野饭拾春蔬。章句无求断,诗中学有馀。

五、六可观,三、四亦不草草。

华下送文涓　　　司空图

郊居谢名利,何事最相亲。渐与论诗久,皆知得句新。川明虹照雨,树密鸟冲人。应念从今去,还来岳下频。

《一鸣集》尝自夸数联,五、六其一也,其实工密。三、四亦自然,近中有远。

游歙州兴唐寺　　　张　乔

山桥通绝境,到此忆天台。竹里寻幽径,云边上古台。鸟归残照出,钟断细泉来。为爱澄溪月,因成隔宿回。

此吾州水西太平寺也,在唐时谓之兴唐寺。五、六佳。末句谓溪清而月可爱,因留至隔宿,亦善于立论,以歙溪极天下之清者。

甘露寺东轩　　　周　繇

每日怜晴眺,闲吟只自娱。山从平地有,水到远天无。

老树多封楚,轻烟暗染吴。虽居此廊下,入户亦踟蹰。

京口甘露寺俯瞰大江,远眺溟海,委的是此山从平地突起,水与天接,其言无一字虚也。

宿山寺　　　　张蠙

中峰半夜起,忽觉在青冥。下界自生雨,上方犹有星。楼高钟独远,殿古像多灵。好是潺湲水,房房伴诵经。

三、四已佳,五、六尤佳,第六句无人曾道。末句亦可佳也。

逢播公[①]　　　　周贺

带病稀相见,西城早晚来。山衣[②]风坏帛,香印雨沾灰。坐久钟声远[③],禅馀[④]岳影回。却思同宿夜,高枕说天台。

第六句绝好。贺乃清塞上人还俗,故于僧诗尤熟。

宿杼山昼公禅堂

从作西河客,别离经半年。却来峰顶宿,知废井南禅。积霭沉斜月,孤灯照落泉。何当闲事尽,相伴老溪边。

---

① 冯班:"播"一作"𰠁"。
② 冯班:"山"一作"衲"。
③ 冯班:"远"一作"尽"。
④ 冯班:"禅"一作"谈"。

试于山寺夜宿,崖有落泉,壁有孤灯,而思此句,则见其有味矣。

赠 胡 僧

瘦形无血色,草屦着行穿。闲话似持咒,不眠同坐禅。背经来汉地,袒膊过冬天。情性人难会,游方应信缘。

此诗似觉粗率,然今西域僧有此辈,乃相率为丐之徒。"闲话似持咒",本是戏言其语言之不可通。至如"袒膊过冬天",盖所啖有麻药,一食之不饥,亦不寒,亦能耐大暑,愚俗不悟耳。至解药飧肉酒,不可以数计云。

休 粮 僧

一斋难过日,况是更休粮。养力时行道,闻钟不上堂。唯留温药火,未写化金方。旧有山厨在,从僧请作房。

怪人也,不食而私于食者。"温药""化金",又似是道流事。

柏岩禅师

野寺绝依念,灵山曾遍行。老来披衲重,病后读经生。乞食嫌村远,寻溪爱路平。多年柏岩住,不记[①]柏岩名。

即贾岛所哭者。三、四及尾句俱佳。

---

① 冯班:"记"一作"识"。

入静隐寺途中作

　　乱云迷远寺,入路认青松。鸟道缘巢影,僧鞋印雪踪。草烟连野烧,溪雾隔霜钟。更遇樵人问,犹言过数峰。

　　贺与贾岛本皆僧也,故于僧寺诗为善能着题。鸟道之行,不曰缘树影,而曰"缘巢影",所以为佳。五、六微冗,尾句则又妙矣。他如《送禅僧》云:"坐禅山店暝,补衲夜灯微。"又如"夏高移坐次""斋身疾色浓""讲次树生枝",皆是僧家滋味,俗人所难道者,故书之。

哭闲宵上人

　　林径西风急,松枝讲钞馀。冻髭亡夜剃,遗偈病时书。地燥焚身后,堂空着影初。吊来频落泪,曾忆到吾庐。

　　哭僧诗,贾鸟于柏岩、宗密二人至矣。此诗三、四亦可佳,第五句颇险,夫然后知诗之难也。

空寂寺悼元上人　　　　钱　起

　　凄然双树下,垂泪远公房。灯续生前火,炉添殁后香。阴阶明片雪,寒竹响空廊。寂灭应为乐,尘心徒自伤。

　　尾句,即贾岛"不是解空人"。

西郊兰若 　　　　　羊士谔

云天宜北户,塔庙似西方。林下僧无事,江清日正长。
石泉盈掬冷,山实满枝香。寂寞传心印,无言亦已忘。
　　五、六有夏间山居之景。眼前事,只他人自难道也。

游东林寺 　　　　　黄滔

平生爱山水,下马虎溪时。已到终嫌晚,重游预作期。
寺寒三伏雨,松偃数朝枝。翻译如曾见,白莲开满池。
　　黄滔何人?此诗三、四,举唐人无此淡而有味之作。五、六佳。

瀑布寺真上人院 　　　　　郑巢

林疏多暮蝉,师去宿山烟。古壁灯熏画,秋琴雨慢弦。
竹间窥远鹤,岩上取寒泉。西岳莎房在,归期更几年。
　　司空图有"山雨慢琴弦"之句,此亦暗合,其联甚佳。

题任处士创资福寺 　　　　　鱼玄机

幽人创奇境,游客驻行程。粉壁空留寺,莲宫未有名。
凿池泉自出,开径草重生。百尺金轮阁,当川豁眼明。

鱼乃女道士之类,题初创寺,故云"莲宫未有名"。五、六虽浅近,亦不为无味。

甘露寺　　　　　孙魴

寒暄皆有景,孤绝画难形。地拱千寻险,天垂四面青。昼灯笼雁塔,夜磬彻渔汀。更爱僧房好①,波光满户庭。

魴有《金山》诗,"惊涛溅佛身"之句有病,不如"过橹妨僧定"。上句佳。如"天多剩得月,地少不生尘",亦不逮张祜。而云"谁言张处士,诗后更无人",涉乎夸诞。此诗第四句最好,尾句亦佳,五、六则套话也。

题云际寺上方　　　　　卢纶

松高萝蔓轻,中有石床平。下界水长急,上方灯自明。空门不易启,初地本无程。回步忽山尽,万缘从此生。

五、六善于言禅,用"启"字、"程"字贴"门"与"地",而不见其迹。

同徐城李明府游重光寺题晃师房　刘商

野寺僧房远,陶潜引客来。鸟喧残果落,兰败几花开。真性知无住,微言欲望回。竹风清磬晚,归策步苍苔。

兰败之后有几种花开!此意甚深。

---

① 按:康熙五十二年本、纪昀《刊误》本"好"作"外"。

月中宿云岩寺上方　　　温飞卿

虚阁披衣坐,寒阶踏叶行。众星中夜少,圆月上方明。霭尽无林色,喧馀有涧声。只应愁恨事,还逐晓光生。

众星至中夜而少,以圆月之明在上方也。乃一句法。五、六尤得月夜清寂之味。

题中南佛塔院

鸣泉隔翠微,千里到柴扉。地胜人无欲,林昏虎有威。涧苔侵客履,山雪入禅衣。桂树芳阴在,还期岁晏归。

三、四新异。

登蒋山开善寺　　　崔峒

山殿秋云里,香烟出翠微。客寻朝磬食,一作"室"。僧背夕阳归。下界千门见,前朝万事非。看心兼送目,葭菼暮依依。

三、四已佳,五、六尤佳,以第六句出于不测也。

题宇文裔山寺读书院　　　于鹄

读书林下寺,不出动经年。草阁连僧院,山厨共石泉。

雪庭无履迹,龛壁有灯烟。年少今头白,删诗到几篇。

游云际寺　　　　　喻凫

涧壑吼风雷,香门集作"禅关"。绝顶开。阁寒僧不下,钟定虎常一作"长"。来。鸟啄林梢果,鼯跳竹里苔。心源暂无一作"无一"。事,尘界拟休回。

三、四佳。

题维摩畅上人房①　　　李洞

诸方游几腊,五夏五峰销。越讲迎骑象,一作"马"。蕃斋忏射雕。冷筇书雪②倚,寒栎③话云烧。从此栖林老,瞥然三万朝。

李洞学贾浪仙诗,至铸其像而事之。此诗工甚。三、四怪异,五、六亦佳。

宿凤翔天柱寺穷易玄上人房

天柱暮相逢,吟思天柱峰。墨研清露月,茶吸白云钟。卧语身黏藓,行禅顶拂松。探一作"深"。玄为一诀,一作"决"。

---

① 按:题后原有"朽枿"二字,据冯班、李光垣校删。
② 冯班、许印芳:"书"一作"和"。
③ 冯班:"寒"一作"朽"。

明日去临邛。

五、六眼前事,但善于措置,则工拙在丝发之间耳。

游栖霞寺 皮日休

不见明居士,空山但寂寥。白莲吟次缺,青霭坐来销。泉冷无三伏,松枯①有六朝。何时石上月,相对论《逍遥》。

三、四细看有味,五、六忽然出奇。

宿澄泉兰若 郑谷

山半古招提,空林雪月迷。乱流分石上,斜汉在松西。云集寒庵宿,猿先晓磬啼。此心如了了,只此是曹溪。

末句好。谷诗多用僧字,凡四十馀处。

题战岛僧居在江之心 杜荀鹤

师爱无尘地,江心岛上居。接船求化惯,登陆赴斋疏。载土春栽树,抛生日饫②鱼。入云萧帝寺,毕竟欲何如。

以所居在江水中,故五、六佳。

---

① 许印芳:"枯"一作"围"。
② 冯班:"饫"一作"馁"。

封禅寺居 　　　　　罗　隐

盛礼何由睹,嘉名偶寄居。周南太史泪,蛮徼长卿书。砌竹摇风直,庭花泣露疏。谁能赋《秋兴》,千里隔吾庐。

题是封禅寺。昭谏身居乱世,故起句曰"盛礼何由睹",奇哉句也。三、四好,岂可全不用事?善用事者不冗。

题岳州僧舍 　　　　　裴　说

喜到重湖地,孤洲横晚烟。鹭衔鱼入寺,鸦接饭随船。松桧君山迥,菰蒲梦泽连。与师吟论处,秋水浸遥天。"洲"一作"舟"。

三、四极其新异,五、六亦状岳州僧舍,可谓切题。予尝登岳阳楼,乃知此诗之佳。

静 林 寺 　　　　　僧灵一

静林溪路远,萧帝有遗踪。水击罗浮磬,山鸣于阗钟。灯传三世火,树老五株松。无数烟霞色,空闻昔卧龙。

第五句最奇,下句亦称。

怀 旧 僧皎然

一坐西林寺,从来未下山。不因寻长者,无事①到人间。宿雨愁为客,寒花笑未还。空怀旧山月,童子念经闲。

<blockquote>
杼山皎然诗意句律平淡。及识颜真卿,交韦应物。天宝、大历间人。皎然字清昼,谢灵运十世孙。居杼山,湖州人。真卿为湖州刺史,皎然为其著论。
</blockquote>

宿吴匡山破寺

双峰百战后,真界满尘埃。蔓草缘空壁,悲风起故台。野花寒更发,山月暝还来。何事池中水,东流独不回。

<blockquote>
废寺诗司空曙为冠,此亦可观。
</blockquote>

宿西岳白石院 僧无可

白石上嵌空,寒云西复东。瀑流悬住处,雏鹤失禅中。岳壁松多古,坛基雪不通。未能亲近去,拥褐愧相同。

<blockquote>
第四句奇。
</blockquote>

---

① 许印芳:"无"一作"何"。

废山寺

千峰盘磴尽①,林寺昔年名②。步步入山影,房房闻水声。多年人迹绝,残日石阴清。便可求居止,安闲过此生。

无可称贾岛为从兄。诗远不及之,而世人多称为岛、可何耶? 可之诗惟"高杉残子落,深井冻痕生"及"听雨寒更尽,开门落叶深"为最,已别收矣。

送僧

四海无拘系,行心兴自浓。百年三事衲,万里一枝筇。夜减当晴影,春消过雪踪。白云深处去,知宿在何峰。

第五句最高绝。日晴有影为伴,至夜则又减去,言其孤之极也。为僧不孤,又恶乎可?

送赞律师归嵩山

禅意归心急,山深定易安。清贫修道苦,孝友别家难。雪路寻溪转,花宫映岳看。到时孤塔暮,松月向人寒。

为僧以清苦为事,是也。然孝友之天犹在,则别家亦难。所谓出家者,何其忍然弃骨肉耶? 存此诗以见予志。

---

① 冯班:"磴"一作"落"。
② 冯班:"年"一作"何"。

驾幸天长寺应制 　　　　　　僧广宣

天界宜春赏,禅门不掩关。宸游双阙外,僧引百花间。车马喧长路,烟云净远山。观空复观俗,皇鉴此中闲。

　　唐中贵人多引僧为内供奉,写字吟诗,俾之应制。广宣者,宪宗以来居红楼院,其诗曰《红楼集》。《昌黎集》有《广宣上人频见访》诗,岂恶其数耶?红楼院处所,《酉阳杂俎》可阅。此诗只"僧引百花间"一句好,"观空复观俗"亦颇通。别有七言诗一首佳。

怀智体道人 　　　　　　　　僧贯休

把笔怀吾友,庭莺百啭时。惟应一处住,方得不相思。雪水淹门阃,春雷折树枝。平生无限事,不独白云知。

　　贯休诗无奈忽有一两句粗俗,然其奇亦天出。三、四近乎俗而理到。五、六所谓奇也,人所罕道而新。

休 粮 僧

不食更何求,自由终自由①。身轻嫌衲重,天旱为民愁。应器谁将去,生台蚁不游。会须传此术,归共老林丘。

　　第二句好,但近粗俗。第三句工。第四句忽然不测,所谓奇也。"术"字有妙理。

---

① 冯班:"终"一作"中"。

夏日草堂作　　　　　僧齐己

沙泉带草堂,纸帐卷空床。静是真消息,吟非俗肺肠。园林坐清影,梅杏嚼红香。谁住原西寺,钟声送夕阳。

此齐己自赋草堂中事也。洪觉范取此八句赋为八诗,以其句句有味故耶?此诗为僧徒所重,其来久矣。实亦清丽。

题真州精舍

波心精舍好,那岸是繁华。碍目无高树,当门即远沙。晨斋来海客,夜磬到渔家。石鼎秋涛静,禅回有岳茶。

第二句"那岸"二字有深意,五、六精神而净洁。

宿岳阳开元寺　　　　　僧修睦

竟日凭虚槛,何当兴叹频。往来人自老,今古月长新。风逆沉渔唱,松疏露鹤身。无眠钟又动,几客在迷津。

第六句亦眼前事,但下得着,自然好。

老　僧　　　　　僧景云

日照西山雪,老僧门始开。冻瓶黏柱础,宿火陷炉灰。童子病归去,鹿麏寒入来。斋钟知渐近,枝鸟下生台。

三、四已新,五、六亦新。童子以病而归其家,故曰"归去"。麑以寒而入其室,故曰"入来"。良佳。

华岩寺望樊川 　　　　　僧子兰

万木叶初红,人家树色中。疏钟摇雨脚,积水浸云容。雪碛回寒雁,村灯促夜舂。旧山归未得,生计欲何从?

子兰《饮马长城窟》一诗传世。此诗五、六通,亦可取。

夷陵即事 　　　　　僧尚颜

不难饶白发,相续是滩波。避世嫌身晚,思家乞梦多。暑衣经雪着,冻砚向阳呵。岂欲①临歧路,还闻圣主过。

尚颜诗,唐之季也。此恐是僖宗幸蜀时诗。第五句其穷已甚,然今之穷者,何但此事?尚颜又有句云:"合国诸卿相,皆曾着布衣。"

赠栖禅上人 　　　　　僧虚中

岩房高且静,住此几寒暄。鹿嗅安禅石,猿啼乞食村。朝阳生树罅,古路透云根。独步闲相觅,凄凉碧洞门。

僧家寂静,欲得如羚羊挂角,更无气息。盖此物闭气而眠,虎狼不能知其为羊也。此以譬心,而入定之迹乃馀事耳。禅于石上,而鹿来

---

① 冯班:"欲"一作"谓"。

嗅,不知石之上有僧,此乃佳句。馀亦称。

赠樊川长老　　　　　　僧清尚

　　瘦颜诸骨现,满面雪毫垂。坐石鸟疑死,出门人谓痴。照身潭入楚,浸影①桧生隋。太白曾经夏,清风凉四肢。

　　"坐石鸟疑死",即与"鹿嗅安禅石"同意,皆不如刘得仁"萤入定僧衣"为妙。然用工刻苦,不可不选,以备旁考。

题 山 寺　　　　　　寇莱公

　　寺在猿啼外,门开古涧涯。山深微有径,树老半无枝。望远云长暝,谈空日易移。恐朝金马去,还失白莲期。

　　寇公学晚唐诗,尾句忽又似老杜。

游湖上昭庆寺　　　　　　陈文惠尧佐

　　湖边山影里,静景与僧分。一榻坐临水,片心闲对云。树寒时落叶,鸥散忽成群。莫问红尘事,林间肯暂闻。

　　此钱唐门外昭庆寺。今犹无恙,而南渡事业又已澌尽,读此宁无感乎!第五句最幽美。

---

① 冯班:"浸"一作"侵"。

再游海云寺作　　　宋景文

十里云边寺,重驱千骑来。天形欹野尽,江势让山回。园柰浓成幄,楼钟近殿雷。斜阳归鞚促,飞盖冒轻埃。

三、四唐人诗所必有,宋人诗罕有,然作家亦必有之。宋公不甚喜僧。此成都诗。

怀寄披云峰诚上人　　　曹汝弼

院高穷木盛,野极静无言。险路通岩顶,香泉出石根。微风飘磬韵,幽鸟啄苔痕。常记相留夜,秋堂共听猿。

景德、祥符间诗人有晚唐之风。曹以处士与种放、魏野、林逋相往来,故其诗亦似之。第六句幽而有味。披云峰者,古歙水西太平寺之别峰,下瞰郡城,北望黄山,至今有庵宇存焉。

再　寄

江城从别后,闻说在松间。度日长扃户,终年不下山。静为诗所役,闲免事相关。应喜云边客,冥搜鬓未斑。

第五句"静为诗所役",能言吟者之状,凡吾曹能诗者皆然。

赠披云峰岳长老

禅外掩松扃,闲眠度岁阴。雨侵香篆涩,苔长屐痕深。

水在铜瓶冷,云归玉磬沉。前山有灵药,时策杖藜寻。

> 此诗亦有唐味。

赠　僧

一从叨命服,乘兴入天台。院接石桥住,门临瀑布开。松间应独坐,雪里更谁来。时复携藜杖,看云上古台。

> 宋诗之有唐味者,皆在真庙以前三朝,此其一也。五、六淡而有味。

赠水墨峦上人　　　　赵叔灵

讲馀题小笔,深院竹修修。试墨应磨岁,思山忽写秋。静曾穷鹤趣,高亦近诗流。更拟缘清思,和云状沃洲。

> 赵湘字叔灵,清献公抃之祖也。淳化三年孙何榜进士。清献漕益路时,宋景文序叔灵集,欧阳公跋亦称之。

照上人山房庭树

惹云非手植,自与薜萝交。雨过苔侵影,秋来月照巢。锡寒枝上挂,偈好叶中抄。谁见僧行绕,溪凉夜磬敲。

> 僧庭树,着题诗也。中四句俱工细,赵清献之杜审言也。

与正仲屯田游广教寺　　　梅圣俞

春滩尚可涉,不惜溅衣裾。古寺入深树,野泉鸣暗渠。酒杯参茗具,山蕨间盘蔬。落日还城郭,人方带月锄。

五、六错综自相为对,此一体。

题松林院

静邃无尘地,青荧续焰灯。木鱼传饭鼓,山衲见归僧。野色寒多雾,溪痕夜阁冰。吾非谢康乐,独往亦何能。

三、四眼前事,自然觉好。五、六亦佳。

过永庆院

荒凉旧兰若,古屋①两三重。林下已无柏,涧边唯有松。石阶生薜荔,香座缺芙蓉。化俗似禅衲,破来缝不缝。

前四句平常。五、六忽能以故为新,缘下一句出于不测,并上一句可观。尾句"缝不缝"之说怪而有味。

过山阳水陆院智洪上人房_{有苏子美墨迹}

十载七来此,每嗟多异今。池灰休辨劫,川月解明心。

---

① 按：康熙五十二年本、纪昀《刊误》本"屋"作"木"。

遗墨悲苏倩,高情想道林。能闲常似旧,翘立水边禽。

夏日宿西禅　　　　　　潘逍遥

此地绝炎蒸,深疑到不能。夜凉如有雨,院静若无僧。枕润连云石,窗明照佛灯。浮生多贱骨,时日恐难胜。

  东坡少年见传舍壁间题此句而喜之,则知逍遥之诗行于世已久。东坡眼高,亦所谓异世而知心者也。

秋日题琅琊寺

岩下多幽景,且无尘事喧。钟声晴彻郭,山色晓当门。深洞通泉脉,悬崖露树根。更期来此宿,绝顶听寒猿。

送皎师归越　　　　　　林和靖

林间久离索,忽忽[①]望西陵。静户初闻叩,归舟又说登。野烟含树色,春浪叠沙棱。幸谢云门路,同寻苦未能。

送思齐上人之宣城

林岭蔼春辉,程程入翠微。泉声落坐石,花气上行衣。

[①] 按:康熙五十二年本、纪昀《刊误》本作"忽忽"。

诗正情怀澹,禅高语论稀。萧闲水西寺,驻锡莫忘归。

和靖于僧徒交游良多,如《送机素》云:"锡润飞晴霭,罗寒滤晓澌。"下一句新奇。《寄清晓》云:"树丛归夕鸟,湖影浸寒城。"尤妙不可言。宜其隐于湖山,而名闻天下,彻九重垂百世也。胸次笔端,两相扶竖如此。

次韵定慧钦长老见寄　　苏东坡

左角看破楚,南柯闻长滕。钩帘归乳燕,穴纸出痴蝇。为鼠常留饭,怜蛾不点灯。崎岖真可笑,我是小乘僧。

左角以言争,故以破楚系之。南柯以言荣,故言长滕系之。此本山谷句法,亦老杜句法。"厉阶董狐笔,祸首燧人氏"是也。至山谷演而为"管城子无食肉相,孔方兄有绝交书",则其工极矣。此只论句法。〇中四句"燕""蝇""鼠""蛾",皆悯世之迷,为作方便之意。然区区如此,亦小乘所为,非上乘也。守钦自苏州遣其徒卓契顺如惠州,寄《拟寒山》八诗,坡公和之。第一首似律,故取诸此。坡材大,于小诗馀事耳。

赠　惠　洪　　黄山谷

数面欣羊胛,论诗喜雉膏。眼横湘水暮,云献楚山高。堕我玉麈尾,乞君宫锦袍。月晴放舟舫,万里渺云涛。

山谷谪宜州,洪觉范在长沙岳麓寺曾见山谷,于是伪作山谷七言赠诗,所谓气爽绝类徐师川者。予于《名僧诗话》已详辨其事。此诗亦恐非山谷作。山谷乙酉年死于宜州,觉范始年三十五岁,撰此诗以惑众,而山谷甥洪氏误信为然,故收之云。五、六虽壮丽,恐非山谷语,意浅。

别宝讲主 　　　　　陈后山

此处相逢晚,他乡有胜缘。咒功先服猛,戒力得扶颠。暂息三支论,重参二祖禅。元注:赵州、临济,皆曹人也。夜床鞋脚别,何日着行缠。

读后山诗,语简而意博。"咒功""戒力"四字已深入于细。"服猛""扶颠",一出《礼记》,一出《论语》。抉剔为用,愈细而奇,与晚唐人专泥景物而求工者不同也。天下博知,无过三支。今后山欲其舍博而就约,弃讲而悟禅,故曰"暂息三支论,重参二祖禅"也。"夜床鞋脚别",此本俗语。脚不可以无鞋,而夜寐之际,脚亦无用于鞋。此又以其胶恋执着为戒也。故后山诗愈玩愈有味。

游鹊山寺

积石横成岭,行杨密映门。人声隐林杪,僧舍绕云根。顿摄尘缘尽,方知象教尊。只应羊叔子,名字与山存。

羊叔子谓南丰。

题子瞻扬州借山寺 　　　　　刘景文

给事风流在,虚亭景越闲。全临故宫水,尽致别州山。峰势晴相向,岚光夜不还。无时供胜赏,历历白云间。

刘季孙最为东坡所知,卒于隰州。三、四佳,第五句亦好。

题江心寺　　　　　　徐道晖

两寺今为一,僧多外国人。流来天际水,截断世间尘。
鸦宿腥林径,龙归损塔轮。却宜成片石,曾坐谢心身。

予甲寅、乙卯间至永嘉,游江心寺,见此诗刊楣间,良佳,今三十年矣。

登横碧轩继赵昌甫作　　　　　　徐致中

步陟高高寺,徐行不用扶。青天晴又雨,山色有还无。
句向闲中觅,茶因醉后呼。所怀论未足,何乃又征途。

第四句佳,但亦本于欧公。

雁荡宝冠寺　　　　　　赵师秀

行向石栏立,清寒不可云。流来桥下水,疑是洞中云。
欲住逢年尽,因吟过夜分。荡阴当绝顶,一雁未曾闻。

杜荀鹤:"只应松上鹤,便是洞中人。"此三、四亦相犯,五、六有味。

岩 居 僧

开扉坐石层,尽日少人登。一鸟过寒木,数花摇翠藤。
茗煎冰下水,香炷佛前灯。吾亦逃名者,何因似此僧。

桃 花 寺

旧有桃花树,人呼寺故云。石幽秋鹭上,滩远夜僧闻。汲井连黄叶,登台散白云。烧丹勾漏令,无处不逢君。

"四灵"诗赵紫芝为冠。大抵中四句锻炼磨莹为工。以题考之,首尾略如题意,而中四句者亦可他入,不必切于题也。

寄从善上人　　　　　　翁灵舒

数载不相见,师应长掩关。香烟前代寺,秋色五峰山。棋进僧谁敌,琴馀鹤共闲。几时重过我,吟话此林间。

同孙季蕃游净居诸庵　　　　　　刘后村

满院静沉沉,微闻有梵音。不来陪客语,应恐坏禅心。母处归全少,师边悟已深。戒衣皆自衲,因讲始停针。

为人之女,离其母不顾,而屈从老尼,果何所悟耶? 不来陪客,恐坏禅心,如此则见所欲而此心乱耶? 读此诗为妇人出家者之戒。后村殆弄笔头,学晚唐诗,诗似唐人,而语意凿脱,予故备论之。

书惠崇师房　　　　　　僧希昼

诗名在四方,独此寄闲房。故域寒涛阔,春城夜梦长。

禽声沉远木,花影动回廊。几为分题客,殷勤扫石床。

希昼,九僧之一。于僧诗类选五首,每首必有一联佳。不特希昼,九僧皆然。

寄怀古

见说雕阴僻,人烟半杂羌。秋深边日短,风动晓笳长。树势分孤垒,河流出远荒。遥知林下客,吟苦[①]夜禅忘。

送嗣端东归

远念生泉石,人中事欲销。卷衣城木落,寻寺海山遥。帆影迷寒雁,经声隐暮潮。后期俱未定,况我鬓先凋。

送可伦赴广南转运凌使君见招

别语畏残漏,心悬瘴海边。回期无定日,去路极遥天。苦雾沉山郭,寒沙涨隙田。几宵寻使府,清话废闲眠。

早春阙下寄观公

客心长念隐,早晚得书招。看月前期阻,论山静会遥。

---

① 按:"吟"原作"冷",据康熙五十二年本、纪昀《刊误》本校改。

微阳生远道,残雪下中宵。坐看青门柳,依依又结条。

宿宇昭师房　　　　　僧保暹

与我难忘旧,多期宿此房。卧云归未得,静夜话空长。
草际沉萤影,杉西露月光。天明共无寐,南去水茫茫。

保暹,九僧之二。第六句于工之中,不弱而新。

送简长上人之洛阳

闲身无所滞,独去背春城。望越乡心断,迎嵩隐思生。
野禅依树远,中饭傍泉清。相府如投刺,分题有竺卿。

早秋闲寄宇昭

窗虚枕簟明,微觉早凉生。深院无人语,长松滴雨声。
诗来禅外得,愁入静中平。远念西林下[①],相思合慰情。

宿西山精舍　　　　　僧文兆

西山乘兴宿,静称寂寥心。一径杉松老,三更雨雪深。

---

① 许印芳:"下"一作"老"。

草堂僧语息,云阁磬声沉。未遂长栖此,双峰晓待寻。

文兆,九僧之三。有宋国初,未远唐也。凡此九人诗,皆学贾岛、周贺,清苦工密。所谓景联,人人着意,但不及贾之高,周之富耳。

送简长师之洛

动静非常态,超然西去心。水期经洛听,云约到嵩吟。斋访烟村远,禅依竹寺深。只应风雅道,相府是知音。

郊 居 吟　　　　　　僧行肇

静室帘孤卷,幽光坠露多。径寒杉影转,窗晚雪声过。茗味沙泉合,鑪香竹霭和。遥怀起深—作"风雨"。夕,旧寺隔沧波。

行肇,九僧之四。此首中四句工,不但一联。

酬赠梦真上人

禅舍因吟往,晴来坐彻宵。春通三径晚,家别九江遥。巢重禽初宿,窗明叶旋飘。住期应未定,谢守有诗招。青社凌使君以诗见招。

五、六何以圈?见静极之味也。

送文光上人西游

高木坠残霖,关河入远心。嵩游忘楚梦,华近识秦音。
塔古悬图认,碑荒背烧寻。几思兴替事,独上灞陵吟。

五、六工。三、四装四个地名,似贾岛、姚合之弊。

送僧南归　　　　　　　　僧简长

渐老念乡国,先归独羡君。吴山全接汉,江树半藏云。
振锡林烟断,添瓶涧月分。重栖上方定,孤狖雪中闻。

简长,九僧之五。第六句绝妙。

送行禅师

南国山重叠,归心向石门。寄禅依鸟道,绝食过渔村。
楚雪黏瓶冻,江沙溅衲昏。白云深隐处,枕上海涛翻。

与行肇师宿庐山栖贤寺　　　僧惟凤

冰瀑寒侵室,围炉静话长。诗心全大雅,祖意会诸方。
磬断危杉月,灯残古塔霜。无眠向遥夕,又约去衡阳。

惟凤,九僧之六。所选每首必有一联工,又多在景联,晚唐之定例也。盛唐则不然,大手笔又皆不然。

寄希昼

闲中吟鬓改,多事与心违。客路逢人少,家书入阙稀。秋声落晚木,夜魄透寒衣。几想林间社,他年许共归。

吊长禅师

霜钟侵漏急,相吊晚悲浓。海客传遗偈,林僧写病容。漱泉流落叶,定石集鸣蛩。回首云门望,残阳下远峰。

此诗中四句皆工,一字不苟,金银秤上分定盘星也。

访杨云卿淮上别墅　　　僧惠崇

地近得频到,相携向野亭。河分冈势断,春入烧痕青。望久人收钓,吟馀鹤振翎。不愁归路晚,明月上前汀。

九僧之七惠崇,最为高者。三、四虽取前人二句合成此联,为人所诋。然善诗者能合二人之句为一联,亦可也。但不可全盗二句一联者耳。

赠文兆

偶依京寺住,谁复得相寻。独鹤窥朝讲,邻僧听夜琴。

注瓶沙井远,鸣磬雪房深。久与松萝别,空悬王屋心。
> 惠崇有佳句为图,诗殊不止此,容续添入。

寄保暹师　　　　　　僧宇昭

吟会失秋期,荒山寄病时。客鬓生白早,丛木落青迟。
渴狖窥莎井,阴虫占菊篱。归心何以见,霜月下天涯。
> 宇昭,九僧之八。

幽居即事

扫苔人迹外,渐老喜深藏。路僻闲行远,春晴昼睡长。
馀花留暮蝶,幽草恋残阳。尽日空林下,孤禅念石霜。

寺居寄简长　　　　　　僧怀古

雪苑东山寺,山深少往还。红尘无梦想,白日自安闲。
杖履苔痕上,香灯树影间。何须更飞锡,归隐沃洲山。
> 怀古,九僧之九。人见"九僧"诗或易之,不知其几锻炼、几敲推乃成,一句一联不可忽也。此惟"释梵"一类选此,他类尚多佳作。宋之盛时,文风日炽,乃有梅圣俞之酝藉闲雅,陈后山之苦硬瘦劲,一专主韵,一专主律,梅宽陈严,并高一世,而古人之诗半或可废。则其高于"九僧",亦人才涵养之积然也。

居天柱山 　　　　　僧赞宁

四野豁家庭,柴门夜不扃。水边成半偈,月下了残经。虽逐诸尘转,终归一念[①]醒。未知斯旨者,万役尽劳形。

僧家一偈四句,谓之"伽陀";长篇六句而上,谓之"祇夜"。此云"半偈",乃是吟成一联诗也。工而妙。

赠闻聪师 　　　　　僧知圆

澹然尘虑绝,禅外苦风骚。性觉眠云僻,名因背俗高。水烟蒸纸帐,寒发涩铜刀。几宿秋江寺,闲吟听夜涛。

李洞云:"日闪剃刀明。"意新语工而险。此又云:"寒发涩铜刀。"恐是净发刀不磨耳,可笑。

酬伉上人 　　　　　僧遵式

鸟卧清闲极,谁能更似君。山光晴后见,瀑响夜深闻。拾句书幽石,收茶踏乱云。江头待无事,终学弃人群。

中四句俱工雅。

---

① 冯班:"念"一作"梦"。

赠智伦弟

溪竹拥疏帘，溪云冷不厌。千岩唯虎伴，一讲许诗兼。煮茗敲冰柱，看经就雪檐。有时开静户，寒日下峰尖。

寄月禅师　　　　　僧契嵩

闻道安禅处，深萝住隔溪。清猿定中发，幽鸟座边栖。云影朝晡别，山峰远近齐。不知谁问法，雪夜立江西。

嵩公藤州人，文似韩昌黎，欧公荐之于朝。诗佳者尚多。与杨公济倡和，及晤、誓二师者亦与。甚有清瘦奇古之句，容续入。

再游鹤林寺　　　　　僧道潜

招隐山南寺，重来岁已寒。风林惊坠雪，雨涧咽飞湍。壁暗诗千首，霜清竹万竿。东轩谪仙句，洗眼共君看。

此参寥子。三、四清爽。

山　中　　　　　僧秘演

结茅临水石，澹寂益闲吟。久雨寒蝉少，空山落叶深。危楼乘月上，远寺听钟寻。昨日江僧信，期来息此心。

此山东绘,石曼卿方外友,欧公序其诗者。

书景舒庵壁 僧清顺

大布君能衣,始知蚕口非。冢间容一榻,身外但三衣。护戒避生草,净心观落晖。寂寥能自守,今世固应稀。

东坡所交顺,怡然北山垂云庵,所谓"闲来石上眠,落叶不知数",及《十竹轩》诗知名者也。陈后山游浙,亦与之诗。此篇首句谓景舒着布不着绢帛,以下句句皆佳,有滋味。

赠尼昧上人 僧惠洪

不着包头绢,能披坏衲衣。愧无灌溪辨,敢对末山机。未肯题红叶,终期老翠微。余今倦行役,投杖梦烟霏。一本作"扉"。

大愚法嗣端州末山尼了然禅师,有灌溪闲和尚者来,山问:"今日离何处?"曰:"路口山。"曰:"何不盖却?"闲乃礼拜,问:"如何是末山?"山曰:"非男女相。"闲乃喝曰:"何不变去?"山曰:"不是神,不是鬼,变个甚么?"闲于是伏应,作园头三载。觉范用此事。然"红叶"之句又似侮之,末句有欲炙之色。女人出家,终何益哉?

寄致虚兄 僧善权

避寇经重险,怀君屡陟冈。空馀接浙饭,无复宿舂粮。衣袂饶霜露,柴荆足虎狼。春来何所恨,棣萼政含芳。

"江西派"中三僧,倚松老人饶德操,僧号如璧,诗最高,足与吕居仁对垒。祖可正平,善权巽中,二人齐名,世称瘦权癞可。然《瀑泉集》无一首律诗可取,五言古诗间有自然闲淡者,七言长句得山谷变体而不得其正格,虽矫古,语无韵味,殊使人厌。《真隐集》律诗仅三、二首,如此诗亦出老杜,而避寇寄兄,题目甚易,无一唱三叹之风。谓晚唐雕虫小技不及此之大片粗抹,亦恐过矣。老杜之细润工密,不可不参,无徒曰喝咄以为豪也。观者幸勿谓僭。

虎　丘　　　　　　　　　僧元肇

沧海何年涌,秦传虎踞丘。池空剑光冷,坟阙鬼吟愁。石碣楼台侧,烟深草木浮。吴人贪胜概,春尽亦来游。
　　第五句好,尾句有风味。

径　山

东西两径幽,岁晚得同游。壑雪阴犹在,溪云冻不浮。鸟惊樵斧重,猿挂树枝柔。怕有梅花发,因行到水头。
　　此近世诗僧淮海肇圣徒也。通州人。及见叶水心,囊印应雷为淮间,以同里尝招致之,肇犹无恙。盖端平、淳祐以来,方外以吟知名者,肇之后有珍藏叟云。○"重"字下得好,若下"响"字便是小儿。

山行晚归　　　　　　　　僧善珍

药径入云林,晚晴扶杖吟。照泥星复雨,经朔月犹阴。

树折怜巢覆,泉清见叶沉。爱闲自如此,不是学灰心。

珍藏叟,泉州人,继淮海肇有声迹,近年方化去。俗谚谓星月照湿土为再雨之象,诗人所未用而用之,故新。第六句亦见静者之趣。落叶沉水底,非极闲不能察也。第五句恐有所感。

春　寒

松间灯夕过,顾影在天涯。雪暝迷归鹤,春寒误早花。艰难知世味,贫病厌年华。故国风尘外,无人可问家。"松"一作"林"。

"春寒误早花",此句极佳。诗中无此等新句,而欲名世可乎?

广润寺新寮　　　　　僧自南

客不赴斋招,冥心坐寂寥。青山若厌看,白日也难消。鹭起冲荷叶,虫行蚀菊苗。何年称老宿,来住此间寮。

此近年僧诗。凡出家人,知讲律而不知禅,已为下矣,况应供庸流,为人饶呗而赴供取资,曾为奴仆之不若也,故第一句可取。若有一毫厌山之心,则长日不可度矣,此迂说之句也,虽俗而通。五、六亦工。

赠浩律师　　　　　僧简长

浩也毗尼学,精于玉帐严。蚁酣停扫砌,燕乳记钩帘。茶鼎敲冰煮,花壶漉水添。梦回池草绿,忍践绿纤纤。

蜀僧北磵简,读其集,及见叶水心,与之绝句,且令其除去集中生日诗。此说是也。予此选所以不取生日诗,盖有所见。尝读周少隐集,有秦桧生日诗,甚为可恶。近世李雁湖集、魏鹤山集,皆不去生日诗。一例刊之,亦一快也。简之集终于《送吴尚书之温州》。盖吴咏嘉熙中人也,出蜀之浙,自嘉熙约三十馀年。住大刹,交贵人,古诗颇瘦,而诗题多俗士往来,惟此一律诗,工之又工,似乎过于工者。第三句最好,馀亦近套。

七言四十六首

涪城县香积寺官阁　　杜工部

寺下春江深不流,山腰官阁迥添愁。含风翠壁孤云细,背日丹枫万木稠。小院回廊春寂寂①,浴凫飞鹭晚悠悠。诸天合在藤萝外,昏黑应须到上头。

老杜七言律,晚唐人无之。凡学诗,五言律可晚唐;只如七言律,不可不老杜也。

留别公安太易沙门

隐居欲就庐山远,丽藻初逢休上人。数问舟航留制作,长开箧笥拟心神。沙村白雪犹含冻,江县红梅欲放春②。先

---

① 冯班:"春"一作"清"。
② 冯班:"欲"一作"已"。

踏炉峰置兰若，徐飞锡杖出风尘。
"拟"字合考，"欲放"一作"已破"。

因许八奉寄江宁旻上人

不见旻公三十年，封书寄与泪潺湲。旧来好事今能否，老去新诗谁与传。棋局动随幽涧①竹，袈裟忆上泛湖船。闻君话我为官在，头白昏昏只醉眠。

看前辈诗，不专于景上观，当于无景言情处观。老杜此三诗三样，然骨格则一也。

送灵澈上人还越中　　　刘长卿

禅客无心杖锡还，沃洲深处草堂闲。身随敝屦经残雪，手绽②寒衣入旧山。独向青溪依树下，空留白月在人间。那堪别后长相忆，云木苍苍但闭关。

三、四佳。简《北碉集》尝有禅流用此韵和而送之。

广宣上人频见过　　　韩昌黎

三百六旬长扰扰，不冲风雨即尘埃。久为③朝士无裨

---

① 冯班："幽"一作"寻"。
② 冯班："绽"一作"纫"。
③ 冯班："为"一作"惭"。

补,空愧高僧数往来。学道穷年何所得,吟诗竟日不能①回。天寒古寺游人少,红叶窗前有几堆。

老杜诗无人敢议。"穿花蛱蝶深深见,点水蜻蜓款款飞",程夫子以为不然。自齐、梁、陈、隋以来,专于风、花、雪、月、草、木、禽、鱼,组织绘画,无一句雅淡,至唐犹未尽革。而晚唐诗料,于琴、棋、僧、鹤、茶、酒、竹、石等物,无一篇不犯。昌黎大手笔也,此诗中四句却只如此枯槁平易,不用事,不状景,不泥物,是可以非诗訾之乎?此体惟后山有之,惟赵昌父有之,学者不可不知也。○观题意似恶此僧往来太频,即红楼院应制诗僧也。

送王十八归山寄题仙游寺　　白乐天

曾于太白峰前住,数到仙游寺里来。黑水澄时潭底出,白云破处洞门开。林间暖酒烧红叶,石上题诗扫绿苔。惆怅旧游那_{集作"无"}复到,菊花时节羡一作"待"。君回。

五、六自然而工。

读　禅　经

须知诸相皆非相,若住无馀却有馀。言下忘言一时了,梦中说梦两重虚。空花岂得兼求果,阳焰如何更觅鱼。摄动是禅禅是动,不禅不动即如如。

---

① 冯班:"不"一作"未"。

游戏三昧，不可以诗律拘。佛语"阳焰"者，谓远地日光，如见水然。以对"空花"，与梦幻、泡影譬喻一同。

酬淮南廖参谋秋夕见过之作　　刘宾客

扬州从事夜相寻，无限新诗月下吟。初服已惊玄发长，高情犹向碧云深。语馀时举一杯酒，坐久方闻数处砧。不逐繁华访闲散，知君摆落俗人心。休公昔为扬州从事参谋，从释子反初服。

第四句妙甚，谓已还俗，犹不能忘情于僧也。

送景玄师东归

东林寺里一沙弥，心爱当时才子诗。山下偶随流水出，秋来却一作"欲"。赴白云期。滩头蹑履挑沙菜，路上停舟读古碑。想到旧房抛锡杖，小松应有过檐枝。

刘梦得诗格高，在元、白之上，长庆以后诗人皆不能及。且是句句分晓，不吃气力，别无暗昧关锁。

酬慈恩寺文郁上人　　贾浪仙

袈裟影入禁池清，犹忆乡山近赤城。篱落罅间寒蟹过，莓苔石上晚蛩行。期登野阁闲应甚，阻宿幽房疾未平。闻说又寻南岳去,无端诗思忽然生。

　　第三句好。

寄无得头陀

　　夏腊今应三十馀,不离树下冢间居。貌堪良匠抽毫写,行趁高僧续传书。落涧水声来远远,当空月色自如如。白衣只在青门里,心每相亲迹且疏。

　　三、四好,第六句亦好。

赠圆上人

　　诵经千卷得为僧,麈尾持行不拂蝇。古塔月高闻咒水,新坛日午见烧灯。一双童子浇红药,百八真珠贯彩绳。且说近来心里事,仇仇相对似亲朋。

　　以六句奇异,此联遂新不可言。

赠　僧

　　从来多是游山水,省泊禅舟月下涛。初过石桥年尚少,久辞天柱腊应高。青松带雪悬铜镜,白发如霜落铁刀。常恐画工援笔写,身长七尺有眉毫。

　　贾浪仙五言诗律高古。平生用力之至者,七言律诗不逮也。

赠神邁上人　　　　　周贺

草履蒲团山意存①,坐看庭木长桐孙。行斋罢讲仍香气,布褐离床②带雨痕。夏满寻医还出寺,晴来晒疏暂开门。道情淡薄闲愁尽,霜色何因入鬓根。

赠　僧

藩府十年为律业,南朝本寺住来新。辞归几别深山客,赴请多从远处人。松吹入堂资讲力,野蔬供饭爽禅身。他年更息登坛计,应与云泉作四邻。

二诗皆五、六工。但晚唐人七言律,其格不能甚高。

游　西　禅　　　　　伍　乔

远岫当轩别翠光,高僧一衲万缘忘。碧松影里地长润,白藕花中水亦香。云自雨前生净石,鹤于钟后宿尘廊。游人恋此吟终日,盛暑楼台早有凉。

三、四自然工美,末句尤有味。

---

① 按:"存"字原缺,据康熙五十二年本、纪昀《刊误》本校补。
② 按:"床"字原作墨钉,据康熙五十二年本、纪昀《刊误》本校补。

宿 山 寺　　　　　项 斯

栗叶重重覆翠微，黄昏溪上语人稀。月明古寺①客初到，风度闲门僧未归。山果经霜多自落，水萤穿竹不停飞。中宵能得几时睡，又被钟声催着衣。

登南神光寺塔院　　　　　韩致尧

无奈离肠日九回，强摅离抱②立高台。中华地向城边尽，外国云从岛上来。四序有花长见雨，一冬无雪却闻雷。日宫紫气生冠冕，试望扶桑病眼开。

　　此乃闽中依王审知时诗，谓近海迫南风土如此。

还俗尼本歌妓　　　　　吴 融

柳眉梅额倩妆新，笑脱袈裟得旧身。三峡却为行雨客，九天曾是散花人。空门付与悠悠梦，宝帐迎回暗暗春。寄语江南除一作"徐"。老客，一作"说"。③ 一生长短托清尘。

---

① 冯班："古"一作"半"。
② 冯班："离"一作"怀"。
③ 按：原缺"一作徐""一作说"六字，据康熙五十二年本、纪昀《刊误》本校补。　冯班："除老"当作"徐孝"。"孝客"，沙门返俗，故落句用之为刺也。陈解元误作"除老客"。此从吴集旧本。

三、四止是体贴,五、六方有形容,尽其味。

夜投丰德寺谒液上人　　　卢　纶

半夜中峰有磬声,偶寻樵者问山名。上方月晚集作"日晓"。闻僧话,一作"语"。下界林疏见客行。野鹤巢边松最老,毒龙潜处水偏清。愿得远公知姓字,焚香洗钵过浮生。

春日游禅智寺　　　罗　隐

远树连天水接空,几年行乐旧隋宫。花开花谢长如此,人去人来自不同。楚凤调高何处酒,吴牛蹄健满车风。思量只合腾腾醉,煮海平陈尽梦中。

感慨甚深。

荣上人遽欲归以诗留之　　　王半山

道人传业自天台,千里翛然赴感来。梵行毗沙为外护,法筵灵曜得重开。已能为我迁神足,便可随方长圣胎。肯顾北山如慧约,与公西崦劚莓苔。

毗沙门天王,那吒太子护法神也。○灵曜寺,梁武所建。○佛足去地四指,《金光明经》有"神足"语。○长养圣胎,智封禅师及马祖并有此语。○慧约,娄法师也。○此诗工密已甚。

和平甫招道光法师

炼师投老演真乘,像却空王爪与肱。于总持门通一路,以光明藏续千灯。从容发口酬摩诘,邂逅持心一作"将"。契慧能。新句得公还有赖,古人诗字耻无僧。

郑谷诗四十馀首有"僧"字,故晚唐人有诗云:"诗里无僧字不清。"又有曰:"郑谷诗坛爱惹僧。"

游 山 寺 　　　　王岐公

寒日征骖懒复回,经宵仍喜驻岩隈。径盘幽迹遥知鹿,林逗清香定有梅。晓影瘦猿窥涧溜,夜深肥栗炸炉灰。我心非动亦非静,白足禅僧无妄猜。

此必禹玉少年诗。一入都门,致宰相,坐中书十四年,有"土地不须权"之嘲,即知此非老笔也。"炸"字绝新。

同器之过金山奉寄兼呈潜道 　　王安国

忆同支遁宿欹崟,不负平生壮观心。北固山随三楚尽,中泠水入九江深。纷纷落月摇窗影,杳杳归舟送梵音。东去何时来蜡屐,天边爽气梦相寻。

平父《金山》《甘露》诸诗皆好,散见所选。此一首入僧诗类,亦随手分拨如此。三、四壮绝,合诗格。五、六亦佳。

赠僧介然　　　　　　张宛丘

寒窗写就《碧云篇》，客至研茶手自煎。儒佛故应同是道，《诗》《书》本自不妨禅。长松千尺巢云鹤，寒峤三更啸月猿。请以篇章为佛事，要观半偈走人天。

此诗僧黎介然，晚年与饶德操、吕居仁、汪信民俱在符离倡和者。

西溪无相院　　　　　　张子野

积水涵虚上下清，几家门静岸痕平。浮萍破处见山影，小艇归时闻棹声。入郭僧寻尘里去，过桥人似鉴中行。已凭暂雨添秋色，莫放修林碍月生。

此东坡所称三、四一联。子野诗集湖州有之，近亡其本。

送淳用长老归邛州　　　　杨元素

曾扣禅扉喜接陪，师将境物谕轮回。灯笼不灭心中火，香印空残死后灰。绵邑难留真锡驻，临邛还庆法堂开。临邛绵邑何分别，无去无来无去来。

杨绘元素，绵州人，号无为子。杨杰字次公，无为人，亦号无为子。二公皆好佛学。此诗三、四本乎正，五、六且说踪迹未为奇，忽被末后一句唤醒一篇精神，妙不可言。葛藤之说若异于吾儒，然其实有此理也。

夏日龙井书事四首　　僧道潜

翠树高萝结昼阴,骄阳无地迫吾身。石崖细听红泉落,林果初尝碧柰新。挥麈已欣从惠远,谈经终恨少遗民。何时暂着登山屐,来岸乌纱漉酒巾。

原注:"呈辨才法师,兼寄吴兴苏太守并秦少游。少游时在越。"惠远谓辨才,遗民谓少游。

雨过千岩爽气新,孤怀入夜与谁邻。风蝉故故频移树,山月时时自近人。礼乐汝其攻我短,形骸吾已付天真。露华渐冷飞蚊息,窗里吟灯亦可亲。

自怜多病畏炎曦,长夏投踪此最宜。青石白沙含浅濑,碧桐苍竹聒凉飔。云中鸡犬听难辨,谷口渔樵问不知。斑杖芒鞋随步远,归来烟火认茅茨。

三、四用四个颜色字,而不艳不冗,大有幽寂之味。末句尤深淡可喜。

却来人外慰栖迟,谷远山长万事遗。好鸟未尝吟俗韵,白云还解弄奇姿。藤花冉冉青当户,竹色娟娟碧过篱。不羡故人探禹穴,短桡孤榜逐涟漪。

或问:朱文公《语录》云:"觉范诗如何及得参寥?"此语还可分别其然以诲后学否?曰:此甚易见,参寥诗句句平雅有味,做成山林道人真面目。觉范诗虚骄之气可掬,因读山谷诗,欲变格以从之,而力量不及,业已晚矣。"槁项顶螺忘岁年"及"论诗得雉膏"二诗,皆伪为山谷所作,而人不能察。觉范佳句虽多,却自是士人诗、官员诗,参寥乃真高僧禅客诗也。二人皆不幸毁服,而觉范之祸尤酷。然觉范才高,亦一时人物云。

题慈德寺颐堂为长老宗颢作　　邹道卿

龙隐岩前忽转头,翛然瓶锡此淹留。十方法界元无限,一片心田自有秋。草木曲躬归白足,江山依位拱青眸。我来不问西来意,独喜茶香啜满瓯。

邹公名节冠千古,于禅说深熟,诗佳者不止此。

寄璧公道友　　吕居仁

符离城里相逢处,酒肉如山放手空。已见神通过鹙子,未应鲜健胜庞公。且寻扇子旧头角,一任杏花能白红。破箬笠前江万里,无人曾识此家风。

"江西"诗,晚唐家甚恶之。然粗则有之,无一点俗也。晚唐家吟不著,卑而又俗,浅而又陋,无"江西"之骨之律。且如此诗五、六,晚唐决不梦见。"扇子""杏花",物对物也。"头角""白红",各自为对。惟陈简斋妙得此法。

次韵答吕居仁　　僧如璧

向来相许济时功,大似频伽饷远空。我已定交木上座,君犹求旧管城公。文章不疗百年老,世事能排双颊红。好贷夜窗三十刻,胡床趺坐究幡风。

　　抚州士人饶德操客从曾布,议不合,去而落发,法名如璧,道号倚松老人。"江西派"中,比瘦权癞可。此三、四老杜句法,晚唐人不肯下。五、六亦出于老杜,决不肯拈花贴叶,如界画画,如甃砌墙也。惟韩子苍不喜用此格,故心不甘于入派,而其诗或谓之太官样。要之天下有公论,予亦无庸赘也。

再次前韵

　　曾将千古较穷通,芥孔能容几许空。借问折腰辞五斗,何如折臂取三公。四时但觉风雨过,一饭何须刀几红。要识坏魔三昧力,更培根坡待春风。

　　五、六即是居仁首唱五、六格。

用寄璧上人韵寄范元实赵才仲及从叔知止

吕居仁

　　故人瓶锡各西东,吾道从来冀北空。病去渐于文字懒,南来犹觉岁时公。江回夜雨千岩黑,霜着高林万叶红。政好还家君未肯,莫教惭愧北窗风。

　　居仁和此韵凡六首。"酒如震泽三江绿,诗似芙蕖五月红。""双鬓共期他日白,千花犹是去年红。""银杯久持浮大白,桃花且着舒小红。"皆脱洒圆活。

次韵持上人题延庆寺清玉轩　　张雪窗

水芳未动城南路,一一僧帘有竹看。政尔尘埃能自表,故应悠久淡相安。长杨晓猎干戈肃,古棘春朝万玉寒。碧眼阿师来授记,化龙飞去抑何难。

张武子字良臣,关中人。楼攻媿、尤延之序其诗甚详。予及识其子讳畤字居卿先生,教予以作诗之法尤至,但律诗少耳。此诗句句佳,有骨。

三山次潘静之升书记韵　　朱逢年

客路那知岁月长,掀髯一笑苾蒭房。且倾徐邈圣贤酒,不问陈登上下床。云影翻空迷海峤,秋声随梦到江乡。明朝各听船窗雨,犹忆枯棋战寺廊。

朱文公之父曰松,字乔年。季父曰槔,字逢年。尝梦至玉兰堂如王平父之灵芝宫,自号其诗曰《玉兰集》。尤延之为作序。诗格高峭,惜乎不多。三、四甚佳,予亦偶尝记之。

罗浮宝积寺　　芮国器

木落天寒山气沉,年华客意共萧森。偶于佳处发深省,其实宦游非本心。红日坐移钟阁影,白云闲度石楼阴。还家莫话神仙事,老不宽人雪满簪。

芮煜字国器,一字仲蒙。吴兴人,尝为御史、司业、祭酒。吕东莱再娶,乃其女也。诗三、四甚高雅。

与僧净璋 陆子静

自从相见白云间,离别尝多会聚难。两度逢迎当汝水,数年隔阔是曹山。客来濯足傍僧怪,病不烹茶侍者闲。不是故人寻旧隐,只应终日闭禅关。

陆复斋虽不以诗名,此诗后四句佳,有唐味。

顷游龙井得一联王伯齐同儿辈游因足成之 楼攻媿

路入风篁上翠微,老龙蟠井四山围。水真绿净不可唾,_{一作"水从何来不知处"。}鱼若空行无所依。胜处虽多终莫及,旧游谁在事皆非。只今鲍系何由到,徒羡联镳带月归。

"水真绿净不可唾,鱼若空行无所依。"佳句也。

上龟山寺 潘德久

菜花开处认遗基,荒屋残僧未忍离。寺付丙丁应有数,岸分南北最堪悲。金铃塔上如相语,铁佛风前亦敛眉。野匠不知行客意,竞磨浓墨打顽碑。

"丙丁""南北"之对巧中有味。

赠源长老归自湘中 　　赵师秀

白发半头寒未剃,形容清瘦异于常。为人作画衣添黑,对客围棋爪甚长。不染世间如菡萏,只留胸次着潇湘。住山亦自年来懒,竹阁门前借一房。

滑稽之中亦新巧,第六句佳。

送炭与湘山西堂惠然师 　　僧显万

纷纷向火乞儿多,独有君如择乳鹅。万锻炉中寻粲可,一堆灰里拨阴何。雪欹败屋闲犀柄,草卧空庭任雀罗。亟送乌薪相暖热,恐随春梦入南柯。

显万字致一,浯溪人,尝参吕居仁。《浯溪集》洪景卢为序。此诗借送炭说事理,凡禅机必险绝,然亦不为不佳也,附僧类中。

卷之四十八　仙逸类

神仙之说，始于燕、齐怪诞，而极于秦皇、汉武方士，不经甚矣。其徒又自附于《老子》之书，上推至于黄帝，而曰黄、老清净，是以无为而治。后世益澜倒，书符受箓，烧丹辟谷，缩地升天，治鬼伐病，其说不一。愚而失身，奸而惑众者多矣。间有隐逸诡异之徒，或毛人木客，出于山谷；或羽衣星冠，巢于林涧，而眩于都市。则世之好奇者悦之，而诗人尤喜谈焉。

五　言 四十二首

南　山　　　　许宣平

隐居三十载，筑室南山巅。静夜玩明月，闲朝饮碧泉。樵人歌陇上，谷鸟戏岩前。乐矣不知老，都忘甲子年。

予里旧歙州唐人许翁，名宣平，隐居歙之城阳山，曰南山，去城数里。赋此诗，有题之长安传舍者，李太白见之，以为仙也。至歙访之，不值。宣平又有诗曰："负薪朝出卖，沽酒日西归。借问家何在，穿云入翠微。"以其辞味之，盖得道者。或云山中犹尝见之。

寻洪尊师不遇　　　　刘长卿

古木无人地,来寻羽客家。道书堆玉案,仙帔叠青霞。鹤老难知岁,梅寒未作花。山中不相见,何处化丹砂。

<small>史称刘长卿自号"五言长城",秦系以偏师攻之,似以系为高者。今并刊二人诗于此。</small>

题女道士居<small>不饵芝术四十馀年</small>　　秦隐君系

不饵住云溪,休丹罢药畦。杏花虚结子,石髓任成泥。扫地青牛卧,栽松白鹤栖。共知仙女丽,莫是阮郎妻。

<small>尾句有说话在。</small>

陪韩院长韦河南同寻刘师不遇得同字
　　　　　　　　　　　　　　窦　牟

仙客诚难访,吾人岂易同。独游应驻景,相顾且吟风。药畹琼枝秀,斋轩粉壁空。不题三五字,何以达壶公。

<small>五窦皆号能诗。五、六秀丽。</small>

同　前<small>得"寻"字</small>　　　韩昌黎

秦客何年驻?仙源此地深。还随躞彴骑,来访驭风襟。

院闭青霞入,松高远鹤寻。犹疑隐形坐,敢起窃桃心。

> 此诗《昌黎集》中无之,附见五窦《联珠集》。是时昌黎偕窦牟及河南县令韦执中分韵曰:"同寻师,执中得'师'字。"末句曰:"不知柯烂者,何处看围棋。"亦佳。

同　　前 得"师"字　　　　　韦执中

早尚逍遥境,常怀汗漫期。星郎同访道,羽客杳何之。物外求仙侣,人间失我师。不知柯烂者,何处看围棋!

> 诗见《窦氏联珠集》。"汗漫""逍遥""星郎""羽客",对偶亦佳。惟"何之""何处",颇重复。恐久而无传,亦不可失也。

玉真张观主下小女冠阿容　　　白乐天

绰约小天仙,生来十六年。姑山半峰雪,瑶水一枝莲。晚院花留立,春窗月伴眠。回眸虽欲语,阿母在傍边。

> 昌黎"白咽红颊长眉青"一诗,已尽女冠奇邪之态。适人者,理之常也;出家者,俗之衰也。召文人才士之侮,何为乎?

不　食　姑　　　　　　　张司业

几年山里住,已作绿毛身。护气常希语,存思自见神。养龟同不食,留药任生尘。要问西王母,仙中第几人。

> 世道衰微,异端作,邪说肆。妇人不食,果何为乎?殆奸人也。

题辟谷者

学得飡霞法,逢人与小还。身轻曾试鹤,力弱未离山。无食犬犹在,不耕牛自闲。朝朝空漱水,叩齿草堂间。

予未闻有辟谷而仙去者,衰世邪人以此惑众,实徼利之徒耳。

隐　者

先生已得道,市井亦容身。救病自行药,得钱多与人。问年长不①定,传法又非真。常见②邻家说,时闻使鬼神。

世岂无有道之士?而异人之所为,或不皆真,其人则举动诡怪。此诗句句有所讽,通都大邑时见此曹也。

寄紫阁隐者

紫阁气沉沉,先生住处深。有人时得见,无路可相寻。夜鹿伴茅屋③,秋猿守栗林。唯应扫灵药,更不别营心④。

紫阁、白阁,终南山二峰名。张司业诗平易,大率如此。

---

① 冯班:"长"一作"常"。
② 冯班:"常"一作"每"。
③ 冯班:"伴"一作"投"。
④ 冯班:"营"一作"经"。

送宫人入道

旧宠昭阳里,寻仙此最稀。名初出宫籍,身未称霞衣。已别歌舞贵,长随鸾鹤飞。中官看入洞,空驾玉轮归。

宫人入道,唐世多有。此诗,既幽闭之深宫矣,一旦得出,又以道宫终其身,皆非礼也。

寻胡道士不遇　　　韩翃

到来心自足,不见亦相亲。说法思居士,忘机忆丈人。微风吹药案,晴日照茶巾。幽兴殊未尽①,东城飞暮尘。

赠张道士

采药三山罢,乘风五日归。剪荷成旧屋,锉蘖染新衣。玉粒捐应久,丹砂验不微。坐看青节引,更与白云飞。

三、四佳。第五句缺上一字②,恐当是"谷""粟"之类。

送耿山人归湖南　　　周贺

南行随越僧,别业几池菱。两鬓已垂白,五湖归挂罾。

---

① 许印芳:"殊"一作"犹"。
② 查慎行、陆贻典:集本作"玉粒"。

夜涛鸣栅锁,寒苇露船灯。此去已无事,却来知不能。

第二句新,五、六亦新。

送韦逸人归钟山　　　　郎士元

逸人归路远,弟子出山迎。服药颜犹驻,耽书癖已成。柴扉多岁月,藜杖见公卿。更作《儒林传》,应须载姓名。

五、六高妙清古。

访赵炼师不遇　　　　鱼玄机

何处同仙侣,青衣独在家。暖炉留煮药,邻院为煎茶。画壁灯光暗,幡竿日影斜。殷勤重回首,墙外数枝花。

尾句颇轻俗,中四句却俱佳。

山中道士　　　　贾浪仙

头发梳千下,休粮带瘦容。养雏成大鹤,种子作高松。白石通宵煮,寒泉尽日舂。不曾离隐处,那得世人逢。

八句无一句不佳。

送孙逸人

衣屦犹同俗,妻儿亦宛然。不餐能累月,无病已多年。

是药皆谙性,令人渐信仙。杖头书数卷,荷入翠微烟。

> 三代之世,恐无此谲觚之民也。唐人喜为诗,则已喜谈而乐道之。

元日女道士受箓

元日天新夜,斋身称净衣。数星连斗出,万里断云飞。霜下磬声在,月高坛影微。立听师语了,右肘系符归。

> 世间愚人无知而失身者,莫若尼姑、女冠。立听师语,右肘系符,果何所得乎?昌黎独不信,如《谢自然》诗及《两街①讲经》诗必辟之。

送华阴隐者　　　　项　斯

往往到城市,得非征药钱?世人空识面,弟子莫知年。自说能医死,相期更学仙。近来移住处,毛女旧峰前。

> 世间有此一等怪人,此等诗能道其情状也。

题太白山隐者

高居在幽岭,人得见时稀。写箓肩虚白,寻僧到翠微。扫坛星下宿,收药雨中归。从服小还后,自疑身解飞。

> 五、六极佳而莹净。

---

① 按:"两"字原作墨钉,"街"原作"术",据康熙五十二年本、纪昀《刊误》本校补校改。

华顶道者

仙人掌中住,生有①上天期。已废烧丹处,犹多种杏时。养龙于浅水,寄鹤在高枝。得道复无事,相逢尽日棋。

五、六新异,第六句尤奇。

古 观

置观碑已折,看松年不分。洞中谁识药,门外日添坟。放去龟随水,呼来鹿怕薰。坛边宿灰火,几烧祭星文。

第四句尤新异。

赠 道 者

晏来如养气,度日语时稀。到处留丹井,经寒不絮衣。病乡多药惠,鬼俗有符威。自说身轻健,今年数梦飞。

人火气上炎而下不实则"梦飞",非仙之所为也。

王 居 士　　　　许 浑

筇杖倚柴关,都城卖卜还。雨中耕白水,云外斸青山。

---

① 冯班:"生"一作"坐"。

有药身长健,无机性自闲。即应生羽翼,华表在人间。

三、四世人所称。

送道士 卢纶

梦别一仙人,霞衣满鹤身。旌幢天路远,梅杏海山春。种玉非求稔,烧金不为贫。自怜头向白,谁与葛洪亲。

唐《御览诗》,元和学士令狐楚选进。卢纶墓碑谓三百一十篇,公诗居十之一。今世传本,纶三十二首与焉。陆放翁尝跋云。

访道者不遇 杜荀鹤

寂寂白云门,寻真不遇真。只应松上鹤,便是洞中人。药圃花香异,沙泉鹿迹新。题诗留姓字,他日此相亲。

此诗刊碑在问政山白云亭。三篆字尤古。杜来访聂师道不遇,留此而去。"门"一作"亭"。今亭圮于兵矣。

赠庐岳隐者

见说来居此,未尝离洞门。结茅遮雨露,采药给晨昏。古树藤缠杀,春泉鹿过浑。悠然无一事,不似属乾坤。

中四句俱佳。

予昔游云台观谒希夷先生陈抟祠堂缅想其人今追作此诗　　宋景文

仙馆三峰下，年华百岁中。梦休孤蝶往，世言先生善睡，一寝逾一月。蜕在一蝉空。有冢在华山下。蕊笈微言秘，霄晨浩气通。丹遗舐后鼎，林遣御馀风。市雾沉荒白，餐霞委暗红。峨眉有归约，飞步与谁同。先生化去前三日，语弟子云："吾游峨眉。"弟子讶不办装，至期而终。

此在成都追作。

送陈豸处士　　僧惟凤

草长关路微，杂思更依依。家远知琴在，时清买剑归。孤城回短角，独树隔残晖。别有邻渔约，相迎扫钓矶。

惟凤，九僧之六，青城人。三、四佳。

金华山人　　陈述古

幽居倚翠峦，尘事不相干。天地醉来小，琴棋静里欢。雨苔春径绿，风竹夜窗寒。若问长生术，金炉有宝丹。

古灵一疏荐贤士大夫三十馀人，元祐所用皆是，真古大丈夫也。岂信此术数学仙者乎？殆游戏耳。

灵寿同年兄再以杞屑分惠复成小诗以代善谑　　曾子开

场屋十年长,铃斋一笑欢。微言师水罋,交分托金兰。腹饱仙人杖,心存姹女丹。他时玉京路,同缀侍宸官。元注云:仙官有侍帝宸如世之侍中,谓之"侍宸官"。徐庶、殷浩、王嘉、何晏等皆为之。见《真诰》。

用薤本水盂以对"金兰",诚佳而巧。"仙人杖""姹女丹"亦工。"侍宸"之说,博洽者乃通晓。

赠不食姑　　徐道晖

衣以青为色,谓如天骨青。近年全不食,饮水自通灵。心信生狂语,清赢改俗形。半空仙乐奏,曾向静中听。

第六句好。

不食姑　　徐致中

惟诵天童咒,饮泉能不饥。只缘多自誉,番以致人疑。赋质全如鹤,谋生却似龟。绿华通籍后,会报女仙知。

"全如""却似"四字,下得不甚好。三、四颇有评论。唐张司业有此题,"四灵"皆仿之也。

一真姑 　　　　　　　赵师秀

忽然能不食，饮水度中年。此事知难伪，令人信有仙。形容无血色，衣服有香烟。听说瑶池路，犹如在目前。

"四灵"学晚唐诗，故题目亦效之。四人之中，紫芝最熟而有馀味云。

桐柏观

山深地忽平，缥缈见殊庭。瀑近春风湿，松多晓日清。石坛遗鹤羽，粉壁剥龙形。道士王灵宝，轻强满百龄。

五、六佳。

延禧观

寂寞古仙宫，松林常有风。鹤毛兼叶下，井气与云同。背日苔砖紫，多年粉壁红。相传陶县令，曾住此山中。

平熟妥帖。

赠九华李丹士 　　　　　　　翁灵舒

行遍东南地，曾看江水源。袖藏勾漏药，身是老君孙。

去住云相似,枯荣事不论。九华峰最碧,相对旧柴门。

不 食 姑

嫁时衣尚着,忽自欲寻仙。终日常持咒,经年只饮泉。瘦形非是病,怪语却如颠。金母还知尔,招邀归洞天。

"四灵"皆有此诗,亦一时怪人也。不食何所为乎?

题玉隆宫周道士足轩

贪得无厌者,应难向此居。炉中姹女药,案上老君书。花竹庭阶洁,风烟户牖虚。道人随分外,安坐不求馀。

起句好,尾句好。中四句平,亦近套。

书岳麓宫道房

借问今行处,群仙第几家。晴檐鸣雪滴,虚砌影梅花。香爇何年柏,芽煎未社茶。道人三四辈,相对诵《南华》。

此诗只似宋人诗,不入唐味。尾句好。

七言二十二首

拟送贺知章入道　　姚鹄

若非尧运及垂衣,肯许巢由脱俗机①。太液始同黄鹤下,仙乡已驾白云归。还披旧褐辞金殿,却捧玄珠向翠微。羁束惭无仙药分,随车空有梦魂飞。

第六句忽然出于不测,可取也。

题茅山李尊师山居　　秦隐君

天师百岁少如童,不到山中竟不逢。洗药每临新瀑水,步虚时上最高峰。篱间五月留残雪,座右千年荫老松。此去人寰知远近,回看云壑一重重。

张司业亦有云:"下药远求新熟酒,看山时上最高楼。"与此暗合。第五句、六句亦称之。

送宫人入道　　张萧远

舍宠求仙畏色衰,辞天素面立天墀。金丹拟驻千年貌,宝镜休匀八字眉。公主与收珠翠后,君王看戴角冠时。从来宫女皆相妒,闻向瑶台总泪垂。

---

① 冯班:"机"一作"鞿"。

此诗误刊入韦应物集,非应物诗也。《英华》以为张萧远诗。且应物集误以"师主"为"公主",当作"师"。

送宫人入道　　　　　项斯

愿随仙女董双成,王母前头作伴行。初戴玉冠多误拜,欲辞金殿别称名。将敲碧落新斋磬,却进昭阳旧赐筝。旦暮烧香绕坛上,步虚犹作按歌声。

项诗亚于张,故以相次。

同白二十二赠王山人　　　　　刘宾客

爱名之世忘名客,多事之时无事身。古老相传见来久,岁年虽变貌长新。飞章上达三清路,受箓平交五岳神。笑听冬冬朝暮鼓,只能催得市朝人。

刘公诗,才读即高似他人,浑若天成。

赠东岳张炼师

东岳真人张炼师,高情雅淡世间稀。堪为列女书青简,久事元君住翠微。金缕机中抛锦字,玉清坛上着霓衣。云衢不要吹箫伴,只拟乘鸾独自飞。

诗格高律熟。

赠道士　　　　　　　　张司业

城里①无人得实年,衣襟常带臭黄烟。楼中赊酒唯留药,洞里争棋不赌钱。闻客语音知贵贱,对花②歌咏似狂颠。寻常行处皆逢见,世上多疑是谪仙。

亦一怪人也。

赠阎少保　　　　　　　　王　建

髭须虽白体轻健,九十三来却少年。问事爱知天宝里,识人多是武皇前。玉装剑佩身长带,绢写方书子不传。侍女常时教合药,亦闻私地学求仙。

此可入"老寿类",亦可入"仙逸类",盖方士也。

赠牛山人　　　　　　　　贾浪仙

二十年中饵茯苓,收书半是老君经。东都旧住商人宅,南国新修道士亭。凿石养蜂须买蜜,坐山秤药不争星。古来隐者多能卜,欲就先生问丙丁。

第六句甚新。

---

① 冯班:"里"一作"市"。
② 冯班:"对"一作"持"。

送胡道士

短褐身披满碛苔,灵溪深处观门开。却从城里携琴去,许到山中寄药来。临水古坛秋醮罢,宿杉幽鸟夜飞回。丹梯愿逐真人上,日夕归心白发催。

三、四一穿而平易。浪仙诗似此者少。

郑州献从叔舍人　　李商隐

蓬岛烟霞阆苑钟,三官笺奏附金龙。茅君奕世仙曹贵,许掾全家道气浓。绛简尚参黄纸案,丹炉犹用紫泥封。不知他日华阳洞,许上经楼第几重?

三、四善用事。义山体喜如此。

和韩录事送宫人入道

星使追还不自由,双童捧上绿琼辀。九枝灯下朝金殿,三素云中侍玉楼。凤女颠狂成久别,月娥孀独好同游。当时若爱韩公子,埋骨成灰恨未休。《玉清隐书》云:"三素耀琼扇。"

既是宫人,何由可爱韩寿?若用红叶题诗,后出为韩姓人所得,事出小说,未可轻信。

送张逸人 罗邺

自说归山人事赊,素琴丹灶是生涯。床头残药鼠偷尽,溪上破门风摆斜。石井晴垂青葛叶,竹篱荒映白茅花。遥知此去应稀出,独卧晴窗梦晓霞。

中四句俱新异。

仙子送刘阮出洞 曹唐

殷勤相送出天台,仙境那能却再来。云液既归须强饮,玉书无事莫频开。花当洞口应长在,水到人间定不回。惆怅溪头从此别,碧山明月照苍苔。

曹唐专借古仙会聚离别之事,以寓写情之妙。有如鬼语者,有太粗者。选此二首,极其精婉。

刘阮再到天台不复见诸仙子

再到天台访玉真,青苔白石已成尘。笙歌寂寞闲深洞,云鹤萧条绝旧邻。草树总非前度色,烟霞不似往年春。桃花流水依然在,不见当时劝酒人。

赠隐逸　　　　　　韩致尧

静景须教静者寻,清狂何必在山阴。蜂弹窗纸尘侵砚,鸟斗庭花露滴琴。莫笑乱离方解印,犹胜颠蹶未抽簪。筑金诱得非名士,况是无人解筑金。

三、四工。五、六有议论。尾句一缴,为燕昭王金台所致,便非名士,况又无燕昭王之为人者乎?其说尤高矣。

赠马道士　　　　　　李九龄

水共逍遥云共孤,混时言笑只伴愚。经年但醉宜城酒,千里唯担《华岳图》。寻野鹤来空碧洞,觅琴僧去渡重湖。人间再见知何日,乞取先生石辘轳。

九龄,乾德五年进士第三人。诗中两句好。"空碧洞"之"空"未稳。

赠谭先生　　　　　　杨仲猷

古观重重绕翠微,杉松深处掩双扉。云生万壑投龙去,海隔三山放鹤归。花洞宴游春日永,石坛朝礼曙星稀。每听高论长生理,拟向尘中便拂衣。

杨徽之诗亦峻峭。此诗中四句是也。

张 先 生 　　　　　　苏东坡

熟视空堂竟不言,故应知我未天全。肯来传舍人皆说,能致先生子亦贤。脱屣不妨眠粪屋,流澌争看浴冰川。士廉岂识桃椎妙,妄意称量未必然。东坡元叙云:"先生不知其名,黄州故县人。本姓卢,为张氏所养。佯狂垢污,寒暑不能侵。常独行市中,夜或不知其所止。往来者欲见之,多不能致。余试使人召之,欣然而来。既至,立而不言。与之言,不应。使之坐,不可。但俯仰熟视传舍堂中,久之而去。夫熟视传舍者,是中竟何有乎?然余以有思惟心,追蹑其意,盖未得也。"

三 朵 花

学道无成鬓已华,不劳千劫漫蒸砂。归来且看一宿觉,未暇远寻三朵花。两手欲遮瓶里雀,四条深怕井中蛇。画图要识先生面,试问房陵好事家。东坡元注云:"房州通判许安世以书遗余,言吾州有异人,常戴三朵花,莫知其姓名。郡人因以'三朵花'名之。能作诗,皆神仙意。又能自写真,有得之者。许欲以一本见惠,乃为作此诗。"

瓶雀事,出《楞严经·大智度论》。四条蛇事,宾头卢尊者语。一宿觉,永嘉人,有《证道歌》传于世。

湖上遇道翁乃峡中旧所识也 　　陆放翁

大骂长歌尽放颠,时时一语却超然。扫空百局无棋敌,倒尽千钟是酒仙。巴峡相逢如昨日，山阴重见亦前缘。细思合辱先生友，五十年来不负天。

赠 道 流

烟云深处作生涯，回首人间岁月赊。留得朱颜凭绿酒，扫空白发赖丹砂。七弦指下泠泠久，双袖风中猎猎斜。他日相寻不知处，会从渔父问桃花。

卷之四十九　伤悼类

有生必有死，吊哭诔赗，挽些哀词，所以尽伦理，而亦忠信孝悌之天所固有也，观者不可以讳忌恶之。

五言十二首

哭长孙侍御　　　杜甫①

道为诗书重，名因赋颂雄。礼闱曾擢桂，宪府旧乘骢。流水生涯尽，浮云世事空。惟余旧台柏，萧瑟九原中。

哭孟郊　　　贾岛

身死声名在，多应万古传。寡妻无子息，破宅带林泉。冢近登山道，诗随过海船。故人相吊后，斜日下寒天。

凡哭友诗，当极其哀。彼生而荣者，虽哀不宜过也。如孟郊之死，三、四所道，人忍闻乎？并尾句味之至矣。

---

① 按：此诗又作杜诵诗。

吊孟协律

才行古人齐,生前品位低。葬时贫卖马,远日哭惟妻。
孤冢北邙外,空斋中岳西。集诗应万首,物象遍曾题。

孟协律即郊也,哭与吊相先后耳。郊无子,而唐史谓郑馀庆廪其妻子,岂后亦立鄫郢之子为子耶?存疑当考。

哭皇甫七郎中湜　　　白乐天

志业过玄晏,词章似祢衡。多才非福禄,薄命是聪明。
不是人间寿,还留身后名。《涉江》文一首,便可敌公卿。

元注:"持正奇文甚多,《涉江》一章尤出众。"

哭贾岛　　　姚合

杳杳黄泉下,嗟君向此行。有名传后世,无子过今生。
新墓松三尺,空阶月二更。从今旧诗卷,人觅写应争。

岛无子,于此可见。又有"稚子哭胜猿"之句,疑岛有子,存此诗以证之。"松三尺""月二更",予谓尚可改。

寄吊贾岛　　　曹松

先生不折桂,谪去抱何冤?已葬离燕骨,难招入剑魂。

旅坟低却草，稚子哭胜猿。冥漠如搜句，宜邀贺监论。
> 悼贾岛有子胜孟郊。贾岛犹有子，于此可考。

哭李频员外

出麾临建水，下世在公堂。苦集休开箧，清资罢转郎。瘴中无子奠，岭外一妻孀。定是浮香骨，东归就故乡。
> 李频死于建州刺史。五、六哀之极矣。

南丰先生挽词　　　陈后山

早弃人间事，真从地下游。丘原无起日，江汉有东流。身世从违里，功名取次休。不应须礼乐，始作后程仇。

精爽回长夜，衣冠出广庭。勋庸留琬琰，形像付丹青。道丧馀篇翰，人亡更典型。侯芭才一足，白首《太玄经》。
> "丘原无起日，江汉有东流"，惟曾南丰足以当之。"侯芭才一足，白首《太玄经》"，非陈后山亦不可以此自许也。并《挽温公》诗三首，他人诗皆可废矣。

丞相温公挽词

恭默思良弼，诗书正百工。事多违谢傅，天遽夺杨公。一代风流尽，三师礼乐崇。若无天下议，恶美并成空。

百姓归周老,三年待鲁儒。世方随日化,身已要人扶。玉几虽来晚,明堂讫受图。心知爱诸葛,终不羡曹蛉。

少学真成已,中年记著书。辍耕扶日月,起废极吹嘘。得志宁论晚,成功不愿馀。一为天下恸,不敢爱吾庐。

"世方随日化,身已要人扶。"山谷尝诵此联,以为今之诗人无出陈无已右者。温公之卒,后山犹未得官,元祐元年丙寅九月也。明年夏,后山方为徐州教授。三诗关宋治乱,非后山之私言也。

七言七首

过元家履信宅　　　　白乐天

鸡犬丧家分散后,林园失主寂寥时。落花不语空辞树,流水无情自入池。风荡宴船初破漏,雨淋歌阁欲倾欹。前庭后院伤心事,唯是春风秋月知。

元微之身后如此,友宦官,攻裴晋公,所得几何,而竟以惭愤卒于武昌。白公虽平生深交,不忍言其短,而亦可见矣。

寄刘苏州

去年八月哭微之,今年八月哭敦诗。何堪老泪交流日,多是秋风摇落时。泣罢几回深自念,情来一倍苦相思。同年同病同心事,除却苏州更是谁?

清明登老阁望洛阳城赠韩道士

风光烟火清明日,歌哭悲欢城市间。何事不随东洛水,谁家又葬北邙山。中桥车马长无已,下渡舟航亦不闲。冢墓累累人扰扰,辽东怅望鹤飞还。

哭韩将军　　　　　　顾非熊

将军不复见仪型,笑语随风入杳冥。战马旧骑嘶引葬①,歌姬新嫁哭辞灵。功勋客问求为志,服玩僧收与转经②。寂寞一家春色里,百花开落满山庭。

工甚。刘后村学唐诗,慕为此等声调而不能至也。

思王逢原　　　　　　王半山

蓬蒿今日想纷披,冢上秋风又一吹。妙质不为平世得,微言唯有故人知。庐山南堕当书案,湓水东来入酒卮。陈迹可怜随手尽,欲欢无复似当时。

---

① 按:"葬"原作"弊",据康熙五十二年本、纪昀《刊误》本校改。
② 按:"与"原作"为",据康熙五十二年本、纪昀《刊误》本校改。

百年物望济时功，前路何知向此穷。鹰隼奋飞凰羽短，骐骥埋没马群空。中郎旧业无儿付，康子才高[①]有妇同。想见江南原上墓，树枝零落纸钱风。

挽陈师复寺丞 二首取一　　　　刘后村

已奏囊封墨尚新，又携袖疏榻前陈。小臣忧国言无隐，先帝如天笑不嗔。阙下举幡空太学，路傍卧辙几遗民。愚儒未解天公意，偏寿他人夭此人。

三、四稳，五、六用事巧。

---

① 查慎行：集作"高才"。

附录一

瀛奎律髓后序　　　　龙　遵

《瀛奎律髓》四十九卷,宋紫阳方虚谷先生之所编选。予龀年尝闻是编,不获一睹。天顺甲申,叨守新安,实先生乡郡,因搜访得其传录全本,间有舛讹,卒无善本校正之。续又得定宇陈先生手自抄本,共十类。定宇自识云:"惟'节序类'得虚谷亲校本抄之,馀皆传录本,疑误甚多;虽间可是正,而不能尽,圈点悉谨依之。遂以其本与先所得本参对之,无大差异者;第惜不得全编通校之。于是又遍访郡之儒者,因得各家所藏抄本读之,亦率多残缺脱落,得此遗彼,遂会取诸本通参订之。舛讹者是正,圈点一依先本为定。然后是编始获复全,而虚谷编选之志,亦庶几其不终泯。"嗟夫!以定宇去虚谷时犹未远,而是编已不可得其全矣。今一旦得之,又何其幸耶!先生自序谓"诗之精者为律",今观其所选之精严,所评之当切,涵泳而隽永之,古人作诗之法,讵复有馀蕴哉!诚所谓"律髓"也。故不敢私之于己,敬寿诸梓,以广其传。但卷帙浩繁,传录之误,陶而阴、亥而豕者,不能无也。四方博学君子,幸共鉴而正之。成化三年,龙集丁亥,六月下浣,皆春居士识。

右龙君遵叙《后序》一首,原本中所载也。观其零星捃拾于残缺之遗，使后人得睹全书，龙君之功为不鲜矣！序中所言正是书聚散绝续之所系也，而坊本不载。盖缘序中再三言及圈点，而坊本卤莽成书，圈点既芟去，遂并是文而埋没之，不独失虚谷评骘之精意，即龙君搜访校勘之苦心，亦掩却矣。故表而出之。

录自明成化三年刊本《瀛奎律髓》

附录二

元书　方回传　　　　　曾　廉

方回字万里，号虚谷，徽州歙人也。宋景定三年别省登第，提领池阳茶盐，累迁知严州。国兵至州，回言必死事。已而服国人服，首导引者回也。回既迎降，即以为建德路总管，回乘势吓取民数万金。寻为安抚使，罢，乃徜徉杭、歙间，自号紫阳居士，竟以寿终。初回在宋，昵于贾似道。似道势败，回遂上书言似道十可斩。举城归国，终以不用，乃遂肆意于诗。所撰《瀛奎律髓》，乃选唐、宋以来近体诗。评论之大旨，排"西昆"而祖"江西"，倡为"一祖三宗"之说。一祖者，杜甫也；三宗者，黄庭坚、陈师道、陈与义也。其鹭评于情景虚实之间三致意焉，往往过于拘方，非诗法也。回行事尤丑缪，害及乡里。然诗实有重名于时，一时风雅胜流，皆乐与之接。晚益崇正，学人莫不重其言而怪其行。又泉州蒲寿宬，寿庚兄也。初知梅州，有清名。宋亡，黄冠野服，自称处士。然益、广二王航海至泉，寿庚距城不纳，皆寿宬阴谋。寿庚纳款归国，亦寿宬密主之。然其诗冲淡闲远，论者以为与回俱不可测也。又回同邑杨公远，字叔明，亦能诗。回为跋其集。公远宋人，未尝仕元，然干谒当路，颂其德政，人以此少之。

（录自《元书》卷八十九《文苑列传》）

元诗选　方回小传　　顾嗣立

　　回,字万里,别号虚谷,徽州歙县人,宋景定壬戌别省登第,提领池阳茶盐,累迁知严州。元兵至,迎降,即以为建德路总管。寻罢,徜徉杭、歙间以老。虚谷傲倪自高,不修边幅。贾似道败,尝上十可斩之疏。晚而归元,终以不用,乃益肆意于诗,吟咏最多,亦不甚持择也。其自序《桐江续集》云:"予自桐江休官闲居,万事废忘,独于读书作诗,未之或辍。"是时年已六十馀矣,仇仁近尝赠诗云:"老尚留樊素,贫休比范丹。"颇为时论所笑。尝选唐、宋以来近体诗评论之,名曰《瀛奎律髓》,于情、景、虚、实之间,三致意焉,而尤以山谷、后山、简斋为标准,海虞冯定远曰:"方君所娓娓者,止在'江西'一派。观其议论,全是执己见以绳缚古人,以古人无碍之才,圆变之学,曲合于拘方板腐之辈,吾恐其说愈详而愈多所戾耳。"此言可谓深中虚谷之病矣。

(录自顾嗣立《元诗选》)

《国学典藏》丛书已出书目

周易 [明] 来知德 集注
诗经 [宋] 朱熹 集传
尚书 曾运乾 注
周礼 [清] 方苞 集注
仪礼 [汉] 郑玄 注 [清] 张尔岐 句读
礼记 [元] 陈澔 注
论语·大学·中庸 [宋] 朱熹 集注
孟子 [宋] 朱熹 集注
左传 [战国] 左丘明 著 [晋] 杜预 注
孝经 [唐] 李隆基 注 [宋] 邢昺 疏
尔雅 [晋] 郭璞 注
说文解字 [汉] 许慎 撰

战国策 [汉] 刘向 辑录
　　　[宋] 鲍彪 注 [元] 吴师道 校注
国语 [战国] 左丘明 著
　　　[三国吴] 韦昭 注
史记菁华录 [汉] 司马迁 著
　　　　　 [清] 姚苧田 节评
徐霞客游记 [明] 徐弘祖 著

孔子家语 [三国魏] 王肃 注
　　　　（日）太宰纯 增注
荀子 [战国] 荀况 著 [唐] 杨倞 注
近思录 [宋] 朱熹 吕祖谦 编
　　　 [宋] 叶采 [清] 茅星来等 注
传习录 [明] 王阳明 撰
　　　（日）佐藤一斋 注评
老子 [汉] 河上公 注 [汉] 严遵 指归
　　　[三国魏] 王弼 注
庄子 [清] 王先谦 集解
列子 [晋] 张湛 注 [唐] 卢重玄 解
　　　[唐] 殷敬顺 [宋] 陈景元 释文
孙子 [春秋] 孙武 著 [汉] 曹操 等注

墨子 [清] 毕沅 校注
韩非子 [清] 王先慎 集解
吕氏春秋 [汉] 高诱 注 [清] 毕沅 校
管子 [唐] 房玄龄 注 [明] 刘绩 补注
淮南子 [汉] 刘安 著 [汉] 许慎 注
金刚经 [后秦] 鸠摩罗什 译 丁福保 笺注
维摩诘经 [后秦] 僧肇等 注
楞伽经 [南朝宋] 求那跋陀罗 译
　　　 [宋] 释正受 集注
坛经 [唐] 惠能 著 丁福保 笺注
世说新语 [南朝宋] 刘义庆 著
　　　　 [南朝梁] 刘孝标 注
山海经 [晋] 郭璞 注 [清] 郝懿行 笺疏
颜氏家训 [北齐] 颜之推 著
　　　　 [清] 赵曦明 注 [清] 卢文弨 补注
三字经·百家姓·千字文
　　　 [宋] 王应麟等 著
龙文鞭影 [明] 萧良有等 编撰
幼学故事琼林 [明] 程登吉 原编
　　　　　　 [清] 邹圣脉 增补
梦溪笔谈 [宋] 沈括 著
容斋随笔 [宋] 洪迈 著
困学纪闻 [宋] 王应麟 著
　　　　 [清] 阎若璩 等注

楚辞 [汉] 刘向 辑
　　　[汉] 王逸 注 [宋] 洪兴祖 补注
曹植集 [三国魏] 曹植 著
　　　 [清] 朱绪曾 考异 [清] 丁晏 铨评
陶渊明全集 [晋] 陶渊明 著
　　　　　 [清] 陶澍 集注
王维诗集 [唐] 王维 著 [清] 赵殿成 笺注
杜甫诗集 [唐] 杜甫 著 [清] 钱谦益 笺注
李贺诗集 [唐] 李贺 著 [清] 王琦等 评注

李商隐诗集 [唐]李商隐 著
　　　　　[清]朱鹤龄 笺注
杜牧诗集 [唐]杜牧 著 [清]冯集梧 注
李煜词集（附李璟词集、冯延巳词集）
　　　　　[南唐]李煜 著
柳永词集 [宋]柳永 著
晏殊词集·晏幾道词集
　　　　　[宋]晏殊 晏幾道 著
苏轼词集 [宋]苏轼 著 [宋]傅幹 注
黄庭坚词集·秦观词集
　　　　　[宋]黄庭坚 著 [宋]秦观 著
李清照诗词集 [宋]李清照 著
辛弃疾词集 [宋]辛弃疾 著
纳兰性德词集 [清]纳兰性德 著
六朝文絜 [清]许梿 评选
　　　　　[清]黎经诰 笺注
古文辞类纂 [清]姚鼐 纂集
乐府诗集 [宋]郭茂倩 编撰
玉台新咏 [南朝陈]徐陵 编
　　　　　[清]吴兆宜 注 [清]程琰 删补
古诗源 [清]沈德潜 选评
千家诗 [宋]谢枋得 编
　　　　　[清]王相 注 [清]黎恂 注
瀛奎律髓 [元]方回 选评
花间集 [后蜀]赵崇祚 集
　　　　　[明]汤显祖 评
绝妙好词 [宋]周密 选辑
　　　　　[清]项絅 笺 [清]查为仁 厉鹗 笺

词综 [清]朱彝尊 汪森 编
花庵词选 [宋]黄昇 选编
阳春白雪 [元]杨朝英 选编
唐宋八大家文钞 [清]张伯行 选编
宋诗精华录 [清]陈衍 评选
古文观止 [清]吴楚材 吴调侯 选注
唐诗三百首 [清]蘅塘退士 编选
　　　　　　[清]陈婉俊 补注
宋词三百首 [清]朱祖谋 编选
文心雕龙 [南朝梁]刘勰 著
　　　　　[清]黄叔琳 注 纪昀 评
　　　　　李详 补注 刘咸炘 阐说
诗品 [南朝梁]钟嵘 著
　　　　古直 笺 许文雨 讲疏
人间词话·王国维词集 王国维 著

戏曲系列
西厢记 [元]王实甫 著
　　　　[清]金圣叹 评点
牡丹亭 [明]汤显祖 著
　　　　[清]陈同 谈则 钱宜 合评
长生殿 [清]洪昇 著 [清]吴人 评点
桃花扇 [清]孔尚任 著
　　　　[清]云亭山人 评点

小说系列
儒林外史 [清]吴敬梓 著
　　　　　[清]卧闲草堂等 评

部分将出书目

公羊传	水经注	古诗笺	清诗别裁集
穀梁传	史通	李白全集	博物志
史记	日知录	孟浩然诗集	温庭筠词集
汉书	文史通义	白居易诗集	封神演义
后汉书	心经	唐诗别裁集	聊斋志异
三国志	文选	明诗别裁集	